ENSÉÑAME

© Hilda Rojas Correa, 2017

Diseño portada: Pamela Díaz Rivera
Imagen de portada: Pixabay
Corrección: Andrea Araya Valenzuela y Pamela Díaz Rivera

Primera edición, noviembre 2017
©Editorial Pamela Díaz Rivera E.I.R.L
San José de la Estrella 0610, La Granja
Santiago, Chile

Safe Creative 1706022504111
ISBN: 9789569752261

ENSÉÑAME

Hilda Rojas Correa

«Hablamos mucho rato sobre la vulnerabilidad del sumiso respecto del do-minante. Lo que no hablamos tanto es de la vulnerabilidad del dominante respecto al sumiso.»

«Simplemente porque seas una esclava para tu pareja en el dormitorio no significa que tengas que ser su esclava para el resto de tu vida.»

«El resto del mundo no tiene idea de hasta qué punto es cariñoso e íntimo este acto.»

**BDSM, Introducción a las técnicas y su significado
Jay Wiseman.**

CAPÍTULO I

—¡Ah! Parece que llegó la última invitada —advirtió Damián con una sonrisa que nadie se la podía borrar de la cara, ni siquiera esas ansias y el nerviosismo por casarse en los próximos minutos.

—¿La petiza que está abrazando a Haidée? —preguntó Edmundo, echándole el ojo a la recién llegada. Bonita, con cierta aura de inocencia y una mirada pícara.

—La misma —corroboró Damián, mirando embobado a su futura esposa; no tenía ojos para nadie más.

Edmundo no quiso seguir el ejemplo de su hermano, y como acto reflejo, dejó de prestarle atención a la amiga de Haidée y, de pronto, se quedó ensimismado mirando todo a su alrededor, se sentía extraño y a la vez a gusto en medio de esa celebración. Todos los invitados venían en pareja. Era una situación un poco absurda, pero tal parecía que él y la recién llegada eran los únicos solteros en esa estancia.

—Ya llegó papá con el oficial civil. Deséame suerte, hermano, voy a buscar a mi futura esposa —anunció Damián con una sonrisa radiante.

—Suerte, hermano. Sé que serás feliz.

—Ya lo soy.

Edmundo observó con atención a Damián que fue al encuentro de su novia e interrumpió la conversación que sostenía con su amiga, la misma que, en ese instante, lo miró de reojo sin ningún disimulo. Edmundo no podía escuchar nada del intercambio, pero sí era visible que la amiga de Haidée estaba amenazando a su hermano de muerte si metía la pata —o algo por el estilo—. La actitud de esa mujer a él le divertía pues, en realidad, no representaba ningún tipo de amenaza ese metro cincuenta de estatura al lado del casi metro ochenta de Damián.

A Edmundo más bien le provocó risa, que no se molestó en ahogar.

—¡Más te vale! —Escuchó que la mujer advertía a su hermano, en un vano intento de tener la última palabra.

9

Edmundo levantó sus cejas, sorprendido, esa voz la había escuchado antes... Pero dónde... ¡¿Dónde?!

Maldición.

Una de las características más marcadas de Edmundo era la curiosidad, pero él la consideraba casi un defecto, pues si no la saciaba al instante, empezaba a rayar la obsesión en su afán por satisfacerla.

Y la obsesión era otro defecto que Edmundo intentaba evitar.

Detestaba entrar en el estado de la obsesión, porque no descansaba hasta que alcanzaba su objetivo, no importaba lo que fuera, podía tratarse de algo banal, como completar un crucigrama, hasta algo trascendental, como lo fueron sus estudios. Fue capaz de cursar todos sus semestres con notas sobresalientes, anuló su vida social, su vida sentimental y casi su vida familiar por lograr lo que se había propuesto.

Su objetivo era no fallar.

Y no falló.

Edmundo sabía muy bien que esa voz la había escuchado antes... Varias veces, de hecho, pero a su memoria no acudía un recuerdo tangible que le revelara donde, y así, poder evitar preguntarle directamente a esa mujer.

La ceremonia civil de matrimonio empezó, y Edmundo concentró toda su atención en su hermano y su cuñada. La relación de ellos le parecía algo increíble, ellos no se conocían por más de tres meses, y ya se estaban casando de manera sencilla en la intimidad de su propio hogar. Tener noviazgos cortos y matrimonios largos era algo que caracterizaba a los Cortés, cosa que él no creía en lo absoluto. Según su padre, don Agustín, desde tiempos inmemoriales todos los hombres de su familia solían pasar del cortejo al matrimonio en cuestión de días. Su tatarabuelo, don Justino Cortés, en tan solo una semana ya tenía una alianza en su dedo anular y su matrimonio duró cuarenta felices y largos años.

Edmundo era un hombre escéptico en muchos sentidos, sobre todo en aquellos donde se involucraba el corazón. Tal vez en eso influenció su madre, que lo crio sola. Ella nunca se buscó una pareja y tampoco quiso revelarle quien era su padre. Eso solo lo hizo un mes antes de fallecer, con la condición de que no lo buscara mientras ella viviera. Edmundo supuso que ella le pidió eso para no dar explicaciones y no volver a contar historias dolorosas, y así ahorrarse las recriminaciones por los malos entendidos del pasado, pues su madre, de haber actuado antes, habría cambiado el rumbo de muchos destinos.

En fin, Edmundo no creía que fueran con él ese tipo de «tradiciones» relacionadas con historias de amor fulminantes. Su justificación era que, como no supo quiénes eran su familia paterna hasta solo hace un par de meses, no tenía por qué ser salpicado por todo ese misticismo sentimental.

Edmundo paseó su mirada por todos los invitados para convencerse de que él era el único soltero junto con la petiza de cabello castaño claro, que casi era rubio oscuro y le hacía destacar entre la gente.

Y sí, definitivamente, eran los únicos solteros casaderos y mayores de edad.

No contaba en esa categoría su papá viudo, ya que estaba siempre al lado de su «amiga» Mercedes, que también era viuda y madre de Haidée. Según ellos, solo eran amigos, pero Edmundo no creía eso posible, estaba totalmente convencido de que la amistad entre un hombre y una mujer no existe.

No, bajo ningún punto de vista. Ese tipo de relaciones siempre acaban mal, así que solo contaba con la amistad de unos pocos amigos, y ahora, la de su hermano.

No necesitaba la amistad de una mujer. Él necesitaba otras cosas de una, y no era precisamente su amistad.

Sí. Edmundo incluso era escéptico cuando se trataba de amor, pero él sabía que el problema era él. Edmundo sonrió para sus adentros cuando pensó en ello. Cada vez que daba por terminada una relación decía eso. Era la verdad, la más pura verdad, pero esa excusa estaba tan manoseada por sus congéneres que siempre se ganaba una bofetada o un rosario de improperios digno de un académico de la lengua española.

Para desgracia de Edmundo, la mayoría de las mujeres ya no creen en «no eres tú, soy yo» como un argumento plausible para finalizar una relación.

Pero era la verdad, era él el del problema.

Sus relaciones siempre terminaban cuando se llegaba a la instancia de tener sexo con sus parejas, inevitablemente, al traspasar ese punto, moría lentamente su interés por su compañera al cabo de un par de meses. Había algo que fallaba, algo que faltaba, algo que no lo llenaba, algo que no le hacía anhelar con locura hacer el amor con su pareja. A estas alturas de su vida, estaba pensando que era un caso perdido. Nunca, en sus treinta años de existencia, había vivido ese período de calentura que todos los seres humanos experimentan cuando empiezan a tener sexo.

Incluso, pensó que a lo mejor lo suyo no eran las mujeres. Pero pronto se dio cuenta de que los hombres no le movían un pelo. Así que llegó a la conclusión de que le encantaban las mujeres, pero había algo en él que todavía no descubría y que no le permitía tener una relación duradera.

Solo esperaba que eso se develara algún día, porque a pesar que disfrutaba de su soledad, no le gustaba la idea de morir solo y, aunque él no quisiera admitirlo, le daba miedo la posibilidad de no poder ser capaz de amar a nadie. Su madre murió sola, solo estaba él a su lado, y para Edmundo eso fue desolador, no había nadie que la hubiera amado profundamente, solo él y su amor filial. Y su madre era una mujer digna de amar, pero ella nunca se lo permitió a sí misma. Su vida fue para su hijo.

Negó con su cabeza para deshacerse de sus recuerdos y pensamientos, y se dio cuenta que de nuevo esa mujer lo estaba mirando. Ya eran dos veces que la sorprendía *in fraganti*. Él no era tonto, tal vez ella sí lo conocía o lo reconocía de alguna parte... En una de esas, a lo mejor ella tenía la misma duda que él.

También estaba la posibilidad de que esa mujer estaba interesada en él. Pues ese día no estaba de humor para coquetear con nadie, tanto amor por todas partes le estaba haciendo escupir arcoíris por todos los agujeros de su cuerpo.

Tenía que huir.

Pronto, o moriría de un coma diabético.

—Felicitaciones a la nueva pareja y familia, un aplauso. —El oficial civil concluyó la ceremonia, sacando a Edmundo de su repentino ataque de desesperación y, distraído, aplaudió junto con los demás invitados.

Inspiró hondo, debía aguantar todo el resto de la celebración. Se encaminó hacia su hermano y su —ahora legalmente— cuñada para felicitarlos. De verdad, estaba contento por ellos, se notaba que su amor era profundo, a pesar de que tenían una relación de poco tiempo. Ver el amor expresado de esa manera, a veces, le provocaba unas punzadas de envidia, porque no creía que alguna vez le pasaría algo así.

—Felicidades, Damián —deseó Edmundo de corazón a su hermano, dándole un abrazo apretado.

—Gracias, Edmundo —respondió con sonoras palmadas en la espalda—. Ahora faltas tú —bromeó Damián, que bien sabía cómo era su hermano. Desde que se conocieron, entablaron una relación entrañable en la que conversaban mucho por cualquier medio. Estaban recuperando el tiempo perdido, y ya era casi como si se conocieran de siempre y se hubieran criado juntos.

—Ah, no. A mí no me metan en sus cosas raras —protestó Edmundo casi como si le hubieran puesto una maldición—. Soy un Cortés recién llegado, no estoy contaminado con sus historias romanticonas.

—Todo va en la sangre, Edmundito. No te puedes zafar del ADN —contraatacó guasón.

—Ridículo. Mejor me voy a saludar a mi pobre, pobre cuñada. Quizás qué cosas aguanta de ti.

—No tienes idea de qué cosas aguanta de mí. Por eso me casé, me saqué la lotería con ella —replicó de muy buen humor Damián, separándose del abrazo fraternal.

Edmundo se dirigió a felicitar a su cuñada, a quien todavía no la soltaba su amiga, la petiza castaña casi rubia, que lo volvía a mirar de reojo cuando abrazó por enésima vez a Haidée.

—Te dejo, amiga. Estoy monopolizando los abrazos —anunció la mujer al ver que Edmundo estaba ya casi encima de ellas. El hombre se veía mucho más grande ahora que lo tenía a un metro de distancia.

—Gracias por venir, Camila. Siempre estás en los momentos importantes —agradeció Haidée con una amplia sonrisa y luego dirigió su mirada hacia el hermano de su marido—. ¡Edmundo! ¡Ahora sí somos cuñados! —Se separó finalmente de su amiga y le dio un cálido abrazo a Edmundo que la cubría casi por completo.

—Felicidades, cuñadita. Les deseo lo mejor.

—Gracias, cuñadito. —Suspiró profundo—. Ahora solo faltas tú.

—Ah, no. ¿Tú también?

Haidée estalló en carcajadas al escuchar la airada respuesta de Edmundo que fruncía el ceño y estaba a punto de perder la paciencia.

—Solo son bromitas, Ed. No puedo evitarlo, cuando suben a alguien al columpio, no me resisto en seguir dando vuelo.

—Eres terrible, por eso se queja tanto Damián sobre tus bromas en el trabajo.

—Si supieras, tengo otras peores.

Se separaron del abrazo y Edmundo prácticamente huyó al patio, donde se estaba realizando el cóctel de celebración. Todos conversaban, reían y degustaban de los bocadillos y el champán.

Y ahí estaba de nuevo la amiga de su cuñada mirándolo de reojo. Camila. Definitivamente ya había escuchado su voz con anterioridad, y ahora estaba sola. Edmundo decidió que no iba a seguir más con la duda, quería a averiguar a toda costa de dónde la conocía.

Enfiló sus pasos hacia la mujer de manera firme y segura, y se plantó en frente de ella, quien lo miró un tanto sorprendida al tenerlo tan cerca.

—Hola, ¿Camila?, si no escuché mal tu nombre —la saludó un tanto nervioso por la situación en la cual se estaba metiendo sin que nadie le obligara.

—Ah, hola. Sí, ese es mi nombre, no me lo gastes —le confirmó con una radiante sonrisa—. ¿Y tú eres...? —interrogó a sabiendas quien era él. Haidée le había dado todos los antecedentes relevantes de aquel hombre.

—Edmundo Cortés, hermano del flamante esposo de tu amiga —respondió de buen humor. Esa mujer no ocultaba su interés, lo miraba fijo, de pies a cabeza. A juicio de Edmundo, Camila era una coqueta consumada, y a él que le encantaba bajarle los humos a las coquetas siendo más seductor. Cambió de opinión de no flirtear al ver que tenía grandes posibilidades de tener una conversación divertida—. Mucho gusto. —Extendió su mano a modo de saludo, y ella, al rozar los dedos de él, sintió un golpe eléctrico.

Literal, estaban cargados de estática.

—¡Auch! —exclamaron al mismo tiempo, retirando sus dedos con brusquedad, y rieron.

—Y yo que pensaba que la famosa corriente eléctrica que sientes cuando conoces al macho recio alfa de tu vida, era una invención de las novelas románticas —ironizó Camila, riendo—. Ahora viene la parte en la que me miras fijo y yo me veo en tus pupilas y ¡puf! ¡Amor instantáneo y eterno! Deme diez para llevar envuelto en papel de regalo, por favor.

Sin duda, Edmundo iba a pasar un rato muy divertido, aquella mujer era una cínica redomada... Al igual que él.

—No me digas que eres una fanática de novelas románticas y que adoran al millonario con problemas emocionales —indagó ya más relajado, dispuesto a jugar y tal vez a coquetear un poco.

Después de todo, que no sintiera que el amor eterno fuera para él, no significaba que lo iba a pasar mal en esta vida.

—Me encantan, aunque a mí me gustan más las historias donde el protagonista no esté podrido en plata. No puedo negarte que es mi gran placer culpable —admitió sin rastro de culpa real—. El amor triunfa, con su cuota de sexo desenfrenado con el hombre perfecto y el final feliz… Como éste… —Con su mano derecha hizo un gesto como si estuviera mostrándole el lugar, y luego saludó con sus dedos a los novios, quienes la miraron de manera inquisitiva por estar al lado de Edmundo, y todos arquearon sus cejas al mismo tiempo.

—Indiscutiblemente, los cuentos de hadas y Disney le han hecho un flaco favor a las mujeres y a sus expectativas respecto a los hombres.

—Así es, pero llega un momento en que uno se da cuenta de que los príncipes azules no existen, ni los finales felices —reconoció Camila con cierta amargura en sus palabras—. Ver que algunas personas pueden lograrlo de verdad, es solo la excepción que confirma la regla.

—Tienes toda la razón… —concordó. Ambos pensaban parecido, así que Edmundo se sintió con la libertad de poder saciar su curiosidad sin que ella lo interpretara mal—. Perdón, pero ¿nos conocemos de alguna parte?

—Ay no, por favor, no me hagas esa pregunta tan repetida, y ya pensaba que eras mi príncipe azul —bromeó risueña y coqueta. Aunque debía reconocer que aquel hombre se acercaba mucho al cómo debería ser el aspecto de un príncipe azul; alto, buena facha, intensos ojos castaños, cabello oscuro y un poco rizado, educado, voz profunda, y con facciones muy masculinas, lo que le otorgaba un atractivo adicional.

Desde que lo vio no pudo evitar mirarlo, ya que no todos los días se encontraba con un hombre que fuera tan guapo —por lo menos lo que ella consideraba guapo—. Así que se permitió ser abierta y flirtear más de lo habitual, total, solo lo iba a ver una vez en su vida.

—Vamos, inténtalo de nuevo y no me hagas preguntas de seductor de segunda —desafió con un tono de voz que era bastante sugerente.

—No, sí es verdad… —«Diablos, lo malinterpretó mal de todos modos», pensó él. Pero ella se lo tomó con un humor muy negro y eso le gustó—. Creo que te conozco de alguna parte, tu voz me es familiar…

—Pues no sé, es la primera vez que te veo en mi vida. Crée-me, te recordaría —respondió Camila con naturalidad. «Y vaya que sí te recordaría, si eres un bombón relleno de manjar», pensó un tanto libidinosa—. A lo mejor, mi voz suena parecido a alguien que conoces.

—Puede ser, qué raro. —Se encogió de hombros—. Ahora que lo pienso es posible.

—Todo es posible en este mundo… Menos las historias del tipo novela romántica —sentenció, guiñando un ojo.

—Mmmmmm, creo que te haces la amarga nomás —conje-turó Edmundo, sonriendo de medio lado y alzando una ceja. De pronto, le dieron ganas de demostrarle de una manera más contun-dente que ella no era la persona que estaba intentando aparentar.

Camila abrió la boca intentando hacer un gesto airado, y es-taba lista para replicar algo desenfadado pero…

—¡Hey, hijo! —Agustín, el padre de Edmundo, lo llamó inte-rrumpiendo el momento, para fortuna de Camila, que en realidad no tenía con qué contraatacar los dichos de Edmundo, porque en el fondo había atinado medio a medio con su aseveración—. ¡Ven un poco para acá!

—Si me disculpas… El deber me llama. —Edmundo se ex-cusó e hizo un gesto que indicaba que no tenía alternativa. Lo es-taba empezando a pasar muy bien conversando con Camila.

—Dale, fue un gusto —manifestó un poco descolocada. Era raro que un hombre le dijera las cosas de un modo tan directo, como su amiga Haidée… A decir verdad, no era raro, era la prime-ra vez que le pasaba.

—Lo mismo digo. —Edmundo sin saber si había ganado o no el intercambio verbal, se dio media vuelta y fue al encuentro con su padre, pensando en retomar la contienda con aquella mujer que ya le caía muy bien.

Coqueta y directa, sin filtro, como sus amigos —exceptuan-do la parte de coqueta, claro está—. Sí, le caía muy bien, como si fuera una de sus secuaces de la vida —que ya estaban todos casa-dos y con suerte los veía una vez al año—, y era algo extraño. Para él, a las mujeres no las tenía en el apartado de «caer bien», como si fuera una amiga.

Quiso averiguar si le caía mejor. Una hora después, cuan-do se desocupó, la buscó con la mirada entre los asistentes, pero no la halló. Luego revisó con disimulo cada habitación de la casa, hasta que llegó al dormitorio matrimonial de su hermano. Abrió la puerta despacio, como si fuera una especie de espía secreto —y sin pensar en alguna excusa razonable por si alguien lo encontraba ahí—, y entró.

Nadie.

Sin embargo, algo le llamó la atención. Sobre el velador había un libro con una cubierta muy sugerente. No pudo evitar la curiosidad y lo tomó. Leyó el título y abrió los ojos con sorpresa.

«BDSM¹, introducción a las técnicas y su significado»

—¿Pero qué mierda es esto? —susurró un pasmado Edmundo—. ¿Este par son sadomasoquistas?

Hojeó a la rápida el libro y había varias páginas marcadas.

—«Tortura erótica»… Mmmmm… «Enséñame, cómo te gusta»… «Dominación»… *«Bondage²»*… —Edmundo levantó las cejas con una sensación extraña. Nunca había visto material «serio» respecto al tema. Se detuvo a leer en detalle los textos marcados con creciente expectación, y cada vez levantaba más las cejas—. Interesante… me pregunto si… —Miró en dirección a la cama. Nada sospechoso, pero algo capturó su atención. Observó con detenimiento y notó que se trataba de una cuerda que estaba atada al cabecero, pero que estaba escondida por detrás, casi parecía un elemento decorativo. Edmundo levantó más las cejas y no quiso imaginar ni a su cuñada atada, ni a su hermano haciéndole quizás qué cosas—. Ahora entiendo… Creo que no lo pasan nada mal, con razón se casaron. Son el uno para el otro.

Dejó el libro donde lo encontró y salió con sigilo de la habitación con una sensación de que debía saciar nuevamente su curiosidad.

Y a propósito de curiosidad, a Camila no la encontró. Se había ido.

---

1 BDSM: *término creado para abarcar un grupo de prácticas y fantasías eróticas. Se trata de una sigla que combina las iniciales de Bondage y Disciplina; Dominación y Sumisión; Sadismo y Masoquismo.*

2 *Bondage: Materiales físicos aplicados a un sumiso para restringir su capaciad de movimiento y/o restringirle de alguna manera. Asimismo es el acto de colocar al sumiso en tales materiales.*

CAPÍTULO 2

𝒞dmundo llegó cansado a Concepción, después de haber asistido al matrimonio de su hermano que vivía en Santiago. El viaje de vuelta a su ciudad duraba unas siete horas, así que tomó el bus de las doce de la noche. De esa manera, dormiría algo durante el trayecto y llegaría a su casa relativamente descansado.

Pero el plan no resultó. Él se sentía inquieto y no pudo pegar un ojo en toda la noche, se distrajo buscando con avidez información en su móvil acerca de BDSM, y llegó a la conclusión de que el libro de su hermano era mucho más confiable y técnico que todo lo que abunda en el ciberespacio.

Abrió pesadamente la puerta su departamento, casi arrastrando los pies. Cerró sus ojos, inspiró hondo, exhaló largo y luego entró.

—Hogar, dulce hogar. —Reprimió el impulso de saludar a su madre, esa costumbre estaba muy arraigada en sus rutinas. A veces, solo olvidaba que ella ya no estaba con él y, que incluso, él ya no vivía en la misma casa donde pasó casi toda su vida. Suspiró y luego susurró—: Hola, mamita. —Finalmente cediendo, para dedicarle unos segundos a ella y a sus recuerdos. La echaba mucho de menos, la extrañaba horriblemente.

Su madre tenía la capacidad de distraerlo cuando su cerebro estaba enfrascado en cualquier cosa, le daba un respiro, una sana evasión. Ahora sin ella, le costaba más detenerse, darle su lugar a las cosas dentro de su mente para, luego, poder continuar.

Pensar en su madre no sirvió, era peor, Edmundo prefería seguir dándole vueltas al asunto que lo traía intranquilo en vez de caer en la pena. Su cerebro no dejaba de pensar en las cosas inquietantes que descubrió el día anterior.

Bostezando se fue directo a su dormitorio. Se quitó toda la ropa y se acostó tal como Dios lo echó al mundo. Pero a pesar de solo querer dormir, su cabeza se rehusaba a dejar de funcionar, de verdad estaba intrigado por la información que contenía ese libro. Nunca había pensado en que ese tipo de prácticas sexuales eran algo posibles, siempre lo vio como algo lejano, ajeno a su realidad, o tal vez como una sucia fantasía de alguien un tanto pervertido. Pero debía reconocer que a medida que leía el libro, más curiosidad le daba, y cada vez estaba más cerca de la obsesión qué tanto odiaba sentir. Quería saber más, mucho más... ¿De verdad se podía hacer todo eso? ¿De verdad una mujer accedía a someterse sexualmente? ¿De verdad se podía llegar a niveles inconmensurables de placer?

¿De verdad? Porque todo parecía ser increíblemente cierto.

Tampoco podía quitarse de la cabeza a Camila. La mujer era como pocas, era inusual ver una persona derechamente coqueta y directa y, sin embargo, él no se sentía incómodo con ella. Para Edmundo era más fácil manejar una situación cuando sabía a cabalidad el terreno que estaba pisando, y por eso mismo detestaba algunas «tácticas» que usan generalmente las mujeres para llamar la atención o para hacerse las interesantes. Camila, simplemente, no tenía filtro y debía reconocer que ver eso en una mujer era refrescante. Se preguntaba qué cosa le habría pasado a ella para ser una persona tan escéptica cuando se trataba de relaciones amorosas. Aunque él no se consideraba especialmente romántico, sí le llamaba la atención ver a una mujer que, de manera casi evidente, pretendía mostrar una cosa, y a la vez, sus acciones revelaban otra.

En fin, no sacaba nada con pensar en ella, porque lo más probable era que no la vería nunca más.

Ese pensamiento le hizo analizar que tal vez no estaba destinado a tener alguna compañera en esta vida, justo cuando hallaba a una mujer que encontraba bastante interesante —corrección, más que interesante—, perdía la oportunidad de conocerla un poco más, sin remedio.

Se incorporó incómodo, esponjó la almohada que estaba usando y la volvió a dejar en su lugar, luego tomó la otra, aquella que nunca usaba porque su cama nunca la compartía, e hizo lo mismo, se volvió a acostar y le hizo cucharita a la almohada libre, solo para tener la ilusión de no estar tan solo.

Lentamente su mente fue quedando en blanco. No importaba que los rayos matinales entraran a raudales por la ventana de ese hermoso día domingo. Tampoco importaba el ruido de la ciudad o el de los vecinos, y mucho menos importaba el hambre que empezaba a carcomerle el estómago. Solo cayó rendido en un sueño profundo, casi sin darse cuenta.

*****

No deseaba abrir los ojos, no en ese momento. Estaba disfrutando de una sensación exquisita. No podía parar de embestir aquella boca que estaba empeñada en darle placer.

—No pares, sigue chupando —ordenó Edmundo autoritario, acariciando con ternura la cabeza de la desconocida. Era un contraste de sensaciones que él estaba descubriendo y experimentando, dominar con rudeza, pero sin humillar, respetar a aquella mujer que su único afán era darle placer—. Así. Lo haces maravilloso —halagó sin parar de recorrer con sus dedos las hebras del cabello suave y liso.

Quiso mirarla, y sin más preámbulo lo hizo. Una cabellera castaña clara casi llegando al rubio, y más allá, pudo ver que la mujer estaba desnuda, de rodillas y tenía las manos atadas a su espalda con una soga negra.

Edmundo no soportó más, verla fue como un golpe de lujuria y adrenalina, volvió a cerrar los ojos, dio un quejido entrecortado y se derramó sin control dentro de la cálida boca que se quedó inmóvil mientras albergaba toda la longitud y recibía su éxtasis sin emitir ningún ruido.

*****

Edmundo abrió los ojos repentinamente. Estaba solo en la cama y prácticamente estaba estrangulando la almohada a la que le estuvo haciendo cucharita mientras dormía.

—¿Qué mierda ha sido eso? —Se incorporó con rapidez y su cerebro protestó por la brusquedad del movimiento. Edmundo se refregó la cara con sus manos y luego revolvió su cabello—. ¿Qué mierda fue eso? —Y sin más, empezó a reírse de sí mismo—. Maldito libro, ahora me lo voy a tener que comprar para saber más. ¡Qué estupidez!

Hizo el amago de levantarse de la cama pero notó que su sueño había dejado consecuencias, la funda de la almohada estaba, sin lugar a dudas, manchada con semen.

Resopló molesto y se reprendió de aquel episodio de adolescente calentón. Que llevara más de un año sin pareja no justificaba que su cuerpo se gobernara solo. Quitó la funda de la almohada, y se dirigió en dirección al lavadero, pero se arrepintió a medio camino, volvió al dormitorio y sacó las sábanas de la cama y la otra funda. Era uno de sus comportamientos obsesivos compulsivos, no le gustaba mezclar los juegos de sábanas, así que decidió que las iba a lavar todas y poner unas limpias. Ya calmada la compulsión, se fue a su destino. Con fastidio abrió la puerta de la lavadora, metió las sábanas y algo de ropa blanca del canasto, para aprovechar el viaje, y luego la cerró, apretó los botones del programa de lavado, y en medio de los *bip, bip, bip*, escuchó...

—¡Es que no puedes hacerme de nuevo esto, pastel[3]! ¡¡No puedes!! ¡¡Te lo dije en todos los tonos posibles!! —increpaba una mujer, Edmundo sintió lastima del pobre «pastel» que estaba recibiendo esa paliza verbal, y al instante se paralizó. Esa era la voz...

¿¡Camila!?

Abrió los ojos como platos, y sin pensar, se quedó en silencio y puso más atención a la discusión para cerciorarse de que se trataba de ella. Era increíble.

En el silencio reinante apenas se escuchaba la respuesta del hombre, solo un murmullo grave, ahogado por las paredes de concreto.

—¡Pero es que no es la primera vez, *po'h*[4]?! ¡Es la tercera! ¡La tercera! ¡¿Hasta cuándo voy a soportar esto?!

Definitivamente, era la voz de Camila, ahora Edmundo ya sabía por qué la había escuchado antes... Estaba en todo momento, a veces discutiendo, a veces cantando a todo pulmón, a veces gimiendo al compás de un cabecero golpeando el muro, a veces riendo... A veces, incluso, creyó escucharla sollozando. Sus departamentos solo estaban separados por una pared —una no muy gruesa— y la voz de Camila era parte de la vida cotidiana de Edmundo desde hacía unos seis meses cuando él llegó a ese lugar. Por eso no la recordaba, estaba relegada a un rincón de su inconsciencia. Era una voz que no tenía cara, que no tenía cuerpo, intangible, como un fantasma. Pero ahora sabía quién era, y la tenía al lado... ¡Literalmente!

—¡Es más, no tengo por qué soportar esto! ¡Se acabó! —decretó Camila.

La voz masculina seguía siendo un murmullo y ya no hubo más repuestas por parte de ella. Al cabo de cinco minutos se escuchó un portazo, y luego empezó a sonar a volumen moderado la música de Linkin Park.

—«*I'm holding on, why everything is so heavy?*» —verseaba Camila, desde el otro lado de la pared, probablemente ignorante de

---

3 *Pastel: Pendejo, imbécil, en esta historia se le asigna el término a aquel individuo inmaduro e incapaz de sostener una relación sentimental comprometida.*

4 *Po'h: muletilla que significa pues, y es usada en Chile para dar énfasis a cualquier cosa que se dice.*

que todo el piso era capaz de escucharla—. *«Holding on. So much more than I can carry»*

—Por lo menos es afinada… tiene una voz muy bonita —observó Edmundo negando con la cabeza, y sonriendo inició el programa de lavado—. ¿El «pastel» será el «ex pastel» ahora? Quizás qué le hizo por tercera vez, ella no da la impresión de ser de las que aguantan infidelidades sistemáticas. Se ve que es más digna.

«¿Por qué no vas y le preguntas directamente… pastel», dijo su lado malo. Su lado bueno, al parecer, se había ido de vacaciones.

—Sí, por qué no… —decidió impulsivamente sin preocuparse en qué estado iba a encontrar a Camila.

Y sin pensarlo dos veces, fue a su habitación y se vistió con lo primero que pilló en su closet —porque no pretendía ir en plan de entablar conversación con la vecina en su traje de Adán—, se calzó unas zapatillas y salió de su dormitorio. Pasó por la cocina, se detuvo en seco e impulsivamente sacó una taza. Prefería hacer las cosas de ese modo, porque cuando se trataba de mujeres, era mejor no darle demasiadas vueltas para no acobardarse.

Tomó sus llaves y salió al pasillo, puso atención a la música, la canción *«Heavy»* estaba terminando y golpeó tres veces.

La puerta se abrió al instante y de manera brusca, Camila traía cara de pocos amigos.

—Te dije que se… —La oración murió en su labios en el preciso momento en que se dio cuenta que el hombre que había llamado no era el «pastel».

Era el hombre bombón relleno de manjar.

—¿«Acabó»?... Hola —saludó Edmundo con una cuota de burla en su tono de voz—. Soy tu vecino de al lado, ¿tienes una taza de azúcar que me regales? —consultó dándole una rápida escaneada a la mujer que solo vestía un abrigado pijama de franela moteado con diseños de flores y corazones rosas.

Camila estaba boquiabierta, ¿De verdad, el bombón relleno de manjar que conoció en el matrimonio de su amiga era su vecino? ¿Cómo, cuándo, dónde? Le costó unos segundos cerrar la boca y elaborar una respuesta coherente. La pilló totalmente desprevenida y con la guardia baja. No, mejor dicho, con la guardia durmiendo a pierna suelta.

—¿No eres un acosador-sicópata-violador-asesino-serial? —Fue lo primero que escupió el cerebro de Camila y que pasó directamente a sus labios, intentando con desesperación levantar la guardia.

—Olvidé los condones, la cinta de embalaje y el cloroformo. Soy inofensivo en este momento —respondió Edmundo, sonriendo abiertamente.

—Súper inofensivo, me das un puñete y me dejas en coma —ironizó Camila, mirándolo de arriba abajo. «Diablos, sigue viéndose buenorro el infeliz, aunque sea informal», pensó, chasqueando la lengua para sus adentros.

—No es mi costumbre golpear a las personas. Solo en casos de fuerza mayor. Por una taza de azúcar no cometeré ningún crimen —aseguró Edmundo, levantando la taza vacía y muy divertido con el intercambio verbal. Ella tenía una respuesta ácida y sarcástica para todo. Obvio, acababa de echar al «pastel» por hacer quizás qué cosa por tercera vez, así que, probablemente, su ánimo era más bien belicoso.

Camila no deseaba pensar que Edmundo había oído todo, pero no pudo evitarlo, empezó a mortificarse en el momento en que su mente empezó a elucubrar qué cosas oía el vecino de al lado.

Ella también escuchaba lo que él hacía. Podría definir a Edmundo como alguien solitario, ordenado y limpio —escuchaba la aspiradora varias veces a la semana y la lavadora—, a veces ponía algo de música a volumen moderado y, definitivamente, era muy callado, su voz no la había escuchado nunca y tampoco la de ninguna mujer, así que podía conjeturar que Edmundo no era de los que llevaba «Fulana», «Zutana» y «Mengana» a su departamento para follar como gorilas.

Y ahora podía agregar al listado, que el vecino mudo estaba más bueno que un cargamento de chocolate suizo, que era muy simpático y tan cínico como ella cuando se trataba de romance… y también alguien al cual no le pasaban desapercibidas algunas cosas que ella solía ocultar, y que la mayoría de los hombres ignoran a propósito.

En pocas palabras, él era un hombre con el cual podría entretener su vista y hablar a calzón quitado. Un buen tipo, decente —según la fuente confiable que era su amiga Haidée—, pero totalmente descartado para establecer cualquier tipo de relación que involucre besos, caricias e intercambio de fluidos.

Porque en el fondo, él se iba a convertir en un «pastel». En pocas palabras, en un corto plazo él sacaría a relucir al hombre-niño, con espíritu ganador que mató al caballero que todo macho lleva adentro.

Camila estaba segura que si a ella se le ocurría traspasar la delgada línea que separaba entre ser coqueta a tirarse como leona sobre él, Edmundo pasaría de príncipe a sapo. El hombre le caía demasiado bien y por un absurdo motivo él le inspiraba mucha confianza. Tampoco debía olvidar que era el cuñado de su mejor amiga. Si se ponía a pensarlo mejor, que él fuera su vecino tenía su lado práctico, podía tener alguien con quien contar… un amigo, ¿para qué arruinar la situación con sexo?

Además que solo desde hace cinco minutos acababa de terminar una poco conveniente relación, y no estaba de ánimos para bajar sus bragas. En ese momento todo lo iba a mantener por el lado platónico.

—Entra —invitó Camila, dándole paso a Edmundo a que se internara en su departamento—. Está todo desordenado, pero me importa un pepino si no te gusta. —Sí, todavía sus ánimos eran belicosos.

—Gracias —dijo Edmundo mirando todo a su alrededor. Camila no mentía acerca del desorden. Todo era un desastre, excepto la biblioteca—. Te busqué después en el matrimonio de mi hermano, pero te fuiste temprano —comentó para saber sobre su repentina desaparición de la fiesta.

—Sí, bueno… Adoro a Haidée, pero solo fui y volví. Tenía otro compromiso —respondió un tanto dudosa de darle explicaciones a alguien que estaba recién conociendo. Quería tantear el terreno—. ¿Vas a querer el azúcar o solo fue otra táctica de seductor de segunda? —Intentó cambiar de tema tirándole la caballería encima.

—Sí, la necesito —mintió con descaro y le entregó la taza—. ¿El compromiso era con el «pastel»? —interrogó Edmundo sin pelos en la lengua. No servía de nada la estrategia de Camila por desviar el tema de la conversación, él no se iba a ir hasta saciar su curiosidad y conocer un poco más a esa mujer.

—¿Qué tanto escuchaste? —preguntó Camila, entrecerrando sus ojos.

—No pude evitarlo… Solo tu lapidación verbal hacia el pobre hombre —confirmó lo que tanto temía Camila—. ¿Qué te hizo ese tipo?

—¿De verdad quieres saberlo? —interrogó, alzando su ceja con incredulidad, y se dirigió a la cocina; Edmundo la siguió. Observaba atento el lugar para conocer el mundo que rodeaba a esa mujer, si el departamento en general era un desorden, la cocina era pulcra. Así que pudo deducir que era algo muy especial para ella… o tal vez, no la usaba.

—Digamos que tengo mucha curiosidad. Es como leer un libro desde la mitad hasta el final—explicó con sinceridad—. ¿Es demasiado íntimo como para contarlo?

—La curiosidad mató al gato, ¿lo sabías? —provocó a Edmundo con coquetería, eso no podía evitarlo. Y sí era íntimo y privado lo que le sucedía. Por un lado, Camila pensó que no debería contarle sus cosas a un completo extraño, pero por el otro, podría serle útil la opinión de un hombre que era decente y contaba con la total aprobación de su amiga.

—Pues, me arriesgaré —apostilló Edmundo para animarla.

—Bueno, te lo diré. —«A riesgo de que creas que soy una puta barata», pensó Camila con demasiada dureza consigo misma. Pero la vida ya le había enseñado cómo eran los hombres de machistas—. Lucas es un amigo… No, era un amigo —subrayó—, que hace tiempo andaba detrás de mí, y por distintos motivos nunca se dio nada entre nosotros. —Comenzó a relatar sin mirarlo directamente, en vez de ello, empezó a buscar el azúcar en la despensa.

—Un amigo… ¿con ventaja? —interrogó, apoyándose en el quicio de la puerta y cruzándose de brazos.

—Hace poco le di la «ventaja». —Encontró el frasco de azúcar y lo abrió.

—Ahhhh, entonces asumo que aprovechó la ventaja —Camila asintió con la cabeza y empezó a rellenar la taza con azúcar—. ¿Y cuál fue su pecado?

—Mmmmm, pues parece que mi ex amigo con ventaja es eyaculador precoz y yo no estoy para ser la terapia de nadie.

Edmundo abrió los ojos sorprendido, pero un tanto desconfiado acerca de la aseveración de Camila. ¿Acaso, sería de las mujeres exigentes que esperan que un hombre dure media hora embistiendo sin parar?

—¿Cuál es tu concepto de eyaculador precoz? A un hombre promedio, si no le cambias la posición, no dura más de tres minutos… Son datos científicos, yo no lo inventé —aseveró.

—Tres empujadas —contestó lacónica y sin exagerar—. Créeme, no soy una mujer que necesite media hora de preparación, pero ¿tres empujones?, ¿sin disculpas, sin preocuparse si yo había disfrutado o no? —relató con las manos en jarras y elevando un poco la voz, evidenciando su frustración.

—Bueno, los hombres a veces somos muy ansiosos y nos autoboicoteamos cuando estamos con quien nos gusta demasiado… —intentó justificar Edmundo como posible causa de la rapidez del ex amigo con ventaja de Camila.

—Te creo la primera vez, eso te lo concedo. Pero las demás, ¿lo mismo? Le perdoné su ansiedad la primera noche, todas las veces que repetimos me la hizo, y esa vez yo quedé mirando para el techo como diciendo «qué mierda pasó aquí, ¿eso es todo?». Le expliqué con buenas palabras y mucho tacto que necesitaba un poquito más de tiempo para alcanzarlo. Le di la oportunidad de resarcirse en una segunda cita, y al final fue lo mismo. Así que me dije: si me la hace a la tercera, *pa'* la casa nomás.

—Ahhh… entiendo… ¿Esta fue la tercera? —Camila confirmó, asintiendo con su cabeza—. Definitivamente, es un pastel eyaculador precoz y muy egoísta. La defensa descansa, no hay más argumentos, su señoría —bromeó, pero diciendo la verdad—. Mi lado masculino tiende a defender a un compañero, pero tus pruebas son contundentes.

A Camila le sorprendió un poco que él no siguiera intentando justificar a Lucas, y le sorprendió aún más que le diera la razón sin más. Al parecer, Edmundo era un hombre razonable.

—No se puede defender lo indefendible, y yo no soy de las que fingen, mi cara de decepción era evidente, le dije las cosas civilizadamente, pero el pastel prefería ignorarlo.

—Hay hombres demasiado estúpidos que creen que lo merecen todo. Bueno, la mayoría tenemos nuestros episodios de lucidez, pero por lo general somos bien tarados con las mujeres.

—Nada que hacer, todos los hombres son unos pasteles. —Se acercó con la taza llena de azúcar y una sonrisa—. Toma, después te la cobraré de vuelta —avisó ofreciéndosela y Edmundo la recibió, sus dedos se rozaron, esta vez no hubo estática, ni corrientes eléctricas, solo el suave y cálido toque del que ambos fueron demasiado conscientes—. Nunca se sabe.

—Gracias, Camila… —agradeció con una sonrisa sin saber qué más decir

—De nada.

—Bueno, me voy… —Edmundo se dirigió hacia la puerta y Camila fue tras de él para acompañarlo. Edmundo se detuvo bruscamente y ella chocó en su espalda pegando todo su cuerpo al de él. Por una milésima de segundo fue capaz de sentir la dureza y el calor que emanaba de ese hombre, y sin poder controlarlo, Camila se puso nerviosa—. Oye, te gustaría... ¿Estás bien?

—Sí, no te preocupes... —aseguró, todavía sintiendo la tibieza del cuerpo de Edmundo en su piel—. ¿Decías?

—Ah, sí... ¿Mañana trabajas?

—Sí... ¿por?

—¿A qué hora llegas?

—Como a las siete.

—¿Te gustaría cenar conmigo? Me gusta conversar contigo, y en realidad, me la paso todo el tiempo solo, sobre todo cuando empiezan las clases.

—¿Clases? ¿Estudias o trabajas? —interrogó interesada en conocer más a Edmundo, porque no lo iba a negar, el hombre le atraía. Desde el día uno... o sea, desde ayer.

—Soy el «viejo de mierda de informática» en la Universidad del Desarrollo.

—Ahhh, así que eres profesor.

—Básicamente, enseño en varias carreras donde la malla curricular les exija a los alumnos usar algún programa de diseño o aprender conceptos básicos de computación, que no son tan básicos para alguien que no ha visto una mísera línea de código en su vida —explicó Edmundo con cierto tono de orgullo. Le gustaba enseñar, aunque a veces no soportaba el carácter indolente y perezoso de la juventud actual—. Si no se aplican me los rajo sin piedad —dijo medio en broma, medio en serio.

—No sé por qué no me sorprende... —comentó. Ella podía percibir un aura de autoridad en él, tal vez era la postura o el tono de voz que usaba—. Mañana golpearé tu puerta a las siete y media. En la semana, por lo general, me la paso sola, así que creo que me hará bien conversar en vivo y en directo con un ser humano.

—Tenemos una cita entonces.

—Claro... pero no te ilusiones, solo estamos en plan de amistad —advirtió, levantando su dedo índice para subrayar sus dichos—. Sin derecho a nada.

—Yo no he dicho lo contrario —replicó inocente. Demasiado inocente, incluso, para el mismo Edmundo—. Nos vemos.

—Adiós.

—Adiós.

Camila cerró la puerta y luego se apoyó en ella soltando el aire de sus pulmones.

—¿Qué mierda ha sido eso? —susurró incrédula de la insólita situación vivida los últimos minutos.

Ahora le daba cosa hablar un poco más fuerte. Las paredes tenían oídos… los del vecino bombón relleno de manjar.

CAPÍTULO 3

«*La amiga de Haidée es mi vecina*», escribió Edmundo a su hermano, olvidando que ellos estaban de luna de miel, unos pocos días, pero luna de miel al fin y al cabo. No habían pasado ni cinco minutos desde ese encuentro con Camila y necesitaba contárselo a alguien. Sonrió al pensar en ella, la mujer no tenía pelos en la lengua, y a él le gustaba mucho ese aspecto de ella. Pero no era tonto, Edmundo se dio cuenta de que Camila dudó por unos instantes si relatarle lo que había ocurrido, porque claro, las personas no le divulgan su vida sexual a alguien con quien coquetearon hacía menos de veinticuatro horas. Tal vez eso fue lo que más le gustó, que ella confiara en él y que en verdad no pensara que era un acosador-sicópata-violador-asesino-serial.

Se sentó en el sofá de la sala de estar y encendió el televisor. Siempre veía el mismo canal, así que no se tomaba la molestia de cambiarlo. Se dio cuenta de que iban a ser la dos de la tarde, según el añoso reloj mural que era de su madre.

Su celular sonó por una notificación de mensaje, Edmundo lo desbloqueó y sonrió.

«*¿En serio? Mira qué pequeño es el mundo*», fue la respuesta de su hermano. «*El universo está tratando de decirte algo, hermanito. No lo ignores, recuerda "la maldición"*», continuó Damián. «*Ayer ustedes dos se veían muy animados conversando… Muajajajajajaja*».

«*Ridículo. El gusto tuyo de ver cosas que no son. Mejor ocupa tu imaginación en algo más productivo y ve a atender a la pobre Haidée como corresponde*», contestó a la defensiva Edmundo. Su hermano era un romántico hasta la médula, aunque intentara hacerse el loco… o tal vez, Haidée hacía que él se comportara así, con devoción.

En fin, Edmundo no quería detenerse a pensar mucho en el universo, el destino o cualquier cosa parecida.

«*Si no estuviera bien atendida, no estaría contestando tus mensajes. Soy un hombre que le encanta satisfacer a su mujer*», respondió su hermano con socarronería. «*Le estoy haciendo almuerzo, mal pensado. Haidée tiene hambre*», acotó de inmediato.

«*¡Trabaja, esclavo!*», bromeó Edmundo con inocencia, pero esa inocencia se esfumó en cuanto envió el mensaje. Si su hermano y su cuñada practican sado, dominación... o como le llamen, ¿Damián sería el sumiso o el dominante?, se preguntó. Francamente no lo imaginaba como sumiso, su hermano tenía algo que daba a entender que, a pesar de besar el suelo que pisaba su mujer, no era un pelele.

No hubo más respuestas, lo más probable era que Damián estuviera realmente haciendo el almuerzo, y a propósito de ello, Edmundo estaba famélico y con cero ganas de cocinar.

—¿Comida china o japonesa? —Recreó los sabores mentalmente para saber qué cosa le apetecía más en ese momento, y decidió. Apagó el televisor, miró por la ventana y notó que afuera estaba un poco fresco, por lo que tomó un sweater, dinero, sus llaves y salió.

*****

«*¡Tu cuñado es mi vecino!* 😲😲😲», fue el mensaje que le envió Camila a Haidée en cuanto procesó todo lo sucedido. No esperaba que su amiga le contestara de inmediato, era posible que estuviera pasándolo «pésimo» en su mini luna de miel.

«*Vive al lado, pero al lado, al lado mío* 😬», fue el otro mensaje que le envió.

«*¿De verdad es un hombre decente, o es un pastel disfrazado de hombre decente?* 💩💩», escribió quince segundos después, un tanto arrepentida de bombardear a su amiga con mensajes de chiquilla insegura. Miró la hora en su móvil, eran las dos de la tarde

—Mejor me voy a duchar. Tengo pegado en el cuerpo el hedor del peor sexo de toda mi vida y estoy cagada de hambre —declaró en voz alta, levantándose del sofá y dirigiéndose al baño—. Increíble, ahora va a la lista de pasteles el «hombre metralleta».

Camila solía hablar consigo misma, en parte, porque siempre fue su costumbre desde niña, y por otra, porque de esa forma llenaba de alguna manera el silencio de su hogar cuando estaba sola.

Se quitó el pijama de flores y corazones que se había puesto justo después de despachar a Lucas para sentirse protegida y se metió a la ducha. Dejó que corriera el agua caliente por su piel y se quedó quieta bajo el chorro. Se preguntaba por qué seguía castigándose de esa manera, involucrándose con tipos que eran todo lo contrario a lo que ella deseaba. ¿Cuál era el afán de intentar hacer cambiar a un hombre por amor, sabiendo que ya sus defectos eran insoportables? Es más, ¿por qué diablos esperaba a que cambiaran?, ya debería haber aprendido que nadie cambia en esencia. ¿Por qué no era capaz de diferenciar un hombre decente de uno que le iba a hacer pasar penurias? ¿Acaso, no existía en ninguna parte del mundo algún hombre sensato y maduro? Alguno que tuviera una mínima cuota de empatía, de sensibilidad.

A lo mejor ella era la del problema, no quería verse a sí misma como una víctima, pero sí debía admitir que tal vez debería cambiar su actitud, algo estaba haciendo mal, de eso no había duda. Ella era les daba cabida a los hombres que no valían la pena… Bueno, y ellos se aprovechaban de ello.

—Tengo que ser más selectiva… ¡Aiiiiish! Pero moriré rodeada de gatos si se me pasa la mano. —Empezó a hablar sola de nuevo mientras se echaba shampoo en el cabello—. No tiene que ser perfecto, solo que no sea un hijito de mamá que no sepa para dónde ir en la vida… Un hombre hecho y derecho… que tenga pene no significa que goce de esa condición, o sea, es cosa de ver a Lucas, tremendo pedazo de pistola que tenía, pero se disparaba sola.

Se aclaró el cabello pensando en cómo cambiar de dirección su inestable vida amorosa. Estaba acercándose a los treinta, tampoco era que se le estaba yendo el tren, pero sentía que su vida era como tomar el tren incorrecto una y otra vez, y temía aburrirse de errar el rumbo y optar por quedarse abajo para siempre para no volver a equivocarse.

—¡Celibato! —exclamó mientras embetunaba acondicionador en su cabello—. Tengo que estar tranquila por un tiempo, mirar las cosas con perspectiva y el sexo me enceguece… Además que últimamente siempre es lo mismo y es harto mediocre. Lo hombres ni siquiera tienen imaginación, deberían leer más libros románticos —reflexionó—. Por último, para que se hagan una idea de lo que nosotras deseamos. Una ya sabe lo que ellos quieren, es cosa de ver una porno y ya… Son tan básicos… me carga que sean así.

Enjabonó su cuerpo rápidamente y luego se enjuagó para dar por terminado su ritual de purificación post desastre.

Salió del baño envuelta en una toalla y de súbito empezó a sonar su celular que estaba sobre la mesa del comedor. Camila tomó el aparato y al ver quien llamaba cerró los ojos y resopló. Si no contestaba esta vez iba a ponerse más insistente y ya no estaba de humor para sufrir ningún tipo de acoso emocional.

Así que optó cortar por lo sano.

—Hola, mamá —saludó Camila intentando aparentar buen humor.

—Hola, hija —devolvió el saludo su madre, pero su tono de voz era más bien grave—. Supe que estuviste en Santiago. ¿Por qué no pasaste a la casa?

Camila maldijo mentalmente su torpeza y se recriminó hasta el cansancio por haber publicado en *Facebook* que estaba en el matrimonio de Haidée. A veces olvidaba que tenía entre sus contactos a personas que hablaban con su madre y que siempre iban con el chisme. Para la otra iba a tener que configurar la publicación.

—Fue un viaje de ida y vuelta. Solo estuve unas horas en Santiago para el matrimonio de Haidée... —explicó intentando sonar relajada, la excusa era simple—. ¿La recuerdas? Era mi compañera en el colegio de la básica, mi mejor amiga, con la que fuimos a Dichato.

—La recuerdo bien. Pero debiste venir para acá, hija. Tu papá estaba en la iglesia, no había forma de que se encontraran.

—No voy a tentar a mi suerte de nuevo, mamá. Acuérdate del escándalo que armó la otra vez, dijo que estoy muerta para él. Arderé en el infierno por pecadora y por haberme alejado de la mano de Dios —ironizó repitiendo las mismas palabras que lanzó su padre ese día—. Mamita, no sigas intentando forzar una situación que nunca sucederá, sé que yo ya no le importo. Está bien, ya superé el hecho de que nunca vamos a estar de acuerdo en esta vida.

—Debiste venir de todas formas, por último, nos hubiéramos encontrado en otra parte.

—Tenía que volver pronto, mamá, y el matrimonio era en La Florida, no podía pegarme el pique a San Bernardo. Iba con el tiempo justo. Para semana Santa voy a Santiago y nos juntamos... —propuso conciliadora—. Yo... yo ya no quiero volver a visitarte a la casa y arriesgarme de nuevo a que mi papá me encuentre ahí, y me diga hasta de lo que me voy a morir.

—Pero, hija...

—No, mamá —intervino los ruegos de su madre con vehemencia—. Yo no soy como Rut que le acepta todo, no puedo evitar quedarme callada, y va a quedar la embarrada de nuevo. Yo no soy tan masoquista como para pasar por esa situación una vez más. ¿Tú crees que no me duele que mi propio padre me trate como una puta, como si fuera escoria humana que no es digna de él? —interpeló tragando su dolor y sus lágrimas, porque eso siempre dolía—. Todo porque no hice las cosas a su manera. No, mamá, él no dio su brazo a torcer hace cuatro años, no lo hizo hace un mes, menos lo va a hacer ahora. Y yo no voy a cambiar mi vida para que él se sienta orgulloso de haber salvado mi alma, que el gran pastor Jacob hizo el milagro.

Desde el otro lado de la línea telefónica solo se escuchaban los sollozos de su madre que nunca dejaba de insistir en el tema. En el fondo deseaba a su familia unida, pero a costa de que Camila cediera, para ella era impensable que su marido fuera más flexible y misericordioso con su propia hija.

A Camila cada vez se le hacía más difícil el contacto con su mamá, que siempre le hiciera pasar por ese tipo de conversaciones cada vez que la llamaba. Aída, su madre, lo hacía sin mala intención, pero las cosas estaban hechas. Con el paso del tiempo, Camila se estaba acostumbrando a sentir el rechazo de toda su familia a excepción de su madre, la única que la aceptaba tal como era, pero era demasiado sumisa y pasiva con su marido y nunca fue capaz de llevarle la contraria, ni rebelarse de algún modo. Ni siquiera por Camila.

—Mamá, mamita… no llores… Yo estoy bien aquí. A pesar de todo lo que me pasó, de mis fracasos, no quiero regresar a Santiago. No puedo cambiar la tranquilidad de este lugar por la capital, y yo ya hice mi vida aquí… No insistas más, te lo suplico.

—¿Me prometes que nos veremos en Semana Santa?

—Sábado Santo, y nos juntamos al mediodía en la plaza de San Bernardo —prometió solemne—. Es solo un mes, no te preocupes, pasará volando.

—Bueno, mi niña… nos vemos entonces.

—Nos vemos, mamá, cuídate… —Reprimió las ganas de decir «mándale saludos a todos». En realidad, aparte de su mamá, no había nadie que quisiera recibir sus parabienes—… Adiós.

—Adiós, hija. Bendiciones.

Una lágrima cayó por la mejilla de Camila y ella la interceptó con sus dedos, emborronándola sobre su piel. Por lo general, ella no extrañaba su familia, solo a su madre de vez en cuando. Pero el dolor volvía con cada llamado telefónico, con cada ruego, con cada visita a escondidas.

Camila prefería la distancia, era mejor para todos estar separados por cientos de kilómetros. Era más fácil para ella, y un alivio para el resto de su familia pretender que la oveja descarriada no existía. Si no estaba en Santiago era mínima la posibilidad de toparse o saber de ella.

El celular de Camila sonó de nuevo, sacándola bruscamente de su trance. Esta vez era la alerta de un mensaje entrante. Miró al cielo agradeciendo la distracción que le brindaba Haidée sin saberlo. Ella siempre la «salvaba» sin querer y, a veces, queriendo.

«¡Noooooooo! ¡¿En serio?!», decía el mensaje de su amiga. «¿Y cómo te enteraste?», preguntó con evidente interés.

«Golpeó mi puerta pidiendo una taza de azúcar», respondió Camila, «Aunque sigo creyendo que lo del azúcar fue una excusa barata, pero le sirvió para que lo dejara entrar a mi departamento», continuó, «Supongo que lo hizo por curiosidad porque mi voz la había escuchado antes, y claro, ahora sabe por qué».

Camila se quedó mirando la pantalla, esperando a que Haidée terminara de escribir su mensaje, y sonrió. Edmundo le caía bien, y bueno, había algo en él que no sabía cómo describir con exactitud. En cierto modo, se sentía cómoda y segura con él. Tanto como aceptar sin ningún tipo de recelo su improvisada invitación a cenar al día siguiente.

«Ja ja ja ja ja, de verdad no me imagino a Edmundo pidiendo una taza de azúcar… Mi cuñadito lindo precioso, a veces hace cosas que uno no puede predecir», comentó Haidée, «Pero, como te dije ayer, no es tu tipo, él es decente… A menos que quieras cambiar tu rumbo e intentar algo con alguien que valga la pena, y si es así, él es el indicado. Te lo recomiendo, es muy bueno para la salud emocional tener una relación sana».

Haidée siempre le decía lo mismo, que le diera la oportunidad a otro tipo de persona. Pero para desgracia de Camila, no se daba cuenta de ello hasta que era muy tarde y los hombres sacaban a relucir a su pastel interior.

Y es que los pasteles son individuos especiales, son personas con una personalidad atractiva, son seres simpatiquísimos, seductores, alegres. Pero cuando llegan a la instancia de formalizar una relación, de proyectarse, de ir más allá, todo se va al carajo. En palabras simples y mundanas, un «pastel» era sinónimo de «pendejo», pero con palabras más bonitas. Y no es que Camila tuviera el vestido de novia en la cartera. Lo único que ella deseaba era estabilidad, confiar en un hombre lo suficiente como para apoyarse en él, sin el temor a que este desapareciera despavorido ante las palabras, «compromiso», «responsabilidad», «madurez». Camila solo deseaba tener un compañero, entregar y recibir sin egoísmos, sin condiciones... solo amar... Tal vez estaba pidiendo demasiado, porque al parecer los hombres hechos y derechos ya no existían.

«Ay no sé... Edmundo me cae bien y nuestras conversaciones solo fluyen. Pero eso no significa que esto se transforme en algo más. Seré una lectora de novelas rosa y una romántica empedernida, pero sé diferenciar la ficción de la realidad, y los hombres como tu Damián, solo se dan uno en un millón, o sea, en este país hay solo 17 personas como él, y ayer acabaste de reducir el número de mis oportunidades a 16. Gracias, amiga», bromeó Camila con su humor ácido e irónico.

El estómago de Camila protestó por alimento haciendo un ruido nada discreto. Por unos minutos había olvidado comer, pero no se sentía con ánimos de cocinar. Se despidió de su amiga y se quedó pensativa.

—Comida congelada, empanadas, helado de chocolate... —enumeró indecisa—. ¡Bah!, lo veré en el camino.

Se vistió con premura, tomó su dinero y salió.

CAPÍTULO 4

—¡*P*or la misma mierda, salí sin llaves! —exclamó Camila frustrada en frente de la puerta de su departamento, esculcando infructuosamente cada bolsillo de su ropa—. ¡Eres una descerebrada! ¿Cómo vas a abrir ahora? ¿Con tu mega fuerza?

Miró con cierto recelo hacia la puerta del vecino de al lado. No deseaba en absoluto pedirle ayuda, ni nada por el estilo. Camila no sabía por qué rechazaba la idea de golpear la puerta de Edmundo, era absurdo, pero sentía que no deseaba depender de él en ningún sentido.

Y sin embargo, era más absurdo estar en el pasillo con su tarro de helado de chocolate derritiéndose lentamente, y un «Barros Luco» calientito listo para ser devorado. Esa gloria culinaria hecha sándwich de carne a la plancha y queso derretido ya estaba enfriándose y, que inexorablemente, iba a saber a cualquier cosa menos a algo rico si no se lo comía pronto.

Resopló. No tenía más alternativa. Enfiló sus pasos hacia la puerta del vecino, la número 306, haciéndose el ánimo de verlo otra vez. No es que no quisiera, en realidad, le gustaba la idea de cenar con él al día siguiente, era ella la que estaba de un humor sombrío después de hablar por teléfono con su madre. La distracción de Haidée solo funcionó unos instantes, su mente y su alma se empaparon del pasado, y a veces le costaba subirse el ánimo y salir de ese estado que detestaba, nostalgia y dolor en partes iguales.

—Ya pues, es solo pedir ayuda, no seas mensa, Camila… —susurró con la sensación de convertirse en alguien indeseable, golpeó la puerta firme tres veces, y esperó…

Y esperó.

Golpeó de nuevo… un poquito más fuerte y un poquito más desesperado.

Y esperó

Y nadie salió.

—¡Mierda! —maldijo golpeando la puerta con su cabeza, sabiendo que no había nadie del otro lado—. Tonta, mensa, estúpida... —siguió tocando la puerta con su frente con cada adjetivo descalificativo que disparaba—... Idiota, *hueona*[5], tarada...

—Veo que tu autoestima está por las nubes. Si sigues golpeando mi puerta de esa manera, sin duda vas a quedar tonta, mensa, estúpida, tarada y tal vez con parálisis cerebral severa —declaró con seriedad esa voz que se estaba haciendo familiar; Camila detuvo su autoflagelación en cuanto la escuchó—. Hola de nuevo, vecina.

Camila no quería darse la media vuelta, pero no le quedaba alternativa, así que, resignada a su penoso destino, lo hizo sin poder evitar mirarlo de arriba a abajo. Edmundo seguía viéndose igual de atractivo que hace una hora, cargaba un par de bolsas y la miraba con una expresión inescrutable.

—Hola... vecino —saludó Camila con un tinte de sorna en su voz.

—Tienes la frente colorada. —Sin avisar, Edmundo le sobó con cuidado la zona con el pulgar—. Bastante peculiar tu forma de golpear la puerta, para eso existen los nudillos —reprendió con un tono paternal. Edmundo no podía quitarse las ganas de zamarrearla por tratarse a sí misma de esa manera. No sabía por qué ella estaba frente a su puerta, pero sin duda necesitaba algo de él. Camila no debía decirse tantas sandeces juntas, con lo poco que la conocía no la consideraba una mujer con poca inteligencia, distraída tal vez, pero tonta, jamás.

—No seas ridículo —respondió a la defensiva y sin moverse dejando que Edmundo siguiera con el masaje—. Se me quedaron las llaves adentro del departamento —explicó, volviéndose a sentir tonta por su error—. Quería saber si me puedes echar una mano... No me mires así, te pareces a mi padre cuando está a punto de soltarme un sermón —exigió al notar la reprobación en la cara de Edmundo, pero ella lo interpretó mal. Él no estaba molesto porque le pidieran ayuda, estaba molesto al ver que ella se trataba con demasiada dureza.

—De primera, no te voy a soltar ningún sermón, lo único que voy a decirte es que no me gusta que te trates de esa manera. Tú eres cualquier cosa menos tonta, estúpida, tarada y todo lo demás. —Camila se sorprendió al escuchar las palabras de Edmundo, no imaginó que su actitud era por eso, y le hizo sentir bien que él estuviera atento a ese tipo de cosas. El semblante de Edmundo se suavizó y decidió—: Primero comamos y luego veamos cómo

---

5 *Hueona (o hueón): Huevona, estúpida, imbécil, tonta.*

resolver tu problema, ese helado ya está desbordándose por todos lados —dedujo al mirar la bolsa que ya se notaba que el postre estaba empezando a derretirse.

Edmundo no esperó la respuesta de Camila, abrió la puerta de su departamento y la invitó a entrar. Ella de inmediato notó lo diferentes que eran sus hogares a pesar de ser espacios idénticos. El departamento de Edmundo estaba impoluto, casi parecía sacado de una revista de decoración, confirmando su teoría de que él era un hombre ordenado. El de ella parecía era un chiquero en comparación al de él.

A la entrada, lo primero que se veía era la sala de estar y el comedor al fondo. Si miraba hacia la derecha estaba la entrada a la cocina y más allá, por esa misma dirección, estaban los dormitorios y el baño.

—¿Y tú vives aquí o solo flotas para no desordenar? —interrogó Camila con ironía, observando todo sin disimular su curiosidad.

—Paso más tiempo en la universidad que aquí, y cuando llego solo duermo —respondió—. Dame tu helado, por favor —demandó, estirando la mano—. Asumo que no has almorzado.

—Pretendía hacerlo. —Le entregó la bolsa que contenía el helado sin cuestionar—. Un buen «Barros Luco».

—Sano y nutritivo —comentó con sarcasmo antes de entrar a la cocina para guardar el helado.

—Seguramente no has probado los que hace don Mauricio —replicó Camila desde donde estaba, e ingresó directo al comedor, espacio que recibía toda la luminosidad velada del sol, ya que estaba al lado de un gran ventanal vestido con cortinas blancas de visillo—. Él hace los mejores «Barros Luco» y «completos[6]» que he comido en toda mi vida.

—No he tenido el placer de probar esa delicia... —dijo de pronto Edmundo a sus espaldas con un tono juguetón. Camila casi dio un respingo... casi. Pero ella hubiera jurado que todo su cuerpo tembló.

La reacción de ella no pasó desapercibida para él, y eso empezó a aligerarle el estado de ánimo. Internamente se lo estaba pasando de lo lindo, al torturarla un poquito para ponerla nerviosa. ¿Por qué? pues ni él lo sabía, solo tenía la certeza de que le agradaba más de esa manera, que hablando mal de sí misma.

---

6 *Completo: hot dog aderezado con todos o algunos de los siguientes ingredientes, tomate, aguacate, chucrut, mayonesa, mostaza, ketchup, salsa verde, cebolla frita, etc., etc., etc.*

—Si quieres puedes probar el mío —propuso ella sonriendo y coqueteando derechamente, como si fuera un mecanismo de autoprotección. En una de esas lograba que él se amilanara un poco, como todos los hombres que no pueden sostener demasiado tiempo el flirteo. Había dos reacciones ante ese escenario, se alejan y dejan todo en un plano inocente, o pasan a la acción—... A cambio de lo tuyo. —Ella tenía la esperanza de que todo quedara en la inocencia, si es que quería mantener su resolución de guardar celibato por un buen tiempo.

—Eso suena bastante tentador —aseveró, alzando una ceja y esbozando una sonrisa—. ¿Te gusta el ramen? —preguntó abriendo la bolsa que traía consigo y sacó un cuenco grande de poliestireno.

—¿El qué? —interrogó confundida mirando la comida de Edmundo. Ella lo imitó, y sacó su enorme sándwich que estaba envuelto en papel aluminio, a la vez que se sentaba a la mesa.

—Es una sopa de fideos con carne de pollo, cerdo o res y verduras al estilo japonés. Dame un minuto —se excusó y fue a la cocina a buscar un par de cuencos de cerámica, palillos chinos, un chuchillo y un par de platos.

—Nunca la he probado, no me tinca mucho la comida japonesa. Odio el sushi —comentó Camila cuando Edmundo volvió de la cocina.

—Pues, será tu primera vez.

—Bueno, espero que esta primera vez sea más satisfactoria que la otra «primera vez» —declaró socarrona, observando cómo Edmundo, sin inmutarse por sus dichos, repartía la sopa con cuidado. Los fideos eran larguísimos y ondulados, Camila no tenía idea de cómo comerlos.

—Las primeras veces casi siempre son cualquier cosa menos satisfactorias —aseguró concentrado en servir, pero muy consciente del tema de conversación—. Te recomiendo usar palillos chinos para los fideos, las verduras y la sopa te la tomas directo del cuenco. Sabe mejor así.

—Y yo que pensaba que solo los hombres lo pasan bien en sus primeras veces —declaró Camila desenvolviendo el sándwich y lo partió por la mitad—. Con mi almuerzo me voy a ganador, a todo el mundo le gusta el «Barros Luco». —Puso una mitad en cada plato, mientras que Edmundo terminaba de dividir su sopa.

—No siempre lo pasamos tan bien como tú piensas, ni siquiera cuando llegas a la cuarta o quinta vez —replicó Edmundo dejando entrever su desazón respecto a «aquellas primeras veces»—. A juzgar por tu elección culinaria me da la impresión de que no te gusta mucho salir de tu zona de confort... Provecho. — Acercó el cuenco hacia ella y se sentó en la silla de al frente.

—Tengo un serio problema con ello —confesó mirando con inseguridad esa sopa que tenía un aspecto nada seductor—. Provecho.

—Pues, a mí me gusta probar de todo en esta vida, nunca se sabe cuándo encuentras algo que te llena. Si nunca pruebas nada nuevo es difícil hallar algo que te apasione.

Camila se quedó en silencio mirando su sopa, sopesando los dichos de Edmundo, encontrándole la razón. Estaba un poco confusa, no tenía idea de cómo tomar los palillos para, al menos, hacerse la idea de comer esa cosa. Edmundo ya había empezado a comer, tomando con destreza sus palillos, pero al mirarla de reojo notó que estaba un poco complicada.

—¿Quieres aprender a tomarlos? —ofreció—. Yo te enseño.

—Está bien... enséñame —aceptó. Hace una hora atrás había decidido que debía cambiar su actitud, así que le pareció apropiado comenzar en ese momento, aprender, probar, cambiar el curso de su vida.

Edmundo se levantó y se sentó al lado de ella.

—Es fácil, mira. Sostén el primer palillo sobre el dedo medio y el pulgar—indicó, mostrándole cómo él lo hacía y ella lo imitaba intentando seguir sus instrucciones—. Este será como tu ancla, no deberá moverse. Pon rígida tu mano para lograr un agarre firme. Eso, súper bien —la felicitó, animándola a continuar—. Ahora, sostén el segundo palillo entre tu dedo índice y tu pulgar. Este es el palillo que se mueve. —Demostró moviendo sus palillos y, ella con un poco de torpeza, lo seguía—. Coloca tu pulgar sobre el lado del segundo palillo, para que repose sobre el primero, ¿ves? lo haces muy bien. Cambia tu agarre a una posición que te acomode más —aconsejó y tomó la mano de Camila, modificando un poco la posición de sus dedos, acercándose más a ella e invadiendo su espacio personal, haciendo que fuera consciente del calor que él emanaba—. Eso... intenta juntar las puntas de los palillos —Camila obedeció y se concentró en lo que Edmundo le enseñaba hasta que logró un movimiento fluido al juntar los extremos de los palillos—. Perfecto, ahora es cosa de que te acostumbres nomás. —Edmundo volvió a su lugar, trayendo consigo como recuerdo el aroma de ella, suave y femenino. Nada de esos olores recargados de los perfumes que le provocaban rechazo, él prefería la sutileza.

—Es más fácil de lo que pensaba, la otra vez intentaron enseñarme, pero no hubo caso —comentó Camila satisfecha consigo misma y empezó practicar—. Se nota que tienes facilidad para eso.

—Llegué a ser profesor casi por accidente, pero no me dio miedo probar, y resultó que es una de las cosas que más me apasionan en la vida… Y ahora te toca probar a ti. Está muy rico el ramen.

—Ok, ok, solo espero que el sabor sea mejor que la pinta que tiene.

—Come, mujer. Menos cháchara y más acción —apostilló Edmundo y tomó los fideos con los palillos y al ser largos empezó a succionar hasta que se llenó la boca y los cortó con los dientes.

Camila hizo lo mismo con un poco de recelo, pero al momento de sentir el sabor, estallándole en la boca, se reprendió por ser tan quisquillosa con las cosas nuevas. El sabor de los fideos y la sopa era algo que no sabía con qué comparar, pero era muy delicioso, había ingredientes que reconocía en el caldo, pero había otros que eran más exóticos, pero no por ello, desagradables.

—Mmmmmmmmmmm, qué rico —alabó Camila extática, y a Edmundo le provocó un escalofrío escucharla.

Para su desgracia, no era la primera vez que le escuchaba decir eso en ese tono, y por su mente se mezcló fugaz su fantasía onírica matutina con los sonidos de placer que emitía Camila.

Mejor se enfocaba en su comida y en hacer oídos sordos a las manifestaciones de satisfacción de su acompañante.

Comieron gustosos el ramen inmersos en un silencio que no fue necesario llenar con palabras insustanciales. A ninguno de los dos le incomodaba comer en frente de una persona que nunca imaginaron encontrarse nuevamente.

Cuando se conocieron, simplemente asumieron que nunca más volverían a verse. Y ahí estaban juntos de nuevo, en menos de veinticuatro horas. Se habían visto tantas veces que ya parecía un programa de cámara escondida.

A Camila le parecía que la realidad estaba superando con creces la ficción que leía en los libros románticos que devoraba todas las semanas. A su lado soñador —a ese que mantenía enterrado y oculto en un rincón oscuro bajo siete llaves—, le parecía que las conversaciones y las situaciones en las que se había visto envueltas con él, eran el inicio de algo más. En cambio, su lado escéptico y cínico le gritaba desesperado que no lo mirara fijo, que no le diera importancia a las coincidencias, porque eso eran, casualidades y nada más. Que Edmundo diera indicios de ser un hombre poco convencional —en relación a los pasteles que conocía— no era indicativo de nada. Era un hombre, uno decente, en el cual tal vez se podía confiar. Pero hombre al fin y al cabo, de carne y hueso, común y corriente.

Edmundo, por su parte, tenía una mezcolanza de pensamientos que no tenía ni principio ni fin. Por un lado, estaba la vívida imagen de su sueño, ahora se daba cuenta que Camila se había colado en su subconsciente, y esa cabellera castaña clara o rubia oscura —no sabría definir bien el color— que él acariciaba mientras le practicaban una de las mejores felaciones del mundo, era la de ella. Lo sabía, sin lugar a dudas. Eso lo tenía un poco perturbado, porque fue muy explícito y puntual lo que lo catapultó al orgasmo, ella atada de manos, a su merced. La sensación que le otorgaba el poder estar al mando, no la había sentido con ninguna mujer. Y solo había sido un sueño.

Qué patético se sentía, un sueño lo había llenado más que cualquier relación sexual real, y a la protagonista la tenía al frente suyo, ajena e inocente a sus lúbricos pensamientos.

¿Tenía algo de malo querer llevar esa fantasía a la realidad? Probar algo nuevo que le daba la señal inequívoca de ser lo que le faltaba.

Camila representaba en ese momento algo inalcanzable, no iba a presionarla, él no era un completo imbécil. Sabía que, aunque ella no lo reconociera, era vulnerable, y mucho. Era una mujer que no era feliz con su vida, con ella misma, y él no deseaba aprovecharse de ello. No era difícil imaginar que Camila ya llevaba un buen número de relaciones desastrosas. Su actitud, su forma de ser —al menos la que ella mostraba—. Todo en ella indicaba que estaba desencantada de las relaciones de todo tipo.

Incluso las «con ventaja»; de hecho, fue casi testigo de que no eran para nada conveniente.

¿Cómo lo haría?

Decidió que primero debería instruirse en aquello que le removió el piso, investigar, preguntar a su hermano solo si era ultra necesario. Saber a ciencia cierta qué le deparaba el camino que estaba a punto de emprender.

Lo segundo era conocer a la mujer que tenía al frente, pues debía reconocer que hacía mucho tiempo que nadie le despertaba la curiosidad, ese afán de saber más. Quería descubrir quién era Camila en realidad, porque estaba seguro que era mucho más que lo que ella mostraba y que, probablemente, nadie se tomaba la molestia en tratar de averiguar.

Y lo tercero, ¿cómo diablos iban a abrir la puerta del departamento de Camila?

CAPÍTULO 5

—*P*ues, nunca me había detenido a pensar en cómo allanar un departamento, y ahora que lo veo, es complicado abrir la puerta sin echarla abajo usando herramientas y romper alguna parte de ella —razonó Edmundo, observando y estudiando la chapa y la estructura de la puerta.

Ya habían llamado a varios cerrajeros, unos no contestaban, otros no estaban disponibles, otros cobraban una cantidad exorbitante de dinero que era ridículo pagar. Setenta mil pesos por abrir una puerta era más de lo que se podían permitir.

Había que vender un riñón y medio pulmón para pagar, y Edmundo y Camila todavía apreciaban que sus órganos internos siguieran funcionando dentro de sus cuerpos.

—No puede ser, como fui tan…

—Basta, Camila. Fue un error. Punto —decretó harto de la autoflagelación de ella—. De verdad, si vuelves a decir que eres tonta o cualquier cosa parecida te daré unas buenas palmadas en el trasero hasta hacerte llorar —advirtió tan serio que a Camila no le cupo duda alguna de que cumpliría su palabra—. Son cosas que pasan, para la próxima, mantén una llave de emergencia con alguien de confianza o algún familiar.

—No tengo familia —aseguró sin titubear, ella lo sentía así, estaba sola. A pesar de que contaba con el cariño de su madre, sentía que Aída no cumplía a cabalidad con su rol, al no defenderla como debió haberlo hecho. Camila pensaba que tal vez le exigía demasiado a su madre al esperar el apoyo incondicional y abierto. Por eso era mejor pensar y asumir que familia ya no tenía.

Esa declaración tan firme, le provocó a Edmundo una oleada de compasión y un sentimiento visceral de querer protegerla, que no quiso analizarlo en profundidad. Él sabía lo que era no tener a nadie, por un breve tiempo no tuvo familia y, francamente, esa sensación de soledad y desolación absoluta no se la daba a nadie. Se preguntaba por qué ella afirmaba que ya no tenía familia, si hacía un rato había mencionado a su padre como si aún viviera.

—Y tampoco personas de confianza… —continuó Camila ignorante de los turbulentos sentimientos de él—. Bueno, solo a Haidée. Es la única persona a la que le confiaría mi vida… Tengo una copia de las llaves en el trabajo, pero los domingos no está abierto.

—Maldición.

Edmundo, para no perder el control de la situación, se enfocó mejor en su problema y de pronto una idea se le ocurrió. Sacó su llavero, el cual tenía muchas llaves de todo tipo y Camila lo miró incrédula.

—No me digas que usas todas esas llaves.

—Son del departamento, de la casa que era de mi mamá, de la casa de mi papá, del candado de mi bicicleta —enumeró como si nada—. En una de esas, si tenemos mucha suerte, alguna le hace a tu puerta. Nunca se sabe.

Y así empezó, descartó las llaves pequeñas y empezó a probar con las que eran parecidas a la chapa, intentaba abrir la puerta hasta asegurarse de que en realidad la llave elegida no servía.

Pero para mala suerte de ambos, fue infructuoso. Y solo les faltaba una para probar. Edmundo deseó que esa llave sirviera, porque ya no le quedaban demasiadas alternativas para salvar la situación.

Puso la llave en la cerradura y la giró.

Y nada pasó.

—¡Mierda! —rezongó Camila frustrada.

—Ya, no te alteres. —Edmundo se quedó pensativo unos segundos hasta encontrar lo más práctico—. A ver, ¿mañana a qué hora entras a trabajar?

—Debo estar un cuarto para las ocho en el colegio…

—¿Colegio? —interrumpió intrigado.

—Soy profesora de música —respondió con orgullo, esperando a que Edmundo empezara a hacer comentarios que minimizaran la asignatura de música y a despreciar a todos los músicos.

«La música no da para vivir», decía todo el mundo.

—Ahhhhh… eso explica muchas cosas… colega.

—¿Cómo? ¿Qué quieres decir con eso? —interrogó, todavía esperando algún ataque verbal.

—Siempre te escucho cantar o tocar la guitarra, y lo haces muy bien, y bueno, tus gustos son muy eclécticos a la hora de poner música. Incluso, me gusta cuando pones esa música cebolla de los ochenta. Hasta para eso tienes estilo —aseveró Edmundo con sinceridad. A decir verdad, él apreciaba a las personas que tenían el don de la música, sin importarle la mala fama que siempre les cuelgan a los músicos.

—Malditas paredes delgadas —masculló Camila, volviendo a mortificarse, pero también sorprendida de que Edmundo no criticase su profesión—. La privacidad es un lujo ahora.

—Bueno, no eres muy silenciosa que digamos… Peor sería si aullaras en vez de cantar. —Camila lo fulminó con la mirada, pero Edmundo la ignoró a propósito—. Pero no nos desviemos del tema. El asunto es que no puedes entrar a tu departamento, a menos que haga pedazos la puerta, y no es la idea que nos ahorremos el cerrajero para gastar ese dinero en una puerta. Te ofrezco quedarte en mi departamento, y mañana buscas tus llaves de repuesto en tu trabajo. Saltaría hacia tu terraza, pero nos separan unos tres metros, y no me hace gracia arriesgar mi pellejo teniendo una solución más simple y segura.

—No puedo creer que esto está pasando —rezongó maldiciendo su torpeza, y comenzó a desesperarse—. No puedo ir en esta facha al colegio.

—No le veo nada indecente a tu atuendo —declaró Edmundo, dándole una lenta repasada de arriba abajo. No, todo lo veía bien, muy, muy bien puesto.

—Créeme, donde trabajo esta ropa es considerada una ignominia.

Edmundo arrugó el ceño como demostración de su incredulidad. Según su cerebro masculino, la petiza de cabellos de color castaño claro —ahora era capaz de definirlo así— que lo miraba con desesperación se veía más que decente. Camila tenía estilo, jeans rasgados, una camiseta negra de *Guns n' Roses* y zapatillas de lona. Informal y, para qué negarlo, muy atractiva, no importaba que fuera bajita y menuda. Tampoco era voluptuosa ni llena de sinuosas curvas, pero tenía todo donde debía estar y eso le confería una belleza sobria, delicada y femenina. No le veía nada de malo, a pesar de vestir ropa agresiva, y que Edmundo lo interpretaba como si Camila quisiera usar esas prendas como un escudo para ocultarse y defenderse. Pero él la veía, una mujer rebelde, directa, dura e irreverente, con facciones angelicales y un aura de inocencia y fragilidad.

¿Cuál de todas era Camila? Tal vez, simplemente, todas eran ella.

—Todavía no le veo lo malo, te ves muy bien.

—Está bien para ir a una tocata, o para una cita casual, no para darle clases a niños cuya mesada es tres veces mi sueldo, y sus padres son la definición personificada de «conservadores anorgásmicos». Sus miradas me harán sentir cualquier cosa, menos comodidad.

«Y tampoco me siento cómoda usando calzones dos días seguidos», pensó Camila, «bueno tampoco es tan terrible, los lavo en la noche, los dejo secando antes de dormir y ya», resolvió.

—No seas melodramática. Si das explicaciones en tu trabajo seguro que comprenderán.

Camila resopló. Sí, hasta cierto punto estaba siendo melodramática y detestaba serlo. Pero de verdad no quería bancarse el desdén de algunas de sus colegas, que ya lo hacían por el simple hecho de que ella respiraba el mismo aire que ellas. Camila no entendía por qué; intentaba ser amable, cordial, y a todos los trataba por igual. En su trabajo se ponía la máscara profesional, y sus relaciones interpersonales no pasaban más allá de lo relacionado con la docencia.

—Está bien. Acepto tu ofrecimiento —claudicó, haciéndose la idea de que al día siguiente tendría una jornada más que complicada.

—No se diga más. Veamos alguna película en el cable y dejemos que las horas pasen... Después de ti. —Hizo un gesto con su mano y la invitó nuevamente a su departamento.

En cuanto entraron al hogar de Edmundo, Camila propuso a su anfitrión amenizar la tarde y la película comiendo helado, a lo que él accedió sin problema.

Camila entró a la cocina y abrió el congelador, y algo le llamó la atención. Justo encima de la mesa de cocina estaba la taza de azúcar que ella le había regalado. Sintió curiosidad, saber si él de verdad necesitaba esa taza de azúcar o no, por lo que cerró el congelador y abrió la puerta de lo que se suponía que era la despensa y encontró un azucarero... no tenía mucha azúcar en realidad, pero alcanzaba para endulzar una o dos tazas de té o café.

—Eres un mentirosillo, Edmundo Cortés —declaró mientras tomaba el azucarero y lo miraba de cerca para cerciorarse de su contenido—. Querías hablar conmigo y necesitabas solo una excusa para hacerlo. Eres tierno y adorable, a pesar de elegir la opción más manoseada del mundo —continuó hablando para sí misma mientras volvía a abrir el congelador, y sacó el helado; cuando cerró la puerta se encontró a Edmundo con una mirada burlona.

Camila ahogó un grito y casi bota el helado por el susto.

—¿Así que soy tierno y adorable? Es muy halagador de tu parte, es primera vez que me lo dicen —manifestó guasón.

—¿No te han dicho que husmear en conversaciones ajenas es de mala educación?

—No estaba husmeando, empezaste a hablar sola y pensé que me estabas llamando.

—¿Sabías que se pilla más rápido a un mentiroso que a un ladrón? —increpó intentando hacer que Edmundo se sintiera culpable mostrándole el azucarero.

—*Mea culpa* —aceptó sin que en realidad sintiera culpa y alzó sus manos en un gesto de rendición—. Solo deseaba asegurarme de que eras tú. Cuando algo se apodera de mi curiosidad no escatimo en esfuerzos para saciarla —declaró convencido y sin ánimo de coquetear—. Sabía que había escuchado tu voz, antes. Claro que cuando te conocí, nunca imaginé que vivías al lado mío. El azúcar fue mi plan por si me equivocaba y no me encontraba con lo que deseaba.

—Cómo sea... Mira, vamos a dejarlo de ese porte. Mi día ha sido lo suficientemente desastroso como para empeorarlo discutiendo con la única persona con la que he podido sostener una conversación inteligente y que me está ayudando desinteresadamente —decretó para zanjar el asunto.

—¿*Matrix* o *Star Trek*? —ofreció Edmundo cambiando de tema, dándole en el gusto a Camila.

—¿*Star Trek*, donde sale Benedict Cumberbatch?

—No, la primera...

—Entonces *Matrix*.

—Súper, porque está recién empezando. Las cucharas están en ese cajón. Te espero, no te demores —indicó como general de ejército, y luego salió de la cocina.

—Y más encima es mandón.

—¡Tampoco me habían dicho mandón! —exclamó Edmundo desde la sala de estar, y luego lanzó una risotada.

—Idio... —Camila cerró la boca antes de terminar lo que iba a decir. Tomó las cucharas pensando seriamente que Edmundo tenía oído biónico o algo por el estilo. Era el colmo.

—¡¿Idiota?, eso sí me lo han dicho! —volvió a exclamar sin parar de reír—. ¡Muchas veces!

«Idiota, pesado, engreído, arrogante, mandón, metiche... Deberías caerme como una patada en los ovarios, pero eres ridículamente adorable, respetuoso y sensato. ¡Te odio! ¡Y odio que estés más bueno que el "Barros Luco"!», pensó Camila exasperada y totalmente fuera de juego.

Edmundo la desarmaba, le hacía sentir que no podía dominarlo, ni era fácil de descifrar, le hacía perder el control de las situaciones en las que se veía envuelta con él. Y sin embargo, no sentía desconfianza, todo lo contrario, se sentía segura. Cualquier otro hombre ya habría caído redondito en su juego de coquetear, para luego continuar con el doble sentido y empezar a mostrar el verdadero interés, el cual era el sexo... siempre era el sexo. Claro que ella no era mojigata, disfrutaba de ese juego de vez en cuando. Era simple y sin complicaciones, no se comprometía con nadie, y así podía terminar rápidamente con la situación en cuanto percibía las señales de que querían dominar su vida, o cuando el hombre perdía el encanto y no era lo que aparentaba. En resumidas cuentas, cuando demostraban empíricamente que el sujeto era un pastel.

Todos eran pasteles.

Edmundo parecía que lo ocultaba muy bien.

O tal vez no lo era.

Salió de la cocina con el tarro de helado y las dos cucharas. Edmundo miraba atento la película, como si fuera la primera vez que la veía —*Matrix* la dan todas las semanas—. Desvió sus ojos en cuanto ella entró en la sala de estar y sonrió.

—Me caes bien, Camila —sentenció con una naturalidad que la pasmó.

—Tú también me caes bien —replicó sintiendo algo extraño que no quiso darle importancia. Se sentó al lado de Edmundo, y dedicó sus esfuerzos en prestarle atención al helado, a la película y lo rico que se veía Keanu Reeves en el papel de Neo.

—¿Aunque sea un idiota y mandón? —preguntó guasón, solo por el gusto de molestarla.

—Ya cállate y come helado —ordenó dándole una cuchara que Edmundo recibió de muy buen humor.

Camila se quedó con la sensación de que estar toda la tarde con Edmundo era peligroso para su sanidad mental.

Menos mal que a la noche solo tendría que dormir. Así no sería consciente de ese hombre que, sin duda, era mucho más de lo que dejaba ver.

CAPÍTULO 6

—Camila… Cami… oye, petiza… —susurró Edmundo. Ella estaba profundamente dormida sobre el hombro de él roncando con suavidad, cosa que a él le causaba mucha gracia, y por qué no, también mucha ternura. Ya estaba terminando la tercera película de *Matrix* y era bastante tarde—. Deberías irte a la cama…

Camila abrió lentamente los ojos con pereza y notó que un brazo fuerte la rodeaba, y que estaba demasiado cerca de Edmundo. Ah, pero era tan agradable la sensación de calor y tranquilidad. Él era como estar en la playa en un día tibio, con el sonido del mar relajante y acogedor, junto con el viento que acaricia el rostro con suavidad. Pero ese espectáculo solo es para contemplar y admirar. A Camila le atenazó el temor de que si osaba sumergirse en lo profundo de esas aguas, era probable que no saliera viva o sin corazón de ellas.

Quería vivir y no volver a someterse a una pesadilla que le costara demasiado caro.

Se irguió casi asustada por el hilo de sus pensamientos y el movimiento brusco le embotó los sentidos. Enfocó la vista en la pantalla del televisor y ya estaban corriendo los créditos de la película.

—¿Qué?… ¿Qué hora es? —interrogó confundida, él último recuerdo que tenía era viendo a Neo con el Ferroviario, y también se acordaba claramente de que estaba a una distancia prudente de Edmundo.

—Va a ser la una de la madrugada —respondió con suavidad sin soltarla.

—¡Es tardísimo! —exclamó pensando en que debía levantarse temprano y poner la cara en el colegio. Tenía que irse a dormir a la de ya—. Ehhhh… ¿tienes algo que me prestes para dormir? No quiero dormir vestida con esta ropa.

—Sí, claro. —Edmundo con lentitud se deshizo del abrazo en el que tenía rodeada a Camila. En el fondo, no quería romper el contacto. Llevaba tanto tiempo solo, que lo único que quería era que ese momento de estar con otra persona durara un poco más.

Era ilógico que se sintiera así, tenía familia, un padre, un hermano, una cuñada y una sobrinita. Sabía que estaban ahí para lo que fuera. Pero la distancia los separaba y su vida cotidiana era en soledad, y la irrupción de Camila en tan solo unas horas le hizo sentir que esa misma soledad se lo estaba comiendo vivo y que necesitaba algo más.

Alguien que le perteneciera, alguien a quien cuidar y atesorar.

Alguien a quien pertenecer.

No sabía si Camila era esa persona, no estaba seguro de ello. Lo que sí sabía era que se sentía cómodo y tranquilo con ella, cosa que nunca le pasó de buenas a primeras con ninguna mujer y temía que al final todo el entusiasmo muriera, como siempre. Estaba harto de ello. Pero todavía no perdía la fe, Camila era opuesta a las mujeres con las que se vio involucrado. Para él, ella era muy transparente, no era difícil confirmar que lo que Camila decía era lo que pensaba —aunque no tuviera filtro—, y también era fácil notar lo evidente que era cuando intentaba ocultar algo. Tal vez ella no lo sabía, pero toda su cara y su expresión corporal la delataba.

Camila era mucho más. Edmundo quería conocerla, saber cómo había sido su camino para llegar a ser la mujer que era, y a lo mejor, descubrir si era capaz de evolucionar, de ser lo suficientemente abierta de mente para estar dispuesta a que le enseñaran...

—Dame un segundo, iré a buscar algo para ti —anunció Edmundo, respondiendo a la solicitud de Camila.

Se levantó del sofá y se dirigió a su dormitorio. Recordó que había sacado las sábanas cuando despertó de su perturbador sueño y que todo estaba deshecho y, aparte de todo eso, no había colgado la ropa que dejó en la lavadora. Resopló un tanto molesto por sus pendientes domésticos, pero primero es lo primero. Una camiseta-pijama para Camila.

Revisó y descartó varias. Imaginar a Camila solo vestida con una de sus camisetas, hacía que ciertas partes de su cuerpo se llenaran de sangre y se volvieran insoportablemente tensas y difíciles de ocultar. Pero por más que rebuscó era inútil, se iba a ver provocativa con cualquier cosa, incluso, con un saco de papas. Desistió de su absurda tarea y tomó una al azar, y luego se la entregó con premura a Camila, quien se dirigió al baño para cambiarse. Mientras tanto, Edmundo volvió al dormitorio para hacer la cama y distraerse para no imaginar nada.

Cuando terminó su labor en el dormitorio, Edmundo se encaminó al lavadero que estaba al final de la cocina, y a la vez se repetía: «debes colgar la ropa, debes colgar la ropa, debes colgar la ropa…», lo decía en voz baja para sí mismo una y otra vez, como si fuera una mágica letanía para eliminar de su cerebro a Camila. Su mente estaba demasiado susceptible a cualquier estímulo, y las últimas treinta horas habían sido una avalancha de situaciones estimulantes.

El único consuelo que tenía, era que dormirían separados, y él usaría el sillón. Su departamento tenía otro dormitorio más, pero ese espacio lo usaba de oficina. Aparte de ser profesor también trabajaba como *freelance*[7] para algunas personas que necesitaban trabajos rápidos. Así que solo tenía disponible una cama.

Su cama.

En su mente pasó rápidamente la fantasía de poseer a Camila. Lo vio nítido; en su propia cama, ella gimoteando de placer y él embistiendo duro y hasta el fondo entre sus piernas.

—¡Maldición! —masculló Edmundo—. ¡Contrólate, hombre! Tienes treinta, no quince.

Sacudió con violencia la ropa antes de colgarla en el tendedero para desquitarse con algo y, con parsimonia, colocó cada prenda como si fuera un ritual para mantener sus pensamientos en blanco.

Camila tosió a propósito antes de entrar al lavadero, y así, no asustar a Edmundo que estaba muy serio y ceñudo colgando la ropa y él, por un segundo, se congeló, y luego prosiguió con naturalidad.

—Edmundo… ehhhh… ¿Dónde tienes las frazadas? —preguntó ella dando a entender que usaría el sofá.

—Dormirás en mi cama —decretó Edmundo evadiendo el contacto visual con Camila, fingiendo que era mucho más interesante seguir sacando ropa de la lavadora y colgarla—. Yo lo haré en el sofá —explicó suavizando su tono de voz. Estaba comportándose como un idiota.

—Ay no, no te molestes yo dormiré en….

—No, Camila —interrumpió—. Eres mi invitada, no puedo hacerte dormir en el sofá, y no se diga... —Y no pudo evitarlo más, la curiosidad fue más fuerte, y la miró.

Grave error.

---

7 *Freelance: trabajo por cuenta propia.*

Sus palabras se esfumaron, sabía que ella se iba a ver tentadora y provocativa, pero la realidad superaba ampliamente su imaginación. Se notaba que Camila no estaba usando sostén, lo sabía, porque sus pezones se mostraban erguidos y orgullosos presionando el algodón. Sus piernas se veían largas, perfectas y suaves, y su figura, se dibujaba con claridad bajo su camiseta. Estaba levemente ruborizada y eso le otorgaba una apariencia de ser extremadamente inocente y a la vez pecaminosa.

Era la tentación hecha mujer.

—Anda a mi habitación y duerme ahí —ordenó intentando no fantasear—... por favor —dijo casi olvidando los buenos modales—. Después, yo sacaré frazadas para mí.

—Ok —aceptó haciendo un mohín—. Solo voy a ceder porque me cargan los conflictos sin sentido y es inútil debatir algo tan simple con alguien como tú. Eres un mandón, ¿lo sabías?...

—Esta es la segunda vez que me lo dices. Solo deja que haga las cosas a mi manera. No es tan terrible dormir en mi cama, es bastante cómoda.

—*Okey, okey* —accedió de mala gana, y se quedó mirándolo fijo por un par de segundos, como si estuviera decidiendo decir algo o no—. Ehhh... necesito colgar algo en tu tendedero, ¿me dejas...? —Edmundo le cedió espacio y Camila dejó algo que él no pudo distinguir hasta que ella se apartó—. Buenas noches y muchas gracias por todo. Eres un sol. —Camila se empinó sobre la punta de los dedos de sus pies, y le dio un casto beso en la mejilla que a Edmundo lo tomó por sorpresa y se retiró, corriendo en puntillas hacia el dormitorio, porque el suelo de cerámica estaba frío.

Para Edmundo era como ver una ninfa corriendo por el bosque.

Embobado y aturdido se tocó la cara donde ella le besó y casi pudo jurar que su beso duró un segundo más de lo normal. Después la curiosidad lo invadió, desvió la mirada hacia la prenda que ella había colgado.

Era una diminuta y sensual tanga de encaje negro.

—Esta petiza me va a matar —manifestó mirando al cielo, esbozando una sonrisa, y luego acarició levemente y con reverencia la prenda para cerciorarse de que de verdad había pasado todo eso—. Camila no tiene idea de lo que hace.

*****

—¿Usted cree que esas son fachas para presentarse en nuestra institución? —reprendió la directora del exclusivo colegio católico a Camila. Ella ya venía preparada para ese caluroso recibimiento, incluso llegó quince minutos antes para evitar que demasiados alumnos la vieran con atuendo de rockera rebelde.

—Lo siento, señora Emilia. Ayer perdí las llaves de mi departamento y tuve que pasar la noche en casa de un amigo y, por razones obvias, no me pude cambiar de ropa —explicó firme y segura—. Me pondré el delantal y...

—Supongo que va a solucionar su problema —interrumpió las explicaciones de Camila con desdén—, mañana no puede venir en esas condiciones a dar clases.

—No se preocupe, en mi escritorio tengo una copia de emergencia de mi departamento. Así que le prometo que esto no se volverá a repetir.

—Más le vale, cúbrase rápido esa camiseta, nuestro cuerpo docente debe dar el ejemplo, señorita Corrales.

Camila asintió seria y se dio media vuelta. Caminó rápido y con postura envarada hacia su sala de clases, pensando un millón de improperios enfocados de la cintura para abajo dedicados con mucho amor a la directora. De todas las *viejujas* que la miraban feo, ella era la peor. Fue aceptada en ese colegio por su impecable currículo académico, más que por afinidad con los principios religiosos y morales de la institución. Era ella o una monja de mil años que solo tocaba flauta dulce.

La música siempre fue el refugio de Camila, desde pequeña tuvo talento y amor por aquel arte, tanto para los instrumentos como para el canto. Su padre, por la conveniencia de tener en su iglesia alguien con conocimientos para el grupo de música, accedió a que estudiara en el Liceo Experimental Artístico de Santiago, sin imaginar que en aquel lugar, ella abriría los ojos y que se daría cuenta de que el mundo no era cómo él decía. Camila se había ganado un cupo en ese centro educacional por medio de talleres en los que participaba activamente y casi a escondidas de su progenitor. Instintivamente, ella protegía del yugo paternal esa ansia por conocer el mundo, y si lo hacía por medio de la música, mejor.

En la vida, Camila todo se lo había ganado por mérito propio; cupos, becas universitarias, prácticas, trabajos. Nada le fue regalado, nada le fue fácil. Ella solo sabía escalar montañas de desafíos y dificultades.

Como profesora de música tenía a cargo un curso de sexto año de enseñanza básica. No era el trabajo de sus sueños, pero le daba lo suficiente para vivir con tranquilidad y darse sus pequeños lujos. Nunca olvidó lo que era ser una niña, así que no tenía demasiados problemas para comunicarse con los alumnos de su curso. A decir verdad, los chicos la adoraban. Pero su verdadera pasión era cantar, y esa felicidad la vivía esporádicamente cuando conseguía algunos trabajos como cantante en algunos restaurantes o pubs que ofrecían música en vivo para amenizar las cenas de los viernes y sábado.

No le importaba cuándo y dónde, ella solo sentía que era realmente libre cuando cantaba.

Llegó a su sala de clases, abrió el estante donde guardaba los materiales de estudio y su delantal que la convertía mágicamente ante todos en la profesora. Suspiró profundo y se lo puso, ocultando a la mujer que era en realidad.

Sin más, recordó a Edmundo, él todavía dormía cuando ella se levantó para marcharse al colegio. No quiso interrumpir su sueño, se veía tan tranquilo que hasta le dieron ganas de acariciar su rostro duro y varonil. Parecía que sus facciones las habían cincelado en mármol a excepción de su barba espesa, oscura y bien cuidada y que enmarcaban lo más tentador, sus labios, gruesos y carnosos. Muchos podrían decir que eran demasiado en la boca de un hombre, pero en él se veían simplemente perfectos. Esos labios podrían devorarla en un santiamén.

Sin duda, él era como el mar, profundo, a veces brioso, a veces sereno… y ella, probablemente, disfrutaría nadar en él, pero no se quería ahogar.

—Con él no, Camila. Edmundo solo debe ser un buen amigo —susurró tratando de convencerse y sintiendo una punzada de decepción—. Es demasiado bueno para ser real, sentirás más decepción aún si descubres que es como todos los demás.

«Tal parece que soy yo la bruja que convierte a los hombres en sapos-pasteles, ¡cómo tanta mala suerte!», pensó pesimista hasta la médula, autoflagelándose… como siempre.

Inspiró profundo. Iba a ser un largo día.

*****

—Y bueno, supongo que valdrá la pena pagar por esto —dijo Edmundo para sí mismo, al hacer clic en la opción entrega exprés del sitio donde vendían el libro que necesitaba leer urgente para informarse—. No puedo esperar un mes, me moriría de la desesperación. Ni siquiera está en digital.

Terminó la transacción, ingresando sus datos de la tarjeta de crédito, y respiró tranquilo. Al fin pudo comprar el libro, aprovechando su hora de almuerzo para poder llevar a cabo la compra.

Dio una gran mordida a su sándwich y su teléfono sonó, al mirar la pantalla vio que era su hermano. Entrecerró sus ojos, masticó rápido, tragó sintiendo como el bocado se deslizaba lento y tortuoso por su esófago, tosió golpeándose el pecho, y finalmente, contestó.

—¿No se supone que estás de luna de miel, hermanito? —interpeló Edmundo a modo de saludo.

—Sí, y la estoy disfrutando como ni te imaginas —aseguró Damián con orgullo de macho procreador.

—Pues, no lo parece si me llamas a esta hora.

—Ah, es que Haidée está descansando. Lo que pasa es que está con la intriga atravesada en la cabeza y está elucubrando demasiado, y la necesito pensando en mí, no en ti —explicó casi sin respirar.

—¿Y qué tengo que ver yo con lo que tiene en la cabeza mi cuñada? —interrogó confundido con lo que su hermano le contaba.

—Eres el vecino de su mejor amiga.

—¿Y?

—¡Ay por favor, no te hagas el de la chacra! Nosotros los vimos bastante acaramelados en el matrimonio, y luego resulta que son vecinos —apostilló con vehemencia—. No me digas que no pasa nada, si hasta fingiste que no tenías azúcar para crear una conversación. Ese recurso es manoseado y rebuscado hasta para mí, yo en tu lugar le habría preguntado directo y sin anestesia.

—Bueno, la situación ameritaba una excusa, por muy burda que fue… —Se interrumpió y alzó una ceja, él nunca dijo nada sobre excusas y tazas de azúcar por *WhatsApp*. Se sintió acorralado—. ¿Y cómo sabes lo del azúcar?

—Todo, todo se sabe, hermano. Los secretos siempre se terminan revelando.

—En eso tienes razón, todo se descubre, como cierta cuerda atada a una cama y cierto texto bastante explícito, técnico e informativo… —replicó a modo de venganza, como si fuera una competencia de quien tenía más secretos sucios que sacar a la luz.

Silencio.

—¿Hay algún problema con ello? —interpeló Damián cambiando radicalmente su tono de voz. Era seria y daba a entender que ya no estaba jugando.

—No, ninguno. De hecho, me parece... interesante —declaró Edmundo con la misma seriedad—. Hay cosas que prefiero no imaginar de su intimidad, pero encuentro que aquello es perfectamente válido si a ustedes les funciona. No soy un troglodita ignorante, comprendo ese mundo perfectamente, ni tampoco tengo prejuicios. —Y era cierto, cada momento libre lo empleaba en recopilar la información que consideraba más fiable en Internet, porque claramente también había mucha información sesgada, poco precisa, proporcionada por gente que él consideraba desequilibrada.

—¿Sabes? No es fácil hablar de ello... ni tampoco asumirlo, para mí ha sido un camino largo, pero todo ha valido la pena —afirmó Damián a su hermano un poco más relajado. Ese mundo no era comprendido por todos y debía tener mucho cuidado en depositar su confianza. En un país conservador lo podían acusar hasta de violencia, y si se ponía extremista, podían mandar a su hija al Servicio Nacional de Menores—. Reconocer esto es como «salir del closet»... aunque yo pienso que eso solo aplica para la ropa.

—No te preocupes, se les nota que ustedes se lo toman en serio y que hay mucho amor ahí —aseguró totalmente convencido. No iba a negar que le había impresionado descubrir, y ahora confirmar, que su hermano y su cuñada practicaban sado, pero su visión de aquello había cambiado por completo—. Bien tengo que ir a clases a rajarme a unos alumnos de primero. Estamos hablando.

—Oye, Edmundo... Si necesitas conversar, de lo que sea, no dudes en llamarme.

—Lo sé, esto es un poco incómodo, ya que eres mi hermano, pero lo tendré en cuenta.

—Imagina que no lo soy... por un rato nomás eso sí. Ah, me desviaste el tema. Haidée te encarga a Camila, a veces a ella le cuesta pedir ayuda a tiempo, y ya que vives al lado de ella...

—No te preocupes, ya me ha tocado echarle una mano.

—¿Figurativo o literal?

—Figurativo. Eres terrible, te dejo. Saludos a mi cuñadita y no seas tan duro con ella.

—Olvídalo... hablamos.

Edmundo cortó el llamado y se quedó pegado, viendo la pantalla, intentando comprender cómo se había desviado tanto el tema de conversación. Parpadeó rápidamente para sacudirse de la sensación de haber entrado a un universo paralelo.

—Esto es increíble… —Su mente vagó directamente a su primer recuerdo matutino. En cuanto abrió los ojos, vio una nota sobre la mesa de centro de la sala de estar.

«Edmundo:

»Muchas gracias por todo lo que hiciste el día de ayer. No quise despertarte y seguir molestando.

»Y como supongo que ya tienes suficiente sobredosis de Camila, es mejor que la cena de hoy no se lleve a cabo.

»Estamos al habla, total, vives al lado.

»Un beso, Camila».

—Está loca si pretende que hoy voy a comer solo. Olvídalo, petiza.

Cerró su *laptop* y se levantó alterado con muchas ganas de rajarse a unos cuantos alumnos de primero si los sorprendía chateando o haciéndose los galanes por *Facebook*.

Ahora sí lo pensaba en serio.

CAPÍTULO 7

Camila, con el cansancio instalado en su cuerpo, entró en su departamento a las siete y media de la tarde. Los lunes eran terribles por lo general, pero ese lunes en particular fue horroroso.

No solo se llevó la desagradable reprimenda de la directora y unas cuantas miradas reprobadoras. Al mediodía uno de sus alumnos se quebró un brazo al resbalar y caer en una muy mala posición, y justo en la hora de su clase.

También estaba corta de dinero, había olvidado por completo que el efectivo con el que contaba solo le alcanzaba para movilizarse en microbús ida y vuelta, así que de almuerzos, ni hablar. Le dio vergüenza pedir fiado en el casino del colegio. Sabía que no habría problema, pero ya era un mal día y no quiso tentar más a su mala suerte. Estaba segura de que podía pasar su jornada a punta de café.

Entró directo a la sala de estar. Todo era igual que el día anterior: un desastre. Se soltó el cabello, se quitó las zapatillas, sintiendo que remitía el intenso dolor de sus pies, su calzado era demasiado plano y bajo y terminó por pasarle la cuenta. Lo siguiente que se quitó fue el resto de la ropa, que terminó en el suelo a excepción de su sensual tanga de encaje negro.

Se estiró cuan larga era —no muy larga en realidad— sobre el sofá y cerró los ojos. Treinta segundos de silencio pasaron.

—Está demasiado callado este lugar —rezongó y estiró su brazo hasta alcanzar el control remoto de su equipo de música, y automáticamente empezó a reproducirse la siguiente canción de su *playlist*.

Los primeros acordes sonaron, y Charles Aznavour dulcemente interpretaba «De quererte así» y, con nostalgia, Camila empezó a cantar junto con él. Era una canción muy vieja que le encantaba —prefería lo viejo a lo contemporáneo, siempre— cuando era adolescente, y que cobró sentido años después, cuando conoció a su primer amor, el único que perduró varios años, el mismo que la trajo a esa ciudad.

Estaba tan enamorada, tan ciega.

—«*De quererte así, hasta enloquecer, de rogar por ti, de llorar por ti*» —cantaba Camila con el corazón en la mano, rememorando el pasado. Algunas cosas las recordaba con claridad, otras se iban difuminando, pero el sentimiento resurgía como si fuera ayer—. «*Sin poder dormir, sin poder comer. Qué me quedará de quererte así*».

Cuando Camila llegó hace cuatro años a Concepción, junto con Andrés, la letra de esa canción era un fiel reflejo de ese amor, loco, profundo, sufrido. Era todo eso y más. Pero finalmente él hizo que el amor se acabara. La realidad era algo que Andrés evadía como si fuera veneno.

—Cómo diablos aguanté tanto... —se preguntó Camila tragando el nudo que obstruía su garganta. Sus dedos vagaron hasta tocar su cicatriz que atravesaba la parte baja de su vientre—. En ese momento no estabas destinado a tener una madre como yo, porotito. Pero me hiciste tan feliz unas semanitas y me hiciste despertar. Gracias, mi niñito.

Un par de goterones resbalaron en dirección a sus sienes. Cada cierto tiempo recordaba lo dulce y agraz de su ilusión, siempre pasaba cuando miraba para atrás y se sentía sola. La música continuó con otra canción, y otra y otra. Pero Camila ya no prestaba atención, solo cantaba por inercia.

—Mañana será un día mejor. Ni siquiera tengo ánimo de leer, solo deseo dormir... —Sus tripas rugieron con furia, recordándole que no había comido nada sólido—. Pero primero me haré una sopa de fideos instantáneos y ya. No se puede dormir con hambre.

De mala gana se levantó y fue a la cocina a calentar agua en el hervidor eléctrico. Mientras esperaba a que el agua plantara el hervor, ella tamborileaba con sus dedos, tarareando distraída...

Toc, toc, toc...

Camila arrugó la frente extrañada, ella no esperaba a nadie, se dirigió a la puerta y observó por la mirilla.

Edmundo.

Las entrañas se le contrajeron al verlo frente a su puerta. Camila le echó la culpa al hambre. Estaba indecisa, no sabía si abrirle o no. Ella lo había dejado claro en su nota, no era necesario que cenaran ese día, ya habían pasado juntos demasiado tiempo. No deseaba ser una molestia, ni andar dando lástima a Edmundo con su actual estado de ánimo. No era tonta, él ya se lo había dicho, la invitó porque se sentía solo, pero ella en ese momento no era la mejor compañía.

Era extraño, ella también se sentía sola y nostálgica, y sí, quería compañía, la necesitaba, y a la vez, le dio un estúpido miedo estar a solas en la misma habitación que él.

Toc, toc, toc.

Siguió mirando incrédula cómo él esperaba a que ella le abriera, su postura era relajada. Tenía las manos en los bolsillos y miraba el suelo mientras pateaba una piedra imaginaria. Se volvió a acercar a la puerta. Estaba serio, determinado...

Toc, toc, toc...

—¡Ya voy! —exclamó Camila, ahogó un grito y se tapó la boca. Su lado soñador coludido con su corazón había hablado por ella declarándose en rebeldía por sus pensamientos melancólicos y pesimistas. Ya no tenía alternativa, Camila suspiró, dándole tirones de oreja imaginarios a sus conspiradores, mientras que su cerebro aprobaba el castigo—. ¡Dame unos minutos!

Se fue corriendo a su dormitorio y sacó lo primero que pilló para vestirse, un holgado sweater gris y unos pantalones deportivos de algodón todavía más holgados, zapatillas y nada más.

Volvió con la misma premura hacia la puerta, mientras se hacía un moño suelto estilo cebolla. Si le gustaba a Edmundo bien, si no, bien también.

Abrió la puerta, casi arrepintiéndose de hacerlo, pero ella nunca fue cobarde y ahora no pretendía empezar a serlo. Edmundo estaba esperándola con una sonrisa, pero su cara se demudó al verla. Sus ojos estaban enrojecidos, al igual que su nariz y la expresión del rostro de ella era... muy, muy triste.

—Camila, ¿qué te pasó? —Fue el preocupado saludo de él.

—Nada —mintió. Para qué tomarse la molestia en explicar que estaba en un estado de ánimo lamentable por recordar el ayer.

—¿Cómo que nada? Parece que te pasa de todo.

—Son cosas mías, o *huevadas*[8] de *mina*[9], como suelen decir ustedes los hombres. No te preocupes... —contestó a la defensiva y displicente—. ¿Qué quieres, Edmundo?

—Teníamos una cita, una cena, para ser más preciso —le recordó—. Tengo todo listo para servir y comer.

—Te dejé una nota...

—¿Cuál nota? —intervino, cortando cualquier excusa. «¿Te refieres a la que hice millones de pedacitos?, ¿a esa nota?», pensó

---

8 *Huevada: referirse a un asunto de manera peyorativa. Dicho o hecho que, dependiendo del contexto, puede ser algo irrelevante, erróneo o carente de interés.*

9 *Mina: mujer.*

Edmundo al rememorar lo que hizo esa mañana impulsivamente apenas terminó de leerla—. No recuerdo haber visto ninguna nota, vecina —mintió con descaro, haciéndose el desentendido.

Al parecer, Camila no tenía escapatoria de evitar su cena con Edmundo. Había olvidado lo delgadas que eran las paredes y que delataban su presencia al instante, ella no pasaba desapercibida y mucho menos para él.

Edmundo escuchó cuando Camila llegó, y al rato después, cómo cantaba aquella canción. De algún modo, ella le transmitía tanto, que le puso la piel de gallina. A juicio de él, en la voz de Camila se escuchaba mucho mejor «De quererte así». Y también, a juicio de él, era evidente que algo le pasaba a ella, por más que se negara a confesar.

—Vamos a cenar antes que se enfríe la comida —decretó sin preguntar a Camila si quería o no. El aspecto que tenía ella le gritaba «¡déjame sola!». Pero sus ojos decían todo lo contrario.

Edmundo nunca fue bueno para entender con claridad a las mujeres y terminaba siempre por meter la pata. Eso no le pasaba con Camila, ella era una mujer compleja llena de claroscuros y matices, pero inexplicablemente para él era como un libro abierto. Ni él mismo podía comprender aquello, pero no desaprovecharía la oportunidad de saber todo de ella, o de seguir probando su nuevo súper poder de interpretar los estados de ánimo de Camila.

Ella dudó en aceptar. ¿De verdad, no sabía nada de la nota en la que rechazaba a pasar otro día con él, o de plano Edmundo estaba ignorando su decisión?

Definitivamente, la estaba ignorando. Era imposible no ver la nota. Edmundo estaba mirándola fijo esperando su respuesta, y tenía cara de que no quería obtener un «no».

Ella no era una cobarde.

—¡Está bien! Pedazo de macho alfa, mandón, dominante y terco que eres —masculló mientras entraba de nuevo a su departamento para buscar sus llaves y su móvil. Esta vez no se quedaría fuera de su casa e incomunicada—. ¿Cuál es su fijación de someterme a situaciones complicadas? —murmuró para sí misma intentando tener una mala actitud, pero en el fondo debía admitir que se sentía mejor por aceptar. Volvió a la puerta y se encontró con Edmundo que ostentaba una hermosa e inocente sonrisa de niño—. ¿Qué tienes de rico para calmar mi hambre?

Edmundo cambió su expresión, de manera tal, que a ella le dio a entender que lo que tenía para ofrecerle era de todo, menos inocente. Camila decidió ignorarlo de una manera no muy convincente.

—Para tu tristeza no es un «Barros Luco» —anunció Edmundo, dándole la espalda y caminando en dirección a su puerta, y con mesura la abrió—. Es algo mucho más nutritivo… Después de ti —invitó, haciéndose a un costado para que ella entrara primero.

—¿Cocinaste tú o pediste a domicilio? —interrogó, alzando una de sus cejas, y de pronto un delicioso aroma invadió sus fosas nasales. Se internó hacia el comedor y tomó asiento en el mismo lugar que el día anterior. La mesa estaba puesta con dos individuales, servicio, vasos y una jarra de jugo de frutillas.

—Ser hijo único de madre soltera te obliga a saber a cocinar desde pequeño. No me gustaba que mi mamá cargara con toda la responsabilidad de la casa cuando llegaba del trabajo —respondió Edmundo como si eso fuera la cosa más natural del mundo.

—Espera, ¿hijo único?... —interrogó confundida—. No entiendo, ¿y Damián?, ¿no se supone que son hermanos?

—Lo somos, pero supe de la existencia de mi papá y de mi hermano hace solo unos meses, los conozco desde hace poco tiempo en realidad —reveló con un tono de voz monocorde, al mismo tiempo que apoyaba las manos en el respaldo de una silla. Edmundo estaba frente a Camila, sin evadir ningún contacto visual.

—Ah. Suena a que es una historia… complicada.

—Complicada y muy dura, pero a veces así es la vida. Ahora tengo una familia que me ha recibido como si siempre hubiera formado parte de ella… —argumentó, esbozando una sonrisa, pero luego se quedó mirándola fijo por un segundo—. ¿Y cuáles son esas «*huevadas de mina*» que te tienen así? Y no me niegues que no has llorado, tienes la nariz roja. Te pareces a Rodolfo el reno —interpeló, boicoteando el intento de Camila de no hablar de ella y de lo que la traía de capa caída.

—Podría ser un resfrío —replicó ella intentando no dar demasiada información. La realidad era deprimente y a ningún hombre le gusta que le digan cosas deprimentes. Ellos con suerte saben manejar sus propios sentimientos, era imposible pedirles que intentaran gestionar o entender los de otra persona, y mujer para más inri.

—Los resfríos no hacen cantar a una persona de una manera tan desgarradora —contraatacó Edmundo con incredulidad. Sabía que era algo más profundo que una simple canción de amor.

—Soy un alma sensible, ¿okey? —Camila volvió a intentar eludir los intentos de Edmundo por sonsacarle sus verdaderos motivos.

—No me imagino a un músico insensible, Camila. Ustedes exponen sus almas casi sin darse cuenta, de una manera que llega a ser inquietante —declaró Edmundo, volcando en ese preciso momento su memoria al pasado. Su madre siempre cantaba, no pocas veces la sorprendió derramando lágrimas cuando la letra o la música le llegaba al alma. Cuando era pequeño no entendía el porqué de ese comportamiento, pero luego de muchos años y, de que algunas verdades le fueron reveladas, entendió mucho mejor a la mujer que le dio la vida—… Dame un segundo, vuelvo enseguida.

Edmundo se internó en la cocina sacudiendo la melancolía de su cuerpo y Camila, a su vez, se quedó sin palabras para poder contradecir los dichos de él. Tenía razón, ella desnudaba su alma y la exponía cuando cantaba, sobre todo si la letra le hacía evocar el amor, las separaciones, el dolor, la soledad; esa misma soledad que combatía día a día, trabajando duro, manteniendo relaciones intranscendentales, superficiales y ambiguas y que nunca tenían futuro. Nadie le había hablado como Edmundo lo hacía, como si de verdad estuviera interesado y preocupado por ella, insistiendo en saber lo que le sucedía…

¡Claro que nunca le había pasado eso antes! Si inconscientemente buscaba a personas con las cuales estaba preparada para dejarlas o que la dejaran. Su lado práctico siempre lo dispuso de esa manera; relaciones desechables, que no dolieran, que no dejaran huella… que pasara desapercibido su abandono. Su lado cínico dejó deliberadamente de lado a su corazón para protegerlo, ignorando sus deseos de amar y ser amada otra vez.

Camila ahora lo entendía, y la verdad, se le presentó como una bofetada que le volteó el rostro con violencia. Llevaba tanto, tanto tiempo sola, sin nada estable, ni siquiera una amistad verdadera y recíproca, salvo la de su eterna amiga Haidée. Pero incluso los kilómetros y la vida adulta las había separado. Podía contar con ella para cosas importantes, urgentes y vitales, pero para esas pequeñas cosas cotidianas era casi imposible.

Camila fue consciente de que tenía miedo a confiar de nuevo, a entregar ese preciado tesoro a Edmundo y, aunque él hablaba y actuaba como un hombre decente, maduro y honesto, ella todavía sentía recelo en exponerse todavía más.

Observó todo a su alrededor, en apariencia, nada había cambiado. Era absurdo, hasta esa misma madrugada estuvo en ese lugar, pero Camila sentía que ya nada era igual.

Ella se sentía extraña, diferente... Algo en ella había cambiado abruptamente, como si hubiera despertado de un sueño largo, o tal vez, simplemente, todo ese tiempo estuvo ignorando a quien verdaderamente era ella y deseaba ser.

Estaba pensando demasiado. Definitivamente, era el hambre.

Edmundo apareció nuevamente en el comedor portando dos platos de comida, el aroma era exquisito aunque el aspecto...

—Es risotto de champiñones —aclaró Edmundo al ver la cara de «no me comeré eso» de Camila—, así es la apariencia de este plato.

—Tienes una fijación por la comida que no tiene buen aspecto, ¿cierto? Pero sí puedo decirte que huele maravilloso.

—Y aunque lo diga yo, me ha quedado bueno, bueno, bueno. Así que cambia esa cara y prueba.

Camila miró con recelo ese arroz que se veía pegoteado y un tanto viscoso, luego desvió sus ojos en dirección a Edmundo que ya había empezado a comer.

Ella no era una cobarde.

Sin dudar más, probó un bocado de risotto, en su boca se pasearon los sabores nítidos del champiñón, el queso, el vino, y quizás qué otros ingredientes más.

Exquisito.

—Este es el arroz más maravilloso que he probado —admitió saboreando en su paladar la delicia que era esa cena. Probó otro bocado con avidez.

—Tú solo pruebas buenas cosas conmigo —comentó ladino y contento por su triunfo culinario—. Deberías confiar más en mí.

—¿Cómo sé que esta no es una táctica tuya para hacer caer a las mujeres como moscas? Apenas te conozco —cuestionó Camila, evidenciando su resistencia a ceder, a confiar.

—Bueno, en eso estamos. En todo caso, te he demostrado que soy una persona honorable, con principios y mucho más consistente como para dar unos cuantos polvos rápidos. Si fuera un «pastel» no estarías comiendo risotto, estarías comiendo otra cosa desde el primer momento en que nos reencontramos —aseveró directo y sin endulzar—. Eres una mujer que se permite disfrutar de su cuerpo, así que, sin temor a equivocarme, habrías tomado tu oportunidad de pasarlo bien sin compromisos. Y yo me habría aprovechado hasta el cansancio de ello, sin importarme un pito tus sentimientos.

La cara de Camila era un poema, estaba boquiabierta frente a la respuesta de Edmundo, y sí, si él se hubiera comportado de otra forma —como un «pastel»—, habrían llegado inexorablemente a tener esos polvos salvajes y rápidos... bueno, nunca tan rápidos como los del «hombre metralleta».

—No me pongas esa cara, no he querido ofenderte —aseguró Edmundo sin rastro de estar bromeando—, pienso que las mujeres tienen el mismo derecho a disfrutar sin prejuicios lo que la naturaleza les ha dado, aunque a los hombres en general no les guste eso. Pero bueno, mi intención es conocerte, que me conozcas, y de ahí, pues no tengo mucha idea. —«En realidad, tengo una idea muy clara, pero no quiero que me catalogues de "pastel" de buenas a primeras», pensó él, porque quería algo más y tal vez torcerle la mano al destino—. Solo sé que me gusta estar y compartir momentos como este contigo.

—¿De dónde diablos has salido, Edmundo Cortés? —interrogó Camila incrédula del discurso-declaración-de-principios-e-intenciones de él. Eso no era posible, los hombres como Edmundo no existen, solo en las novelas románticas que ella devora semanalmente.

—Técnicamente nací por cesárea, era un bebé bastante grande. Así que salí de una manera no tradicional —bromeó para bajar la tensión al momento. Si deseaba conocer a Camila, y que ella confiara en él, solo le quedaba ser lo más honesto, abierto y natural posible.

Camila se quedó pasmada, y dos segundos después estalló en carcajadas. No podía creer lo que le estaba pasando. Su día, y sobre todo la última hora, era una montaña rusa galáctica de emociones.

La risa no cesaba, ¿hace cuánto tiempo que no reía de esa manera con un hombre?, ¿desde la última guerra de cosquillas en ese breve tiempo cuando creía que era feliz? Edmundo, sin querer, le estaba haciendo cosquillas a su alma.

Esas eran las mejores.

—Te ves mejor cuando lloras de risa —halagó él sin intención de dárselas de galán. Era cierto, ella resplandecía cuando reía, su voz se volvía diáfana y cristalina, y era como si se transformara en una niña inocente libre de toda tristeza.

Le gustaba verla reír, le gustaba ser él quien provocaba esa risa.

—Eres terrible, Edmundo... ¡terrible! —Camila seguía riendo y secando sus ojos por aquel episodio casi catártico. Su cuerpo se sentía más liviano, y la pesadumbre que la agobiaba hasta hace un rato se disolvía de a poco, haciéndola más llevadera.

—Eso me lo han dicho muchas veces... pero no acompañado de risas —confesó con una sonrisa, era una gran verdad velada por su tono bromista.

—Gracias.

—Por nada.

Comieron en silencio, disfrutando de la rica cena, y el ambiente se había distendido. Edmundo miraba de soslayo a Camila intentando dilucidar por qué le interesaba y le preocupaba tanto ella. El día anterior, en un principio, fue la curiosidad de saber si era la misma persona con la que había conversado y bromeado en el matrimonio de su hermano.

Pero ahora...

Ella lo intrigaba, cada vez más.

Edmundo nunca fue un hombre particularmente enamoradizo. Las mujeres con las que se involucró, al comienzo, siempre capturaban su atención cuando demostraban que eran muy independientes, fuertes, inteligentes, femeninas, seguras de sí mismas, esas características eran las que más apreciaba y le atraían en una mujer. Pero cuando entraban en el terreno sexual, ellas, por algún motivo que él no entendía, mostraban su verdadera esencia, se volvían inseguras e intentaban disfrazar esa inseguridad con una actitud dominante en la cama, y al final, no le permitían a Edmundo experimentar o ir más allá de lo «decente y aceptable». Tenía treinta años y ni siquiera había tenido la oportunidad de experimentar el sexo anal. Y el sexo oral no era de las prácticas preferidas de sus compañeras, por lo que solo recibió unas cuantas felaciones sin ganas y con cero erotismo por parte de ellas. Lo cual lo sumergía en un profundo pozo de frustración. Le exigían ser romántico, dulce, tierno y suave. Casi interpretar un papel.

Él podía ser todo eso, pero también en un rincón oscuro y oculto de su deseo, quería ser duro, bestial y dominante. Ahora lo sabía, ahora era consciente de ello.

El sexo convencional era placentero, pero monótono, y ahora Edmundo se daba cuenta que él no tenía pasta para lo convencional y jueguecitos suaves, donde lo más extremo que había probado era un lubricante con sensación térmica. Los últimos dos días se la había pasado fantaseando con la información que iba obteniendo, y cada vez más sentía el llamado, la necesidad de poder realizar aquellas prácticas que tenían nombres que sonaban tan violentos y sórdidos. Pero que si se ponía a analizarlos mejor, solo eran una muestra de confianza sublime entre dos personas. Porque él no pretendía hacer daño, eso nunca, era un juego, un rol.

Dominación. Edmundo quería de verdad dominar el cuerpo y el placer de su compañera y llevarla al límite. Decidir qué, cómo y cuándo. Torturarla de deseo, hacerla estallar, rozar esa delgada línea entre el placer y el dolor. Y al final, marcarla, poseerla y reclamarla como suya.

Eso quería, y deseaba hacerlo bien.

Se preguntaba si Camila estaría dispuesta a probar, porque a él le gustaba mucho a la mujer que tenía en frente, disfrutaba ese lado rebelde y contestatario, y a la vez le despertaba ese instinto de protegerla, ampararla, consolarla.

Tenía que conocerla más, descubrir todos sus deseos y secretos más recónditos con el fin de saber hasta dónde llegaban sus límites. Ella aparentaba ser una mujer de mente abierta, pero Edmundo debía comprobar si de verdad era así o si solo era una careta.

En el fondo de su alma deseó que Camila fuera esa persona con la cual compartir eso que estaba aprendiendo. Quería de todo corazón que ella aceptara que él le enseñara esa forma de vida tan poco convencional, y que era la puerta de entrada a otro mundo.

Edmundo sentía que era la oportunidad de su vida... si fallaba esta vez, iba a aceptar que su destino era vivir solo. No quería simplemente follar duro, no, él quería la entrega total y absoluta y honrar ese regalo. Edmundo estaba convencido de que eso no se logra con una pareja casual, eso se lograba con una compañera. Una de verdad.

El plato de su nueva amiga estaba vacío, era hora de empezar a descubrir.

—¿Cómo estuvo tu día, Camila?

CAPÍTULO 8

Camila miró a Edmundo que la estudiaba con interés, aguardando por su respuesta. Bajó la vista y suspiró. Esperaba de todo corazón no equivocarse esta vez. Estaba harta de errar su rumbo.

—No han sido buenos días desde ayer —contestó Camila a la pregunta de Edmundo, empezando a dejar salir las palabras. Era extraño volver a tener una conversación profunda con un hombre.

—¿Por lo del «pastel»? —interrogó tanteando el terreno, buscando el porqué de los ojos tristes de Camila.

—En parte... ha sido una suma de factores. No sabría por dónde empezar —respondió, encogiéndose de hombros, pero su mente se empezó a sumergir en lo más recóndito de su memoria.

—Lo más lógico sería empezar por el principio. Tengo todo el tiempo del mundo —la animó Edmundo, curioso, ávido de información.

—El principio, supongo yo, se remonta desde que empecé a tener real conciencia. Pero resumiendo los hechos más relevantes, puedo partir por decir que mi vida era fácil, hasta el momento en que dejé de obedecer a mi padre.

—¿Muy estricto?

—Estricto es una palabra que se queda corta —explicó levantando las cejas y haciendo un gesto irónico—. Jacobo Corrales se toma muy a pecho su papel de pastor evangélico, predica, practica e interpreta lo que le conviene de lo que dice la biblia. Es ultra conservador, controlador, inflexible... y todos en mi familia no osaban ni en sueños llevarle la contraria. —Con esa carta de presentación a Edmundo le quedó claro el motivo por el cual ella dijo el día anterior que no tenía familia—. Su amor y cariño lo recibía en la medida en que le obedecía... Ya ni siquiera me queda claro si alguna vez me quiso como una hija. Dejé de añorar sus muestras de afecto, cuando me di cuenta de que el mundo no es como él lo veía, y que era mucho más amplio y diverso que la iglesia que él guiaba —declaró intentando mantener a raya su dolor, porque todavía le dolía sentir que su propio padre no la quería. Ella estaba segura de ello—. Mi adolescencia fue más compleja de lo que es por norma. Soy la menor de cinco hermanos, tres hombres, dos mujeres. No siento especial afinidad con ellos, nos llevamos por muchos años, ellos siempre tuvieron privilegios y deferencias por ser los mayores y varones. Mi hermana… ella solo obedecía a mi padre sin chistar, y mi mamá… Ella me comprendía, pero nunca tuvo el valor de defenderme, solo me consolaba cuando a mi papá se le pasaba la mano conmigo. Siempre fui la hija mala, la oveja negra porque no podía quedarme callada cuando no estaba de acuerdo con algo. Por más que me cacheteaban la tonta de Camila no entendía —declaró con un tono burlón y una risa fingida. Parpadeó para evitar que las lágrimas emergieran y cuando volvió a mirar a Edmundo, su expresión era insondable. «No quiero que él piense como si fuera la pobre Camila. No quiero que sienta lástima por mí», pensó con amargura. Pero ya estaba hundida hasta el fondo por lo que continuó con su relato—. Así que mi vida fue bastante solitaria. Haidée y yo fuimos amigas y compañeras de curso desde pequeñas, pero cuando pasamos a la enseñanza media, nos inscribimos en colegios diferentes. Así que nuestras conversaciones solo se limitaron al teléfono o por chat, cuando lograba conseguir acceso al computador sin que me vigilaran.

—No es difícil hacerse la idea de que fue más dura esa etapa para ti, que para el común de las personas. Me lo imagino, la adolescencia es complicada cuando se lleva una vida relativamente tranquila, pero en tu caso es...

—¡Dificilísima! —exclamó completando la observación de Edmundo—. Logré estudiar música solo porque a mi padre le convenían mis conocimientos para el grupo musical y el coro de la iglesia. Le seducía la idea de contar con músicos profesionales para alabar a Dios y atraer más hermanos. Estaba atrapada, en cierto modo, y odiaba todo eso. Le ocultaba a mi padre mi aversión a esos himnos y todo lo relacionado con su religión con el fin de que me dejara estudiar tranquila. —Se quedó unos segundos en silencio, intentando hilar sus recuerdos, hasta llegar a uno de los que más la marcó. Edmundo esperaba paciente, no le pasó desapercibido el repentino brillo de los ojos castaños de Camila. Ella bajó la vista y se quedó mirando un punto fijo en dirección a la nada—. Me acuerdo perfectamente de la primera vez que le pregunté a mi padre las razones de por qué creía en Dios si nunca lo había visto. Era chica, tal vez tenía diez años, lo hice sin maldad, solo curiosidad. La bofetada que me gané como respuesta por cuestionar su fe fue la primera de varias. Esa era la única forma que él conocía para detener cualquier discusión, debate o cuestionamiento. Y luego venía el sermón que podía durar horas. El dolor remanente de los golpes, unos cuantos días.

Edmundo contemplaba anonadado a Camila, el modo en que relataba esos hechos con una actitud casi impasible, solo sus ojos la delataban. Una ira que no sabía que podía sentir lo azotó. La imaginó mucho más pequeña y frágil recibiendo el golpe de un adulto, precisamente de la persona que debía amarla y protegerla. Un autoproclamado hombre de Dios que era incapaz de sentir una pizca de compasión con su propia sangre. ¿Qué clase de animal golpea a una niña por preguntar?

Él no dudaba de las palabras de Camila, ni por un segundo. Sabía que ella no mentía ni exageraba, simplemente lo sabía. La voz de ella estaba empañada por el llanto contenido. A Edmundo no le cabía duda de que era difícil para ella hablar, abrirse… confiar.

—Logré terminar mi licenciatura en música en la Universidad Católica a los veintiuno con varias becas. A los veintitrés ya tenía mi pedagogía. —Siguió relatando Camila, dando un salto en el tiempo y cambiando de tema, volviendo a fijar sus ojos en Edmundo que seguía atento a todos sus gestos—. A mi padre no le debo nada, me saqué la cresta[10] estudiando, me esforcé al máximo —declaró segura y orgullosa—, intentaba pasar todo el día lejos del pastor. Desde que recibí esa primera bofetada lo único que quise fue irme de casa. Pero lamentablemente, mis clases eran diurnas y la carrera muy demandante, y mi padre no me permitía trabajar. Esa era una de esas condiciones que me exigieron para poder cursar mis estudios. Él conocía mis horarios, mis rutinas, los tiempos, y no debía excederme en llegar tarde. Y debía aceptar aquello, porque yo era para todo el mundo la oveja negra de la familia y él no deseaba que me descarriara.

—Asumo que finalmente la oveja se descarrió, a pesar de todo el control.

—La oveja se descarrió hace cuatro años de una forma espectacular, cuando descubrieron por una torpeza de la misma oveja que ya no era virgen, y que mantenía una relación amorosa de varios años con un joven que conoció en el primer año de universidad.

_____

10 *Sacarse la cresta: según el contexto, significa esforzarse al máximo, o caer aparatosamente.*

»Mi hermana me descubrió, no sé cómo. Supongo que fue culpa mía de que ella se enterara de mi romance, pues dormíamos en la misma habitación. Me delató en pleno desayuno familiar. Para mi padre era impensable que su hija menor se comportara de esa manera, que fornicara con un bueno para nada. Me acusó de arruinar todavía más su reputación, y me gritó que era peor que las putas de Sodoma y Gomorra… y bueno, no recuerdo que más me dijo. Me dio una paliza y quedé inconsciente… Sé que se descargó duro y que no se midió. Cuando desperté, tenía marcas de su correa por todas… —Camila se interrumpió al sentir los cálidos dedos de Edmundo envolviendo la mano de ella. Era un gesto simple, pero para ella fue significativo. Esbozó una sonrisa, agradeciendo esa muestra de cariño sincero. Inspiró profundo para poder seguir, ya no se iba detener. Nunca le había hablado a nadie de su vida de esa manera. Todos tenían retazos, pero no el cuadro completo. Camila sentía que se desangraba, pero a la vez, y extrañamente, se llenaba de una sensación de calma, de alivio por exteriorizar con palabras sus recuerdos.

—Se suponía que yo era mayor de edad —prosiguió—, tenía veintitrés, estaba grande y me trataban peor que una niña de cinco años. ¡Imagínate! Para mí todo era tan dramático como vivir una historia a lo Romeo y Julieta. Estaba enamoradísima, y ya sabes que mientras más te prohíben…

—Más lo deseas.

—Exacto.

—¿Y qué pasó después?

—La oveja negra después del escándalo, a la primera oportunidad que tuvo, se escapó de su casa en medio de la noche, con casi lo puesto, junto con su Romeo a Concepción. Andrés (así se llamaba él) ni siquiera había terminado su carrera. Según sus palabras, estaba harto del régimen opresor universitario, como solía llamar a las clases más exigentes. Estábamos convencidos de que no sería difícil hacer nuestra vida a lo «contigo pan y cebolla».

—Suena a que se amaban mucho —comentó sintiendo poca simpatía por Romeo, catalogándolo de inmediato como un inmaduro, irresponsable, egoísta, vago e insensible. El único mérito que le hallaba Edmundo era que había ayudado a Camila a salir de esa vida.

—Por mi parte, claro que sí. Pero eso de «pan y cebolla» no funciona por demasiado tiempo cuando solo uno es el que provee el pan y la cebolla. Los primeros meses viviendo aquí nos la pasamos cantando en las micros[11] y en la calle para obtener algo de dinero, arrendábamos piezas en moteles para pasar la noche... Andrés era un alma libre, según él. Rechazaba la idea de pertenecer al sistema y, básicamente, le compré la pomada de poder vivir alejados de lo convencional a punta de amor y paz durante mucho tiempo.

—Una utopía imposible...

—Ajá... —concordó, asintiendo con un leve gesto de cabeza—. La realidad de la vida adulta e independiente te cae encima como un muro de concreto. Yo no resistí demasiado esa utopía, quería estabilidad, y no estar en la incertidumbre de que si me iba a alcanzar para comer o no, o si iba a dormir bajo un techo o no. No pedía una vida de lujos, solo estar tranquila... Así que me decidí y logré conseguir un trabajo, me había deslomado estudiando, de algo debía servir todo por lo que me esforcé, y logré entrar como profesora de música en el Sagrados Corazones.

—Entonces, sacando cuentas, llevas unos tres años ahí.

—Sí. No me puedo quejar, es un buen trabajo que, por lo menos, me hace ganar lo suficiente para no preocuparme de tener que «llegar a fin de mes».

—¿Y qué pasó con Andrés?

—Andrés resultó ser el rey de los pasteles. Siguió con su vida de músico errante, aportando poco y nada a nuestra vida en común. Total, él ya no tenía la preocupación del día a día —declaró con una sonrisa triste y sus ojos se volvieron más tristes aún—. Cuando cumplimos un año viviendo aquí quedé embarazada, se me olvidó una pastilla... Para él fue como si el mundo se fuera a acabar, un hijo era demasiada responsabilidad, no podíamos mantenerlo, y sin dudarlo siquiera, me pidió que lo abortara...

—¡Maldito infeliz hijo de...! ¿Cómo mierda se le ocurre pedirte algo así? —estalló Edmundo rumiando rabia. Si hubiese sido él, jamás le habría pedido eso, habría apechugado. Y hubiera sido feliz de tener un hijo con la mujer que amaba... ¿quién no?—. ¿Y lo hiciste? —preguntó con cautela y sin censura en su tono de voz. Era una opción muy personal, y respetaba eso. El peso de un embarazo no deseado, por norma, recaía en las mujeres y no era algo fácil de decidir. Un hijo es para toda la vida. Edmundo podía entender si ella hubiera cedido...

—No... me negué rotundamente. Era mi hijo, era el hijo de quien amaba en ese momento. Cuando me enteré que estaba em-

---

11 Micros: *microbus, medio de transporte colectivo.*

barazada solo sentí felicidad y un amor incondicional y absoluto, pero Andrés me hizo elegir entre él y mi hijo. Al ponerme en esa posición me di cuenta del tipo de persona que él era... ¿Qué clase de hombre era? Me decepcionó de una manera que nunca imaginé, ¡me pedía matar a mi niño!... No fue difícil elegir... Andrés, simplemente, tomó sus cosas en menos que canta un gallo y me dejó. No lo vi más, supongo que volvió a Santiago.

—Hijo de puta...

—Él era un niño en un cuerpo de hombre, jugamos a las casitas hasta que la realidad empezó a dar sus golpes... A decir verdad, no lo odio. Cometí muchos errores por escapar de la mano de hierro de mi padre. Me deslumbró esa vida y el amor libre que Andrés me ofrecía, sin reglas, sin condiciones, sin golpes, sin horarios, sin que te obligaran a hacer lo que no querías hacer... Libre albedrío, y todo, todo en esta vida tiene un precio y lo pagué caro. El precio por elegir ser madre era serlo sola... Pero a mi hijo también lo perdí apenas unas semanas después... un aborto tubario...

—La voz de Camila por primera vez en todo ese rato se quebró. Nunca le había contado esa parte de su vida a nadie, Edmundo era el primero. Nadie, nadie sabía de su hijo, solo Haidée. Tragó el nudo de su garganta y continuó después de toser con dificultad—. No tenía idea de que lo estaba perdiendo, los dolores solo llegaron de repente. Se me rompió la trompa de Falopio en plena clase en el colegio y me tuvieron que extirpar el ovario y la trompa de urgencia... Perdí a mi porotito sin remedio... Si había un Dios en este mundo, sí que me estaba castigando peor que mi papá. Estaba en esta ciudad sola, sin familia, sin amigos, sin la persona que amaba... sin mi hijo. En ese momento a la única que atiné a llamar fue a Haidée, a pesar de que ella también estaba en su peor momento, pero vino corriendo sin preguntar nada más. Ella ha sido lo único relativamente constante en mi vida.

Edmundo estaba impactado por lo que le contaba Camila, él intuía que su vida no había sido fácil. Pero la verdad, es que ella había sufrido mucho más, solo por el simple hecho de amar. Amaba la música, su única forma de evadir su realidad y a su padre. Amó a Andrés con su alma, pero amó mucho más a su hijo que nunca pudo nacer.

Ella era una mujer valiente, no había tomado las mejores decisiones, pero ¿quién las toma cuando se está desesperado por ser libre? Camila era una mujer sedienta de amor y de que la aceptaran tal como era. Ella no pedía mucho en realidad, solo que la quisieran. Nada más y nada menos.

Su padre no la aceptaba por pensar y actuar diferente a sus designios. Su hermana la traicionó y la delató como si fuera una criminal, y su madre, era solo una víctima más, pero que fomentaba todo a su marido, permitiendo su actuar. El resto de su familia, ni hablar.

Andrés la aceptó y la amó solo hasta que ella prefirió ser madre.

Las personas que más debieron amarla no lo hicieron.

Edmundo al llegar a esa conclusión sintió desde lo más profundo de su ser una infinita compasión y un deseo visceral por ver feliz a la mujer que tenía al frente sin importar cómo. Él la entendía, sabía a la perfección cómo eran las cosas cuando la familia no es lo que se debe, cuando causan daño por no comprender, por no ceder y adaptarse.

Todas las facetas que conformaban a Camila eran el resultado de una constante lucha. Ella no se doblegaba ante nadie, llevaba el control de su vida y decidía quién entraba y quién salía, y cuánto tiempo permanecían a su lado. Edmundo podía deducir que solo era una opción válida para protegerse y no sufrir. Tomaba lo que necesitaba y luego… huía.

Y por eso mismo, seguía estando sola.

Su primera impresión el día que la conoció no fue del todo errónea. Ella se hacía la amarga, y el cinismo y el desenfado eran solo una pequeña parte de ella, lo único que deseaba mostrar. Su escudo.

Y ahora, al confiarle su vida y sus secretos, se mostraba entera, había desnudado su alma. Edmundo decidió que lo mínimo que debía hacer para corresponder a ese regalo era atesorarlo. La confianza era algo recíproco… Y antes de todo, incluso antes de ese deseo primitivo que ella le despertaba, él deseaba ser su amigo. Si antes le gustaba su manera de ser, ahora la admiraba.

Nunca había admirado a una mujer, ni nunca había ambicionado su amistad.

Edmundo llegó a la conclusión de que Camila, antes de tener un compañero de vida, una pareja, o un amante, necesitaba desesperadamente a un amigo. Alguien que solo estuviera ahí para ella, para apoyarla y darle momentos agradables y cariño, sin pedirle nada a cambio… nada.

Él podía serlo. Esa diminuta mano que sostenía, no la iba a soltar jamás.

CAPÍTULO 9

—Ayer, después de que te fueras me llamó mi mamá —continuó Camila, totalmente ignorante de los pensamientos y decisiones de Edmundo—. No hablo mucho con ella, un par de veces al año voy a Santiago y la veo un rato. Supo que fui al matrimonio de Haidée, y bueno, quería saber por qué no había ido a visitarla.

—¿Por eso andas triste? —interrogó Edmundo con suavidad. Las manos de ambos estaban unidas, aun aferradas en esa conversación íntima, sin máscaras, desde el fondo del alma.

—Cuando hablo con ella, inevitablemente los recuerdos vuelven como un aluvión. Tampoco hoy fue un día fácil en el colegio, lo que solo empeoró las cosas... —Los labios de Camila se curvaron en una sonrisa sincera, que cambiaba la expresión de su mirada—. Pero ahora me siento mucho mejor. Muchas gracias, Edmundo... por escuchar con atención toda mi verborrea patética y deprimente.

—No digas eso, has tenido una vida dura... demasiado para una sola persona. Siempre es bueno y sano conversar y dejar salir lo que sientes. En realidad, soy yo quien debe agradecer, la confianza es algo que aprecio mucho y es importante para mí que me hayas contado todo... —Le dio un leve apretón a la mano de ella y luego la soltó por un segundo solo para dejar sus dedos entrelazados con los de ella—. Además, como ya he dicho antes, me gusta estar contigo, me caes bien. Puedo soportar con mucho gusto tu «verborrea patética y deprimente», y más, si eso alivia tu carga.

—Eres muy amable, pero no es necesario que digas eso, de verdad... Pero seamos honestos, ¿a qué hombre le gusta escuchar más de cinco minutos a una mujer? —interrogó con un tono de voz escéptico. Era la voz de su experiencia la que hablaba.

—Depende de la importancia. A veces, uno se distrae con facilidad —concordó Edmundo hasta cierto punto, él no se consideraba tan imbécil—. Pero cuando la mujer que está frente a mí contándome el porqué está triste, sí, me interesa, y sí, la voy a escuchar con atención. No me juzgues como a todos los demás, dame por lo menos el beneficio de la duda —pidió directo. Tenía que ser así, de otra forma daría pie a algún tipo de recelo por parte de ella. Porque estaba abierta, vulnerable, y con su corazón expuesto.

—Lo siento… Es mi maldita mala costumbre de pensar en lo peor de la gente y no filtrar lo que digo y…

—Y no quiero que cambies eso, es tu mejor cualidad esa incapacidad para ocultar tus pensamientos. Eres una de las pocas personas que conozco que dice exactamente lo que se les cruza por la mente. Así que conmigo no te refrenes… —exigió con suavidad. Eso era lo que más apreciaba, con ella no tenía que devanarse los sesos tratando de interpretar, adivinar, elucubrar. Todo era simple, directo, honesto—. Pero si quieres que seamos amigos, intenta no medirme con la misma vara que has usado con los demás hombres que has conocido… Todos somos «pasteles», no te lo voy a negar, ni tampoco te voy a vender la pomada de que soy perfecto y especial, porque estoy muy, muy lejos de serlo. Lo único que puedo decir en mi defensa es que soy un «pastel inocuo».

—¿Inocuo? —preguntó, alzando una ceja con diversión.

—Sí, inocuo —sonrió como niño. Camila ya estaba empezando a habituarse a esa sonrisa amplia que era capaz de despertarle ternura y lujuria en partes iguales—. Mis cagadas pueden ser minúsculas al lado de las de tu padre, Andrés, e incluso nuestro amigo veloz de ayer.

—Ya. Me quedó más que claro que estoy advertida —expresó sarcástica y un pelín decepcionada; ya estaba pensando que Edmundo estaba rozando la perfección, pero de todos modos seguía ocultando muy bien a su «pastel» interior.

—No te lo tomes a mal, intento ser un buen hombre, pero no estoy libre de cometer errores —explicó Edmundo con sinceridad. La cara de Camila expresaba todo, incluso cuando usaba ese tono de voz con el que intentaba esconder lo que sus ojos decían. Estaba asombrado, ella era, simplemente, transparente para él. Podía verla entera.

—Perdona mi actitud, ando hipersensible… lo siento. Es nuevo para mí esto de tratar con un hombre que quiere ser mi amigo y que da claras muestras de ser razonable, honesto y decente.

—No hay problema… Para mí también es nuevo querer ser amigo de una mujer. A decir verdad, no creo en eso de la amistad entre un hombre y una mujer. La idea no me seduce del todo, pero por ti haré el intento.

—¿Y qué me hace diferente para que intentes ser mi amigo? —interrogó sorprendida y curiosa por su aseveración. Estaba ansiosa por oír su respuesta.

—En este momento de tu vida, es lo único que necesitas de mí —aseguró con convicción, mirándola a los ojos—... ¿Quieres un pastel?

—¿Cómo? —Parpadeó confundida por la extraña pregunta.

—Pastel... no me refiero a mí, uno de verdad, de chocolate. Compré un par de porciones cuando salí de la universidad. Necesitamos endulzar este momento.

Camila rio con suavidad y aceptó contenta el ofrecimiento de Edmundo. El corazón de él se inundó de una sensación de calidez y plenitud. Se sentía feliz por hacerla reír de esa manera y hacerle olvidar de a poco el mal trago de ahogarse en los recuerdos. Él podía entenderla, al igual que ella, a veces la melancolía lo mataba. Pero la gran y abismal diferencia entre ambos, era que su dolor era por la añoranza, por esas ansias de volver a sentir el reconfortante abrazo de su madre y sus constantes muestras de cariño. Él nunca dudó del amor de ella, siempre se encargó de demostrárselo.

No había punto de comparación, pero si existía la comprensión.

Edmundo soltó la mano de Camila, sintiendo su falta en el acto. No era solo por lo obvio de la ausencia del calor corporal, sino por el contacto, sentir otra piel, sostener su peso, y el cómo se entrelazaban sus dedos.

A Camila tampoco le fue indiferente la sensación de sentir su mano vacía. Movió sus dedos como si quisiera retener entre ellos el calor de él, y observó cómo Edmundo abandonaba la habitación para ir en busca del pastel.

¿De verdad necesitaba un amigo? Ella no tenía idea de que eso era lo que le hacía falta en ese momento. Pero si se ponía a analizar, aparte de Haidée, nunca tuvo reales amigos, tuvo compañeros de estudio, colegas de trabajo, conocidos, relaciones pasajeras que duraban lo mismo que un helado en verano. Pero un amigo, de esos que dicen «presente» ante cualquier cosa, ya sea buena o mala, importante o trivial... No, no tenía.

Hasta ahora.

Edmundo tenía razón, y sí, a ella le encantaría ser su amiga. Pero algo no le cuadraba, algo no la terminaba de convencer, a pesar de las palabras sinceras de él.

Era esa maldita tensión sexual.

La podía palpar en cada mirada, en cada broma, en cada roce —por muy inocente que fuera—. No estaba loca, sabía que eso existía entre ellos, y por eso no comprendía la actitud casi beata de Edmundo por dejar todo en el plano de la amistad.

¿Cuáles eran las verdaderas intenciones de él?

—¿A qué le das tantas vueltas, petiza? —Edmundo interrumpió intempestivamente las cavilaciones de Camila. Le acercó el plato con una generosa porción de torta de chocolate, y se sentó frente a ella—. Dime la verdad, suéltalo.

—Me parece muy lindo eso de ser mi amigo y todo eso —contestó ignorando ese cariñoso sobrenombre, no le molestaba para nada. Comió un bocado del pastel y lo saboreó como un manjar del Olimpo, y luego tragó, sintiendo el sabor dulce y tentador del chocolate. No era un pedazo de pastel común, era uno de esos que hacen en las pastelerías caras—. Pero sé que me ocultas algo. Sé que hay algo más... Dime la verdad, suéltalo —parafraseó Camila, apuntando a Edmundo con su cuchara, incitándolo a abrirse al igual como ella lo hizo con él.

Edmundo se quedó en silencio. Había sido bastante torpe de su parte en asumir que ella aceptaría ser amigos y sanseacabó; ella, definitivamente, no era cualquier mujer. Y ya que ella le había abierto su corazón, no le quedaba más alternativa que retribuir eso mismo.

Solo esperaba que eso no le costara demasiado caro.

Edmundo comió un bocado de pastel, celebrando internamente que valía cada peso que había gastado en ellos. Camila lo estaba disfrutando también. El objetivo estaba logrado, él quiso darle algo especial a Camila, eso lo impulsó a entrar a ese lugar y comprar el más caro y suntuoso pastel de chocolate.

Pero tenía un asunto pendiente, por lo que aspiró aire profundamente para infundirse valor, porque nunca le había tocado hablar a calzón quitado con ninguna mujer. Y se entregó a su destino.

—Mmmmm... bueno sí, hay algo más... Pero no quiero que me metas en el mismo saco que a todo el regimiento de «pasteles» del mundo —advirtió antes de llegar al quid del asunto.

—¿Ah sí? ¿Cómo podría ser eso posible? Hasta el momento no has dado luces de ser uno de marca mayor.

—Si te lo digo, puede que arruine esto antes de empezar. Y va a sonar como la cosa más cliché del mundo, pero debo reconocer que eres diferente a todas las mujeres que he conocido y quiero conocerte más... Sentar una base sólida.

—Bueno, eso sí, es muy cliché lo que has dicho... Lo habré leído en mis novelas unas quinientas mil veces. Pero debo admitir que eso es algo que una mujer espera escuchar aunque sea una vez en la vida —afirmó de buen humor. Todos los recursos cursis y manoseados que Edmundo usaba le resultaban halagadores—. Anda, dilo. No tengas miedo, soy una mujer grande, puedo soportarlo.

—Está bien, te lo diré... ¿Tú sientes esto, entre tú y yo?, ¿cierto? Esta... atracción.

—A mí me parece obvia desde el día que te conocí... pero continúa, estimado amigo.

—Bien... Tengo un problema... Todas mis relaciones amorosas que he tenido a lo largo de mi vida, y sin excepción, empiezan bien. Está la atracción, la química, el cariño, el entusiasmo... Lo básico para iniciar algo más. Y al momento de consumar todo...

—El sexo... —especificó Camila con interés.

—El sexo —confirmó con un poco de timidez que no sabía que iba a sentir al decirlo en voz alta—. Mi interés muere, sin remedio, y junto con ello, cualquier sentimiento que hubiera empezado a surgir.

—¿No has pensado en que eres homosexual, Edmundo? —interrogó sin malicia, aunque no le hacía ninguna gracia pensar en que a él le interesaran los hombres... Tal vez, eso explicaría lo ridículamente adorable que era su nuevo amigo.

—Créeme que lo pensé, intenté ver a los hombres de otra forma. —Se sacudió un escalofrío que le recorrió el cuerpo. Tan solo imaginar a un hombre desnudo y excitado en alguna situación amorosa junto con él y la libido se le iba al suelo—. Pero definitivamente lo que me excita es una mujer. Un hombre no me entusiasma en absoluto.

—¿Y por qué te pasa eso? —preguntó seria, sin ánimo de bromear. Era sumamente extraño que a un hombre no le entusiasmara el sexo... ¿Serían, acaso, sus parejas? ¿Tendría algún trauma sexual? ¿Alguna parafilia? ¿¡Alguna disfunción!?

Algo raro había ahí... y lo quería averiguar.

—Pues, hasta hace poco no lo sabía, pero ya estoy encontrando respuestas, y mientras no esté seguro, prefiero no intentar nada más allá contigo. No quiero estropearlo, no quiero que esta atracción muera si te toco. No quiero, ni puedo hacerte eso —afirmó sintiéndose incómodo, exteriorizando sus miedos, sus inseguridades, sus anhelos. Los papeles se habían intercambiado casi sin darse cuenta. Era muy difícil abrirse, y no esperaba hacerlo tan pronto. No estaba acostumbrado a ello. Era el precio de la amistad y había que asumirlo. Ya no tenía escapatoria—. Estoy harto de no sentirme apto para ser pareja de nadie, no quiero decepcionarte como a todas las demás. Si sucumbo ahora… ¡Mírame, ahora soy yo el de la verborrea patética y deprimente!

Para Camila era algo nuevo ver a un hombre intentando ser abierto. Le costaba seguir el hilo de sus ideas, porque en algunas era claro, pero en otras era ambiguo. Podía sacar dos cosas en limpio, él tenía un problema en vías de solucionarlo, pero mientras no lo hiciera, iba a mantener todo a nivel de inocente amistad, a pesar de esa atracción que ambos sentían.

Y que iba aumentando más y más.

Edmundo tenía sus motivos para no intentar un acercamiento más profundo y ella también había tomado sus decisiones.

Ambos se tomarían las cosas con calma.

—Te entiendo… de verdad. Podemos ser amigos —afirmó Camila y extendió su mano para sellar el trato—. ¿Amigos?

—Amigos —Edmundo tomó la mano de ella y ambos dieron un buen apretón.

—Esta vez no hubo electricidad —bromeó Camila sin soltar la mano de Edmundo. Y era verdad, en vez de ello, sentía calor—. ¿Me prometes que me contarás cuando estés seguro de lo que te pasa?

—Prometido, serás la primera en saber —aseguró con convicción. Edmundo no tenía ninguna duda, ella sería la primera en enterarse—. Mañana, ¿qué tienes que hacer?

CAPÍTULO 10

—¿*Algún* paquete para mí, don Exequiel? —consultó Edmundo al pasar por conserjería. Ya habían pasado siete días desde que hizo su encargo y su paciencia ya estaba empezando a mermarse.

—Mmmmmm… Hoy pasó el cartero dejando paquetes. ¿El número de su departamento? —interrogó el hombre. Edmundo era relativamente nuevo y poco comunicativo, así que olvidaba con facilidad la numeración.

—El 306 —respondió Edmundo con un poco de ansiedad.

El conserje empezó a buscar la casilla indicada, correspondiente al departamento de Edmundo, a una velocidad que podría dejar a Usain Bolt como un caracol. Fueron los treinta segundos más tortuosos en la vida de Edmundo, que ya estaba empezando a tamborilear con sus dedos en el mesón… Hasta que don Exequiel lo encontró.

—Acá tiene la correspondencia de hoy —anunció, entregando unos cuantos recibos de cuentas por pagar y un paquete bastante grande, cosa que sorprendió gratamente a Edmundo, dado que no era demasiado confiado con las compras por internet. Las dimensiones correspondían al libro que esperaba con fervor.

—Muchas gracias.

Sin perder más tiempo, se metió los papeles al bolsillo y se dirigió a las escaleras a la vez que empezó a rasgar el envoltorio del único paquete que en verdad le interesaba abrir.

No era un simple libro, era la llave para poder acercarse más a Camila… Si es que ella aceptaba todo aquello en lo que se estaba sumergiendo. Él ya no podía echarse para atrás.

Desde aquella conversación, se la habían pasado juntos casi toda la semana. Si no era la cena, era una película, una serie o simplemente conversar. No habían vuelto a tocar el tema de la fuerte atracción que sentían, aunque ambos se daban cuenta de cómo aumentaba. Todos los días pasaba algo que los ponía en constante tensión. Y sobre todo para Edmundo, el asunto se estaba tornado en una dolorosa, rígida y monumental pesadilla.

Los índices tensionales de Edmundo se dispararon exactamente desde hacía tres días, cuando Camila lo invitó a su departamento. Ella se había tomado el tiempo de ordenar y limpiar para recibirlo, y preparó una once[12] exquisita. Incluso, se había dado el trabajo de hacer magdalenas, té con canela, tomate con queso de cabra aliñado con aceite de oliva, orégano y sal para acompañar el pan marraqueta crujiente.

Edmundo todavía tenía el recuerdo fresco en su memoria de esa tarde.

Mientras ella preparaba la mesa, él recorría el lugar con la mirada y se detuvo en la biblioteca de Camila, ella tenía muchos libros, todos ordenados por autor.

Curioso, sacó uno al azar, bonita portada, título sugerente, la sinopsis era de una historia romántica, erótica… de dominación sexual… sumisión…

Edmundo se puso nervioso. En cuanto empezó a leer su corazón se aceleró, y se intentó convencer de que un solo libro no era indicativo de nada. Lo dejó en su lugar y revisó otro, también al azar, y trataba de la misma práctica sexual condimentada con romance. Hojeó otro más, y cometió el error de leer unos cuantos párrafos demasiados estimulantes para la situación inquietante en la que se encontraba. Era evidente que su amiga tenía una marcada preferencia por ese tipo de historias. Edmundo se preguntaba si ella, aparte de disfrutarlas leyéndolas, estaría dispuesta a…

—¿Alguna cosa interesante que quieras leer? —interrogó Camila a sus espaldas, haciendo que Edmundo diera un respingo imperceptible y cerrara el libro de golpe. Ella lo había visto muy atraído y concentrado en su pequeño tesoro literario. Nadie se había tomado la molestia de sacar uno, ni siquiera por curiosidad—. No te ofrezco ninguno para leer porque ustedes los hombres no leen romántica.

—No, no la leemos, a duras penas me banqué «Romeo y Julieta» en el colegio… —Camila resopló y se lamentó para sus adentros de que Edmundo tuviera un concepto tan errado de la narrativa romántica contemporánea. Había evolucionado tanto, tanto desde Shakespeare y otros—. ¿Todos tus libros son de esta temática? —preguntó, mostrándole el título que estaba leyendo.

Camila rio un poco nerviosa, era una novela muy, muy erótica que trataba un tema en particular que a ella le encantaba. Sentía cierta afinidad con aquellas prácticas, pero sabía que era una de esas cosas que jamás

---

12 *Once: merienda tardía, similar a la hora del té en Inglaterra pero que es mucho más abundante, y que reemplaza la cena en Chile*

podría probar porque simple y llanamente no había hombres que fueran dominantes sexuales reales. Solo existían estúpidos que creían que podían engañarla y obtener de una forma muy divertida algo de sexo fácil y perverso. Una vez tuvo curiosidad y entró en una comunidad virtual. Fue nefasto y toda una desilusión. Tampoco pretendía involucrarse con algún extranjero que se decía que era un amo-macho-alfa-recio-dominante de teclado.

Todos eran una burda y pobre imitación de lo que ella deseaba probar, porque si lo iba a hacer, tendría que ser con alguien que valiera la pena, que apreciara y atesorara su entrega, su confianza para entregarle las riendas de su placer.

Lamentablemente, había nacido en el país equivocado, y peor aún, en la familia equivocada, vivía en la ciudad equivocada, y se había involucrado con los hombres equivocados.

—Mmmmmm… tengo unos cien libros y unos treinta son sobre eso —respondió un tanto renuente y ambigua. La gente por lo general no le interesaba el tema o abría mucho los ojos cuando ella hablaba de…

—Sado, BDSM, dominación, sumisión, bondage, etcétera, etcétera, etcétera… —especificó Edmundo evidenciando que conocía muy bien el tema.

—Eso mismo.

—Sabía del marqués de Sade y «La historia de O» y sé de algunos libros técnicos respecto al sado… Pero no tenía idea de que existían novelas románticas de este tipo —comentó, demostrando real interés por el libro que tenía en sus manos. A decir verdad, estaba sorprendido, había escuchado sobre aquel libro mega famoso y que hasta habían hecho dos películas, pero optó por no leerlo porque no le despertaba ninguna curiosidad. Pero el que tenía Camila en su librero sí había capturado toda su atención.

—No tienes idea de nada, que sea una novela romántica no significa que todo sea sobre besitos, abrazos y sexo suavecito a la luz de las velas. Incluso, tengo unas sobre relaciones de a tres, donde dos hombres comparten una mujer como una sola relación y…

—Hasta ahí llega mi apertura de mente. No podría compartir, ni cagando.

Camila volvió a reír ante esa impetuosa declaración. Era una respuesta natural, casi todos los hombres son posesivos y egoístas en ese sentido… Y aunque ella disfrutaba de esas novelas, una aventura de a tres era algo que ella no estaba segura de querer experimentar. Es difícil manejar una relación con un hombre, ¿pero una abierta con dos? ¡Ayuda!

—Bueno, solo son fantasías, hay cosas que me encantaría hacer, y otras, definitivamente, las dejaría dentro del libro. Pero bueno, de ahí

a que eso suceda. —Rio un poquito incómoda, los nervios no se iban—.
Los chanchos van a volar primero antes de que las estadísticas estén de
mi parte.

—¿Estadísticas?

—Estoy firmemente convencida de que en este país solo existe un
hombre en un millón que simplemente sea decente, maduro, sensato y que
sea lo suficientemente flexible conmigo, casi un personaje de novela. No
exijo que sea especialmente romántico y me haga grandilocuentes declara-
ciones de amor… No es tan complicado lo que pido —confesó casi en un
susurro.

—Bueno, suerte con ello… —bromeó, esbozando una sonrisa, si él
tenía suerte, podría entrar en ese selecto grupo. Uno en un millón—. Se
ve muy interesante la mezcla de erotismo más duro con romance… ¿Me
prestas este?

—¿Estás hablando en serio? —interrogó Camila asombrada, Ed-
mundo asintió seguro—.Vale… —aceptó un tanto incrédula que él fuera
a leer semejante literatura—. Pero cuídalo como hueso santo, no quiero
páginas dobladas, cubierta dañada, hojas marcadas, ni nada por el estilo.
Está como nuevo porque cuido mucho mis libros…

—No te preocupes, cuidaré tu tesoro.

—Más te vale…

Y tres largos días habían pasado desde aquello. El libro que
Camila le prestó se lo había devorado en unas cuantas horas, lo
cual lo sorprendió y perturbó en partes iguales. En esa historia se
reflejaba mucho de lo que deseaba hacer, de lo que deseaba obtener, de lo que quería dar y sentir.

La pregunta que le rondaba en la cabeza era, cómo reaccio-
naría ella si le confesaba que él se inclinaba por… ¡No!, nada de
inclinaciones, estaba hundido; de hecho, ya se consideraba un dominante sexual. Ya no tenía dudas, estaba asumiendo esa parte,
abrazando ese estilo de vida. Ahora lo que le faltaba era adentrarse
en los aspectos técnicos.

Y sobre todo prácticos. Hasta llegar a la perfección.

¿Camila le creería? ¿Se reiría de él? ¿Se enojaría? ¿Lo manda-
ría a freír espárragos a la China en un viaje sin retorno?

Las dudas se lo comían, no se sentía seguro de nada respecto a la respuesta de Camila. No deseaba por nada del mundo que
ella pensara que él jugaba. Eso jamás. Ella le gustaba, le tenía mucho cariño, era una gran mujer, una buena amiga.

No quería fallar.

*****

Señorita Camila, tiene correspondencia —anunció don Exequiel cuando la vio pasar en frente de conserjería.

—Ah, ¡qué raro! —respondió extrañada, solo recibía cuentas y algunas cosas que encargaba a China por internet. No recordaba que esperara algún paquete—. Gracias, don Exequiel.

El conserje, dándole una cálida sonrisa, le entregó una liviana caja de unos treinta centímetros por cinco. Camila no podía recordar qué diablos era lo que había comprado, últimamente su cabeza estaba en otra parte, para ser más específica, en el departamento 306.

A veces Camila compraba por internet juguetes para adultos y chucherías y, normalmente, el pedido tardaba más de un mes en llegar, por lo que se le olvidaba por completo.

—Voy a tener que revisar la lista de encargos porque no me acuerdo qué cosa compré —dijo para sí misma mientras subía con fatiga las escaleras. Estaba cansada y para más remate, le había llegado la regla.

Y ni siquiera ella se soportaba con sus bruscos cambios de humor cuando estaba con el período. Lo mejor era leer uno de sus libros nuevos y rechazar cualquier posible invitación por parte de su amigo.

Ah, pero lo pasaba tan bien con él.

¿Cuándo había sido la última vez que había disfrutado de la compañía de otra persona durante tantos días seguidos?

Tal vez hace cuatro años, cuando llegó recién a Concepción con Andrés, pero la luna de miel duró tan poco. Las preocupaciones, la vida dura y difícil fueron mermando la convivencia. Fue un año lleno de altos y bajos.

Si se ponía a hilar más fino, aparte de esa época, nunca tuvo momentos así y menos con un hombre. Y ahora, estaba viviendo lindas experiencias con uno que cada día le gustaba más. Sí, claro, era guapo, eso era innegable, pero eso solo era el envoltorio. Lo que la tenía cada vez más cautivada era lo fácil que se había vuelto conversar con él y compartir las cosas sencillas de la vida. No importaba esa tensión sexual, esa atracción visceral, esa química innegable. Podía vivir con ello, incluso era entretenido.

Pero lo que era impagable, era esa conexión con otro ser humano, sin mediar ningún tipo de moneda de cambio. Solo por el placer de la compañía, el estar juntos y vivir la vida cotidiana.

Eso era nuevo para ella, siempre tuvo que, de algún modo, pagar por el amor. Si quería cariño de su padre, solo debía obedecer y callar. Para recibir la lealtad de su madre, debía imitar a su hermana Rut y no ser rebelde. Por el amor de Andrés, debía sacrificar a su hijo y negarle el derecho a vivir. Los demás que pasaron por su vida… no merecían mención, ella pagaba con sexo solo por evadir unas cuantas horas su soledad.

Durante esos días con Edmundo, todo era gratis. Podía tomar todo lo que quisiera sin que él le pusiera caras, o empezara a insinuarse hasta llegar a ser hostigoso. Él no lo hacía, porque también estaba disfrutando, también lo pasaba bien. Aquello que ellos tenían era algo recíproco, dar y recibir sin pensar en medidas o en cómo se retribuye.

Sin duda alguna, Edmundo seguía siendo un bombón relleno de manjar y cada vez se alejaba del estereotipo del pastel.

—Ahhhh, eres perfectirijillo, vecinillo, bomboncillo rellenito de manjarcillo —canturreó Camila rematando con un suspiro—. ¿Cómo no voy a empezar a sentir avestruces en la barriga?

Llegó a su departamento y entró. Le costaba acostumbrarse a verlo relativamente ordenado, pero a la vez le daba gusto, ya no tenía en la mente el pensamiento de que algún día tenía que ordenar.

Se dirigió a su dormitorio con la caja misteriosa en sus manos. Necesitaba un cúter para descubrir qué era. Hurgó en el cajón de la mesa de noche, y tras revolver unas cosas lo halló. Rápidamente cortó los sellos y abrió la caja.

Plumas.

Muchas plumas…

Blancas, vaporosas, suaves… tentadoras.

Camila las tomó por la varilla a la cual estaban unidas y las empezó a agitar, ahora lo recordaba. Era un inocente adminículo para jugar con los sentidos. Hacía un poco más de un mes, supuso que sería algo muy entretenido de usar. Bueno, siempre y cuando encontrara a alguien dispuesto a utilizar juguetes de ese tipo sin largar una risotada bobalicona y nerviosa… Eso era especial, deseaba que le despertaran todos los sentidos.

Desde que empezó a leer novelas eróticas, a Camila el mundo se le abrió nuevamente. Descubrió cosas de sí misma que desconocía y de las cuales estaba dispuesta a aceptar, a probar, a entregar. Pero para su mala suerte, no contaba con nadie con la suficiente confianza como para incitar juegos un poco más «osados».

Siendo más precisa, no le hubiera propuesto juegos a nadie, pues nunca llegaba a ningún nivel de confianza. Todo era rápido, casual, efímero. Ella no hacia el amor, solo practicaba gimnasia sexual.

Pero su parte soñadora —y que también era lujuriosa— no perdía la esperanza de encontrar un compañero lo suficientemente «osado» para confiar en él plenamente.

—¿Habrá leído mi libro mi querido vecinillo perfectirijillo? —se preguntó en voz alta, examinando con detenimiento las plumas y jugueteando con tu textura en la palma de su mano.

Rememoró cómo le sorprendió de sobremanera escuchar en labios de Edmundo las palabras «dominación», «sumisión» con una naturalidad que nunca imaginó escuchar en un hombre. No había burla, no había desdén y mucho menos vulgaridad; de hecho, su tono de voz daba a entender que él conocía el tema del que hablaba.

Aunque si se ponía a pensar mejor, nunca en su vida había escuchado hablar del tema a nadie. Por lo menos, nadie que no leyera novelas de ese estilo…

Tal vez, Edmundo sabía más que el común de los hombres sobre lo que a ella le interesaba.

Tal vez, a Edmundo también le llamaba la atención aquello y por eso sabía.

Tal vez, Edmundo era un…

—Oh, no… ¿Y si ese es su problema? —Camila se tapó la boca como tratando de mantener a raya sus elucubraciones, pero su mente iba a mil por hora. Miró sus plumas y se destapó la boca para tocarlas de nuevo, eran tan suavecitas—. No creo… —Rio nerviosa—. Mentira, no podría ser... —Un escalofrío le recorrió el cuerpo al imaginar a Edmundo dominándola, tomándola, poseyéndola—. Pero, ¿y si de verdad le gusta eso de? ¡Zas! Un azote… —Blandió las plumas como si fueran una fusta y rio nuevamente con más nervios ante esa inusitada anticipación—. Noooo… A lo mejor es curiosidad y ya. Está más que demostrado que Edmundo es asquerosamente curioso.

«¿Y si le preguntas directamente, "pastela"? Así saldrás de dudas», le dijo su lado malo. Su lado bueno estaba en un resort junto con el de Edmundo, tomándose una piña colada de barriga al sol.

—Total, tenemos mucha confianza. Somos amigos… Es una preguntita inocente.

El lado malo de Camila empezó a sobarse las palmas de sus manos. En realidad, la pregunta que se moría por hacer era de todo menos inocente.

CAPÍTULO II

Se había olvidado de todo. Edmundo ya llevaba un par de horas leyendo cómodamente en su oficina. Definitivamente, ese libro era lo que necesitaba con desesperación, tenía todas las respuestas para poder empezar y lanzarse de una vez por todas... Bueno, siempre y cuando saliera airoso de la difícil e insoslayable conversación-confesión que sostendría eventualmente con Camila respecto al tema.

Esperaba que fuera en algún momento de este siglo.

No era algo fácil de revelar para él.

No quería fallar.

No deseaba perderla... por nada del mundo.

Acaso, ¿él se estaba...?

Toc, toc, toc...

Los golpes en la puerta lo sacaron con brusquedad de sus cavilaciones que iban por senderos cada vez más intrincados. Se levantó con la mente puesta en el libro, y fue a abrir la puerta.

Camila.

Edmundo sonrió, la mayoría de las veces era él el que golpeaba la puerta de ella, por lo que se sintió muy contento de que ella se acercara a él, libremente, sin invitaciones.

—Hola, vecino —saludó Camila sonriendo de una manera que Edmundo no tenía registrada en las expresiones de ella. Era una sonrisa traviesa.

—Hola, vecina —repitió un tanto confundido—. ¿Cómo estás?

—Bien, ¿y tú?

—Muy bien... ¿qué te trae por estos lados? —preguntó con curiosidad.

—Estoy en una misión especial... ¿Puedo...? —Apuntó con su dedo índice al interior del hogar de Edmundo.

—Ah, sí, claro. Pasa. —Edmundo abrió más la puerta y la invitó a sentarse en el sofá de la sala de estar.

—Gracias —dijo ella sentándose, y siguió con la mirada a Edmundo, quien también tomaba lugar a su lado.

—Y bien, ¿de qué se trata tu misión? —inquirió él, animado por lo que ella le transmitía.

—Tertulia literaria —respondió lacónica, y una leve sonrisa juguetona se volvió a dibujar en sus labios.

—¿Cómo? —Edmundo no imaginó nunca una respuesta como esa. Su mente voló directo al libro que estaba devorando con hambre de conocimiento y respuestas.

—¿Leíste la novela que te presté? —preguntó Camila sacándolo de un tirón de sus pensamientos que empezaban a tornarse tórridos.

—Ah, eso. Sí, lo leí —contestó evasivo. Sí que lo había leído, fue una lectura voraz que le removió más de una terminal nerviosa.

Silencio. Tres segundos de silencio eterno.

—¿Y? —contraatacó Camila con más determinación para encontrar su respuesta.

—¿Y qué? —replicó Edmundo. No deseaba comentar más, ya estaba inquieto y a punto de explotar. No quería perder el control, todavía no, era muy pronto.

—¿Qué te pareció? —precisó Camila perdiendo un poco la paciencia. Edmundo estaba actuando de una manera extraña, muy diferente a lo que estaba acostumbrada a ver en él.

—Muy interesante... —cedió él ante el tono de voz de Camila, quien estaba empecinada en hablar del tema.

—¿Solo eso, nada más? —«¡Qué hombre más frustrante! ¡¿Qué te pasa, Edmundo?!», pensó cada vez más tensa. Edmundo estaba como Hanzel, dándole solo migas para encontrar el camino.

—Muy erótico e ilustrativo... el argumento era muy bueno —ahondó más en su apreciación. La imaginación lo traicionó trayéndole el recuerdo vívido de las intensas emociones relatadas en aquellas escenas sexuales que describía la novela.

—¿Te excitó? —interpeló directa, al hueso, sin florituras verbales.

—Camila, creo que se te está pasando la mano —espetó Edmundo, aferrándose al último vestigio de cordura. ¡Iba a explotar!

—¿¡Por qué!? Es una pregunta muy simple —justificó, alzando un poco el tono de su voz y rogando al mismo tiempo por una señal.

—¡Lo sé!... —concordó también elevando su voz. Quería ser directo, pero no podía ahora. Suspiró profundo—. ¿Por qué tanto interés? ¿No entiendes que quiero hacer las cosas bien contigo?

—Eso lo tengo muy claro. —Resopló cansada por esa batalla de tira y afloja. De pronto se estaba empezando a esfumar todo el ímpetu que la impulsó a salir de su departamento. Pero ella no era una cobarde—. ¿Puedo hacerte una pregunta personal? —volvió al ataque cambiando su estrategia, su voz era dulce, conciliadora.

—Creo que tu pregunta anterior fue bastante personal. Pero dale —accedió. No había caso, Camila no sería Camila si no fuera como una leona que no suelta su presa.

—La otra vez me dijiste que no ibas a intentar nada conmigo hasta resolver un problema que tenías, y creo que te está tomando demasiado tiempo. A lo mejor, podría ayudarte, por eso quiero que me digas de qué se trata tu problema.

Edmundo supuso que algún día iba a tener esa charla transcendental… ¡Pero no ahora!

—¿En serio estamos teniendo esta conversación? —Fue el vano intento de él para escapar de aquella situación. No estaba preparado. ¿Y si todo salía mal?

—No te pongas remilgado, que conmigo no te funciona. Escúpelo —presionó Camila, sacando a la mujer terca, rebelde y contestataria que era.

—Está bien… —claudicó Edmundo de mala gana. Se levantó del sillón e hizo aspavientos con sus manos—. ¡Está bien! —masculló mientras se dirigía a su oficina para buscar la respuesta que ella exigía. Si Camila quería respuestas, eso era lo que iba a obtener. Era ahora o todo se iría al carajo.

Camila entrecerró sus ojos observando cómo Edmundo se perdía al interior de una habitación y, sin demorar demasiado, volvía con un libro en sus manos… No era el que ella le había prestado. Era otro, uno mucho más grande.

—Ahí tienes. —Edmundo le ofreció el libro a Camila. Ella no podía ver el título desde la altura en la que se encontraba. Lo recibió con cautela y al leer se le disiparon sus dudas; los nervios y la anticipación se volvieron a apoderar de su cuerpo. No quería apresurarse a emitir juicios, pero era prácticamente evidente.

—¿Eres un…? ¿Practicas…? —Se interrumpió. De pronto, una ola de pánico la embargó, ¿y si había interpretado todo mal?, ¿y si Edmundo en vez de ser dominante era lo contrario? Tragó saliva, la idea no le gustaba para nada, pero ya no podía echarse para atrás—. ¿Eres dominante o sumiso?

Edmundo se quedó en silencio, la cara de Camila era una explosión de emociones que lo confundían. Sí, su amiga conocía el tema, pero ¿y si eso era parte de las cosas que ella prefería dejar dentro de un libro, para nunca intentar llevar a cabo en la realidad? ¿Y qué pasaba si después de todo, una relación entre ellos era algo que no estaba destinado a ocurrir? Un insidioso dolor se ancló en su corazón.

No quería fallar.

No quería perderla.

—Edmundo…

Pero debía enfrentar aquello. Volvió a sentarse al lado de ella. Edmundo estaba temblando de pies a cabeza. No sabía por qué sentía que su vida y su futuro pendían de un hilo.

—Soy un dominante sexual, Camila —confesó con el corazón en la mano, entregado a que las cosas siguieran con su curso. Se lanzó al vacío esperando no estrellarse contra el duro e implacable pavimento—. Y esta es la primera vez que lo digo en voz alta. Hasta hace muy poco ni yo mismo lo sabía, pero estoy convencido de que era lo que causaba que yo no pudiera entablar una relación duradera con nadie. Lo normal no me llena, lo convencional no es suficiente para mí… Y eso que tienes en tus manos, es la única forma confiable que encontré para hacer lo correcto, de hacerlo seguro… Para hacerlo bien contigo… si es que me aceptas tal como soy… Porque yo no voy a cambiar ahora que ya encontré respuestas. —Su voz se fue apagando con su última sentencia.

«No quiero cambiar», pensó Edmundo, agarrándose la cabeza con ambas manos. Súbitamente se sintió abatido, solo.

Camila lo observaba estupefacta. En el tono de voz de Edmundo no se reflejaba el orgullo de ser dominante, sino todo lo contrario, era como si fuera una especie de enfermedad incurable y que la única forma de recuperarse era resignarse, y aprender a vivir con ello. No se pavoneaba como todos esos tarados virtuales que se decían dominantes y lo único que demostraban era lo ansiosos que se volvían para lograr, lo más rápido posible, que ella accediese a reunirse con ellos para una sesión. Camila detestaba a los galanes de teclado.

Miró el libro que tenía en sus manos. Edmundo estaba instruyéndose, aprendiendo desde lo básico en vez de tratar de meterse entre sus piernas y practicar todo con ella, sin saber más allá de toda la basura que abunda en internet.

Era un hombre que quería hacer las cosas bien, por él… por ella.

Y ella no se lo iba a impedir. Dejó el libro a un lado y decidió. En ese momento era fácil ver lo simple que era todo en realidad.

—Enséñame... —Camila inspiró hondo, tomando todo el coraje que tenía desde el fondo de su ser—. Enséñame lo que has aprendido —demandó con tranquilidad capturando la atención de Edmundo—. Tú lo has dicho, quieres hacerlo seguro, quieres hacerlo bien conmigo... si es que yo acepto. —Él intentó hablar, pero Camila se lo impidió, levantando su dedo índice para que la dejara continuar—. No eres la única persona en el mundo a la cual lo convencional no la llena. Hace un tiempo estuve buscando encontrar a alguien como tú, pero solo hallé una montaña de cretinos charlatanes que se creían superiores, y yo ya hice mi cuota siendo hija de mi padre —ironizó con un toque de tristeza—. De todos los hombres que he conocido en mi vida, me atrevería a decir que solo tú puedes hacer que valga la pena tomar el riesgo.

—Camila, ¿acaso puedes dimensionar a donde nos llevará esto? Para mí esto es serio, no es como si fuera a experimentar contigo como una rata de laboratorio. Esto es una forma de vida, no es una simple fantasía sexual. Es lo que soy, lo que siento... No me vale una aventura de un par de polvos morbosos y extravagantes —advirtió serio, intentando dejar en claro que lo deseaba todo, sin restricciones, sin marcha atrás.

—¿Qué si puedo dimensionarlo? Sí, puedo —afirmó Camila vehemente, con una seguridad que pasmaba—. Tú quieres mi sumisión sexual, dejar que hagas lo que desees conmigo, entregarte no solo mi cuerpo, sino mi confianza... mi más absoluta confianza en que no me harás daño de ningún tipo. Ninguno —subrayó—. Ni físico, ni emocional, ni sicológico. Porque mi seguridad y mi placer estarán en tus manos y yo seré tu prioridad. Si tú me ofreces todo eso, entonces, sí , quiero vivir esa forma de vida. Por primera vez quiero ser la prioridad de alguien —sentenció firme y con los ojos húmedos a punto de rebalsar.

Eso era lo que había estado viviendo con Edmundo todos esos días, ella ya estaba teniendo un lugar importante en la vida de él. Era su amigo, se preocupaba por ella, pero intuía, percibía que era algo más, por eso se sentía tan bien, tan... querida, y todo se le reveló con claridad. Ahora era evidente.

—Sé que seré lo más importante para ti, porque sé que tú me quieres... —declaró Camila lo que su corazón le dictaba, amordazando para siempre a su lado práctico y casi sin alma—. Y yo a cambio también te querré, porque ya lo estoy haciendo... aunque esté muerta de miedo... yo...

Y no pudo continuar más.

Sin más preámbulo, Edmundo enmarcó la cara de ella entre sus manos y la atrajo hacia él, hacia sus labios. Sin pedir permiso, porque no lo necesitaba. Ella lo aceptaba, lo quería, y eso le daba todo el derecho de tomar su boca por asalto y asolarla en un beso que le permitiera destruir el último bastión que blindaba su corazón. Porque no le quedó ninguna duda, ella lo había dicho y tenía razón. Él, Edmundo Cortés, la quería.

No era cariño, no era atracción, no era simpatía, no era lástima, no era simple química, no era solo deseo. Él la quería, toda, completa, sin restricciones, sin límites, sin peros.

Y ella aceptaba a Edmundo tal como era, sabiendo que estaban a punto de emprender un camino sin retorno. Ella, Camila Corrales lo quería.

Ese beso que se había hecho esperar demasiado —tal vez desde el primer día—, con cada roce, con cada caricia de sus labios, se estaba transformando de apasionado a intenso, y de intenso a incendiario, en el instante en que sus lenguas se tocaron dando paso a las llamas que eran imposibles de contener y que los abrasaba en un fuego ardiente y lúbrico.

El calor se extendía por sus venas, denso y ardiente como si fuera lava. Camila palpitaba, Edmundo se tensaba.

Todo se había vuelto húmedo, endurecido, caliente. Edmundo sucumbió, se entregó a aquello que crecía con ímpetu y siguió sus instintos. Sin romper el contacto con la boca de Camila que se entregaba sin reservas, se montó sobre ella, sin cargar su peso. Sus cuerpos apenas se tocaban, salvo las piernas, él estaba aprisionando las de ella entre las suyas, inmovilizándola, impidiendo sus movimientos. Necesitaba tener el control.

Tomó las manos de Camila, que desde que empezaron a besarse estaban quietas, sin vida, esperando a que él les ordenara qué hacer.

—Aquí —indicó Edmundo jadeante, interrumpiendo bruscamente el beso, pero estaba determinado. Guio las manos de ella a que se aferraran a la parte trasera de los muslos de él, a la vez que él se erguía. Camila lo seguía con la mirada, se veía imponente—. No las muevas —ordenó, acariciando el rostro de Camila; estaba loco por entrar en ella, por empezar... pero.

—¿Qué pasa? —susurró agitada, el aire le faltaba.

—¿Estás segura? —interrogó Edmundo, necesitaba escucharlo nuevamente—. ¿Estás segura de todo? —repitió sin quitarle los ojos de encima—. Quiero que lo hagas por ti, no por mí o por lo que yo siento o lo que necesito. Sé egoísta.

—Sí, lo estoy —contestó segura, como nunca en su vida—. Quiero y deseo esto, me quiero dar una oportunidad. Quiero ser feliz, intentar de verdad algo nuevo… Quiero amar una última vez —confesó exponiendo sus deseos y sus miedos al mismo tiempo. Si esta vez no funcionaba, dudaba mucho que volvería a entregar su corazón—. Te quiero, Edmundo.

¿Hacía cuánto no decía esas palabras? Camila sentía que las decía por primera vez en su vida.

—Gracias… Te quiero, Cami —declaró sin vacilar. Sus palabras salieron del corazón. Nunca las alcanzó a decir con convicción, casi siempre fue bajo presión porque debía querer, pero en el fondo no lo sentía así como ahora. Era verdadero, ese sentimiento cálido que embargaba su corazón, sin duda, era real.

Apoyó su frente en la de ella, y a pesar de que él era el que estaba de rodillas, su posición no era de sumisión, sino de dominación. Edmundo sería el que llevara las riendas desde ese momento. Ahora ella era su más preciada responsabilidad, y estaba deseoso por ejercer ese poder.

Y deseaba hacerlo bien.

—Cami, necesito que me regales unos días ¿me puedes esperar hasta el fin de semana? —pidió suave, pero determinado.

—¿Por qué no ahora? —interpeló un tanto confundida. Todo iba bien… más que bien, iba perfecto.

—Porque no quiero decepcionarte. En este preciso momento no me siento preparado para que empecemos. Tengo que hacerlo bien por los dos. Tú debes saber muy bien que esto no es solo meterla y sacarla como bestia. Quiero darte una experiencia inolvidable… No sabes cuánto te deseo, pero de verdad, necesito un poco de tiempo. Solo serán cuatro días, y después… podremos empezar.

Camila maldijo para sus adentros, sentía que estaba preparadísima, pero a la vez lo entendía, sería irresponsable de parte de él si accedía a tener una sesión sin estar seguro. En todo caso, la experiencia de esperar era nueva, nunca le habían pedido aguardar un poco, todos eran «tres cucharadas y a la papa».

Además, se había olvidado de que estaba con el período, una punzada directo en su útero se lo recordó y eso terminó por bajarle todos los ánimos.

—¿Te duele algo? —preguntó Edmundo preocupado, sabía que él no estaba descargando su peso en ella ni la estaba presionando con demasiada fuerza con sus piernas. Una fugaz mueca de dolor surcó el rostro de Camila, y él sintió como sus dedos se crisparon levemente en sus muslos. Ella era obediente todavía no había sacado sus manos de ahí—. ¿Estás bien?

—Estoy con la regla —aclaró para que él no se pasara películas trágicas... Aunque ya era trágico estar con la regla y unas ganas locas de estar desnuda bajo el enorme cuerpo de Edmundo—. Me duele un poco la *guatita*[13] —reveló, cerrando los ojos un poco avergonzada. «¡Pero que zorra te volviste, Camila! Edmundo te dice que es dominante y que te quiere y ¡zas!, se te caen las bragas sin recordar que estás como el Mar Rojo», se recriminó con diversión. A pesar de ese impasse estaba contenta, todo era nuevo, reluciente, brillante.

—Espérame aquí —ordenó con suavidad y le besó la frente. Se incorporó con rapidez y luego se perdió en la cocina. Solo se escuchaban sonidos agudos de loza chocando, y el abrir y cerrar de puertas.

Camila desvió la mirada hacia el libro que había dejado a un lado, y empezó a hojearlo. Todo era técnico, ilustrativo, ameno y nada morboso, y las palabras que se repetían en todas partes eran «seguridad», «consenso», «sensatez». Eran términos familiares para ella, claro, si era una lectora asidua a esa temática. Sin embargo, se puso en el lugar de Edmundo que, prácticamente, de la noche a la mañana descubrió que la respuesta a sus problemas para mantener una relación con una mujer era controlar, dominar y determinar todo lo que sucedía en el plano erótico y sexual. Era un mundo nuevo y abrumador.

Ser dominante no era una tarea fácil. No todas las mujeres aceptan un rol sumiso en la cama, tanto por la convención social feminista de no someterse a un hombre bajo ningún punto de vista, como por la afinidad a ese tipo de prácticas. Ella desde un tiempo a esta parte, deseaba que un hombre la tomara y la moldeara como arcilla.

Pero solo en el plano sexual, en lo cotidiano ella era dueña de su vida.

—Bebe esto mientras está caliente. —Edmundo se apareció de la nada. Camila estaba perdida en sus pensamientos y en la breve lectura, casi de manera automática recibió un tazón y el

---

13 *Guatita: pancita, barriguita, tripita.*

agradable aroma de la canela invadió sus fosas nasales—. Es una infusión que sirve para tus dolores —explicó Edmundo, al ver la cara de pregunta de Camila—. Mi mamá siempre se preparaba esto cuando estaba con su período, no le gustaban mucho los analgésicos. Son cosas que uno aprende. ¿Puedes desabrochar un poco tu pantalón? —solicitó con amabilidad, Camila sin cuestionar lo hizo. Edmundo se sentó al lado de ella, friccionó las palmas de sus manos con rapidez por unos segundos, y luego las posó sobre la suave piel del vientre de Camila, y las dejó ahí, inmóviles—. Esto también es bueno, no tengo pastillas para dolores menstruales...

—Ahhhhh... —celebró Camila sintiendo las manos grandes y calientes de Edmundo otorgándole alivio—. Esto es perfecto, gracias, amigo mío —agradeció, disfrutando de lo bueno que era tener a un hombre que se preocupara de los pequeños-gigantes detalles. Tomó un sorbo de su dulce y deliciosa infusión, y suspiró de alivio nuevamente—. Eres muy amable.

—Me gusta cuidarte, hacerte sentir bien —admitió, esbozando una sonrisa.

—¿Cómo diablos pasamos de estar casi teniendo sexo a que me estés quitando los dolores menstruales?

—Fácil. Principalmente, nosotros somos amigos... y también pareja —resolvió con seguridad, no era necesario pensarlo demasiado—. Siento que la palabra «*pololos*[14]» no aplica para nosotros.

—Eso déjalo para los niños de quince años. Pareja... ¿Así nomás? —interpeló socarrona.

—Así nomás, no me gustan las cosas a medias —manifestó Edmundo determinado—. Soy ambicioso, quiero tenerlo todo.

—Me gusta eso —afirmó sonriendo y apoyándose en el hombro de Edmundo y tomó otro sorbo de agua de canela.

—Lo vamos a pasar bien, petiza. Te lo aseguro.

14 *Pololos: novios.*

CAPÍTULO 12

$\mathcal{Y}$a habían pasado cuatro días, y a medida que transcurrían, Camila se daba cuenta de que, si se trataba de Edmundo, la paciencia no era uno de sus fuertes. Cuando ella llegaba a su departamento después de una larga jornada de trabajo, al rato después, él golpeaba su puerta. La saludaba con un beso que podría matarla por combustión espontánea y luego disfrutaban de las cosas simples de la vida, tales como comer juntos, ver televisión o tener conversaciones amenas sobre los límites de las prácticas sexuales que iban a llevar a cabo y llegar a un consenso, decidir métodos anticonceptivos, compartir resultados de exámenes médicos, revisar los juguetes que ella tenía disponibles para algunos juegos, y definir cuáles serían los que faltaban según el criterio de Edmundo —y por supuesto, las plumas no estaban descartadas para experimentar—. Pero ambos no iban más allá, y rendirse ante el deseo. Si eso sucedía, podría ser muy placentero, pero algo les decía que debían esperar a ese contacto, que la primera vez que sus cuerpos se unieran, fuera haciendo aquello que se había transformado en algo más profundo, más sublime.

Lamentablemente, la situación no era tan simple de sobrellevar, ni ayudaba a la casi nula paciencia de Camila, pero no se iba a quejar. Deseaba llevar a cabo esa experiencia a plenitud, y eso sería cuando Edmundo estuviera preparado para dominarla.

Tampoco se podía decir que Edmundo estaba muy tranquilo. Cuando se encontraba de noche, solo, en su cama, tratando de conservar la calma, solo podía pensar en Camila y en tenerla en ese mismo lugar. Fantaseaba, planificaba escenas... y practicaba. Algunas cosas debía probarlas en sí mismo, tal como los tipos de nudos y qué tan rápido los deshacía, la fuerza que descargaba un azote hecho con la palma de su mano, qué tan fuerte podía ser el impacto en la piel con una simple regla o una cuchara de madera. Debía medir y controlar su fuerza, era imprescindible.

La necesidad tenía cara de hereje, muchas cosas o muebles que había en su departamento podían ser usadas con un propósito erótico. No era necesario ser millonario para comprar lo necesario, solo debía elegir bien y también tener imaginación e ingenio.

Sumando y restando, solo les faltaba algo esencial en todo ese repertorio de prácticas, muebles y juguetes, y a Edmundo le pareció divertido incluir a Camila en una misión que la involucraba directamente.

Eran las cinco de la tarde del viernes de aquella intensa semana, y Camila estaba saliendo del colegio donde trabajaba. Últimamente, siempre una sonrisa se asomaba en sus labios, sabía que al llegar a casa estaría con Edmundo.

Inesperadamente esa sonrisa se amplió todavía más cuando lo vio esperándola en la puerta de entrada del colegio. Se notaba que él hacía poco que había salido de su trabajo también, terno azul marino, camisa lavanda, corbata púrpura eran su atuendo para dar clases, en casa era más informal. Edmundo la esperaba con postura relajada, y más de alguna apoderada que esperaba a su pupilo a esa hora, se lo comía con la mirada. Pero él solo tenía ojos para ella, su sonrisa de niño le daba la bienvenida.

«¡Ese bombón relleno de manjar es mío, zorras remilgadas!», gritaba su inconsciente posesivo y celoso, que Camila enmascaraba en una sonrisa cordial a aquellas señoras mironas. «¿Y desde cuando eres celosa, Camila?, ¿se te ha zafado un tornillo?», se reprendió por ese lapsus. «Desde que ese hombre es MI dominante», se respondió orgullosa.

—¡Hola! —saludó Camila al llegar al lado de Edmundo, haciendo a un lado aquellos pensamientos belicosos.

—Hola, bella. —Sin más preámbulo, la recibió con un beso bien dado, rozando la delgada línea entre lo escandaloso y lo decente, capturando miradas reprobadoras y envidiosas por parte de las mismas mujeres que no escatimaban en devorar a Edmundo con lascivia en la mirada.

Pero a ambos eso les importaba un pepino.

Camila adoraba cómo él la besaba, a veces podía ser dulce, pero le gustaba más cuando él poseía su boca, como si le exigiera su rendición con la lengua y los labios. Ella sabía que al ser la primera en conocer las preferencias de Edmundo, él podía hacer lo que quisiera sin preocuparse si debía ser delicado o decente para encajar. Edmundo podía ser él mismo… y ella también, por lo que gustosa daba y recibía todo lo que él era capaz de dar y exigir.

—¿Qué lo trajo por acá, señor Cortés? —interrogó ladina usando el trato que ellos acordaron para sus sesiones, pero a ella le encantaba ese apelativo y lo usaba cada vez que se le antojaba—. ¿Me está siguiendo? ¿Debo empezar a asustarme? ¿Ahora mostrarás tu lado acosador-sicópata-violador-asesino-serial?

Edmundo rio de buen humor.

—Nada de eso. Te necesito para realizar una búsqueda, y solo tú me puedes ayudar.

—Qué interesante, ¿y de qué se trata tu búsqueda?

—Nos divertiremos, solo sígueme —le ofreció la mano y Camila entrelazó sus dedos con los de él.

Tomaron un taxi que los llevó hasta una gran tienda de artículos de ferretería y para el hogar, que quedaba relativamente cerca del río Bío Bío. Camila sonrió cuando se dio cuenta del destino de aquella búsqueda, las posibilidades eran infinitas para ellos.

Jugar con la anticipación, empezar de cero, ver cómo Edmundo evolucionaba ante sus ojos, era un privilegio que Camila apreciaba y que no cualquiera puede presenciar. Por lo general, el camino del buen dominante es más bien en solitario, innumerables prueba y error para encontrar a la compañera adecuada.

Y a pesar de todos los cambios que ella percibía, Edmundo seguía siendo el mismo. Pero se le notaba mucho más seguro, más abierto, cada vez daba más destellos que hacían evidente su personalidad dominante.

No era del tipo que exigía una dieta, forma de vestir o de peinar en particular a su compañera, pero esperaba que le obedeciera sin cuestionar si daba una orden en un contexto erótico. Edmundo separaba muy bien los roles, y eso a Camila le gustaba mucho, porque no soportaría estar 24/7 en calidad de sumisa, era demasiado independiente como para ceder a ese nivel.

Entraron al local y vagaron por los pasillos sin rumbo definido, Edmundo no deseaba preguntar a un dependiente y llegar directo, prefería observar y tomar notas mentales. Conversaban de manera casual sobre sus jornadas de trabajo que, por lo general, eran ajetreadas para ambos.

—Aquí —señaló de pronto Edmundo y levantó las cejas—. Solo buscamos un tipo en particular —indicó a Camila que sonreía divertida aquella sección del local.

—Así que quieres cuerdas. Muy interesante, señor Cortés —comentó mirando la gran variedad de sogas.

—Ayúdame a buscar una que sea de algodón o alguna fibra natural, de un grosor unos cinco milímetros de diámetro. Las de material plástico están descartadas y las demasiado rugosas —

especificó, también mirando lo mismo que Camila—. El dolor intenso y las marcas están absolutamente descartados para ti —indicó serio. Para él era importante ser cuidadoso en todo sentido. Se acercó al oído de ella y susurró grave y crudo—: Solo te quiero quieta y jadeante de placer mientras te penetre.

La voz de Edmundo le recorrió todo el cuerpo a Camila erizándole la piel, golpeándola de deseo. Solo faltaba un día para que empezaran. Ella ya no daba más y él ni siquiera le había tocado un pelo, salvo esos besos que decían mucho más que mil palabras.

—¿Por qué diablos haces eso, Edmundo? —espetó tensa y sintiendo oleadas de impetuoso calor entre sus piernas.

—¿Y dónde quedó el «señor Cortés»? —replicó socarrón—. No te enojes, solo me gusta provocarte.

—No me ayudas en nada cuando haces eso. Cada vez tengo menos paciencia y mi imaginación está susceptible a cualquier estimulo que venga de ti.

—Podríamos terminar con eso, te propongo algo... Ehhh... —se interrumpió de pronto y la miró—. ¿Ya terminó tu período? —preguntó con cautela y en voz baja.

—Ayer, al fin —respondió un poco alterada todavía.

—Perfecto. Entonces, te propongo algo, si encontramos la cuerda precisa, entonces empezamos hoy. ¿Te parece? —ofreció seguro. Estaba jugando con fuego, pero ya se sentía capacitado para iniciarse con Camila, y además, su autocontrol ya se estaba mermando, ya no soportaba la tensión y la espera. Era cosa de pensar en ella y se ponía duro. Y para qué mencionar cuando estaba a solas con Camila, nunca había sentido tanto dolor por estar excitado.

Y nunca antes había disfrutado estar en semejante situación.

Deseaba al fin saciar ese instinto primario de poseerla, hacerla suya, marcarla.

El corazón de Camila empezó a martillear rápido, no se lo esperaba, pero no dudó. Necesitaba sentir a Edmundo ya, ahora, en todo momento.

Hoy sería el día.

—No perdamos tiempo. ¡Busquemos esa cuerda, señor!

Observaron, estudiaron y tocaron varias sogas, cada uno revisaba una diferente para acelerar la búsqueda. Diez minutos pasaron.

—¿Ésta sirve? Dice que es para colgar ropa —consultó Camila a Edmundo mostrándole una de color crudo. Él la inspeccionó con detenimiento y comprobando que tan suave era al tacto.

Perfecta. Solo le faltaba una prueba.

—Junta las palmas de tus manos y ofréceme tus muñecas, bella Camila —ordenó Edmundo con seriedad, pero sin dureza en el tono de su voz, tomando su rol ahí, en pleno pasillo. No había nadie.

Ella pudo percibir el cambio en él y en silencio hizo exactamente lo que el señor Cortés le pedía. Temblaba de anticipación, la temperatura aumentó y ya podía sentir que su centro empezaba a derretirse. No había nadie más, solo ella y él.

Edmundo le dio cuatro vueltas simples y ató con un nudo de cirujano por sobre el hueso de la muñeca. Era una técnica fácil y rápida para empezar con el *bondage* y que él llevó a cabo sin dificultad.

—¿Lo sientes muy apretado? ¿Te incomoda en algo su textura? —interrogó concentrado en Camila—. Respira, relájate —susurró Edmundo, el comportamiento de ella lo tenía maravillado y horriblemente excitado.

Camila se mojó los labios con la lengua, no se había dado cuenta, pero estaba respirando por la boca, rozando la hiperventilación.

—Pues, no está apretado, pero tampoco me puedo zafar. —Movió sus muñecas demostrando su observación—. Es muy suave, no molesta para nada.

—¿Les puedo ayudar en algo? —ofreció un dependiente al ver a la pareja que estaba… El hombre no quería saber que estaban haciendo pero era evidente, «y pensaba que ya lo había visto todo en este lugar», pensó irónico.

—Claro —respondió Edmundo lacónico—. Necesito treinta y dos metros de ésta, y si fueras tan amable necesito que estén cortadas en cuatro secciones de cuatro metros y ocho de dos metros —solicitó mientras desataba a Camila como si nada. Ella estaba colorada con todos los tonos de rojo mezclados en su cara, sintiendo una mezcla extraña de vergüenza, diversión y excitación por ser sorprendidos *in fraganti*. Edmundo le tomó la mano y le dio un leve apretón.

El dependiente con eficiencia midió las secciones solicitadas y enrolló las cuerdas para dejarlas en un solo atado, finalmente las marcó con un código de barras para que pasara por caja. Una vez terminado el trabajo, el dependiente le entregó a Edmundo lo pedido sin mirarlo directamente; eran los clientes más extraños que le había tocado atender.

—¿Desea algo más? —preguntó el hombre más por ceñirse al protocolo de servicio al cliente, que por voluntad propia.

—¿Podrías indicarme donde se encuentran los cáncamos? —solicitó Edmundo para terminar con sus compras.

—Pasillo 23 —respondió solícito.

—Muchas gracias, que tengas buenas tardes.

—Usted también.

Caminaron hasta el mentado pasillo 23 y fácilmente encontraron los cáncamos. Edmundo eligió de distintos tamaños y Camila no le veía el objetivo a esos tornillos. La interrogante se dibujaba en su rostro.

—Estos son para pasar la cuerda con facilidad en la cama —explicó mostrándole unos medianos—. Estos pueden servir para la pared —continuó con otros que eran más grandes—. Necesitaré tarugos también, no es la idea que se salgan a la primera embestida —agregó como si hablara del clima.

—Ah. —Fue lo único que articuló Camila, la imaginación iba a la velocidad del rayo, se vio atada pegada a la pared fría a sus espaldas, rodeando la cintura de Edmundo con sus piernas sintiendo como él la embestía… duro.

De nuevo tenía la cara colorada, su intimidad se contraía.

—Los pondré en la semana, hoy empezaremos por lo básico, será suave —anticipó Edmundo, también imaginando, pero él ocultaba mucho mejor su desesperación por tener a Camila envainándolo, dejando que él la invadiera una y otra vez.

—Partiendo de la base que esto no es particularmente una práctica suave —puntualizó Camila, dando una risita nerviosa.

—Claro, partiendo de esa base —concordó dando una sonrisa lobuna, como un depredador preparándose para dejarse caer sobre su víctima.

Pasaron por caja, y Edmundo pagó por la cuerda, los cáncamos y tarugos. Cuando Camila le pagaba una propina al chico que embolsaba los productos, intempestivamente, su móvil sonó.

Miró la pantalla y era un número desconocido. Camila lo ignoró, por lo general era de la compañía de teléfonos ofreciéndole un cambio de plan de celular.

Siguió caminando de la mano con Edmundo y cuando salieron del local, nuevamente insistieron con el llamado y Camila siguió con su actitud, lo ignoró.

Avanzó unos pasos y el teléfono volvió a timbrar, Camila resopló frustrada.

La compañía de teléfonos no solía insistir tres veces por ofrecer un cambio de plan, por lo que ella claudicó y aceptó el llamado.

—Aló —saludó Camila a quien quiera que fuera su interlocutor.

—¿Aló? ¿Camila? —habló una voz femenina y titubeante. Para Camila esa persona era totalmente desconocida.

—¿Con quién estoy hablando? —respondió ella a la defensiva sin confirmar su identidad. Apretó por instinto la mano de Edmundo que estaba atento a sus reacciones. No le gustaba para nada la situación, presentía que algo malo pasaba.

Detuvo su andar. De pronto, Camila olvidó cómo caminar.

—Soy Rut… tu hermana.

Camila sorprendida y totalmente desconcertada, no supo qué responder.

—¿Camila? —inquirió Rut que ya pensaba que se había equivocado de número—. ¿Eres tú?

—Soy yo… ¿Cómo obtuviste este número, Rut? —la interrogó con lo primero que se le vino a la mente, sentía miles de emociones que bullían en su interior como un volcán en erupción y la golpeaban con violencia. Habían pasado cuatro largos años desde la última vez que la vio o escuchó. No sabía qué sentir, cómo actuar… qué decir.

—Estaba guardado en el celular de mamá… ella… —contestó Rut nerviosa, no se sentía preparada para hablar con su hermana, ella solo cumplía, era un deber.

—¿Qué le pasó a mamá? —preguntó Camila desesperada elevando el tono de voz. De súbito esa vorágine de sentimientos se congeló. El tiempo y el espacio se detuvieron para Camila.

—Tuvo un derrame cerebral... Ella no está bien, antes de caer desmayada solo balbuceaba tu nombre… Yo solo estoy cumpliendo con avisarte, lo que hagas lo dejo a tu voluntad —informó volviendo a ser la misma Rut que Camila conocía, fría, pedante, como si la odiara.

—¿En qué hospital está? —Ignorando el tono de voz de su hermana, Camila se enfocó en lo más importante.

—El Pino.

—Voy para allá.

Sin esperar respuesta, Camila cortó el llamado, sus manos temblaban, sus rodillas flaqueaban.

Quiso caminar, pero sus piernas no acataban la orden de moverse. Trastabilló. Edmundo la sostuvo y la abrazó firme y seguro, cobijándola, refugiándola, dándole calor, y Camila sin más, se desmoronó.

Llanto, un mudo llanto empezó a emerger a borbotones de su pecho que le dolía como si le hubieran arrancado de cuajo el corazón. Sentía que no debía perder el tiempo. ¡No lo tenía! Tal vez, no tendría oportunidad de ver a su madre una vez más.

—Mamá… mi mamá —gimoteó Camila con dolor, nunca imaginó que recibir una noticia así la golpeara de esa manera. Su madre era la única que de algún modo la hizo sentir querida en esa familia—. Tengo que ir a Santiago, Edmundo… Llévame a la terminal de buses —pidió enfocándose en la primera opción que se le cruzó por la mente.

—No, vamos al aeropuerto, ahora. Es lo más rápido —decretó sin titubear, no era difícil imaginar qué clase de conversación sostuvo con su hermana. Era impensable dejarla sola y nada le impedía a él llevarla a Santiago, ni siquiera el costo de un par de pasajes de avión—. No te preocupes de nada, ahorraremos por lo menos cuatro horas de viaje de ese modo —afirmó intentando consolarla sin dejar de abrazarla—. ¿Tienes tus documentos a mano?, ¿quieres pasar primero a tu departamento a buscar algo de ropa? No sabemos cuándo volveremos.

Camila no intentó rechazar la ayuda, ni las sugerencias o las órdenes de Edmundo. A ella, en ese momento, le costaba un mundo pensar con claridad. Usualmente, no se bloqueaba ante situaciones así, pero al estar Edmundo presente en su vida, le daba una sensación de que podía permitirse dejarse caer, porque sabía que Edmundo estaría ahí y la sostendría.

—Sí, tienes razón, necesito ropa y mis tarjetas, por si acaso.

—Llamaré a mi hermano para avisarle que vamos a la capital, estoy seguro de que puede recibirnos en su casa. Vamos rápido al departamento y luego al aeropuerto, bella. No te dejaré sola en esto.

Camila asintió. Dentro de toda la angustia que atormentaba su corazón, también otro sentimiento empezó a aflorar, uno más cálido y reconfortante. Ahora podía contar con un amigo, una pareja, un compañero que estaba demostrando con hechos todas sus promesas. Edmundo estaba con ella, apoyándola, acompañándola, tomando el control de la situación y eliminando todos los obstáculos para que ella estuviera tranquila.

Edmundo le daba paz.

CAPÍTULO 13

$\mathscr{A}$penas pusieron un pie en Santiago, Camila y Edmundo se fueron directo hacia al hospital. Él se encargaba de toda la logística, conseguir transporte, información y brindarle calma a Camila para poder afrontar la situación con temple.

Pero lamentablemente, el primer intento de ellos por ver a la madre de ella, fracasó. Sin importar argumento alguno, las personas encargadas del turno no le permitieron a Camila visitar a su mamá. El motivo era simple, en un hospital público —como lo es El Pino— el horario de visitas en la unidad de cuidados intensivos era solo de doce a doce y media del día. Aparte de eso, solo les informaron que la paciente estaba estable dentro de su gravedad.

Era inútil, Camila hirvió de rabia e impotencia, pero no se desquitó con los trabajadores del lugar, sus dardos apuntaban a otra persona. ¡Cómo era posible que su madre estuviera en un hospital público! Su condición era delicada, debía estar en un centro especializado, o en uno privado en el cual estuviera mejor atendida y rodeada de su familia a toda hora sin importar el costo. En media hora de visita no se podía hacer nada... ¡Nada!

Claro, al parecer, el pastor Jacobo Corrales era el único guía espiritual evangélico que no aprovechaba los beneficios del diezmo. ¡Qué raro!, si nunca escatimó en gastos para ampliar su casa, comprar un buen automóvil, tener a sus retoños varones en los mejores colegios y pagarles universidad. Pero cuando se trataba de la salud de su mujer, el pastor se volvía mágicamente en un hombre austero. ¡Qué conveniente!

Camila esperaba obtener al menos una explicación plausible ante tal situación tan impresentable.

—Cami, mañana volvemos temprano, hablaremos con el médico a cargo y verás a tu madre. Vamos a descansar, es tarde —propuso Edmundo con serenidad ante la pena y frustración de ella.

Entendía tan bien a Camila, si bien la situación que vivió Edmundo con su madre no era ni parecida en comparación con la de su pareja, lograba comprender el dolor que estaba sintiendo ella.

Independiente de cómo sea una madre, para un hijo, sentir que estaba a punto de perderla era un dolor inmenso. Aunque no hubiera sido perfecta, aunque cometiera errores... sentir que nunca más volverían a verse era desolador.

Nunca se sabe cuándo uno da el último adiós...

*****

—Amiga, lo siento tanto —fue el saludo de Haidée cuando llegó Camila a su casa. La abrazó fuerte y las dos rompieron en contenidos sollozos.

Ambas mujeres siempre estaban juntas cuando vivían los momentos más importantes de sus vidas, los felices y los que eran para el olvido. No importaban los kilómetros, siempre se tendían la mano para lo que fuera.

Edmundo las observaba en silencio, a una distancia prudente junto a su hermano. Permanecían atentos a ellas, pendientes de sus necesidades y listos para atenderlas.

Pero ellas solo necesitaban espacio para estar juntas.

—¿Té o café? —ofreció susurrando Damián a su hermano.

—¿Tienes alguna agua de hierbas? —consultó Edmundo por una opción que los relajara. No necesitaban un golpe de cafeína en ese preciso instante.

—Manzanilla —respondió Damián sin dudar.

—Es perfecta, necesitamos dormir, mañana será un día largo.

—Entiendo... —Damián miró de soslayo a Edmundo, estaba seguro que su hermano y Camila no eran meros amigos, él conocía perfectamente la opinión de Edmundo respecto a ello—. Sácame de una duda, ustedes dos son...

—Amigos —contestó Edmundo sin quitarle los ojos de encima a Camila.

—¿En serio? —interrogó incrédulo Damián alzando una ceja.

—Y también somos pareja —agregó Edmundo dirigiendo su mirada a su hermano, y se encogió de hombros—. Funciona muy bien de ese modo.

—No sé por qué no me sorprende —bromeó Damián. Siempre lo supo, en el instante en que los vio juntos el día de su matrimonio—. Entonces, ¿amigos y pareja a la vez? Estoy seguro que es la mejor combinación.

—Definitivamente.

Damián se internó en la cocina para preparar una infusión de manzanilla para todos. La situación era tensa y triste, y se veían afectados tanto las visitas como los anfitriones.

Camila después de un rato se calmó, recibir el abrazo de su amiga era algo reconfortante. Haidée era una mujer que Camila respetaba y admiraba, siempre le transmitía calma y fortaleza cuando sentía su cercanía y soporte.

Se sentaron una al lado de la otra en el sofá de la sala de estar, sin soltarse de las manos. Era como un ritual de conexión entre ellas, eran las hermanas que nunca tuvieron.

—Gracias por recibirnos, amiga —agradeció Camila mucho más repuesta y secándose las lágrimas—. Esto fue totalmente inesperado.

—Es lo mínimo que puedo hacer por ti, Cami. Lo bueno es que Edmundo te acompañó, es toda una suerte que ustedes sean vecinos. Aunque no me extraña ese comportamiento por parte de él, es un buen hombre —comentó Haidée, echándole flores a su cuñado, su modo de celestina se había activado.

—Sí, todo ha sido una afortunada coincidencia —afirmó mirando de reojo a Edmundo. Era rara la sensación de estar tan contenta y triste al mismo tiempo—. Es un hombre decente y sensato.

—Te lo dije —sentenció Haidée con un leve tono guasón para aligerar la conversación y subirle el ánimo a su amiga.

—Sí, tenías razón. Siempre la tuviste respecto a tantas cosas —aseguró Camila, recordando todas las veces que Haidée le aconsejaba, pero la ignoraba a propósito, empeñada en seguir su camino para que nadie llegara a tocar su corazón de nuevo.

—¿Respecto a qué? Sé más específica, me gusta regodearme cuando tengo la razón —bromeó Haidée y Camila rio despacio.

—A que debía cambiar mi rumbo e intentar hacer las cosas de otra forma.

—Ahhhhh… Entonces, imagino que ustedes dos…

—Ajá. —Camila esbozó una sonrisa y sus ojos expresaban felicidad al confirmar lo que Haidée insinuaba.

—Me alegro mucho por los dos. Edmundo estaba muy solo cuando llegó a la familia hace poco, pero lo queremos mucho, es fácil hacerlo.

—Él me ha contado algunas cosas a grandes rasgos, sé que su mamá falleció hace unos meses, pero no tengo muy clara la historia, pero sé que es complicada.

—Ya habrá tiempo, no te preocupes —aseguró Haidée dándole un apretoncito en las manos, su toque era suave, cálido.

—Sí… ¿y cómo va la vida de casada? —interrogó Camila para ponerse al día con su amiga, se veía tan feliz, tan diferente.

—Pues, es igual que antes de casarnos, no hay diferencia alguna… Todos me preguntan lo mismo, ¿acaso, sale otra cabeza cuando uno firma un papel?

—Bueno, tienes mejor cara que en tu matrimonio anterior.

—Es un abismo de diferencia, ni siquiera era realmente feliz en aquella época.

—Se les nota que lo son, ese día te veías radiante, y Damián también. Está baboso por ti ese hombre.

Haidée rio, su vida cambió por completo cuando conoció a su marido.

—Tomen esto, les hará bien y calentarán el cuerpo —intervino Damián sin avisar, sirviendo dos tazas humeantes de agua de manzanilla. Haidée lo observaba con adoración mientras él realizaba tan cotidiana tarea, y él le dedicaba fugaces miradas llenas de algo que Camila interpretó como devoción y un profundo amor.

De pronto, Camila se dio cuenta de que esa mirada la había visto antes en otros ojos… en los de Edmundo. No quiso pensarlo demasiado, pero inevitablemente su corazón latió con un poco más de fuerza cuando esa idea atravesó su cabeza.

—Gracias —dijeron las dos mujeres al mismo tiempo y endulzaron sus infusiones.

—De nada, cualquier cosa nos avisan. —Damián las volvió a dejar a solas para que continuaran con su conversación, y se unió a su hermano que también estaba tomando manzanilla sentado a la mesa del comedor. Se situó a su lado y bebió un poco de su infusión. Deliciosa y reconfortante.

—Está lista la habitación que usas con papá para dormir. Supongo que no escucharé ruidos raros —bromeó Damián asumiendo cierto tipo de situaciones naturales que se dan cuando dos personas inician una relación amorosa.

Edmundo miró de reojo a su hermano, y centró su atención en la taza.

—No escucharás nada raro, porque nada raro va a pasar. Dormiré en el sofá —decretó un tanto cortante.

—¿En serio? —Damián rápidamente conjeturó el porqué—. Entonces… ¿Ustedes no han…? Vaya.

—Ajá… —afirmó secamente.

Edmundo se quedó un rato pensativo. Él, hasta hace algunas horas se sentía listo y preparado para iniciarse con Camila pero, al enfriarse la situación con los últimos acontecimientos, las dudas empezaron a aflorar. Se preguntaba qué tanto sabía su hermano, porque era evidente que él y su cuñada eran practicantes de sado o, al menos, se lo tomaban muy en serio

—¿Cómo lo hiciste? —interrogó Edmundo de pronto, sin darse cuenta de que en realidad lo hizo en voz alta.

—¿Hacer qué? —replicó Damián desconcertado por aquella repentina pregunta.

—Lo del libro… —especificó Edmundo con algo de ambigüedad. Ya no podía echarse para atrás. Damián no dudó a qué libro se refería su hermano. Sus miradas coincidieron y pactaron un tácito acuerdo—. Voy a imaginar por un rato que no eres mi hermano.

—Muy bien… bueno, respecto a eso… —Damián inspiró hondo, recordando lo sucedido solo unos cuantos meses atrás—. No fue fácil al principio, Haidée estaba renuente a tener cualquier tipo de relación. Gabriel, su ex marido la había dañado tanto. Me tuve que armar de paciencia pero, por algún extraño motivo, me era fácil comprenderla, y pude guiar a la mujer que estaba dentro de ella a que saliera y se mostrara tal cual era… Cuando empezamos, nos compenetramos a la perfección, pero ella no tenía idea de nada sobre este mundo, tal vez una idea vaga, pero cuando se lo confesé, Haidée resolvió que estaría dispuesta a probar por mí, por ella. La primera vez que estuvimos juntos simplemente lo supe, que ella sería la indicada… Y heme aquí.

—¿Y antes de Haidée?

Damián rio de manera floja y dio un sorbo del agua de manzanilla.

—Solo tenía demasiada teoría y lo poco que podía practicar lo hacía solo. No me animaba a contactar por internet a cualquier loca que se decía sumisa o a hacerle caso a cualquier idiota con delirios de grandeza que se hacía llamar dominante por medio de un chat…

—Es terrible esa *huevada* —acotó Edmundo; al parecer, ambos habían pasado por la misma penosa experiencia.

—Agobiante —concordó Damián, alzando las cejas—. Uno no sabe quién es el que está del otro lado de la pantalla. Lo que sí he aprendido en todo este tiempo es que este estilo de vida cada persona lo vive según sus preferencias. Puede que incluso yo sea catalogado por algunos como un dominante demasiado suave, pero no me importa porque es lo que me llena. La regla de oro es simple, haz lo que te haga feliz a ti y a tu pareja y listo. Lo demás lo irás descubriendo en el camino. Solo debes soltarte y dejarte llevar.

—Haces que suene muy fácil —manifestó Edmundo un poco escéptico.

—Lo es… pero solo después que te lanzas, lo demás viene solo. No te preocupes, solo relájate y haz lo que tu naturaleza te dicta —aconsejó Damián.

Se quedaron unos instantes en silencio. A Edmundo las últimas palabras de su hermano le fueron significativas y aliviaron sus dudas.

—Gracias.

—Cuando quieras, hermano.

Se quedaron en silencio, cada uno sumido en sus propios pensamientos, no necesitaban hablar nada más. Edmundo se tranquilizó, conversar con un igual le confirmó que iba bien encaminado, pero dadas las circunstancias, debía esperar. Iba a aprovechar esa instancia para estrechar lazos y demostrar de qué estaba hecho. De pronto, sintió la necesidad de atar a Camila y conservarla a su lado, no de manera literal, sino a su corazón.

No necesitaba tocarla para saber que ella era la indicada.

Edmundo contempló las angelicales facciones de Camila, se notaba que estaba de mejor ánimo. Sin duda, su cuñada obraba milagros y eso también le hizo sentir mejor.

—Creo que ya es hora de que descansemos —determinó Haidée a su amiga que ya estaba empezando a bostezar—. Ustedes dormirán en la pieza que usa Edmundo cuando viene de visita —indicó, levantándose, y Camila hizo lo mismo.

—Yo dormiré en el sofá, cuñadita —aclaró Edmundo tomando por sorpresa a Camila. Por un instante, ella pensó que dormirían juntos—. ¿Me traes unas frazadas, por favor?

—Sí, claro —respondió ella un poco desconcertada, pero no cuestionó la petición de su cuñado—. Dame un minuto.

Edmundo se acercó a Camila y la abrazó, le besó la coronilla con ternura, y ella respondió al contacto rodeando con sus brazos ese cuerpo que cada vez era más familiar.

—Pensé que íbamos a dormir juntos —susurró Camila, su voz era ahogada por el pecho de Edmundo, pero él escuchaba a la perfección.

—A mí también me gustaría, bella —respondió del mismo modo—, pero tal vez no dormiremos bien si lo hacemos juntos… —justificó, porque la tentación sería toda una prueba a su autocontrol. Quería que ella supiera que la respetaba, que le daba espacio, que no intentaría nada de lo que ambos ansiaban con locura. No era el momento.

—Estaré mejor si me abrazas toda la noche —objetó Camila. En ese momento no le importaba nada más, solo sentir que junto a él, ningún mal la alcanzaba—. Estoy cansada, pero no quiero estar sola. No esta noche.

Edmundo no necesitó más argumentos, odiaba que Camila se sintiera sola, ella lo tenía a él.

—Está bien, vamos entonces —claudicó. La tomó de la mano y se dirigieron al dormitorio de visitas, Edmundo aprovechó que pasaba por el frente de la habitación de su hermano, y se retractó de su petición con Haidée y les deseó buenas noches. Damián solo alzó una ceja y en sus labios se dibujó una casi imperceptible sonrisa burlona y luego se ganó un poco disimulado codazo de su esposa.

Edmundo sonrió para sus adentros, la relación de ellos era envidiable, unión y complicidad a toda prueba. Se preguntaba si algún día lograría algo parecido con la mujer que le estaba robando todos los pensamientos y le hacía sentir que era una mejor persona.

En silencio, Camila y Edmundo entraron a la habitación iluminada por una tenue y cálida luz. Con naturalidad, ella buscó su pijama de flores y corazones en su pequeño bolso de viaje y le dio la espalda a Edmundo que hizo lo mismo. Usualmente, él no usaba pijama, pero una camiseta y los boxers podían cumplir ese objetivo.

Lo hicieron con naturalidad. Para Edmundo, el deseo de confortar a Camila era más fuerte que el instinto. Se metieron a la cama sin decir palabra alguna, él le hizo una cucharita y sus cuerpos se fundieron en el calor y cariño, y luego le besó la sien.

—Descansa, bella —susurró Edmundo y suspiró profundo, era la primera vez que dormía con ella… Era la primera vez que solo dormía con una mujer. Nunca antes había llegado a ese nivel de intimidad, de compartir una cama y solo brindar seguridad y descanso. Eso le hacía sentir condenadamente bien a Edmundo, porque también era la primera vez que quería verdaderamente a una mujer.

—Gracias, Edmundo —Camila bostezó largo y se acurrucó todavía más sintiendo el cálido cuerpo de él—. Te quiero mucho. —Le gustaba decirle eso a él, porque Edmundo no solo respondía con su voz, cada vez que decía «te quiero» una parte de él la tocaba, un beso, una caricia, un leve apretón.

—Yo también te quiero... yo también. —Besó la nuca de Camila suavemente y se quedó ahí. Cerró sus ojos y no los abrió hasta que la luz del día los alcanzó.

CAPÍTULO 14

—Lo siento, señorita. Pero es solo cuestión de tiempo —expresó el neurocirujano con pesar. Camila, al parecer, era el único familiar razonable que tenía su paciente—. La señora Aída se encuentra en un coma profundo y no le voy a dar falsas esperanzas, en cualquier momento puede fallecer. Según la resonancia, el derrame cerebral fue producto de un viejo golpe en la cabeza que fue muy duro en su momento y no fue tratado. Aquello produjo el edema cerebral que, en términos simples, se convirtió en una silenciosa bomba de tiempo, y finalmente provocó el derrame. De haber tenido una mínima esperanza, la habríamos trasladado al Instituto de Neurocirugía.

Así de categórico era el diagnóstico, una sentencia de muerte. No había nada más que hacer, salvo esperar lo inevitable. ¿Un milagro? Camila no creía en milagros y mucho menos en cadenas de oración. A ella también le mataron la fe a golpes y opresión.

Ella no era la única que los recibía, sabía que a su madre también la golpeaban, pero obstinadamente se esforzaba en ocultar esa realidad. Aída era hermética respecto a ese tema, prefería la negación a toda costa. El porqué, estuvo sepultado en una historia familiar marcada por el abuso sistemático, la madre de Camila solo conocía esa vida, nunca supo lo que era estar en paz.

Camila tenía recuerdos vagos, y sí, fue testigo de zamarreos, bofetadas, llantos en silencio y moretones maquillados. Cuando empezaban los gritos airados del pastor y, como un mecanismo de defensa, ella y Rut se escondían bajo la cama o dentro de un closet, para así desaparecer como objetivo de la furia de su padre. Era lo único que hacían unidas, para lo demás, un abismo las separaba. Sus otros hermanos, al ser mayores y varones, se salvaban la mayoría de las veces por estar fuera de casa estudiando. Para ellos fue más fácil la convivencia con el pastor, eran hombres, fueron criados casi como seres privilegiados, y era cómodo vivir así.

Para Camila no era difícil suponer a qué viejo golpe en la cabeza se refería el neurólogo, su memoria identificó al instante el momento en que ocurrió. Ya no recordaba cual fue el motivo que desató la ira de su padre, algo había hecho o dicho Camila, para variar. Lo que sí recordaba a la perfección, que ese episodio fue uno de los pocos intentos que su madre hizo para defenderla. Jacobo estaba dispuesto a quebrarle los dedos a Camila para que dejara los estudios. En ese momento, estaba harto de la rebeldía de su hija menor y le iba a quitar lo que más amaba, aunque ello significara quedar sin un músico profesional para su iglesia. Su madre se interpuso en su camino con todas sus fuerzas… Camila logró encerrarse en su habitación y le secundó un golpe seco que reverberó en su puerta y en todo el lugar.

Luego, un silencio sepulcral enmudeció el escándalo, y minutos después, logró escuchar los ruegos desesperados al cielo del pastor para que su esposa despertara, porque no lo hacía. Camila tenía miedo de salir a mirar, fueron quince minutos de angustia, hasta que por «obra y gracia del Señor» la madre de Camila despertó.

Eran las once y media de la mañana, y a Camila no le quedaba más que solo esperar a estar unos minutos con su madre y, quizás, hablar una última vez con ella.

Camila ya no tenía más lágrimas que derramar, de un momento a otro se le secaron. En el fondo, tenía el consuelo de que su conciencia estaba tranquila. Cuando ella huyó de su casa, nunca rompió el lazo de madre e hija, a pesar del dolor que le causaban los ruegos de Aída por hacer que volviera o que intentara hablar con su padre. El cariño y gratitud que sentía Camila por ella era más grande.

Tal vez, lo único que podía lamentar era que se sentía egoísta por no poder comprender a su madre. No entendía por qué ella seguía al lado de un hombre como su padre, no sabía si era amor, dependencia, costumbre, desesperanza, miedo, baja autoestima, sobrevivencia… Tal vez era una mezcla de todo un poco.

Esa respuesta, nunca la tendría.

—¿Necesitas algo, bella? —consultó Edmundo. Ya era cerca del mediodía y Camila apenas había desayunado—. ¿Un jugo, agua mineral?

—Agua, por favor —pidió Camila con voz trémula y una sonrisa de agradecimiento. No se había dado cuenta de que tenía sed.

—Dame un segundo, voy a aquella máquina expendedora. —Apuntó una que se encontraba a unos veinte metros—, y te la traigo, ¿quieres algo para comer?

—No, cariño, solo tengo sed. Gracias.

—De nada. —Le besó los labios con suavidad y la dejó unos minutos sola para poder cumplir con su misión.

Camila estaba sentada esperando a que se iniciara el horario de visitas. Tenía la vista pegada en el suelo, recordando, intentando encontrar algo de paz. No elevó ninguna plegaria, ni le pidió nada a Dios, hacía muchos años que se había dado cuenta de que era vano creer y pedirle a ese ser omnipresente y todopoderoso que hiciera cambiar a su padre. Las cosas eran como eran, ni más ni menos. Nada podía impedir que su madre falleciera en cualquier momento, nadie podía reparar mágicamente su relación con su familia... Nada, ni nadie tenía el poder de hacer que existiera verdadero amor entre ellos. Jacobo Corrales era el jefe de una familia rota, fragmentada, unida por el miedo, la conveniencia, la avaricia.

¿Eso dolía? Pues horrores, pero, ¿qué podía hacer Camila frente a ello? ¿Qué se hace cuando las personas que, se supone que son familia, no se comportan como tal?

Huir, alejarse de ellos, y no repetir errores. Eso pensaba Camila, y tal vez no estaba del todo mal su opción.

—¿Qué haces aquí? —interpeló a Camila una voz rasposa y grave. Ella solo pudo ver un par de zapatos negros muy lustrosos y de buena calidad que invadían su espacio personal de una manera amenazante.

Sabía perfectamente de quien se trataba. Cada vez que estaba frente a él, Camila se sentía minúscula, como un insecto al cual podían aplastar de un pisotón. Odiaba su tono de voz, que reprobaba todo lo que ella era y hacía.

Pero como siempre, ella ignoró esos sentimientos, se levantó de su asiento. Notó que él no estaba solo, su hermana lo acompañaba, se veía demacrada y sintió lástima por ella. Jacobo era mucho más alto que Camila, sin embargo, ella no se amilanó, alzó su barbilla y lo miró a los ojos con un gesto desafiante.

—Vine a ver a mi madre, padre —respondió firme y segura, sin llegar a ser altanera.

—¿Cómo supiste que ella está aquí? —interrogó el padre de Camila con dureza.

—Un amigo de *Facebook* —contestó lacónica, no iba a delatar a Rut, Camila no se regía por la ley del «ojo por ojo». Prefería mentir antes que ser como su hermana.

—No puedes estar aquí —sentenció Jacobo haciendo valer su jerarquía y su poder sobre las mujeres de su familia.

—¿Y usted me lo va a impedir? —interpeló tranquila. Quizás, eso era lo que más sacaba de quicio a Jacobo, esa maldita seguridad que le gritaba que no le temía a pesar de todos sus intentos por doblegarla y que obedeciera su voluntad.

—Vamos a orar por tu madre y tú solo traes pecado y suciedad por donde pasas. Llamaré a los guardias para que te echen a patadas de aquí —advirtió severo, casi escupiendo las palabras hacia su hija.

—¿Así que va a montar un escándalo, señor? ¿Aquí? ¿En un hospital? —desafió Camila sabiendo que en cualquier momento su padre iba a perder los estribos—. Si me echan, nos echarán a los dos, porque no me quedaré callada. Así que sea razonable por una puta vez en la vida, y deje que vea a mi madre una última vez, y le aseguro que usted no me volverá a ver jamás.

—Hablas como si tu madre ya estuviera muerta, ella se recuperará y vivirá.

—Mi madre morirá y solo gracias a usted que no es capaz de ser un hombre decente, y que soluciona los problemas golpeándola por todo, al igual que mí y a Rut. Usted es un abusador, un agresor, un hijo de...

—¡¡Cállate, puta!!

Camila como acto reflejo cerró los ojos y se encogió para recibir el golpe. Siempre odió esa sensación de impotencia que la paralizaba hasta el punto de no saber cómo defenderse. Solo su padre era capaz de hacerle sentir así. Camila no se lo aceptó a ningún otro hombre; más de alguno se sintió con el derecho de alzar la mano en una discusión, pero ella reaccionaba, se defendía, neutralizaba cualquier ataque.

Pero frente a Jacobo, sentía que volvía a tener diez años de nuevo. Escuchó un golpe seco de algo que cayó al suelo y luego sintió que su cuerpo fue desplazado sin violencia por algo que se interponía entre ella y Jacobo. Todo acabó con el grito ahogado de su hermana.

—A Camila no la vuelves a tocar en tu puta vida, cerdo malnacido —intervino Edmundo con un tono de voz bajo, grave, contenido y amenazante, él era el que estaba entre ella y su padre—. O te juro que te devuelvo de a una todas las palizas que le has dado.

Camila abrió los ojos, cuando pudo enfocar bien la vista solo era capaz de ver la ancha espalda de Edmundo que eclipsaba la figura de su padre. Se veía mucho más grande y fuerte, y el miedo se esfumó. Nada le volvería a pasar, estaba segura. Estaba con él.

Silencio. Denso y tirante.

—¿Te gusta ser bien machito con las mujeres, cierto? ¿Te gusta verlas llorando y rogando en el suelo, maricón? —provocó Edmundo al padre de Camila, ese hombre no se merecía su respeto ni consideración. Jacobo no respondía y solo resoplaba furioso por la nariz incapaz de replicar. Sí, era todo lo que decía Edmundo, porque no se iba a enfrentar a un hombre más joven, más fuerte, más alto y más decidido—. Camila, bella, ya son las doce, ve a ver a tu mamá. —Mirando sobre su hombro, ordenó firme, pero suave para que ella reaccionara—. El señor puede esperar su turno —aseguró irónico volviendo a mirar a Jacobo—. O si prefiere, puedo guiarlo amablemente a la salida. Total, cualquier lugar es bueno para orar, ¿o no?

Camila sin decir ni una palabra se alejó y se dirigió con premura a la sala común donde su madre compartía habitación con otros pacientes. No le fue difícil identificar a Aída, pero Camila no estaba preparada para verla en el estado en que la encontró, conectada a un número indeterminado de máquinas que funcionaban para mantenerla con vida. Un frío inmenso le erizó la piel, se acercó casi con miedo.

La máscara de oxígeno le cubría el rostro a su madre, y lo poco de piel marchita que se podía ver, estaba pálido. Camila le acarició la frente y le arregló con cariño el cabello que ya estaba regado de muchas canas, y sonrió con mucha tristeza. Su mentón temblaba y las lágrimas volvieron a fluir y a multiplicarse como por arte de magia.

—Mamita, ya estoy acá… —saludó Camila tomándole la mano que estaba tibia—. Rut me dijo que me habías llamado, y vine en cuanto pude —explicó en ese monólogo en el cual imaginaba que conversaba con su madre, tal como lo hacían cada vez que se encontraban a escondidas.

Camila se sentó en una de las sillas que había disponible para visitas y se acurrucó en el regazo de su madre, así como tantas veces estuvo, cuando lloraba después de un castigo. Aída en ese entonces solo la consolaba, acariciándole el cabello, y le pedía, le rogaba que no fuera rebelde, que no le contestara a su padre, que así le iría mejor…

—Mamita, mamita… perdóname por no hacerte caso, pero tú me conoces, nunca pude agachar la cabeza ni quedarme callada. No sé de donde salí tan dura. —Rio sin ganas y se sorbió la nariz con un pañuelo desechable—. Gracias por ayudarme a proteger lo que más amaba, aunque sé que siempre lo intentaste hacer de la única forma que sabías… —Camila tomó la mano de su mamá y la posó en su cabeza, solo para tener la ilusión de que la acariciaba, como tantas veces lo hizo. La cara la tenía mojada y un suspiro entrecortado le hizo doler el pecho—. Mamá, perdóname… perdóname… sé que es inútil ahora. Solo deseo que estés bien y descanses. No debes preocuparte por mí. Por favor, acepta que mi padre no me quiere, no puedes forzarnos. Él no cambiará nunca y yo ya soy libre. Por favor, alégrate por mí, mamita, soy libre… libre. Como tú nunca pudiste serlo; no dependo de nadie, ningún hombre me falta el respeto ni me golpea, voy a donde quiero, hago lo que se me viene en gana… Mamita, soy feliz, de verdad. Muy, muy feliz, al fin estoy encontrando mi camino, no tengo cuentas pendientes con nadie. Ya he aceptado tal como son las cosas, por favor, acéptalas tú… te lo suplico, no sufras… te amo, mamá. Te amo…

Se quedó largos minutos en silencio, esperando a que remitiera su llanto. Camila grabó en su memoria el sonido de los monitores, la respiración de Aída, débil y mecánica, la tibieza de su piel, el olor aséptico del lugar mezclado con el aroma familiar del cuerpo de su madre, ese aroma que consolaba y que, en ese instante, le estaba dando algo de paz.

—Adiós, mamita —se despidió Camila irguiéndose sin soltar la mano de Aída—. Descansa, por favor, sé libre, sé feliz… te voy a extrañar —reconoció. Sí, sin duda lo haría. Soltó la mano de su madre intentando alargar el momento, acariciándola hasta el último toque. Besó largamente su frente, volviendo a explotar en llanto, y apenas musitando otro «te amo» se dio media vuelta cargando millones de recuerdos. Sin mirar atrás, salió de la habitación dejándole a su madre un pedacito de su corazón.

Caminó lento por los pasillos que la guiaban de vuelta a la sala de espera. Se sentía cansada y triste, pero a la vez, conforme. Tal como le dijo a su madre, no tenía cuentas pendientes.

*****

Edmundo estaba apoyado en la pared cruzado de brazos esperando a Camila. Ignoraba deliberadamente la presencia de Jacobo, Rut y otros tres hombres que se unieron minutos después de que Camila entrara a ver a su madre. Todos ellos oraban con pasión, tomados de las manos, esperando a que se hiciera el milagro.

Edmundo siempre se preguntó qué haría si tenía en frente a Jacobo Corrales; bueno, ahí lo tenía, después de haber evitado que golpeara a Camila por enésima vez. Ahora ella lo tenía a él, nadie le iba a hacer daño mientras estuviera vivo, nadie. Al ver la reacción del hombre, de su hermana y cómo actuaban los hermanos de Camila, llegó a la conclusión de que ellos no valían la pena. Él no iba a gastar energía en devolver golpes o insultos y rebajarse, mejor era canalizar sus esfuerzos en hacer feliz a Camila. Ellos eran el pasado, bien él podía ser su presente y su futuro.

Y si quería ser parte permanente de la vida de Camila debía andar con cuidado en su primera sesión. Esa sería su prueba de fuego, porque finalmente, si no lo hacía bien podría ser nefasto. Ellos habían acordado que habrían azotes con la palma de su mano, estaban descartados por completo la humillación erótica, los juegos escatológicos, las correas y las bofetadas. Ninguno de los dos se sentía atraído por ese tipo de prácticas que eran demasiado peligrosas para ellos. Pero de todos modos le preocupaba a Edmundo el inconsciente de Camila, ¿sería capaz de diferenciar un azote destinado al placer de uno destinado a causar daño?

Inspiró profundo, de lo único que estaba seguro, es que debía planificar cada movimiento, medir muy bien la intensidad y su control, concentrarse cien por ciento en ella, y solo darle el más puro y crudo placer que jamás hubiese experimentado. Solo de esa forma, tal vez, podría asegurarse de que Camila abrazara ese estilo de vida con naturalidad, con todo lo que conlleva.

Hundido en lo profundo de sus pensamientos, Edmundo observaba la puerta que daba a la sala de cuidados intensivos esperando a que Camila saliera, habían pasado quince eternos minutos desde que ella entró.

La puerta se abrió. Edmundo no se perdió de ningún detalle cuando ella hizo acto de presencia, tenía el rostro triste y congestionado y su postura era abatida. No era la misma de siempre, y a la vez, sí, era ella. De pronto, Camila desvió la mirada hacia su padre y sus hermanos que oraban con fervor, suspiró hondo y negó con la cabeza. Era natural en los seres humanos aferrarse a cualquier vestigio de esperanza, ella ya no lo hacía, solo aceptaba lo que la vida le deparaba. Camila no tenía ninguna duda de que no había esperanza para su madre de salir del coma.

Sin embargo, el dolor de decir adiós se sentía como una herida expuesta que se negaba a cerrar. Edmundo presintió que ella estaba a punto de derrumbarse y salió raudo a su encuentro para sostenerla. Camila solo se aferró a sus brazos en silencio y dejó que él la guiara hacia la salida del hospital. Era un alivio saber que tenía alguien en quien apoyarse, a quien entregarse. Ambos necesitaban respirar aire fresco, sentir que vivían, que tenían todo por delante.

No avanzaron demasiados pasos, de súbito, varias enfermeras corrieron hacia el interior de la unidad de cuidados intensivos dando señales de alarma. Se formó un presuroso caos que paralizó las oraciones, conversaciones y las respiraciones. La tensión los mantuvo a todos alerta, la familia Corrales y Camila, no eran los únicos esperando el horario de visitas. Todo el lugar se sumió en un agudo silencio que les oprimió el corazón. Era una ironía, las personas que estaban en ese lugar ansiaban por noticias, pero a la vez no querían recibirlas.

Camila no podía moverse, pero ahí estaba Edmundo siendo su roca, apuntalando su equilibrio, diciéndole sin palabras «no me iré a ninguna parte sin ti».

Sin previo aviso, salió el neurocirujano que había hablado con Camila, dio una mirada a todo el lugar se masajeó la nuca y tomó aire.

—¿Algún familiar de Aída Jara?

Camila lo supo, vio en casi cámara lenta cómo Jacobo se levantaba de su silla y se acercaba al doctor. Ella prácticamente podía adivinar lo que le decían a su padre y, también, pudo percibir cómo esa presencia soberbia y agresiva se esfumaba. Parecía que con cada segundo Jacobo se hacía más viejo mientras asentía con la cabeza lo que el médico le explicaba. Los hermanos de Camila se levantaron también y se unieron a él cabizbajos y con los ojos llorosos. A ellos les quedaba lo peor, comenzaron la larga, difícil y dolorosa tarea de hacerse cargo de un funeral.

—Llévame a Concepción, Edmundo. No tengo nada más que hacer, aquí —pidió Camila, diciendo adiós con el corazón a todos aquellos que fueron parte de su vida. Ya no volvería a verlos más, ya no había razón.

Aída se había ido.

CAPÍTULO 15

—¿Seré una mala persona, Edmundo? —preguntó Camila súbitamente, interrumpiendo el silencio que reinaba entre ellos.

Caminaban lento y tomados de la mano por una plaza cercana al hospital. El día estaba abochornado, las nubes cubrían el sol a intervalos irregulares, la temperatura cambiaba bruscamente entre la luz y la penumbra. Pero Camila solo sentía frío, Edmundo la tenía abrazada y compartían el calor.

—¿Por qué lo dices, Cami? —interrogó un tanto desconcertado por la repentina pregunta.

—Porque ahora que mamá ya no está, siento que me han quitado una carga que no sabía que llevaba. Es como que si hubieran eliminado el único vínculo que me unía a ellos. ¿Seré una mala persona por no querer que mi familia esté de algún modo presente en mi vida?

—No, mi bella. Nada de eso… A veces, lo mejor es alejarse de lo que te hace daño. La familia debe apoyarte, estar contigo sin importar si lo que tú haces lo aprueban o no, y debe amarte sin límites, sin importar nada, ni siquiera la religión. Conozco a varias personas que son evangélicas, pero son muy diferentes a tu padre, más flexibles, más tolerantes. Tú no has tenido nada de eso, y a pesar de todos sus errores, la única persona que se comportó como tal, y te demostró amor y compasión, fue tu madre… Es natural que ya no te sientas atada a tu padre y a tus hermanos.

—Es extraño, estoy muy triste por mamá, pero a la vez estoy muy tranquila, pude estar con ella, decir adiós. Sé que ella está en paz, eso me da algo de consuelo… Esto es como si hubiera cerrado un ciclo.

—Te entiendo. No eres mala persona por querer ser feliz y apartar a las personas tóxicas. Ellos, todos, están tan inmersos en ese mundo en donde el único que manda es tu padre, están tan contaminados con algo que no puedo describir… Es escalofriante.

Camila pensaba lo mismo, pero se quedó en silencio un tanto sorprendida de que Edmundo pensara lo mismo que ella, o tal vez él era un hombre muy comprensivo. Cualquier otro tipo de persona probablemente estaría insistiendo en el dicho de que «la familia es la familia», para que ella aceptara que es lo que le tocó y que no les dé la espalda. Pero incluso los Corrales Jara eran una tremenda excepción a la regla.

—Gracias, Edmundo... Llegaste a tiempo.

—Creo que llegué tarde, debí impedir que ese hombre te dirigiera la palabra.

—No me refería a eso... Llegaste a tiempo a mi vida, gracias... Te quiero mucho.

—Yo también te quiero mucho. —Suspiró profundo, detuvo su andar, tomó con suavidad la delicada barbilla de Camila y la miró intentando escrutar su alma—. ¿Estás bien?

—Sí, estoy tranquila. —Camila esbozó una sonrisa, y guio la mano de Edmundo a su mejilla para que la acunara, le encantaba sentir el calor de su caricia y cerró sus ojos—. Mamá está en un lugar mucho mejor que este mundo. De a poco volveré a ser la misma de siempre —aseguró, volviéndolos a abrir con lentitud, encontrándose con las cálidas pupilas castañas de él.

—No te preocupes, es difícil gestionar la partida de un ser querido. Uno nunca vuelve a ser como antes, pero ten la seguridad de que te seguiré queriendo, aunque ya no seas la misma que conocí hace unas semanas atrás. Los dos hemos cambiado.

—De eso no hay duda.

Edmundo enmarcó el rostro de Camila con ambas manos y la besó con ternura, sus labios acariciaban los de ella a un ritmo suave y ondulante que la hizo sentir viva, apaciblemente viva, como si de a poco él fuera encendiendo esa llama que permanecía quieta y constante... a la espera de algo más grande. Las manos de ella se aferraron al torso de él, templado, sólido y a la vez dúctil. Sabía que no era el momento y que ella todavía no estaba lista emocionalmente para algo más intenso pero, de todas formas, ese beso inocente se sintió tentador.

—¿Sabes dónde estamos? —interrogó Edmundo cuando dejó de besarla—. Estoy un poco perdido, no conozco muy bien esta parte de Santiago y tenemos que volver a la casa de Damián para ir a buscar nuestras cosas.

—Sí, la conozco, yo vivía aquí, en San Bernardo. Mi antigua casa está relativamente cerca, unos veinte minutos caminando... —A su memoria llegaron un montón de recuerdos, unos buenos, otros, no tanto—. Estamos en el extremo sur de Santiago. Tenía que atravesar toda la ciudad para estudiar. Pero lo hacía con tanto gusto que ni siquiera cuando llovía dejaba de ir.

—Siempre tengo la sensación de que a ti las cosas te costaron el doble en comparación a muchas personas.

—Así es la vida, no me puedo quejar de que si me costó o no… Últimamente, me he dado cuenta de que las personas siempre tenemos dos alternativas; una es regodearse en la autocompasión y culpar por todo lo malo a las malas experiencias, y la otra, es asumir la realidad y hacer lo mejor posible con lo único que uno tiene, y eso es el presente. Sí, evidentemente el pasado afecta y tiene consecuencias, pero no me agrada la idea de que lo gobierne.

Edmundo sonrió como respuesta, ella era una mujer digna de admiración. Camila era la única que había logrado capturar eso de él —a excepción de su madre—. Se sentía agradecido de conocer a una mujer con los pies bien puestos en la tierra, que era humana. Sí, cometía errores, pero eso no le restaba mérito… Francamente, él no sabía a ciencia cierta qué hacía especial a Camila por sobre el resto de las mujeres. Solo lo sentía.

Ella era inigualable.

*****

Una hora después, estaban en casa de Damián. Casi toda la familia estaba reunida para la hora del almuerzo. Solo faltaba el padre de Edmundo, Agustín Cortés, que se encontraba en ese momento en Cauquenes, ciudad cercana a Concepción, donde se ubicaba su hogar y el criadero de caballos chilenos del cual era dueño y veterinario.

Edmundo visitaba a su padre de manera regular, pero no lo veía desde el matrimonio de su hermano. Últimamente solo le dedicaba algunas llamadas telefónicas esporádicas para mantener el contacto y, al darse cuenta de ello, se sintió un poco culpable. Estaba tan centrado en Camila, en su relación, que había dejado de lado a su papá.

Haidée y su mamá insistieron en que Camila y Edmundo se quedaran por el fin de semana y que retornaran al día siguiente Concepción, a lo que ellos accedieron de buena gana —y a lo persuasivas que lograban ser ambas mujeres—. Una de las cosas que adoraba Haidée, era tener a la familia en torno a la mesa de su casa, y más aún ahora, que su mejor amiga y su cuñado eran pareja.

—Papá llamó por teléfono esta mañana y decretó que pasemos la Semana Santa en Cauquenes —informó Damián a Edmundo mientras almorzaban—. Así que debes llevar tu culo al criadero; lógicamente Camila está incluida en la invitación. Así le enseñas a montar… a caballo. —Le guiñó el ojo a su nueva cuñada, y ella sonrió como respuesta. A Edmundo le pareció evidente el doble sentido de su hermano y por debajo de la mesa le dio un golpe en el tobillo—. Le daremos uno dócil para empezar, no como a ti, que has aprendido rápido. Papá dice que podrías hasta domar yeguas si quisieras —continuó Damián como si nada, ignorando el violento llamado de atención de su hermano mayor.

—Y aparte de montar caballos, ¿vamos a recoger huevos de chocolate? —satirizó Edmundo cambiando de tema, para él a veces era extraño tener un papá. Durante toda su vida, su madre se encargó de que no tuviera la necesidad de anhelar uno, pero ahora que ya lo tenía, no concebía su vida sin él.

—Pues sí, este año Julietita va a buscar, y todos nosotros también. Agustín Cortés es un especialista siendo un emisario del conejo de pascua, y mi pequeña saltamontes no podrá encontrarlos todos sola. Está entusiasmado el viejo, siempre le gustó esconder huevitos cuando yo era chico.

—Si lo expones de esa manera… Cami, ¿tenemos algún compromiso para Semana Santa? —interrogó por si ella tenía algo preparado para esos días. Nunca se sabía.

Camila sintió que el corazón se le encogió con esa inocente pregunta. Hasta hacía unas semanas le había prometido a su madre reunirse con ella, pero el destino decretó otra cosa muy, muy diferente. No había nada más que hacer, salvo resignarse a que —como siempre—, la mayoría de las cosas no resultaban tan bien como las planeaba. El mundo giraba, la vida continuaba, y ella debía avanzar. Esos días ahora estarían destinados para compartir con la familia de Edmundo. Se tragó el nudo que se le había formado en la garganta, y le sonrió a ese hombre que la consideraba para tomar una decisión.

—El único compromiso que tenemos es ir a Cauquenes. —Con esa sentencia aceptó la invitación. Sin duda, le vendría muy bien salir de la rutina de la ciudad y el trabajo, haciendo algo diferente.

—No se diga más, en dos semanas tendremos un coma diabético a causa del chocolate —bromeó Damián—. Subiremos un par de kilos, pero ya encontraremos la forma de hacer mucho ejercicio. ¿Verdad, preciosa? —comentó socarrón, levantándole las cejas a su esposa, la cual sonrió ladina, siguiéndole el juego.

—Demasiada información, *mijo* —reprendió Mercedes, la madre de Haidée—. Hay cosas que prefiero no imaginar de mi hija.

—Ay, Mercedes, no sea tan exagerada —replicó Damián, riendo. A veces le gustaba sacar de quicio a su suegra con sus bromas subidas de tono—. Usted sabe cómo es la vida de recién casados.

—¡Lalalalalalalaalalalaala! ¡No te escucho, mocoso insurrecto! ¡Lalalalalalalalalalaala! —exclamó Mercedes tapándose los oídos y cerrando fuerte los ojos.

Todos reían por el arranque infantil de Mercedes, incluso ella misma.

Camila los observaba con atención y, a la vez, fascinada mientras los integrantes de esa familia conversaban, bromeaban y disfrutaban. Cuando era joven no le gustaba compartir demasiado con la familia de Haidée, porque le hacía recordar lo dolorosamente diferente que era a la suya. Durante mucho tiempo, Camila vio el vaso medio vacío, hasta que un día su amiga le dio una lección de vida. Al ponerse de pie, cuando lo había perdido todo. En un año su padre falleció, su marido de ese entonces la abandonó estando embarazada sin saberlo. Se tuvo que hacer cargo de su vida y de una hija, y lo único que poseyó durante mucho tiempo fue el apoyo de su madre. La vida daba y quitaba. Y así Camila aprendió que, aunque nunca tuvo una familia normal, sí tenía la oportunidad de construir una. No importaba cómo fuera, siempre y cuando hubiera amor.

El amor era la piedra angular.

No importaba si la familia era solo uno más uno, si había amor, era familia igual.

Por eso cuando tuvo que elegir, optó por su hijo. Una pareja podía ser pasajera, en cambio el amor de un hijo era para siempre… Aunque nunca hubiera podido conocer a su pequeño, ella lo amó desde el momento que se enteró su existencia.

Y todavía lo amaba, jamás iba a dejar de hacerlo, y siempre iba a agradecer su breve paso por su vida, por haberle hecho sentir como una madre. Como una verdadera, que sacrifica todo por un hijo, incluso su propia felicidad.

Y ahora, las vueltas de la vida la traía nuevamente a la mesa de la nueva familia que su amiga estaba construyendo, estaba completamente rodeada por ellos. Pero Camila había madurado, había crecido, y ya no se sentía mal por ello, ni lamentaba sus carencias. Ahora, solo disfrutaba de ese instante en el que pertenecía de verdad a esa familia gracias al lazo que ahora compartía con Edmundo.

Tomó la mano libre de él y se la apretó suavemente. Edmundo se la besó fugaz. Ella no sabía si su tiempo con él iba a ser eterno o efímero, pero no le importaba cuanto iba a durar, Camila lo iba a aprovechar.

*****

—Tío Mundo, *quedo cadedas* de autos —pidió la pequeña Julieta a Edmundo—. Este *dosa pada* ti —Le entregó un Cadillac rosado en miniatura—, este *black pada* mí... este *yellow pada* ti... mmmm, y este *banco pada* mí.

—¿Ahora estás bilingüe, pequeñaja? —interrogó Edmundo mientras jugaba en el suelo con su sobrina—. Este, ¿qué color es? —preguntó indicándole un autito rojo.

—*Ded* —respondió segura.

—¿*Red*? —La niña asintió—. ¡Muy bien! ¿Y en español?

—*Dojo* —contestó sin dudar, asombrando a Edmundo. Julieta próximamente cumpliría tres años y estaba bastante adelantada en comparación en niños de la misma edad—. ¿Qué le están dando de comer a Julietita, cuñadita?

—*Discovery Kids* y brócoli, le encanta con limón y sal—respondió un tanto distraída, porque le estaba prestando más atención a Camila—. ¿Por qué?

—Por nada. —Y siguió jugando con Julieta—. En sus marcas, listos... ¡Fuera!

Haidée se centró nuevamente en Camila que le estaba terminando de relatar los detalles de lo sucedido en el hospital. Su amiga estaba triste, pero a la vez, tranquila.

—Entonces, ¿no irás al velorio o al funeral?

—No... no me quiero quedar con su imagen en el cajón grabada en mi memoria. Además considero que no es sano para mí estar con ellos... No me hacen bien. Si no hubiera estado con Edmundo en el hospital, no habría podido verla. El pastor no cambia ni un poquito, y lo mínimo que habría hecho, sería haberme dado una sarta de insultos. Mis hermanos mayores son un calco de él y no se meten. Rut... bueno, ella es ella.

—A mí me llama la atención la actitud de tu hermana, es solo mayor que tú… ¿tres años? —Camila asintió—. Vivieron el mismo calvario, prácticamente. ¿Tanto le habrán lavado el cerebro?

—Rut siempre fue más dócil, más… pasiva. De hecho, los castigos casi siempre los recibía yo, ella era casi la hija modelo. No entiendo por qué siempre ha sido tan fría conmigo, es como si siempre hubiéramos sido enemigas por un motivo que desconozco.

—¿Quizás, por qué será así?

—Ni idea. Hoy cuando la vi se veía rara, sus ojos… No sé. Pero es como si siempre pusiera una barrera, siento que intentar acercarme a ella, es como cruzar el atlántico nadando.

—Qué complicado.

—Sí, pero ella ya tiene treinta y uno, es grande para saber qué hacer con su vida. Solo espero que en algún momento sea feliz.

—Tienes razón…

Se quedaron un rato en silencio y centraron sus miradas en Edmundo y Julieta. A Camila le resultaba tierno e inusual ver a un hombre que se sentaba a jugar con una niña y que lo disfrutaba. Era todo un descubrimiento ver esa faceta de él, más infantil, más lúdica. Incluso, peleaba con Julieta por hacer trampa, ¡y se lo tomaba en serio!... o al menos lo fingía muy bien.

—Es un buen hombre, ¿cierto? —comentó Haidée, sonriendo, sin quitarles la vista de encima.

—Sí que lo es… Parece que es de familia. ¿Cómo te ha ido con Damián?

—¡Uy! El señor Cortés es lo máximo —expresó Haidée con soltura y un tanto libidinosa, y Camila tuvo la absurda sensación de ser pillada con las manos en la masa—. Las comparaciones son odiosas, pero inevitables, y es que Damián le pega un millón de patadas en el culo al innombrable. En todo sentido, como compañero, como padre, como amigo, como hombre… Ahhhh… el sexo con él es toda una experiencia religiosa.

—Sí que te tiene loquita ese hombre. Estás hecha una zorra lujuriosa. Antes ni siquiera decías la palabra sexo.

—Porque el sexo era mediocre y estaba enamorada de la persona equivocada. Pero bueno, si no hubiera pasado por una mala experiencia, no habría podido apreciar lo que Damián me da el día de hoy. Para él soy su prioridad, lo más preciado que tiene y Julietita también… se empoderó de su rol de padre desde siempre. Es un hombre muy posesivo y dominante, pero en el buen sentido de la palabra, me deja ser y no interfiere en mis decisiones. Solo le gusta tener el control de las cosas y que estemos bien. Siempre me está apoyando en lo que sea.

Camila sonrió, sabía muy bien lo que significaba ser la prioridad de alguien, la persona más especial, querida e importante. Y sí, ambos hermanos parecían ser cortados por la misma tijera, pero para ella, Edmundo era único. Se preguntaba cómo sería tener la experiencia completa de someterse sexualmente a él, ya había tenido un atisbo de ello cuando estaban comprando cuerdas y el cambio que sintió dentro de ella fue sorprendente. Quería volver a sentir aquello.

—Entiendo a lo que te refieres. —«Me pregunto hasta qué punto son cortados por la misma tijera los hermanitos Cortés», pensó Camila un tanto divertida.

—Independiente de cómo resulten las cosas entre ustedes dos, disfruta el momento, Cami... Y si mi cuñado te hace llorar o se porta como un estúpido, me lo haces saber y le daremos su merecido —advirtió un poco en broma, un poco en serio.

Camila rio, Haidée siempre le hacía sentir en casa, cada hora que pasaba rodeada del calor del hogar de su amiga le hacía sentir más liviana y llevadera la muerte de su madre. Sin duda, Haidée cumplía la máxima que decía «los amigos son la familia que elegimos»...

CAPÍTULO 16

$\mathscr{E}$dmundo y Camila llegaron a Concepción cuando apenas oscurecía. Tomaron un vuelo a las cuatro de la tarde desde Santiago, optaron darse el lujo de estar lo más posible con la familia. Volver en bus significaba un viaje de más horas y mucho más agotador.

Estaban los dos subiendo las escaleras, conversando animadamente sobre aquellas trivialidades que enriquecen una relación, y cuando llegaron a su piso se quedaron quietos, indecisos. La conversación de súbito se apagó.

—¿Juntos o separados? —preguntó Edmundo. Era exactamente la misma interrogante que ella tenía en la cabeza.

—No lo sé... —contestó nerviosa. Ella quería, le encantaba dormir con él, sentir el calor de su abrazo, pero sus pensamientos cambiaron de tenor y de pronto se vio con la feroz necesidad de empezar de una vez aquello que habían postergado. Quería sumergirse en esa sensual y decadente forma de expresar sus deseos, pero tal vez, él necesitaba espacio... Nunca se sabe lo que piensa un hombre, aunque se diga que son básicos, también tenían inquietudes, inseguridades y sentimientos. A veces, Edmundo le resultaba impredecible a Camila—. ¿Qué es lo que quieres tú? —interrogó de vuelta.

—Por eso te pregunto, sé lo que quiero pero no es mi intención presionarte... —respondió con prudencia.

—¿Qué es lo que quieres tú? —insistió Camila, intuyendo la respuesta de Edmundo.

—A ti, en mi cama, de la forma que sea —manifestó absolutamente resuelto. Para Edmundo era nueva la experiencia de querer estar siempre con una mujer. Antes solo le bastaba con unas horas y rehuía a pasar noches completas con sus novias, y llegaba a un punto en que no las soportaba. Pero con Camila le pasaba todo lo contrario. El entusiasmo aumentaba. Quería saber hasta dónde podía llegar.

—¿De la forma que sea? ¿Eso incluye algunas actividades nocturnas e interesantes, señor Cortés? —interrogó evidenciando sus deseos. Su sonrisa era pícara, sus mejillas empezaban a ruborizarse.

—Las incluye, solo si tú quieres… —respondió, alzando una ceja fascinado con la evidente respuesta física de ella. Camila lo deseaba, él también. No había impedimentos. El silencio los envolvió unos segundos, el rostro de Edmundo se transformó tras el velo del deseo—. Ve a tu departamento, arregla tus cosas para mañana, toma un baño de tina, y ponte bella para mí… Quiero que golpees mi puerta en una hora… Ah, y trae tu caja de juguetes —precisó Edmundo con autoridad. Dios, se sentía tan jodidamente bien, dar órdenes y adoraba la respuesta corporal de Camila, su postura cambiaba, sus ojos brillaban, su sonrisa emergía femenina y seductora. Todo en ella decía que iba a obedecer con gusto lo que él decretara. Miró la hora en su reloj de pulsera—. Son las siete y cuarto.

—En una hora estaré lista para usted, señor Cortés.

—Y yo también, mi bella Camila.

Ambos abrieron las puertas de sus respectivos hogares casi al mismo tiempo, Camila dejó su bolso de viaje tirado en el sofá de la sala de estar y luego se dirigió al baño para llenar la tina. Su corazón estaba acelerado, la anticipación, la expectativa estaba empezando a apoderarse de su cuerpo. En su mente no había más que pensamientos lujuriosos. En efecto, necesitaba un baño de tina para relajarse y prepararse para él. Sería su ritual.

Esa noche sería su primera vez. Con él.

Edmundo estaba tenso, tenía que relajarse, todo su cuerpo estaba como la cuerda de un violín. Todo. Sin excepción. Estaba duro como nunca en su vida.

Necesitaba enfocarse, centrar su mente. Se dirigió a su dormitorio a preparar la escena. Sobre la mesa de noche dejó un par de preservativos, lubricante, unas toallas de mano. Las cuerdas estaban descartadas para la primera sesión, debía sellar las puntas, lavarlas y tratarlas con suavizante. Eso requería tiempo que no tenía en ese momento. Pero quería atarla de algún modo. Debía ser práctico, y de pronto se le ocurrió.

Pero primero, se tomaría una ducha con agua fría.

*****

Camila se presentó en frente de la puerta de Edmundo a las ocho y cuarto —según su reloj—. Llevaba todo lo que iba a necesitar para ir a trabajar al día siguiente, y su preciada caja de juguetes. Se preguntaba ansiosa con cuál de todos Edmundo la torturaría.

Ella rio, si cualquiera le leyera la mente, en ese segundo, probablemente estaría llamado a carabineros. Tenía los nervios a flor de piel, pero era una sensación agradable. Solo vestía un par de zapatos de tacón rojo y un *trench* negro que ocultaba su sorpresa para él.

Golpeó la puerta sin más.

Unos segundos después, ésta se abrió. Edmundo le dio la bienvenida con su sonrisa de niño y haciendo un ademán para que entrara. Tenía el pelo un poco húmedo y vestía de manera sencilla, camisa y pantalón negro, lo que le otorgaba un aire oscuro y seductor. Sin duda, esa era la apariencia de un dominante.

Al ingresar al departamento de él, se podía escuchar el sonido suave de música *chillout* sensual y sugerente, pero que no distraía su atención, solo aderezaba el ambiente. Camila nunca había tenido sexo escuchando música y la idea le hizo estremecer todo su epicentro.

Edmundo había pensado en todos los detalles. Él sabía lo importante que era la música para ella y quería darle una experiencia inolvidable. El corazón de Camila se inundó con un sentimiento que cada vez crecía más y más.

—Llegaste dos minutos tarde, bella —reprendió Edmundo sin llegar a decirlo en serio, estaba jugando. Se preguntaba si ella le seguiría la corriente—. Dame tus cosas.

—Según la hora de mi celular eran las ocho y cuarto. Soy muy puntual cuando me lo propongo —respondió notando las intenciones de Edmundo, a la vez que le entregaba su bolso y su caja. Los dos estaban frente a frente, sin moverse

—Pues así y todo nos estábamos rigiendo por mi reloj. Tal vez te mereces un castigo por tu rebeldía —insinuó recorriéndole el rostro con su dedo índice.

—Tal vez, señor Cortés —admitió esbozando una sonrisa, sintiendo cómo el sencillo toque de él le erizaba la piel.

La expresión de Edmundo se tornó solemne, la miraba serio, fijamente a sus ojos castaños.

—¿Estás lista, Camila? —interrogó tensando un poco la mandíbula. «¡Relájate, hombre! No pierdas la cabeza», se regañó mentalmente Edmundo. Los nervios apenas los podía controlar.

—Sí —aseguró sin titubear, pero no podía decir más, de pronto sentía que la garganta se le cerraba de la emoción.

—Sí, ¿qué? —Camila sin saber cómo, sintió la mano enorme de Edmundo aferrada a una de sus nalgas, y que al mismo tiempo la atraía al cuerpo de él reduciendo la distancia a cero. Incluso, a través de la ropa, notó lo duro que estaba él, su miembro se incrustó con vehemencia en su vientre.

Verdaderamente, el juego había comenzado.

—Sí, señor —contestó jadeante.

—Respira, bella. Hazlo con calma. Vamos. —Edmundo le tomó la mano y la guio hacia el final del pasillo, donde se encontraba su dormitorio.

Camila no había entrado a esa habitación desde aquella vez en que había olvidado sus llaves y él le dio alojamiento. Todo estaba igual, salvo por la iluminación. Dos cirios encendidos en cada mesa de noche, y en una de ellas, lo necesario para su sesión. Una estufa procuraba el calor necesario, el otoño era muy frío en Concepción. Sentía la presencia de Edmundo a sus espaldas, mas no quiso buscarlo con la mirada, él estaba al mando, debía confiar en él... Confiaba en él.

—Necesito tus palabras de seguridad, mi bella Camila. Confirma —demandó para iniciar la sesión, era lo último que necesitaba saber antes de empezar.

—«Niebla», para bajar la intensidad y «lluvia», para detener el juego, señor —contestó nerviosa, y a la vez metida de lleno en su rol. Camila estaba sorprendida de lo fácil que fue. Confiaba en Edmundo, en el juego que estaba llevando a cabo.

—Veamos que tienes debajo de esto —susurró Edmundo detrás de ella, lo que le hizo dar un respingo a Camila. La rodeó hasta ubicarse frente a ella y empezó a desabotonar el *trench* con lentitud. Cuatro botones lo separaban de descubrir lo que ella había preparado para él.

Uno por uno se fueron abriendo, dando paso a piel, solo piel. Y al llegar al último, Edmundo abrió la prenda por completo y la dejó caer al suelo, revelando la total y absoluta desnudez de Camila, sin adornos, solo ella. Su tensa y palpitante erección reaccionó al instante recordándole cuanto la necesitaba.

Conservar la cordura era la premisa, Edmundo retrocedió un paso para poder observarla y memorizar ese momento. La piel de Camila era clara, cremosa, no llegaba a ser pálida, unos lunares estaban desperdigados estratégicamente por su vientre, otros en el cuello. Pero el que más le gustaba era el que estaba sobre su corazón, entre sus pechos, redondos y coronados por pezones erguidos y carnosos que lo llamaban. El tamaño era ideal, no eran demasiado grandes, ni tampoco minúsculos. Sabía que sus manos podrían cubrirlos sin dificultad y que podría llenarse la boca con ellos. Eso, sin duda, lo iba a hacer. Definitivamente, los iba a saborear.

Para Edmundo el cuerpo de Camila era perfecto, ella no era flaca, seca y angulosa, sus curvas eran suaves, exactas para ser recorridas con sus manos, su vientre no era plano, tenía una leve sinuosidad blanda y suave, y más abajo, ella había dejado al descubierto su monte de venus. Notó que justo donde éste empezaba, estaba aquella cicatriz que le hizo recordar el doloroso pasado de ella. Él se prometió en ese instante que se iba a encargar de que nunca más ella sufriera por falta de amor.

—Entrégate a mí, Camila. Ofréceme tus muñecas —indicó él firme sin alzar la voz. Ella de a poco vaciaba su mente, solo estaba él, ella y todo lo que le hacía sentir, y simplemente obedeció.

Se las exhibió de frente y Edmundo las tomó y las juntó por la cara interna.

—Empúñalas. —Camila entrelazó sus dedos formando un puño con sus manos unidas. Cada vez que él le decía que hacer se humedecía más. Era una locura.

De su bolsillo, Edmundo sacó una corbata roja, y pendiendo entre sus dedos, la presentó ante los ojos de Camila como una tentación. Ella no pudo evitar pensar que no importaba que tan clichés fueran los recursos que usara él, en Edmundo todo parecía ser especial.

—Quiero atarte, pero las cuerdas todavía no están aptas para ello. Me pareció una buena alternativa usar la nunca bien ponderada corbata —explicó mientras amarraba las muñecas de Camila—. Seremos suaves al principio y necesito tus manos al frente esta vez... —Verificó que el nudo ni las vueltas apretaran demasiado—. ¿Las sientes cómodas? —consultó para asegurarse.

—Sí, señor Cortés —afirmó Camila intentando acostumbrarse a no poder mover sus manos a su antojo. No tenía demasiadas alternativas, solo debía obedecer.

Qué extraño era acatar todo sin cuestionar. Ella, por lo general, no era así en su vida cotidiana, y la respuesta vino sola. Edmundo era un hombre justo y sensato. Lo que hacía era para beneficio de los dos, y ella tenía todo el derecho y el poder de decir que no, y por ello no recibiría ningún castigo, ninguna recriminación.

Era tan fácil entregarse si contaba con esas garantías, sin que la oprimieran.

—Si en algún momento te molesta me avisas, la idea es que disfrutes, no que sea un suplicio. No te hagas la valiente —advirtió Edmundo ajeno a los pensamientos de Camila.

—No lo haré, señor.

—Acuéstate boca arriba sobre la cama, y ábreme muy bien esas preciosas piernas —demandó tentador y seguro. Ella al escuchar la orden volvió a centrarse en el momento e hizo lo que Edmundo le pidió.

La mente de Camila cada vez más se encontraba inmersa en su rol, en las sensaciones que Edmundo le provocaba. Era consciente hasta de la textura del cobertor bajo su piel. Tibio y suave. La música, la luz, el aroma a manzana y canela que emanaban de los cirios.

No sentía frío, solo vacía y anhelante. Abrió sus piernas exponiendo su húmeda y vulnerable intimidad. Sus zapatos rojos todavía no se los había quitado.

Él no se lo había pedido.

—Si supieras lo perfecta que te ves ahora, bella —halagó Edmundo. Estaba a los pies de la cama contemplándola, la luz cálida que iluminaba la habitación solo hacía que él se viera imponente. Las sombras marcaban los ángulos de su cuerpo, confiriéndole un aire perverso, salvaje y peligroso.

Edmundo se arrodilló entre las piernas de Camila y luego se cernió sobre ella, apoyando una mano a cada lado de la cabeza de ella. Y la miró por unos segundos, directo a sus pupilas que ya estaban dilatadas, dejando apenas un ribete avellana alrededor de ellas.

—Te voy a devorar. No te muevas.

Sin más preámbulo, Edmundo se apoderó de sus labios invadiéndola con su lengua. Duro, exigente, voraz. Saboreaba la boca de Camila como si le estuviera anunciando que eso mismo haría con ella, pero mucho más abajo. Camila respondía devolviendo ese beso de la misma forma, acariciaba la lengua de él con la suya, sintiendo en todas partes esa esencia viril a la cual ella ya estaba acostumbrada y que, sin embargo, siempre ansiaba.

Edmundo, con avidez, siguió besando y lamiendo el cuello, entre los pechos que emergían orgullosos por la posición de las manos de Camila. Se quedó un rato ahí, jugando con su lengua, mordiendo esos pezones que siempre lo desafiaron a que él se atreviera a tocar. Camila jadeaba e intentaba no moverse, pero era condenadamente difícil, sus caderas se elevaban subversivas, buscándolo, intentando aliviar su suplicio.

Edmundo, al sentir la provocación de ella en su entrepierna, le mordió un poco más fuerte uno de sus pezones. Camila sofocó un grito. Edmundo lamió para aliviar el dolor

—Quieta, dije. —Mordió el otro pezón obteniendo la misma respuesta de ella y volvió a lamer—. Quiero seguir jugando. No te muevas.

Y así lo hizo por varios minutos más, atormentándola con la lengua. Camila solo ardía de deseo, ansiaba con desesperación que la hicieran estallar.

Edmundo se irguió y miró satisfecho su obra, Camila desecha, jadeante, esperando a que él la penetrara.

Pero eso solo era el principio. Una punzada de dolor en sus testículos le recordó cuanto la necesitaba, pero él podía esperar un poco más. Estaba tan excitado por poder hacer al fin lo que más anhelaba, materializar en Camila sus deseos más oscuros y profundos. Quería someterla, quería que ella suplicara. ¡Cómo estaba disfrutando de ese momento! Se sentía tan feliz, ebrio de una sensación tan inefable que, simplemente, se remitió a gozar de ese momento a plenitud.

De su bolsillo trasero sacó aquellas plumas que Camila tenía en su caja, las había sacado sin que ella lo notara. Se las mostró y las movió. Camila solo pudo morderse el labio inferior.

—Brazos arriba. Cierra los ojos, bella —ordenó firme, pero su voz era muy grave, sensual como si él la tocara con cada palabra que salía de su boca—. No los abras hasta que te lo diga. Entrégate, obedéceme, mi preciosa Camila.

Camila cerró sus ojos. Sin duda, la realidad estaba superando cualquier fantasía. La espera estaba valiendo cada maldito minuto bajo las atenciones de él.

Solo la luz impedía que ella se sumiera en la negrura, al contrario, era una ceguera clara. No iba a ceder, no iba a abrir los ojos, deseaba complacer a Edmundo. Retribuir lo que él le daba.

Lo primero que sintió fue el repentino y sedoso recorrido de las plumas por la cara interna de uno de sus muslos. La piel se le erizaba con cada roce. La tortura continuó ascendiendo por los labios mayores de su sexo que clamaban por un toque, sin ir más allá. Solo quedó en eso, en tentación, en dar, provocar y quitar.

Las plumas continuaron su sensual camino por el vientre, rodeando el ombligo una y otra vez, dejando un rastro de piel encendida y sensible, para luego, descender repitiendo las sexuales caricias hasta llegar al otro muslo. Camila codiciaba llegar al éxtasis, la idea insidiosa de tocarse y liberarse de una vez, atravesó su cabeza. Era tan fácil, solo soltar sus dedos y lo demás sería pan comido.

Pero no lo haría, rompería el hechizo.

Las plumas vagaron con intermitencia por los brazos, los pechos, el cuello, la cara, volviendo a los muslos, su sexo… Y de pronto, algo invadió su centro, haciéndole jadear sorprendida, a la vez que todo su interior reaccionó, contrayéndose, dándole una densa oleada de placer y calor. Era un dedo de Edmundo, que siseaba para contener sus propios deseos. Estaba maravillado, el sedoso interior de ella era un inacabable manantial de calor líquido y resbaladizo que lo subyugaba. Retiró su dedo y se lo chupó. La curiosidad de probar el sabor de Camila fue más que su voluntad. Dulce y salada en partes iguales, su aroma femenino se volvió inconfundible, probarla fue un aliciente, y al mismo tiempo, un golpe bajo a su control.

¡Tenía que devorarla, ya!

Dejó bruscamente de lado las plumas y aferró sus manos a las rodillas de Camila, abriéndola con brusquedad y zambulló su lengua directamente entre sus pliegues, abriéndose paso lúbricamente hasta llegar a ese sitio glorioso. ¡Ah qué maravilla era sentirla! Toda su intimidad reaccionaba y se contraía. Los jadeos y grititos agudos de ella eran como música para sus oídos. Nunca antes los había escuchado, ni siquiera esas veces en que era un testigo involuntario. Edmundo se sentía orgulloso de saber que solo él podía arrancarle esas notas de placer a la voz de Camila.

La penetró con la lengua, sentía cómo ella intentaba reprimir sus movimientos. Camila estaba cerca, lo sabía por cómo su cuerpo lo reclamaba. Le iba a dar un poco más de lo que ella necesitaba.

Centró sus atenciones a aquel enhiesto capullo que aguardaba por estallar, lamió suave, rodeándolo con la punta de su lengua.

Chupó. Camila gritó.

—Por favor… Quiero moverme… —rogó ella con un hilo de voz, gimiendo—. Lo necesito.

—¿Quieres acabar?

—¡Sí! ¡Dios, sí!

—Todavía no —negó perverso—. No has dicho «señor».

Continuó con aquel suplicio, retiró su dedo, dejándola vacía y anhelante. Sopló apenas sobre aquella piel suave y húmeda, lo suficiente para enfriarla. Camila siseaba, gimoteando, rogando. Evitando contonearse, debía aguantar...

Pero Edmundo se lo hacía tan difícil.

Sobre todo cuando Camila sintió que él lamía todo su sexo, con lentitud, dejando una estela de humedad y calor, y al llegar a la cúspide, chupaba su clítoris con fruición.

Lamía lento, chupaba...

Lamía lento y penetraba con la punta de su lengua...

Lamía lento y mordía su monte de venus.

Lamía lento, chupaba...

Una y otra vez, una y otra vez.

—Edmundo... Señor... Te lo suplico —susurró—. Quiero terminar... por favor, señor.

Edmundo sonrió satisfecho.

—Entonces, hazlo, bella. Dámelo todo.

La penetró con dos dedos, profundo, y volvió a chupar el clítoris al mismo tiempo y compás de la embestida. Succión y penetración a un ritmo perfecto que le quitaba la cordura de a poco a Camila. No era rápido, no era lento, era directo, constante, duro, preciso.

Camila estaba fuera de sí, se sumió en una acelerada escalada al éxtasis. Sus caderas siguieron el ritmo impuesto por Edmundo, era un deleite tan crudo, tan intenso.

De súbito todo se interrumpió, pero solo brevemente, otro dedo más, y Camila se colmó. Se sentía llena. La boca y la lengua de Edmundo no abandonaban su clítoris, y sin más, volvió con aquel delicioso tormento de chupadas y embestidas.

Camila solo sentía placer, primitivo, animal. Uno que nunca imaginó sentir. Su espalda se arqueó intentando alcanzar el esquivo clímax, y todo en ella se concentró violentamente en un solo punto de ignición.

Y explotó.

Gritó el nombre de su hombre, como si solo de esa forma pudiera expresar esa ola que la azotaba en cada terminal nerviosa. El orgasmo la sacudió brutal, arremetiendo en oleadas liquidas e impúdicas, tensándola, despedazándola y volviéndola a unir, haciéndole renacer una y otra vez.

Una y otra vez...

Una y otra vez…

Una y otra vez…

Solo después de largos segundos, el placer cesó. Lento, como la marea, dejándola laxa y con la mente en blanco. No podía moverse ni tampoco lo quería hacer. Sus huesos se habían derretido, Camila no se sentía capaz de hacer nada. Estaba sumida en una nebulosa extática en la cual flotaba, tranquila, sin preocupaciones…

—Lo has hecho a la perfección, mi bella Camila. Me has dado un regalo tan precioso —manifestó Edmundo mientras la desataba con premura—. Abre los ojos. Mírame —demandó y al instante se encontró con los ojos vidriosos de ella—. ¿Estás conmigo? ¿Puedes seguir?

—Sí… Haz lo que quieras conmigo. Quiero sentir tu placer también, mi señor Cortés —susurró Camila, apenas y podía articular algo coherente, pero sin duda sabía que quería sentirlo dentro de ella.

—Eres una maravilla.

Camila pudo observar cómo él se quitaba la ropa, de prisa, pero sin llegar a la desesperación. Primero la camisa que revelaba un torso naturalmente firme y delineado. Sus brazos tenían la apariencia de ser lo suficientemente fuertes para sostenerla sin dificultad. Camila se lamió los labios al imaginarlo sobre ella, la piel morena de Edmundo contrastaba con la de ella y deseó tocarlo para saber qué tan suave y duro era.

Finalmente, los zapatos y las calcetas desaparecieron. Edmundo abrió su pantalón dejando entrever la ropa interior negra y aquel enorme promontorio que estaba confinado y que batallaba por liberarse.

Edmundo la miró y sonrió con un dejo de timidez que no era propio de él. Pero a Camila le enterneció el gesto. Él era humano, después de todo.

Se bajó los pantalones, llevándose consigo los boxers, y su cuerpo quedó totalmente expuesto al escrutinio de Camila, cuyo deseo volvía a nacer al ver a ese hombre que era tan normal y tan impresionante a la vez. Era hermoso, masculino y tan vulnerable. Como ella.

—No sé si soportaré demasiado, bella —advirtió sincero saliéndose un poco de su rol, pero no quería decepcionarla—. Te deseo como nada en este mundo, solo te quiero sentir y sé que perderé la cabeza…

—No te preocupes, lo disfrutaré igual —aseguró Camila con convicción—. No sabes lo que me has hecho... Ha sido más de lo que nunca imaginé... Te quiero, recuérdalo.

—Yo también... ¿Estás lista, bella?

—Sí, señor. Dámelo todo.

Edmundo tomó un preservativo de la mesa de noche, lo abrió y enfundó su miembro siseando por el contacto. Todo el juego lo dejó hipersensible, cualquier roce iba a ser una dulce agonía.

Se situó nuevamente entre las piernas de ella y guio su erección entre esa carne hinchada, sedosa, resbaladiza y dispuesta. La penetró con lentitud, disfrutando de la sensación de sentir cómo Camila lo envainaba con el calor líquido de sus entrañas.

Se quedó quieto unos segundos y apoyó sus manos en el colchón, se retiró, y volvió a embestir. Camila gimió, su vigor había retornado con más brío. Con sus caderas empezó a buscar ese contacto ínfimo y perfecto, en el cual sus cuerpos colisionaban y la empujaba de nuevo al placer.

Edmundo al sentir el evidente disfrute de Camila, se fue acercando inexorable al éxtasis de manera vertiginosa. No tenía duda, ella estaba lista de nuevo, y tal vez...

Las manos de Camila se anclaron en las caderas de Edmundo exigiéndole más, y a él, que ya no aguantaba más, no le quedó más remedio que sucumbir y entregarse. Su ritmo se tornó inclemente, castigador, enterrándose en ella sin cesar, dándole lo que Camila pedía con cada gemido, con cada encuentro de sus cuerpos.

—¡Oh, sí, Edmundo! ¡Sí, sí! ¡No pares! —sollozó colmada, a punto de volver a sentir el mismo orgasmo que la asoló solo cinco minutos atrás—. ¡No pares, no pares, no pares!

Y Edmundo no se detuvo, por nada del mundo lo hizo, porque el placer de ella era el de él, y lo soportó todo. Todo. La manera en que ella se quedó quieta y tensa gritando nuevamente su nombre, apresándolo, exprimiéndolo y llevándoselo hacia lo más profundo de esa cascada, que solo manaba esa agua sagrada espesa y caliente.

Y eso fue todo, sin más se dejó llevar embistiendo duro y profundo una última vez. Todo él se derramó sin control rozando de cerca el dolor, gimiendo de manera gutural y bestial.

Edmundo entornó sus ojos con fuerza, hasta temblar, intentando impedir que se desgarrara su piel y su carne. Su corazón latía a un ritmo que le pareció un tanto peligroso, pero no le importó, porque su felicidad era mayor que cualquier cosa en ese momento. Y esa mujer que estaba bajo él, mirándolo y acariciándole el rostro, era la única que le había proporcionado esa paz.

Sonrió, el entusiasmo no se iba a... ninguna parte.

Solo crecía... a pasos colosales.

Estaba sufriendo en carne propia la maldición de los Cortés. La espina se quedó clavada en el alma, la quería solo para él... para siempre.

—Al fin te encontré.

CAPÍTULO 17

Camila despertó de a poco, y lo primero que sintió fue el sonido regular de la respiración de Edmundo y la suave música que todavía estaba reproduciéndose. Después del éxtasis vivido por los dos, solo fueron capaces de tomar agua, apagar los cirios, para luego taparse con las frazadas y rendirse al sueño.

Uno que ahora la había abandonado.

Su mente vagó directo hacia los recuerdos que habían quedado grabados como una huella indeleble. Camila se sentía marcada, conquistada. Como si él hubiera enterrado una bandera y la hubiera declarado como suya y que nadie más tenía derecho de tocarla más que él.

Sentirse así no le molestaba, al contrario. Edmundo no la trataba como un trofeo o como un objeto, ella era su compañera, su amiga, su amante... su todo.

Ya era tarde para echarse para atrás, porque el amor era imposible de deshacer con un chasquido de dedos. Debía reconocerlo, al menos para sí misma.

Estaba profundamente enamorada de Edmundo.

Se preguntaba si él también había atravesado esa delgada línea entre el querer y amar.

Suspiró hondo, no sabía a ciencia cierta qué hora era. Afuera todavía estaba oscuro, y el ambiente se había tornado frío, la estufa eléctrica estaba apagada gracias al temporizador. Pero nada de eso importaba, se acurrucó al cuerpo caliente de Edmundo que se sentía inmenso, como una gran roca de piel, músculos y huesos, la misma que, casi como acto reflejo, la acogió y la buscó para darle un beso.

Sus labios se unieron con inocencia y Edmundo siguió durmiendo.

Camila sonrió, con sus dedos rozó los gruesos labios de él y que tanto le gustaban a ella. Apenas le dio un toque, pero fue suficiente para que él despertara repentinamente.

—¿Qué pasa, bella? —preguntó con la voz impregnada de sueño.

—Nada, solo desperté —susurró Camila alineando su cuerpo con el de él. Ah, qué bien se sentía tocar toda esa piel al mismo tiempo. Regodearse con el aroma del pecho de Edmundo que inundaba sus fosas nasales.

—¿Qué hora es? —Su voz grave todavía sonaba un tanto dormida, pero ya estaba casi despierto.

—No lo sé, es de noche todavía.

Edmundo se giró estirando su brazo y buscó su reloj de pulsera sobre la mesa de noche, tanteó con torpeza pasando a llevar el preservativo que quedaba, el lubricante… Y luego recordó que no lo había dejado ahí, sino que en el cajón de la misma mesa. Lo abrió a ciegas y lo encontró.

—Son las cinco y media —informó una vez que enfocó la vista y pudo ver las mancillas fosforescentes del reloj—. Todavía nos queda una hora. —Dejó el reloj encima de la mesita de noche y volvió a abrazar a Camila inhalando profundo el aroma de la piel de ella—. Me gusta cómo hueles… en todas partes… —Volvió a aspirar y la abrazó más fuerte. A Camila le causó gracia que los dos pensaran en casi lo mismo—. Y ahora la cama huele a los dos, a lo que somos, a lo que hemos hecho… Me excita.

—Eres un fetichista —acusó en tono de broma, pero hablaba muy en serio. Edmundo rio, y su voz resonó en medio del silencio de la madrugada.

—Creo que solo voy a empeorar. —La besó, largo, lento y profundo. Una de sus manos se perdió recorriendo con suavidad su espalda, sus nalgas, su sexo—. Si hubieras visto lo que yo vi… —Pellizcó con un poco de fuerza uno de los labios de la intimidad de Camila, y luego el otro. Le encantaba sentir ese pedazo de carne entre las yemas de sus dedos y escuchar el gritito ahogado de ella—. Sentirte tan entregada, tan vulnerable… Creo que las plumas son una excelente arma de tortura. Indolora y efectiva. —El tono que usaba Edmundo para hablarle a ella, le llegaba directo a su núcleo, haciéndolo palpitar de necesidad. Camila sentía cómo la sangre corría rauda por sus venas concentrándose ahí, donde más lo necesitaba.

—Creo que me puedo acostumbrar a cualquier tortura de ese tipo —aseguró con una risita provocativa. Ahora no tenía las manos atadas, por lo que sus dedos acariciaron el pecho de él con flagrante libertad, acariciando sus tetillas con movimientos circulares, haciéndolo sisear. Y cuando oyó ese quejido ahogado y varonil decidió cambiar el rumbo de sus caricias, arañando sus abdominales, y continuar con el descenso, hasta atrapar el miembro duro y aterciopelado de Edmundo.

—¿Sabes que quiero ahora? —susurró seductor al oído, dándole un leve mordisco al lóbulo de la oreja de Camila.

—¡Ah! —gimió Camila, tanto por aquel dolorcillo, como por sentir cómo Edmundo, al mismo tiempo, tanteaba entre sus pliegues hasta llegar a su humedad y sumergió un dedo con facilidad.—. No sé a ciencia cierta, pero lo puedo imaginar.

—A lo mejor me lees los pensamientos. Móntame, bella. Quiero ver cómo lo haces —decretó atrayendo el cuerpo de Camila, sentándola a horcajadas sobre él, destapando su cuerpo.

—Hace frío —se quejó ella al sentir el contraste de temperaturas que le erizaba la piel.

—Ya se te calentará —afirmó provocativo, tanteando nuevamente en la mesa de noche hasta que halló el preservativo que quedó huérfano—. Pónmelo —ordenó, ofreciéndole el paquetito plástico a Camila, sonriendo desafiante. Todo estaba en penumbras pero ambos estaban acostumbrados a la poca luz y podían ver sus facciones con facilidad.

Camila se lo quitó, tomándolo con dos dedos, dando un leve tirón, aceptando con una sonrisa maliciosa el reto que le había propuesto Edmundo.

—Tengo un truco para ponerlo, ¿puedo intentarlo con usted, señor? —consultó Camila con picardía.

—Sorpréndeme, bella.

Camila sin dilatar más la situación, se acomodó retrocediendo hasta llegar a la altura de las rodillas de Edmundo. Abrió el paquetito y sacó el preservativo, presionó la punta del mismo con sus labios que recubrían sus dientes. Tomó el pene con sus manos y lo alineó directo al centro de su boca.

Poco a poco, y con suma tranquilidad y pericia, Camila fue deslizando el profiláctico hundiendo el miembro dentro de su boca, a la vez que lo desenrollaba con la ayuda de sus labios y su lengua, dándole a Edmundo una experiencia que nunca olvidaría.

Era la cosa más erótica que una mujer le había hecho a él, hasta ese momento. A él no le importaba si no era el primero en recibir ese regalo, de verdad que no —porque había que ser estúpido para pensar que era la primera vez que ella lo hacía—, más bien, estaba maravillado por esa mujer que no temía en quedar en evidencia por sus singulares habilidades, que confiaba en él, en exponerse tal cual era. Él apreciaba lo que ella le daba en todo sentido.

No era necesario ocultar nada entre ellos, y eso era liberador.

Camila llegó hasta el fondo, terminó de acomodar el preservativo con sus manos y ladina le guiñó un ojo, a lo que él respondió con una sonrisa que le prometía que llegarían al cielo una vez más.

—Muy interesante y original tu truco. Hace que me den ganas de cambiar las reglas del juego —advirtió socarrón—. Pero me siento benevolente y en realidad, solo quiero sentirte de una buena vez… Pon tus manos sobre el cabecero de la cama y no te sueltes por nada del mundo. Si lo haces, no te dejaré acabar. ¿Entendido, mi bella?

—Absolutamente, señor —respondió metida de lleno en el juego, era increíble lo fácil que era para ella sumergirse en ese mundo de ordenes eróticas, donde habían miles de caminos para llegar al éxtasis, donde no tenía que pensar en nada, solo entregarse a lo que Edmundo dictara. Sin dudar, sabía que el resultado sería uno…

Placer, puro, crudo… intenso.

Camila tomó posición sobre la pelvis de Edmundo, puso sus manos en el cabecero de la cama, y se aferró a él como si fuera su tabla de salvación. Ahogó un grito ante la repentina invasión de él, llenándola sin previo aviso.

Se quedó quieta, absorbiendo, acostumbrándose al tamaño de Edmundo. Se sentía completa y exquisitamente colmada de la carne de él.

—Muévete, Cami —demandó Edmundo y le dio una palmada en la nalga derecha que la hizo reaccionar. No le dolió mucho en realidad, caricias amables y en círculos disiparon ese ardor que sintió como sensación primaria.

Camila empezó a moverse, tal como le ordenó él. Primero lento, paciente, buscando el acorde preciso, la nota exacta en que su cuerpo reaccionaba. Estar sometida a la orden de no soltarse del cabecero no le ayudaba en mucho, restringía sus movimientos al punto que sabía que sola le costaría un mundo alcanzar el orgasmo.

Empezó a jadear, el placer estaba ahí, lo sabía, lo presentía.

Otra palmada en la nalga izquierda que le hizo estremecer su centro y una traza de placer se hizo presente. Edmundo acariciaba su trasero, lo apretaba, abría levemente sus nalgas, a la vez que chupaba sus pechos como un hombre muerto de hambre engullendo un festín.

—Más… —pidió Camila casi gimiendo, suspiros entrecortados emergían de su boca—… Edmundo… más… señor.

—¿Esto? —le dio otra nalgada. Un poquito más fuerte, el interior de Camila reaccionó y luego le siguieron caricias que fueron interrumpidas por otra palmada en la otra nalga.

Deleite, primigenio, crudo, cada vez más voluptuoso.

—¡Oh, sí! ¡Sí! —respondió Camila, moviéndose con más brío, apresando el miembro de Edmundo dentro de ella.

—¿O quieres esto? —interrogó al mismo tiempo que él empezó a embestirla al mismo compás que ella se movía.

—¡Sí! —chilló. Sí, eso era lo que quería, todo lo que él le daba lo necesitaba como la vida misma.

—¡Sí, qué! —Edmundo tomó sus caderas con ambas manos y volvió a empujar más profundo. Todo lo que podía… Estaba a punto de estallar y sabía que Camila estaba cerca, ella lo engullía, lo envolvía dentro de ese océano denso y caliente.

—¡Sí, Señor! —gritó con la voz quebrada.

—Suéltate, bella —ordenó y embistió duro, y ella al instante se soltó de la cabecera de la cama y se aferró fuerte al cuerpo de Edmundo como si quisiera fundirse en él y ser solo uno… y se rompió.

El clímax se hizo presente, poderoso, sin avisar, haciendo que las caderas de ella se movieran salvajes a una velocidad demencial. Todo dentro de Camila se tensó para potenciar y retener ese placer que se tornaba inacabable, profundo… animal.

Y en esa misma vorágine de sensaciones se perdió Edmundo. Sin remedio, se dejó arrastrar por el orgasmo de Camila lanzando un quejido ronco, mientras se hundía una última vez en ella y, al igual que horas antes, nuevamente en la cúspide del gozo, se derramó una, dos, tres veces… Sus sentidos, su cuerpo, estaban pletóricos de emociones inenarrables. No sabía dónde empezaba él y donde terminaba ella. El sudor perlaba su frente, su corazón latía frenético, sus manos estaban ancladas a las caderas de Camila, sus dedos estaban incrustados en la piel de ella.

El tiempo transcurría, pero no para ellos, ese instante fue infinito. Camila levitaba en aquel espacio de su mente en donde solo existía la paz que únicamente Edmundo le brindaba.

Él le daba paz en todos los ámbitos de su vida, independiente de qué emoción sintiera su corazón, siempre estaba acompañada de esa cálida calma.

Y Edmundo sentía algo muy parecido. Nunca, jamás en su vida adulta, había sido tan libre como ahora. En ningún momento de su existencia había podido ser realmente él mismo con una pareja, nunca antes había sentido amor...

Sí, sin duda alguna eso era amor.

Camila le evocaba lo bello de la vida, de compartirla junto a ella con todo lo que implicaba, de entregarse, así como ella lo hacía... quería hacerla feliz.

Se preguntaba si ella también estaba sintiendo ese amor que crecía, que se fortalecía y se asentaba en lo más hondo de su alma. De pronto, se sintió indefenso y más vulnerable que esa mujer que le daba todo a él sin objeciones.

Ella tenía todo el poder sobre su vida y su corazón.

—¿Estás conmigo, Cami? —preguntó Edmundo. Practicar con ella confirmaba muchas cosas que la teoría indicaba. Lo vivido en las sesiones era tan fuerte a nivel físico y emocional para la parte sumisa, que a veces se llegaba a un estado mental, llamado subespacio, en donde se puede soportar todo, sin importar nada... Y como buen dominante debía estar atento a ello, Camila debía ser plenamente consciente, incluso en aquel lugar de su mente.

—Sí, lo estoy... cariño —afirmó ella con la voz ida—. Estoy contigo... estoy bien... te quiero tanto... tanto, tanto.

—Yo también te quiero, mucho, mucho. —«Yo te amo», pensó él, abrazándola más fuerte, para que ella de algún modo sintiera lo que él sentía.

—Puedo sentir tu corazón en mi pecho... late fuerte. ¿Sientes el mío? —preguntó con su voz desvanecida.

Edmundo con esa pregunta se dio cuenta de que el corazón de ella también latía vigoroso sobre el pecho de él. Sonrió.

—Sí lo siento, bella mía.

Se quedaron en silencio, en medio de la penumbra, solo sus respiraciones se escuchaban casi al mismo compás. Los dos pensaban lo mismo, sentían lo mismo y, sin embargo, tenían un absurdo miedo de decirlo en voz alta.

Para Camila no era la primera vez que amaba, pero con Edmundo todo era tan diferente, ella había cambiado tanto, que no se había dado cuenta. El amor que vivió años atrás era inocente, impulsivo, inmaduro, hormonal y con sed de libertad, y por eso mismo, no resistió el duro golpe de la realidad. Lo sabía, eso que estaba sintiendo ahora, sí era amor de verdad, era aquel que daba y recibía; aquel en que él la apoyaba en todo; aquel en que ella era respetada, apreciada, querida; aquel en que no importaba si en algunas cosas pensaban diferente, porque eran libres de hacerlo y daba igual. Edmundo la cuidaba, la quería, bromeaba con ella, era su compañero, un igual, y sin embargo, solo en un aspecto, él la dominaba y solo era para darle placer.

Pero para Edmundo el asunto era abrumador, toda su vida amorosa fue frustrante. Si él no cortaba por lo sano, no pasaba mucho tiempo en que lo cortaban a él. Y eso pasaba siempre, porque aparte de cariño y atracción, nunca nadie había cautivado su corazón como Camila.

Ella llegó a su vida en el mismo momento en que él se conoció a sí mismo, en que fue consciente de qué tipo de persona era y qué necesidades tenía y, por lo cual, nunca llegó a tener una relación sólida con nadie… Si el mismo no se conocía, ¿cómo diablos iba a conocer en profundidad a alguien más? Edmundo ahora era capaz de aceptar esa faceta suya y que influía en todo lo demás, y Camila lo aceptaba tal como era, porque en el fondo, la naturaleza de ella era el complemento perfecto para la suya. Y al ser amigos en primer lugar, él pudo conocer a Camila la desenfadada, la cínica, la sin filtro, la que había cruzado el infierno en la tierra y había sobrevivido, la que cantaba y amaba la música, la que temía entregar su corazón, y sin embargo, se estaba atreviendo a hacerlo una vez más…

Y de pronto, Edmundo recordó aquel día, cuando se confesó con Camila. Lo que vio en sus ojos, lo que ella le dijo…

«*Quiero y deseo esto, me quiero dar una oportunidad. Quiero ser feliz, intentar de verdad algo nuevo… Quiero amar una última vez*»

Y ya no tuvo más miedo, porque Camila ya le había entregado su corazón por completo y se lo había dicho antes, sin que ella misma se diera cuenta.

—Cami…

—Dime…

—Yo te amo… —admitió, sintiendo su alma libre.

Camila abrió los ojos, sorprendida, su corazón se aceleró. La emoción embargó su garganta. Deseaba tanto escuchar esas palabras. Con todo su ser deseaba que él la amara.

—Yo también te amo, Edmundo —respondió a aquella declaración. Se acurrucó más al pecho de él, escuchando los latidos firmes e hipnóticos de su corazón.

—Lo sé, mi Cami… lo sé…

Y ahora que lo decía en voz alta, Edmundo sintió que su destino se había sellado, sabía que ella sería la única mujer a la que le diría esas palabras.

Camila con su entrega, le había enseñado a amar de verdad.

CAPÍTULO 18

$\mathcal{E}$ra un viernes, once días habían pasado. Once días en que la vida de ambos había cambiado; sus rutinas, sus planes, la forma de ver el mundo, el presente, el pasado, el futuro...

Edmundo llegaba primero del trabajo a su departamento. Había días en que esperaba a que Camila llegara a su departamento, y pasaban el resto de la tarde trabajando en planificar sus respectivas clases o revisar pruebas. Esas noches no había sexo, pero sí abrazos y besos reconfortantes para empezar con el pie derecho al siguiente día. En otras ocasiones, él preparaba algo de comer y ella pasaba directo al departamento de Edmundo, comían escuchando música, a veces cada uno leía un libro o veían televisión, pero siempre juntos. Y los viernes, sí o sí, Edmundo pasaba a buscar a Camila a su trabajo.

Todo lo demás era relativo. Ambos compartían lo que tenían con el otro, y era algo muy cómodo, pero en el fondo, sabían que en algún momento ya no sería tan práctico por el lado económico, si casi vivían juntos todos sus momentos libres.

En todo caso, de momento, el lado económico todavía no les importaba...

—¿Sabes, bella? Hay algo que me ha llamado la atención desde el primer día que vine aquí, y se me había olvidado preguntarte —comentó Edmundo mientras veía un programa de gastronomía en el cable. Él estaba apoyado en el regazo de Camila, quien leía una de sus novelas románticas.

—¿Y qué cosa sería? —interrogó Camila con curiosidad, centrando su atención en él.

—¿Por qué tu cocina siempre es más limpia y ordenada que el resto de tu departamento? —Camila le dio un leve manotón en el pecho, pensando que él estaba quejándose por su desorden compulsivo, ya que últimamente su espacio se mantenía relativamente ordenado—. ¡Auch, eso dolió!

—No me gusta que me critiquen mi desorden —espetó justificando su reacción, o más bien, su sobrerreacción.

—No te estoy criticando… Era solo una pregunta, mujer agresiva. Tu cocina parece sacada de uno de los programas que veo en la tele, reluciente, ordenada y muy bien equipada. Hasta tienes de esas batidoras enormes y rojas.

—Esa batidora enorme una KitchenAid Artisan semi profesional —respondió con orgullo, cambiando de humor, dejando de lado eso de estar a la defensiva—, es el sueño mojado de las personas que nos gusta la pastelería… y me costó varios meses juntar plata para comprármela.

—Y yo que pensaba que yo era tu sueño mojado —bromeó guasón.

—¡Ridículo! Nunca superarás a mi batidora… —continuó Camila con las bromas—. Ahhhh, no puedo ponerte de cabeza para hacer un merengue italiano perfecto. Aunque si podría untar merengue en algunas partes perfectas de tu cuerpo y…

—Ya, pero no has respondido mi pregunta —interrumpió con curiosidad, cortando de raíz las imágenes mentales eróticas que ella protagonizaba. Ya sabía lo que pasaba después si le seguía el juego, y ahora él quería saber—. ¿Por qué?

—Bueno, bueno… —claudicó, fingiendo que estaba harta de la situación—. Me gusta tener la cocina limpia y ordenada, porque aparte de la música, me encanta la pastelería. Ya probaste mis magdalenas la otra vez, ¿no?

—Sí… me las comí todas. Estaban exquisitas.

—Eres un glotón… El asunto es que, si en algún momento me baja el antojo de comer algo rico y dulce, puedo llegar y prepararmelo, porque mi cocina estará lista para preparar cualquier cosa que me satisfaga.

—Ahhhh… y asumo que últimamente no te baja el antojo por la pastelería porque todos los días te comes «algo rico y dulce» —aseveró levantando las cejas socarrón—. Y que te deja totalmente satisfecha.

—¿Todos los días? Pues, yo recuerdo un par por ahí en que «estuvimos a dieta».

—Nadie puede comer tanto dulce durante muchos días seguidos, aunque ese dulce sea un pastelito como yo —afirmó Edmundo, alzando las cejas con picardía.

—No eres tan dulce como lo imaginas… —replicó provocativa.

—¿Ah no? ¿Quieres conocer mi verdadero lado dulce? —propuso Edmundo de buen humor, incluso esa tensión en su pantalón aprobaba la idea de hacer una demostración de sus habilidades que eran más convencionales.

—Pues, me encantaría que me presentaras a Edmundo «Vainilla» Cortés —aseguró Camila sintiendo ese leve palpitar entre sus piernas. Era casi automático cuando se ponían en cualquier plan de carácter erótico.

—Pues, creo que sí puedo hacer eso, supongo que...

Edmundo no pudo terminar su sentencia, el citófono del departamento de Camila sonó haciendo que ambos giraran sus cabezas hacia el aparato. Extrañada por aquel llamado, se levantó con rapidez y levantó el auricular.

—Aló.

—Aló, señorita Camila, ¿tengo una consultita? —preguntó una voz masculina que inmediatamente ella reconoció.

—Dígame, don Exequiel.

—Usted llegó con don Edmundo al edificio hace un rato... y no lo he visto salir, y bueno su citófono no lo contesta... y supuse... Resulta que lo busca la señorita Paulina Gutiérrez —informó un tanto vacilante y consciente que estaba pasándose de la raya con sus conjeturas, pero la mujer que tenía en frente... era—. Me insistió en que es importante —susurró en un tono confidencial.

—Deme unos segundos —pidió Camila absolutamente desconcertada, y tapó el micrófono del auricular con ambas manos. Miró a Edmundo, que de inmediato se puso en alerta al ver cómo se le transformaba la cara a Camila—. Una mujer te busca.

—¿Cómo?

—Eso, ¿conoces a Paulina Gutiérrez?

—No, para nada —contestó con seguridad—. Qué raro... —Edmundo pensó por unos segundos qué sería lo mejor, y lo mejor era ver de qué se trataba el asunto frente a su mujer—. Dile que suba, por favor, bella. Y así saldré de dudas —solicitó con un tono de voz que demostraba que él no tenía nada que ocultar.

Camila asintió y volvió su atención hacia su interlocutor.

—Don Exequiel, dígale a la señorita que suba a mi departamento, por favor.

—*Okey*, señorita Camila, la envío para allá.

—Gracias.

Camila colgó el auricular y miró a Edmundo nuevamente. La situación era confusa, ambos tenían una mezcla de intriga, nerviosismo... y temor.

Toc, toc, toc...

Camila dio un respingo, su ánimo estaba intranquilo, se dio media vuelta para ir a abrir la puerta, pero Edmundo se lo impidió, yendo raudo a su lado y se interpuso entre ella y la puerta, haciéndole un gesto negativo con la cabeza.

—Yo lo hago, Cami. Quiero saber a qué viene todo este alboroto —susurró a sabiendas que la mujer posiblemente podía oírlos. Camila asintió y se quedó al lado de Edmundo, de modo que cuando él abriera la puerta, la otra mujer no la viera de inmediato.

Edmundo giró el pomo y abrió. Se encontró con una mujer de pelo corto, rubio, y era bastante alta, de sinuosas y generosas curvas, y vestida de manera casual y sobria, muy femenina. Pero él nunca en su vida la había visto y, al parecer, por la expresión del rostro de ella, tampoco lo conocía.

—¿Eres Edmundo Cortés Aguilera? —interrogó la mujer para asegurarse.

—Sí, soy yo… ¿nos conocemos? —interpeló de una vez, porque estaba absolutamente convencido de que no la conocía.

—No, nunca nos hemos visto —negó la mujer, lo que desconcertó a Edmundo todavía más—. Pero sí conoces a Florencia Álvarez… ¿La recuerdas?

Edmundo parpadeó con sorpresa. Tardó unos breves segundos en recordar una cara para ese nombre, un año y la historia que los unió. Alzó sus cejas con sorpresa y bajó levemente sus defensas.

Sin embargo, algo no le cuadraba.

—Sí, la recuerdo, la conocí hace unos… ¿cuatro años? —afirmó haciendo memoria, trayendo cada vez más detalles de lo que fue su relación.

—Sí, cuatro años, más o menos… —Paulina se quedó unos segundos callada intentando decidir cómo empezar a hablar. Era complicado lo que tenía que comunicar, y era más incómodo aún, hacerlo en pleno pasillo.

Edmundo sintió un tirón en la manga de su sweater y miró de reojo a Camila que lo instaba con un gesto a que hiciera pasar a la mujer. Él afirmó con la cabeza levemente y dirigió su atención a Paulina.

—Perdón, pasa por favor —invitó Edmundo, abriendo más la puerta, y Paulina entró con un poco de timidez.

—Gracias… Permiso… Ah, hola —Paulina saludó a Camila que no disimuló en nada que estaba al lado de Edmundo, husmeando.

—Hola —saludó Camila, mirándola todavía con la intriga instalada en su semblante—. ¿Té, café, agua? —ofreció por cortesía.

—Nada, gracias —rechazó Paulina, no tenía ganas de tomar nada. No era fácil realizar su misión.

Edmundo y Camila se sentaron en el sofá y Paulina lo hizo en una pequeña silla que estaba casi en frente de ellos.

Silencio, plúmbeo, sombrío...

—Bueno, costó bastante encontrarte, Edmundo —inició su relato Paulina—. Cuando pude dar con tu dirección, uno de tus vecinos me contó que ya no vivías ahí desde hace unos meses.

—Era la casa de mi mamá… ella falleció y no quise seguir ahí —explicó lacónico.

—Bueno, después de insistir y golpear un par de puertas, me dieron esta dirección, y aquí estamos… —continuó Paulina nerviosa. Hizo una pausa intentando hilar sus ideas. Esa pareja que la escrutaba con la mirada, le daba la impresión de ser personas que no les gustaban los rodeos. Lo mejor era ser precisa—. Florencia está enferma del corazón. Hace un año su salud empezó a decaer de la nada y ningún tratamiento ha funcionado. Los médicos han intentado todo, pero ella solo va de mal en peor… Ya ha salido de dos infartos…

Edmundo y Camila estaban en silencio, escuchando con atención, pero todavía estaban confundidos y no sabían por qué esa mujer estaba contándoles eso, que de todos modos era terrible. Edmundo recordaba a Florencia, una mujer de carácter fuerte e independiente y, si su memoria no fallaba, ella era unos tres años mayor que él.

Paulina notó aquel desconcierto en las caras de la pareja, por lo que decidió acelerar su relato aún más, e ir al grano.

—Florencia sabe que tiene poco tiempo y quiere dejar las cosas en orden.

—Todavía no tengo idea qué tengo que ver con esto. Lo lamento muchísimo por ella, pero esto no tiene ni pies ni cabeza —manifestó Edmundo. Florencia había desaparecido de su vida, ¿y eso qué? No era la primera ni la última que, tras tener una relación con él, había cortado todo tipo contacto.

Era más bien la historia de su vida.

—Tú tuviste una relación con ella hace cuatro años, ¿no? —consultó Paulina para corroborar los hechos.

—Sí, salimos por unos tres meses… ya ni me acuerdo bien. Un día y a pito de nada, Florencia solo decidió terminar nuestra relación porque no funcionaba para ella, y yo estuve de acuerdo con ello, fue bastante civilizado, pero nunca más supe de ella.

—Bueno, te informo que hubo una consecuencia en una de esas salidas... —insinuó Paulina tratando de suavizar un poco el calibre de la noticia.

—¿Cómo que hubo una consecuencia? —interpeló Edmundo intuyendo a qué clase de consecuencia se refería ella. Una consecuencia que tarda nueve meses en gestarse dentro de un vientre—. ¿«Consecuencia» le llamas a un hijo? Me parece un eufemismo de muy mal gusto para referirse a un niño —cuestionó con dureza.

Edmundo en el instante que le tomó el peso a lo que acababa de decir, se llenó de tantas emociones, que le costaba identificar y controlar a cada una de ellas; miedo, felicidad, rabia, impotencia, lástima, incertidumbre. La única emoción que destacaba entre todas ellas, y de la cual no tenía ninguna duda de sentir, era la incredulidad. Pero su rostro aparte de estar con una actitud severa no demostraba nada más.

Pero para Camila sabía que todo eso era una mera fachada. Edmundo estaba llevando en su interior una batalla sin igual, en la cual, el objetivo era conservar la calma y no perder la cabeza. ¿Y ella?, ella estaba atónita con semejante noticia, pero al mismo tiempo, sentía un cierto orgullo por la reacción de Edmundo; recordó de inmediato la actitud de Andrés cuando le dijo que estaba embarazada, estalló histérico e incluso puso en duda su paternidad... Camila tragó saliva para contener sus lágrimas, pues todo lo vivido volvió una vez más a su corazón... Su porotito, de haber nacido, estaría cerca de los tres años, casi la misma edad que le calculaba al hijo de Edmundo.

—No quise ponerlo en esos términos, Edmundo. Pero nunca se sabe cómo un hombre reacciona ante una noticia de ese tipo —justificó Paulina—. Pero tú has reaccionado mejor de lo que esperaba. Florencia tenía razón.

—¿Y en qué se puede saber? —replicó él con un tinte de sorna.

—En que no se había equivocado en elegirte... —Paulina esbozó una sonrisa—. Florencia está hospitalizada en la Clínica Universitaria de Concepción. Puedes ir desde las nueve hasta las seis, pero solo puedes estar un rato... Ella tuvo sus motivos para ocultarte todo. Por favor, no se lo recrimines. Deja que ella te lo...

—¿Cómo se llama? —interrumpió Edmundo por lo que realmente le importaba. Que lo tacharan de insensible por no preocuparse de Florencia, a él lo único que le interesaba era saber algo más de ese niño—. ¿Cómo se llama mi hijo?

—Alfonso Marcial Álvarez Álvarez —recitó Paulina el nombre completo del niño—. Es mi ahijado, es muy inteligente, tiene tres años… ¿Quieres ver una foto? —ofreció con orgullo. Paulina sentía una verdadera devoción por Alfonso, para ella, era como un hijo más.

—Por supuesto que quiero verlo… Muéstramela, por favor —pidió ansioso por ver por primera vez a su hijo. Nunca imaginó que sería así. A Edmundo siempre le ilusionó vivir la espera, ver cómo crecía dentro de su madre, presenciar su nacimiento… Edmundo no dejaba de pensar en que Florencia le había quitado todo eso de manera egoísta y premeditada.

Paulina sacó su teléfono móvil y buscó imágenes del pequeño Alfonso, hasta que encontró una reciente y le ofreció el aparato a Edmundo, quien lo tomó con un absurdo temor. Camila le sostuvo una de sus manos libres y sintió que le temblaba, él, al sentirla, se aferró con fuerza, necesitaba valor y agradecía al cielo que ella estuviera apoyándolo y no crucificándolo o mirándolo con reprobación.

Inspiraron en una extraña sincronía y juntos miraron la imagen. Un niño, pequeño, inocente, de pie con las manos en la espalda y cabello castaño rizado.

Idénticos.

Dentro de las lozanas facciones infantiles se podían identificar con pasmosa facilidad los labios, los ojos, la frente y la sonrisa de Edmundo. El pequeño era casi un clon.

Él sonrió, la vida de pronto le hizo saber lo que sintió su propio padre al verlo, cuando lo conoció la primera vez e, irónicamente, la situación era una especie de *déjà vu*.

Y al igual que su propio padre, él no dudó ante lo evidente. Ese niño… Alfonso… era su hijo.

CAPÍTULO 19

—Todavía no puedo creer que esto esté pasando. —Fue lo primero que manifestó Edmundo, cuando Paulina concluyó su visita hacía tres minutos. Se agarró la cabeza con ambas manos y las deslizó hasta su nuca—. ¿Cómo mierda ocultas a un hijo de esa manera? —cuestionó el actuar de Florencia. Sonrió flojo por las ironías de la vida—. ¡Esto es como mi puto karma! ¡Todo se vuelve repetir! —exclamó trayendo a su memoria el último mes de vida de su madre. Ese mes en que todo su mundo se salió de orbita y su existencia no volvió a ser la misma.

—¿Por qué dices eso, cariño? —preguntó Camila con suavidad. Había ido a despedir a Paulina y cuando volvió se encontró con un Edmundo taciturno y con la vista perdida. No sabía cómo llegar a él. Solo hasta cuando él habló, Camila se sintió con más seguridad de acercarse. Estaba de pie frente a él que estaba sentado en el sofá—. ¿No es la primera vez que te enteras que tienes un hijo? —preguntó intentando obtener un indicio del karma de Edmundo. Aquella interrogante fue lo primero que pensó ella.

—Alfonso es mi primer hijo, hasta donde sé —ironizó Edmundo con un poco de dureza y alzando la vista para encontrarse con los castaños ojos de ella. Camila frunció el ceño molesta por el tono que él usó y, de inmediato, Edmundo se arrepintió por descargarse con ella. Después de todo, no era la culpable de nada... ni siquiera él—. Lo siento, Cami... esto me está sobrepasando. De verdad, lo siento. Son cosas mías...

—Entonces, explícame, Edmundo, porque no entiendo nada de lo que dices. Sí, sé que es abrumador todo esto, pero yo poco y nada sé de tu pasado, solo me has dado migas... y yo no he querido presionarte por ello, pero creo que ahora es momento de que hables y que te abras conmigo, porque dudo que pueda ayudarte si no me dices nada —exigió Camila con aplomo. Eran pareja, amigos, un equipo.

Edmundo suspiró. Camila tenía razón, la mayoría de las veces era así, pero a él le costaba gestionar algunos temas que nunca pudieron zanjarse y optaba por esconder todo bajo la alfombra.

Había cosas que ni siquiera le pudo contar a su propio padre cuando lo conoció.

—Por favor, cuéntame —insistió Camila, arrodillándose entre las piernas de él, mirándolo con ternura. Le acarició el rostro y él cerró los ojos al sentir su cálido contacto. Puso su mano sobre la de ella y esbozó una sonrisa. Ese era un momento perfecto para hablar.

—Ya sabes que solo conocí a mi papá hace unos meses. —Edmundo abrió los ojos y se encontró con el rostro de Camila expectante, y a la vez se reflejaba solemnidad. Ese momento no era solo importante para él, para ella también—. Pero creo que voy a comenzar por el principio de lo que yo sé.

De pronto, todo estaba en silencio, los recuerdos de Edmundo eran un gran rompecabezas que ni él mismo se había atrevido a montar para tener el cuadro completo. Había cosas que le dolían y prefería evitarlas a toda costa.

—Mamá tenía veintitrés años cuando conoció a mi papá, él tenía veintisiete más o menos. Él ya era veterinario en el criadero de caballos chilenos que, finalmente, heredó años después y que siempre fue su vida. Ellos tenían amigos en común, y bueno, pasó lo típico, se gustaron y empezaron a salir, a tener un noviazgo. Mi mamá era la hija menor de cinco hermanas, de un matrimonio muy conservador. Su padre era viudo, su esposa murió cuando mi mamá era pequeñita. Así que nadie lo frenaba, era muy estricto, severo, de convicciones recalcitrantes… Ahora que lo pienso, ese hombre era como la versión católica de tu padre. —Edmundo no se había dado cuenta, pero la vida de su mamá y la de Camila se parecían de algún modo—. El asunto es, que él que limitaba mucho las salidas de mamá y ella se veía a escondidas con mi papá. El padre de mi mamá a pesar de ser civil, tenía contactos con el gobierno militar de esa época. Así que gracias a ello, había fundado un negocio próspero de caballos chilenos, competencia directa con el criadero que, en ese entonces, encabezaba mi abuelo. Enrique Aguilera odiaba a los Cortés, ni siquiera mamá sabía por qué existía tanto odio, se enteró casi de casualidad de esa aversión, mas nunca supo los motivos. El padre de ella era de esos hombres herméticos, machistas, abusadores, golpeadores. Todo lo que decía era ley y no aceptaba cuestionamientos. Desde pequeña escuchó la amenaza de que, si cualquier hija de él se preñaba sin haberse casado, sería echada a patadas de la casa sin nada, ni ropa, ni dinero, nada. Muy hipócrita era el hijo de puta, porque tampoco iba a aceptar que una hija de él abortara. Él no era de tonos medios, era blanco o era negro, así de simple. Él no iba a aceptar la vergüenza de tener guachos en su casa, pero tampoco iba a «matar a un inocente».

—Ya imagino lo que vino después.

—No como tú supones. Bueno, cuando mi mamá ya llevaba unos meses de relación con mi papá, se dio cuenta de que tal vez nunca podría casarse con él, por culpa de ese odio que sentía Enrique en contra de los Cortés. Ella estaba muy enamorada de mi papá, y debo reconocer que andaba con el vestido de novia en la cartera. Pero la comprendo, ella quería escapar de la vida que tenía en esa casa, donde ni siquiera la dejaban entrar en la universidad para estudiar una profesión. Al tener solo hijas, Enrique las consideraba una especie de bien comercial conveniente, así que solo se dedicó a criar dueñas de casa de ensueño, casi como un ejemplar de caballo. Ya lo había logrado con tres… En fin, no me siento orgulloso de ello, pero mamá sedujo en cierto modo a mi papá y lo presionó para tener relaciones sexuales. Calculó sus días fértiles, y bueno… Lo hizo… solo una vez. Cuatro días después, ella salió con una amiga a tomar un helado, tomó un taxi para reunirse con ella… Pero el hombre nunca la llevó a su destino.

Camila no le costó imaginar que le sucedió a la madre de Edmundo, dos goterones rodaron por sus mejillas. Edmundo tragó saliva, era la segunda vez en su vida que decía…

—A mi mamá ese hombre la violó… varias veces. Y ese infeliz, la dejó de vuelta en la puerta de su propia casa. Mi mamá no fue capaz de recordar la patente del auto, ni la cara del tipo, solo entró a su casa y se bañó.

»Un mes después, se dio cuenta de que estaba embarazada, pero no sabía de quien era, si de mi papá o del hombre que la violó. Lo único que sentía era vergüenza, que todo era un castigo de Dios por ser una mala mujer, por maquinar trampas para atrapar a mi papá. A diferencia de ti, mi bella Camila, a mi mamá le tenían medio lavado el cerebro. Ella no alzaba la voz, no contestaba, solo obedecía… Pero estaba enamorada, no la justifico, pero lo hizo por amor, por miedo, yo… yo la entiendo… Ante ese escenario, solo decidió asumir su culpa, terminó su relación con mi papá diciéndole que ya no lo quería, descartó el aborto porque sus principios no se lo permitían, robó cien mil pesos a su padre, que era una cantidad de dinero considerable en esa época, y huyó dejando una nota en la que decía que no la buscaran, porque estaba preñada de un guacho y no quería que la echaran a patadas, por lo que se iba por voluntad propia... Se fue a Santiago, ahí había una fundación que acogía a jóvenes embarazadas que querían dar en adopción a sus hijos... Ella se decía que si yo al nacer no le recordaba al taxista, se quedaría conmigo, pero si no...

Camila solo lloraba en silencio, le era fácil ponerse en el lugar de esa mujer que nunca conoció, porque ella sabía lo que era vivir en el infierno de tener un padre que castraba, que trataba a sus hijos como objetos. Sabía lo que era tener miedo, ansiar la libertad de hacer lo que quisieras, de amar a quien quisieras...

—Mi mamá me contó que cuando nací, le dio mucho miedo mirarme la primera vez... Pero que cuando lo hizo, no le importó a quien me parecía, porque se dio cuenta que yo era lo único que ella tenía. Estaba sola en una ciudad que era muy diferente a Cauquenes, donde no era tan pecaminoso ser madre soltera. Consiguió trabajar de empleada doméstica puertas adentro, donde le permitieron tenerme. Sus patrones eran bastante liberales y generosos. Supongo que en ese aspecto mi mamá tuvo suerte.

»Nunca supe la verdad sobre mi origen, mi mamá siempre dijo que no tenía padre, que me puso el apellido Cortés porque le parecía que sonaba bien. Siempre se encargó de que no necesitara la presencia de una figura paterna, y así lo sentí. Mi mamá intentó educarme para que fuera todo lo contrario a su padre. Creo que fue una forma de rebelarse contra esa imagen a la que siempre le temió. Me inculcaba que debía ser honesto, generoso, flexible, independiente, muy respetuoso con las mujeres, que no resolviera mis conflictos con golpes... Llegaba a ser majadera con ello...

»Cuando cumplí diecisiete años, una de las hermanas mayores de mi mamá la contactó. El padre de ella había fallecido repentinamente dejando un testamento, por lo que ella tenía que firmar la posesión efectiva de los bienes, ya que por ley no podían disponer de la herencia sin la autorización de mamá. Lamentablemente para el viejo, la ley no le permitía excluir a la oveja negra en la repartición. No fue un momento cómodo para nadie, mamá era como el sucio secreto de los Aguilera, la hermana loca y casquivana que se arrancó de casa para seguir puteando. Yo la acompañé en todo, fue difícil digerir para mí que tenía una familia que me rechazaba por existir, al igual que a mi mamá. Ellas no tenían idea de nada de lo que pasó en verdad, y tampoco se tomaron la molestia de averiguarla. A mamá no le interesaba nada de ellas, así que firmó. Las hermanas le compraron su parte de la herencia y con ese dinero, mi mamá compró una casa y puso un almacén de abarrotes en Concepción que nos permitió vivir tranquilos.

—¿Por qué en Concepción? Era lógico volver a Santiago.

—Bueno, a mí me gustaba el sur.

—Así, sin más.

—A veces podía ser muy persuasivo, decidí estudiar ingeniería informática en la universidad de Concepción. A nosotros no nos ataba nada, ni nadie en Santiago. Pero a mí no me gustaba el sur porque sí. Recuerdo que una vez que viajamos a Cauquenes, tenía unos siete años. Fuimos al campo, había caballos, me enamoré del lugar… Mi mamá fue a hablar con un amigo de su juventud, pero no estaba, solo su esposa y su hijo de unos tres o cuatro años. Claro, en ese momento no tenía idea de que ese amigo de juventud era mi papá y que ese niño con el que jugué un rato era mi hermano menor. Ese fue el único intento que hizo mi mamá para contactar a mi papá. Se animó a hacerlo cuando se convenció de verdad de que yo era igual a él, pero como vio que mi papá había hecho su vida, consideró que no iba a arruinar la vida de él volviendo todo patas arriba, no se sentía con ese derecho. Esa fue su explicación cuando me contó todo, un mes antes de que falleciera. Me hizo jurar que yo no fuera a buscar a mi papá mientras ella siguiera con vida. Nunca entendí por qué, pero puedo suponer que nunca pudo olvidarlo, ni tampoco la vergüenza que sentía por lo que hizo, por lo que le hicieron. En esa época no se iba a sicólogo, ni nada por el estilo, las personas debían aprender a vivir con sus propios demonios. Esa era la forma de ella para lidiar con los suyos. Ella quería estar en paz conmigo, después de todo era lo único que le pesaba, el haberme ocultado la verdad.

»Cuando mi mamá murió, yo me sentí con la libertad de ir a conocer a mi papá, pero me costó un mes decidirme. No sabía con lo que me iba a encontrar, mamá solo me dijo que era cosa de mirarme a un espejo, de que hablara y lo vería, que lo escucharía tal como ella lo recordaba. Agustín era un buen hombre y que ella era feliz de tener un trozo de él en mí. Pero bueno, tenía curiosidad de ver que tan iguales éramos. Jamás voy al olvidar la cara de él cuando me vio. Si no hubiera habido una silla se cae de culo. Lo primero que dijo fue «Tú eres hijo mío. Aurora es tu madre». Después de la impresión inicial de verlo y escucharlo, le conté lo que había sucedido… omitiendo algunas partes de la historia que probablemente le hubieran dado vergüenza a mamá, por respetarla a ella y sus miedos. Y cuando terminé, él no hizo más que abrazarme y acogerme como si siempre hubiera estado ahí. Siempre quiso tener más hijos, pero la esposa de él solo pudo tener a Damián, así que estaba muy contento y orgulloso de todo lo que había logrado mi mamá criando a un Cortés de tomo y lomo. Claro que a él igual le ha costado asumir la decisión de mi mamá de ocultarle la verdad por treinta años. Pero lo hecho, hecho está. Al otro día, mi papá hizo el trámite legal para reconocerme como hijo de él.

»Yo estaba preparado para todo cuando fui a verlo, menos para recibir el amor de él, de que me aceptara sin cuestionar nada, ni siquiera se atrevió a solicitar una prueba de ADN... Nunca necesité un papá en mi vida, mi mamá luchó con dientes y uñas para que nunca me sintiera menos ante los demás por no tener uno. Pero al conocer a Agustín Cortés y a mi hermano, me di cuenta de que sí, en algún momento los necesité. Sobre todo cuando mamá enfermó. Estaba solo, no tenía a nadie, era incapaz de tener una pareja, una familia propia que me ayudara, que me acompañara, que me consolara con su pérdida... Los necesité y no tenía nada, ni siquiera un propósito más allá de vivir con lo que tenía.

»Y mi vida de pronto se transformó, en un abrir y cerrar de ojos tuve papá, hermano, cuñada, sobrina. Hasta Mercedes, la mamá de Haidée y amiga de mi papá, todos me recibieron con los brazos abiertos... Te conocí... Y ahora pasa esto, si no es por la enfermedad de Florencia, nunca me hubiera enterado de que soy papá, que me he perdido de tres años de la vida de Alfonso, que probablemente me tendré que hacer cargo de él, porque no sé si ella se va a recuperar, no sé si tú aceptarás vivir este cambio conmigo, porque no es fácil, yo no voy a dejar a mi hijo, pero tampoco te voy a obligar a que lo quieras... Y si tú no lo quieres, pues no me lo imagino... yo... tengo miedo. Estoy cagado de miedo —reconoció, escondiendo su cara entre sus manos, atreviéndose a llorar de nuevo, porque no lo hacía desde la muerte de su madre. Porque la echaba de menos, la añoraba, y no sabía a ciencia cierta cómo enfrentarse a la situación de tener un hijo que salió de la nada y, que en el fondo, se sentía utilizado. Todavía resonaba en su cabeza lo que Paulina le dijo, «Florencia no se equivocó al elegirte». Claro, ella lo eligió, pero solo como un buen espécimen para ser donante de esperma.

Se sintió como un objeto, él le tuvo mucho cariño a Florencia, intentó sentir amor, pero simplemente no funcionó. En la intimidad ella era fría, le hacía sentir inseguro... Le pareció razonable la explicación de ella cuanto terminaron su relación.

No cuestionó nada, y ella desapareció.

Ahora entendía el porqué.

Camila también lloraba, por tantas cosas, por la vida de Aurora, tan parecida a la suya. La entendía, por Dios que sí lo hacía. Pero también lloró por Edmundo, por lo solo que estuvo, por sus carencias, sus frustraciones, por sus miedos.

El miedo principal de Edmundo era tener que elegir, porque no quería hacerlo, porque sabía quién era su prioridad ahora. No era un secreto que muchas mujeres no aceptan los hijos de sus parejas y su temor era que Camila no se adaptara a ese cambio. Él la conocía y dudaba que ella reaccionara así, pero su insidioso pasado sembraba la incertidumbre.

Siempre se ponía en el peor escenario para que la decepción no fuera tan enorme.

—Edmundo, mi amor —dijo por fin Camila entre sollozos—. No tienes nada que temer, yo estoy contigo, soy tu pareja, tu compañera, y por sobre todo, soy tu amiga. No tengo alma ni corazón para rechazar a tu hijo, porque es tuyo, es parte de ti. Es razonable que tengas miedos y dudas, pero por favor no dudes de mí, por favor no lo hagas… Yo estoy contigo, estamos juntos en esto. Mañana vayamos a la clínica y veamos el estado de Florencia y que ella te diga directamente lo que quiere de ti. Sin intermediarios. Y después, vas al registro civil y reconoce a tu hijo, para que tengas derechos legales sobre él. Paulina es su madrina, y lo ama, pero yo no la conozco. No sé si ella va a querer quedarse con el niño si es que Florencia fallece, no sabemos nada. Pero si me dan a elegir, prefiero que Alfonso esté contigo, tú eres su padre, es tu deber, es tu derecho y lo quieres ejercer, ¿o no?

—Claro, que quiero… es mi hijo, me necesita.

—Nos necesita —corrigió con convicción—, porque no te dejaré solo en esta. Somos tú y yo.

Ninguno de los dos sabía con lo que se iban a encontrar, la situación era como estar en medio de una densa neblina y cada paso debía tomarse con precaución. La vida y el corazón de un niño era algo con lo que no se debía jugar.

Eso, ambos sí lo sabían.

CAPÍTULO 20

A la mañana siguiente, Edmundo y Camila entraban a la Clínica Universitaria de Concepción tomados de la mano.

El cielo estaba cubierto por densas e imponentes nubes oscuras que anunciaban que pronto se avecinaba un temporal. En aquella ciudad la lluvia era siempre violenta y fría. El aroma a tierra mojada y al humo de leña quemada que provenían de las casas era algo típico en esa época del año.

Él estaba nervioso y la ansiedad por obtener respuestas y explicaciones le estaba carcomiendo el temple. Ella estaba mucho más tranquila, ahora era su turno de ser la roca de Edmundo y estar firme para él, los papeles se habían invertido.

No fue difícil que les permitieran el acceso a la habitación de Florencia, era una clínica privada. Era otro mundo, otras reglas. A medida que se internaban entre los pasillos hasta el aire que respiraban se les antojaba diferente.

—¿Quieres entrar solo? —preguntó Camila con cautela cuando llegaron a su destino.

—No... Quiero que estés conmigo... lo necesito —demandó, besándole la mano que no soltaba por nada del mundo. Para Edmundo, Camila era su ancla, su cable a tierra. La única que le brindaba serenidad y temple.

Se imaginaba estando solo en esa situación, tal vez habría recurrido a su papá, pero no era lo mismo. Camila lo conectaba con sus emociones de una manera sublime.

—Está bien. Estaremos juntos entonces —aseguró Camila firme.

Ingresaron a la habitación intentando no hacer ruido y no perturbar a la mujer que los esperaba. Florencia estaba al tanto de la situación y estaba preparada para enfrentar ese momento. Sabía que en cuanto Edmundo se enterara de la verdad llegaría más temprano que tarde.

Lo primero que él vio fue a una mujer a la que le costó reconocer, la enfermedad había hecho su trabajo sobre el cuerpo y el rostro que él recordaba. Florencia era una mujer hermosa de curvas generosas, la característica que más recordaba Edmundo era su humor, la risa siempre estaba en los labios de ella. Ahora solo quedaba una mujer delgada, una sombra de lo que era, parecía que los años habían caído de golpe sobre ella.

El sonido de la lluvia que empezó a azotar en el exterior inundó el ambiente, gotitas golpeteaban con violencia el vidrio de la ventana. La luz efímera de un relámpago muy lejano al que lo secundó un trueno, rasgó la atmosfera.

A Florencia le sorprendió ver a Edmundo entrar acompañado de una mujer. Ella recordaba a un hombre que, al parecer, se sentía cómodo estando solo, no era de los que necesitaba la presencia de su pareja constantemente. Tal parecía que él había cambiado en los últimos años, o que, simplemente, no lo conoció lo suficiente. Seguía siendo muy atractivo, pero ahora se veía más hombre. Los años le sentaban muy bien.

—Hola, Florencia —saludó Edmundo en voz baja. Ella esbozó una sonrisa.

—Hola, Edmundo —susurró Florencia. No tenía fuerza para alzar más la voz y llegar a un tono más normal—. Viniste.

—Era lógico, por algo me elegiste —contestó él sin poder evitar el sarcasmo. Estaba molesto, intentó controlar su lengua, pero el sentimiento de sentirse como un donante involuntario lo superó.

La culpa se asomó de inmediato en los ojos de Florencia. Sabía que tarde o temprano eso sucedería, pero se había confiado, todo era perfecto. No estaba dentro de sus planes enfermar y verse obligada a contar su verdad. Su hijo, su adorado hijo, iba a necesitar mucho, mucho amor cuando ella se fuera de este mundo.

—No te lo tomes a mal, por favor… —Respiró con dificultad, las emociones que se acumulaban en su corazón estaban afectando su cuerpo. Estaba tan frágil y debilitada—. Lo siento, no era lo que había planeado.

Edmundo intentó replicar, pero Camila le dio un leve apretón de mano, desconectándolo de ese sentimiento de rabia y frustración. Él suspiró y se quedó en silencio mirando fijo a Florencia que agradecía en secreto la intervención de esa mujer menuda que a todas luces era la pareja de Edmundo.

—Sé que es difícil de entender… Yo solo quería tener un hijo… no una pareja, ni un marido, ni nadie que dominara mi vida o la de mi hijo —explicó Florencia—. Nunca quise un hombre a mi lado a quien darle explicaciones por mis actos, pero sí sentía la necesidad de ser mamá. Siempre quise serlo, pero sola.

—¿Por qué yo? —preguntó al fin Edmundo. Era la interrogante que desde la noche anterior rondaba por su cabeza.

—¿Te acuerdas cuando nos conocimos? —interrogó Florencia susurrando.

—Te defendí de un tipo que estaba «piropeándote» de una manera muy vulgar —contestó él, reconstruyendo la escena en su cabeza—. Esa vez conversamos mucho.

—Sí, me gustaste enseguida. Eras un joven hombre que sabía cómo ganarse una mujer sin la necesidad de usar el recurso de demostrar cuánto ganaba, o qué cosas poseía, o qué cargo ostentaba… Simplemente, eras tú. Me gustaba eso de que quisieras mucho a tu madre sin llegar a ser un hijito consentido. Eras íntegro, de fuertes convicciones, un buen hombre y por eso no te revelé mis reales intenciones, porque no me hubieras permitido hacer todo sola. De verdad me gustabas. Llegaste en el momento en que decidí que sería mamá sin importar nada, y me pareció que eras un hombre ideal, que si yo fuera una mujer que necesitara a un hombre a su lado, sin duda ese serías tú.

—«El fin justifica los medios» —parafraseó el refrán Edmundo, para resumir la decisión de Florencia.

—Alfonso lo justificó todo —declaró ella con los ojos empañados en lágrimas, pero con orgullo—. Todo —recalcó—. No me arrepiento en ningún segundo de lo que hice… Y si tuviera que hacerlo de nuevo, lo haría mil veces más… Pero este corazón me hizo una muy mala jugada.

—Paulina me dijo que necesitas poner las cosas en orden —comentó Edmundo para encauzar la conversación, necesitaba confirmar lo que ella necesitaba de él. Quería la verdad.

—Así es… —afirmó con un nudo en la garganta—. Sé que pronto no podré estar con mi hijo… El peor miedo que tengo es que se quede solo. Paulina me ofreció ser su tutora, pero ella ya tiene tres hijos, es soltera y apenas le alcanza con lo que gana, lo más probable es que el juez no le dé la tutela legal… No quiero arriesgarme a que si ella se queda con mi hijo, la descubran y le quiten a Alfonso si no está todo en orden... Tú sabes bien que crecí en un hogar de menores, así que familia no tengo… No quiero por nada del mundo que Alfonso vaya a parar al mismo lugar donde pasé mi infancia.

—O sea que siempre fui la última opción. Ni siquiera pensaste en mí si todo te salía bien. ¿Sabes lo que se siente que te escondan un hijo? —interpeló retóricamente; era lógico, Florencia no tenía una respuesta—. Ibas a escondérmelo hasta el final.

Florencia cerró los ojos. Enfrentar la situación, decir la verdad era más difícil y fuerte de lo que imaginó. Era cierto, al ver la mínima posibilidad de que no le dieran la tutela a Paulina, pensó en Edmundo, él era el mal menor.

Asintió con la cabeza, llena de vergüenza.

—Florencia, no puedo evitar juzgarte por las decisiones que has tomado... por decidir por mí. Me cuesta y me molesta ser el plan B en todo esto, cuando perfectamente debí ser la primera persona en saber la existencia de Alfonso. La primera —subrayó haciendo un esfuerzo colosal de no ser demasiado duro. Sentía una inmensa compasión por Florencia, pero el deseo de proteger, amar, y criar a su hijo era más fuerte. Todavía estaba a tiempo de no repetir su propia historia—. Soy su papá, quiero serlo, y voy a serlo. No dudes por un segundo que seré lo que él necesita.

«Por eso te elegí», pensó Florencia con tristeza y a la vez con esperanza. Su hijo no estaba solo, tenía a un padre que, al parecer, lucharía por él, tal como ella.

—El lunes iré al registro civil a reconocer a Alfonso, así que necesitaré su número de identificación, su fecha de nacimiento y tus datos —informó Edmundo, suavizando su tono de voz y ya dejando de lado las recriminaciones, centrándose en lo más importante—. Quiero conocerlo. —«¡Verlo, tocarlo, abrazarlo!», gritó su corazón—, y empezar a establecer un vínculo con él.

Florencia se quedó unos segundos en silencio, se sentía tremendamente insegura, pero ya no podía echarse para atrás. Ese hombre que la miraba fijo, le exigía que se hiciera cargo de lo que ella misma provocó. Finalmente, Florencia inspiró con dificultad y asintió.

—Está bien, puedo darte la dirección de Paulina, Alfonso se está quedando con ella desde que me hospitalizaron y me lo trae casi todos los días. Le avisaré que vas a ir... Anota, por favor.

Florencia le dictó el teléfono y la dirección a Edmundo. Las ironías de la vida, la casa de Paulina estaba solo a diez minutos caminando desde su departamento.

—Gracias... Muchas gracias, Florencia —agradeció Edmundo con la voz quebrada cuando terminó de anotar los datos—. ¿Puedes decirle que iré ahora? —consultó con un deje de desesperación. Si fuera por él, iría corriendo a verlo sin siquiera preguntar. Pero debía controlar sus instintos y no hacer lo mismo que ella, e ignorarla en las decisiones que tomaba.

—Yo le digo —afirmó con los ojos anegados en lágrimas—… Perdóname, Edmundo… Yo… solo quería cumplir mi sueño. Lo siento mucho, por todo. —Florencia cerró los ojos y rompió en un sollozo débil.

Edmundo se soltó por unos segundos de la mano de Camila, se acercó a Florencia y la abrazó como pudo, estaba conectada a una intrincada red de sondas, cables y máquinas que la mantenían viva. Al sentir ese cuerpo cálido y enorme rodeándola, sorprendiéndola, y que lloraba junto con ella, se desmoronó y se entregó a todos esos sentimientos que intentaba mantener a raya para no desesperarse y volverse loca.

Edmundo la perdonaba.

—Te juro por mi vida que cuidaré a nuestro hijo —prometió solemne, sin dejar de abrazarla—. Todo lo que soy, todo lo que tengo es de él. Te juro que nunca lo abandonaré, estaré con él siempre... Siempre.

Florencia asintió sin poder articular ninguna palabra, ya todo estaba hecho. Ahora se sentía en paz, solo esperaba poder vivir lo que más pudiera para seguir viendo a su pequeño.

Las lágrimas también rodaban mudas por las mejillas de Camila, tendría que ser de piedra para no sentir nada, se ponía en el lugar de Florencia y se le rompía el corazón con tan solo pensar en morir y no poder ver crecer a su hijo. Que ese mismo hijo, probablemente, apenas recordaría trazas de emociones vividas junto a su madre, el rostro, sus cariños. Lo demás pasaría a un rincón escondido de su memoria y sería rescatado solo por fotografías y videos.

La situación era desoladora, pero a la vez tenían esperanza, pues no hay otra muerte que el olvido, y nadie olvidaría a Florencia. Ella iba a permanecer en el recuerdo de todos, siempre.

*****

La lluvia apenas amainaba y en las calles se formaban riachuelos de agua que purificaban el sucio pavimento. En cierto modo, así se sentía Edmundo, estaba viviendo días tormentosos, pero al final, cuando la lluvia se iba, todo era más limpio y la calma volvía.

Edmundo se bajó del taxi, junto con Camila y se quedaron quietos frente a la pequeña casa de Paulina. Ambos estaban con los sentimientos a flor de piel. Era un día de emociones intensas —últimamente todo era intenso en sus vidas—. La pregunta recurrente que ambos se hacían internamente era «¿cómo lo habrían afrontado solos?». Probablemente, habrían puesto el pecho a las balas frente a las situaciones que les había tocado vivir, pero los resultados serían completamente diferentes. Estarían con más heridas, cojeando, recuperándose lentamente.

Ser amigos, ser pareja, para ellos tenía un significado mucho más profundo. Ellos no tenían una mera relación, sus almas se habían unido de una forma incondicional, de la cual no eran cien porciento conscientes, pero siempre la sentían ahí, en el aire que entraba por sus pulmones, en el calor producido por el contacto de sus pieles, en sus pensamientos. En todo momento, en todo lugar.

Edmundo le sonrió a Camila y tocó el timbre de la reja de metal. Segundos después, la puerta se abría y Paulina les daba la bienvenida con una sonrisa, invitándolos a entrar.

*****

Cuando el reloj marcaba las once con treinta minutos, un niño de tres años vio entrar a un gigante a la casa de tía Paulina, y por un momento, verlo le dio miedo. Pero esa sensación se disipó en dos segundos. A lo mejor, él era un gigante bueno porque traía a una princesa de la mano, y las princesas son buenas.

Los gigantes malos no sonreían en la tele, ellos se ven gruñones, gritones y aplastaban casas. Sí, de verdad era un gigante bueno, porque se arrodillaba frente a él para quedar de su porte.

Así y todo, seguía siendo enorme. La princesa que lo acompañaba sonreía, pero era raro, tenía lágrimas en los ojos. ¿Cómo se podía llorar y reír a la vez?

—Hola, Alfonso —saludó el gigante con una voz que a Alfonso le era extraño escuchar. Era parecida a la de los viejitos de blanco que cuidaban a mamita. Pero la voz del gigante no le incomodaba, le gustaba, era como feliz.

—Hola —murmuró tímido, pero observándolo con mucha curiosidad. Miró a su tía Paulina, y ella sonreía también. Eso le dio seguridad. Si su tía lo dejaba entrar, era por algo.

—Mi nombre es Edmundo, soy tu papá —dijo el gigante sonriendo, y algo le pasaba a sus ojos, sus pestañas estaban húmedas, pero no lloraba.

Alfonso estaba muy confundido. Nunca antes había escuchado esa palabra, ¿qué era un papá?

CAPÍTULO 21

$\mathscr{E}$l rostro de Alfonso demostraba solo confusión, sin embargo, miraba fijo a ese gigante que decía que era un «papá». Le era extraña esa palabra, nunca la había oído antes.

Edmundo intentaba a duras penas contener las locas ganas de abrazarlo, pero no quería asustarlo. Solo sonreía de felicidad, no había dudado antes, pero ahora, al ver a su hijo frente a frente, era la cosa más maravillosa y abrumadora que había vivido en toda su vida. Tenía miedo y a la vez era inmensamente feliz.

—Soy tu papá, Alfonsito —repitió Edmundo—. Soy como mamá, pero hombre —explicó intentando usar un lenguaje sencillo para que su hijo pudiera comprender—. Papá —recalcó, apuntándose el pecho.

Alfonso, en silencio, intentaba asimilar y entender lo que el gigante decía. «¿Mamá hombre?... papá», pensaba el pequeño con curiosidad, imaginando cómo era un papá. Mamá estaba enfermita, ¿papá también enfermaría? Le dio pena, echaba de menos a mamita.

—¿Abrazo? ¿Puedo tomarte en brazos? —preguntó Edmundo con cautela. Todo el cuerpo le temblaba y la voz se le quebraba de la emoción.

Alfonso nuevamente miró a Paulina, esperando su aprobación. Su mamá, todos los días le decía que debía hacerle caso a su tía, que se portara bien y que no peleara con los demás niños. Eso era difícil, a veces los niños grandes no lo entendían.

—Dale un abrazo, hijo. Es papá —animó Paulina a Alfonso, intuyendo las dudas del pequeño. Después de todo, lo conocía de toda la vida. Ella sentía que, a pesar de sus reticencias, debía darle el beneficio de la duda a Edmundo y brindarle una oportunidad para que demostrara que su interés era genuino y que deseaba de corazón tomar su rol de padre a cabalidad.

Bien sabía ella que muchas veces los hombres, al enterarse de que tienen un hijo, no reaccionaban de la mejor manera e intentaban zafar del asunto cómo sea. Pero también sabía que no debía meter a todo el género masculino en el mismo saco. La primera prueba que pasó Edmundo sin saberlo fue que nunca cuestionó su paternidad, y la segunda, fue lo rápido que él se puso en contacto con Florencia. Fue una grata sorpresa saber que Edmundo le había pedido conocer a su hijo al día siguiente de enterarse de su existencia.

Edmundo se había ganado el derecho de intentar ser un padre. Uno real.

Alfonso centró nuevamente su atención en el gigante papá. Si la tía decía que era un papá y que podía abrazarlo, pues lo iba a hacer. De todos modos, quería verlo más de cerca. Le causaba curiosidad.

Dio un paso al frente y luego otro con seguridad.

A Edmundo el corazón le empezó a latir frenético y estiró los brazos para alcanzar a su hijo.

Alfonso sintió que volaba, el gigante papá lo tomó en brazos y lo levantó. Se impresionó de cómo se veía todo desde lo alto. Nunca había estado tan arriba. Miró a la princesa que lloraba y sonreía feliz, y luego miró los ojos del gigante. ¿Por qué el lloraba?

—¿Estás *tiste*? —preguntó Alfonso con inocencia.

—No, no estoy triste —respondió Edmundo, negando con la cabeza y sonriendo—. Estoy muy feliz, hijo —afirmó, regocijándose de ese momento, su hijo era un inesperado milagro, y era suyo. Lo amaba, infinita e incondicionalmente hasta su último aliento.

—¿Estás *enfedmito*? ¿Te duele el *codazón*? —interrogó Alfonso inquieto tomando el rostro peludo del gigante papá, ojalá que él no estuviera enfermito como mamá. Así podrían jugar y correr, apenas podía recordar cómo eran los juegos con mamita. Ahora estaba siempre cansadita.

—No, no estoy enfermo. Estoy bien, mi niño —aseguró Edmundo, limpiando sus lágrimas con el dorso de su mano, lamentando que su hijo estuviera madurando forzosamente a causa de la enfermedad de Florencia. Era inevitable que él pensara eso.

—¿*Quedes jugad*? —propuso Alfonso al gigante papá. Le gustaba mucho, era grande, no estaba enfermo y parecía estar feliz. Olía diferente a mamá, pero tampoco le desagradaba, solo era diferente. Sí, le gustaba mucho.

—Sí, claro… Mamá me contó que te gustan los dinosaurios… —comentó Edmundo entusiasmado, pensando en las millones de cosas que venían por delante. Una de las más importantes era contarle a su papá y al resto de la familia—. Te traje uno chiquitito, ¿lo quieres?

Alfonso asintió con una sonrisa, le gustaban mucho los regalos, sobre todo si era un dinosaurio. Prefería los pequeños, así cabían todos en su bolsa. El gigante papá... papá... Sí, mejor, papá... empezó a buscar en uno de sus bolsillos y lo sacó. Era de color azul con un cuello largo, largo, y se lo ofreció. Era del tamaño perfecto.

Alfonso sonrió, era uno de los dinosaurios más asombrosos que había visto. Le gustaban más los «cuello largo» que los «diente filudo».

—¿Me muestras los otros que tienes? ¿Vamos a jugar? —consultó Edmundo a su hijo para animarlo.

Edmundo bajó a Alfonso de sus brazos y el pequeño lo tomó de la mano y se lo llevó a un rincón de la sala de estar en donde había una bolsa roja de género. El niño vació todo su contenido en el suelo, regando una veintena de dinosaurios de diferentes colores, tamaños y especies. Incluso había un dragón entremedio, pero a Alfonso no le importaba, para él era un dinosaurio igual a los demás.

Camila los observaba alejada solo unos metros, sintiendo orgullo y felicidad por ese hombre, que le enseñaba que no solo existía el instinto maternal, sino que también el paternal y que era tan fuerte y natural como el primero. Lo podía ver en la forma en que Edmundo miraba embelesado a su hijo y le acariciaba la cabeza cada vez que tenía la oportunidad. Para Camila era todo un descubrimiento ver a un papá que solo disfrutaba de la existencia de su hijo... Ella solo había visto como un padre rechazaba a su hijo, como sucedió con Andrés, que para él un hijo no era más que un obstáculo y un impedimento para vivir tranquilo. Y para qué decir de su propio progenitor, no tenía un solo recuerdo donde él se comportara como Edmundo... ni de cerca. Era triste, pero no iba a dejar que ese sentimiento la embargara, porque estaba feliz de ver a Edmundo compartiendo al fin con su hijo.

Recordó la noche anterior después de que él le relató la historia de su origen. Estaban callados en la cama en medio de la oscuridad mirando el techo.

—*Nunca quise ser papá de esta manera... Quería tener al menos la oportunidad de hacerlo como los demás* —manifestó Edmundo rasgando el silencio de la noche—. *Si me sucedía, quería estar presente en todo, ver ecografías, escuchar su corazón, ver nacer a mi hijo, estar con él en todo momento... Quería ser lo que nunca tuve, porque a pesar de todo, no quería repetir mi propia historia...*

—*Edmundo, nunca las cosas son como las planeamos o como las queremos...*

—*Lo sé, pero no me conformo todavía.*

—*Mírale el lado bueno, cariño, aún estás a tiempo. Alfonso solo tiene tres años... Tu papá se perdió treinta... Puedes vivir todo lo que no viviste con él, y a partir de mañana también vendrán cosas nuevas... Puedes vivirlas* —susurró con un hilo de voz, e inevitablemente pensó en su maternidad frustrada y una lágrima rodó por su mejilla. A veces se cuestionaba sus sentimientos respecto a ello y pensaba que tal vez era exagerada, porque su embarazo había sido muy breve. Sin embargo, recordaba aquella época con nostalgia, su hijo había sido real, no había sido una ilusión, su porotito sí había existido, los hijos son los que te enseñan a ser madre. Y ella fue mamá, lo fue... y tal vez, algún día...—. *Y yo estaré a tu lado, apoyándote, amándote... amándolos.*

Camila parpadeó, volviendo al momento. Alfonso era el vivo retrato de padre, y no solo físicamente hablando. Al verlos jugar había otras características que eran fáciles de identificar, la curiosidad, la seguridad que ellos irradiaban a pesar de que internamente tenían sus fallos. Alfonso era un niño que no gritaba, ni era brusco. Sus gestos, su forma de expresarse y llamar la atención eran muy parecidas a las de Edmundo.

De tal palo... tal astilla

Y ya se estaba robando todo su corazón.

—¿Quieres un té? —ofreció Paulina a Camila, sacándola de sus pensamientos.

—Claro... —aceptó con una sonrisa—. Florencia nos comentó que tienes tres hijos.

—Sí, ellos salieron a pasear con mis viejos. Pensé que sería lo mejor para Alfonso y Edmundo estar tranquilos y a solas en su primer encuentro. Mis críos pueden ser bastante revoltosos.

—¿Todos hombres?

—Sí, bendita entre todos los varones —ironizó sonriendo—. Vamos, tengo lista las tazas, que ellos sigan revolcándose en el suelo y se conozcan mejor.

Camila sonrió. Paulina aparentemente estaba más relajada y tranquila que la tarde anterior. Se dirigieron a la mesa del comedor, para tomar el té, y desde ahí, también podían observar a padre e hijo sin interferir.

—¿Quieres té solo o prefieres con canela, cedrón?

—Con cedrón, por favor. Hace tiempo que no lo tomo así.

—Es muy rico. A Alfonsito también le gusta así, a veces, se sienta en mis piernas y me quita la taza de té tibio para tomárselo —relató las pequeñas cosas que hacía el hijo de Edmundo, para que empezaran a conocerlo mejor.

Paulina sirvió las tazas poniéndoles una bolsita de té negro y un par de hojas de cedrón que, al contacto con el agua caliente, desprendían un delicioso aroma cítrico que era inconfundible.

Camila le echó azúcar a su taza y revolvió. Paulina hizo lo mismo. Ambas desviaron sus ojos ante las risas de Alfonso por las payasadas de su papá con los dinosaurios.

—¿Y cuántos años llevan ustedes? —interrogó Paulina para hacer algo de conversación y para averiguar más sobre ellos. Necesitaba convencerse de que Edmundo y Camila estaban aptos para hacerse cargo de Alfonso. Ella amaba mucho al pequeño, era como un hijo… Pero cuando empezaron a ver los trámites para la tutela, era casi como adoptar y ella no cumplía los requisitos… ni de lejos.

—¿Años? —Camila rio—. No, a Edmundo lo conocí hace poco en realidad, un mes más o menos.

—Dan la impresión de llevar mucho tiempo juntos.

—Supongo que eso es bueno. Hemos vivido muchas cosas intensas en muy poco tiempo. Tal vez por eso aparentamos eso, estamos muy unidos.

—Ah. —Bebió un sorbo de té y volvió a mirar a padre e hijo.

Paulina se quedó pensativa, la situación era complicada. No podía llegar y entregar a Alfonso a alguien que recién conocía a pesar de las buenas intenciones. Y ellos llevaban tan poco tiempo como pareja, no quería exponer a su ahijado a que se encariñara con Camila… Si lo de ellos salía mal, Alfonso podría ser afectado.

Camila casi podía adivinar los pensamientos de Paulina, en realidad, también se sentiría contrariada, perdida. Sentía que debía darle confianza y seguridad a la madrina de Alfonso, pero eso se lograba con el tiempo. ¿Cómo le podía hacer entender las implicancias que tenía su relación con Edmundo? Lo de ellos era algo profundo, no era pasajero. Cómo podía explicar que en tan poco tiempo, finalmente, habían encontrado a aquella persona que era capaz de complementar y comprender al otro. Era imposible, solo ellos lo entendían.

—¿Cómo crees tú que debemos hacer las cosas? —interrogó Camila, intentando hallar respuestas, y también, para hacer sentir a Paulina que era partícipe del proceso y no pasarla a llevar.

—Supongo que primero, Alfonso se debe acostumbrar a ustedes de a poco.

—Claro, necesitamos saber cómo son tus horarios y rutinas para que podamos visitar a Alfonso, ojalá todos los días. Tal vez, nosotros podríamos llevarlo a visitar a Florencia a la clínica. Todos debemos adaptarnos a sus necesidades —comentó Camila sus opciones.

—Trabajo por turnos de cajera en un supermercado, y mi mamá me ha apoyado con el cuidado de los niños durante la tarde, desde siempre. Así que paso a dejar a mis hijos al colegio, luego visitamos temprano a Florencia en la mañana y después lo dejo con mi mamá hasta las dos, va medio día al jardín infantil en la tarde.

—¿Y a qué hora sale?

—A las seis. Mi mamá lo pasa a buscar, queda cerca de aquí.

—Entonces, podemos hacernos cargo de él desde esa hora. Yo trabajo en un colegio y Edmundo hace clases en una universidad por lo que podemos adecuarnos al horario de Alfonso. Podríamos ir a buscarlo y lo traemos para acá para que se vaya habituando a nosotros —propuso Camila con soltura y naturalidad. Había que demostrar con hechos y no palabras, y estaba segura de que Edmundo estaría de acuerdo con ella—. La idea es que con el tiempo vayamos pasando más tiempo con el niño y el cambio sea gradual. Como ya sabes, nosotros también vivimos cerca.

Paulina asintió con la cabeza, pero seguía estando insegura. Para ella era difícil aceptar que no podría quedarse con Alfonso legalmente, y su temor más grande aún, era que con el tiempo ya no lo vería más.

—Paulina… Nosotros no vamos a quitarte a Alfonso… jamás haríamos eso. Vas a estar siempre presente en la vida de él, pero hay que aceptar y comprender el hecho de que Edmundo es su papá y quiere hacerse cargo de su hijo no por deber, sino porque lo ama y es su derecho… Es cosa de verlo. Sé que no nos conoces, pero por eso queremos hacer las cosas con tiempo y bien hechas. Ahora, Alfonso tiene una familia más grande, el papá de Edmundo vive en Cauquenes…

—Florencia me dijo que Edmundo no tenía papá…

—Hace poco lo conoció, es una historia larga… La familia de él creció de la noche a la mañana, y no solo tiene un padre, también un hermano que está casado y tiene una hija, vive en Santiago —relató Camila sacando de su error a Paulina—, y Edmundo ahora tiene un hijo... No está solo... Solo dale la oportunidad... Danos una oportunidad.

Paulina esbozó una sonrisa y desvió la mirada hacia Edmundo que seguía jugando con Alfonso. Eran como un mundo aparte, estaban completamente abstraídos de lo que sucedía a solo unos metros. Los ojos de Paulina se llenaron de lágrimas al ver cómo su ahijado abrazaba a Edmundo y le daba un beso. Así era Alfonso, abierto, como todos los niños, siempre dispuesto a dar amor. Pero lo que más le conmovió fue la respuesta de Edmundo, que al recibir el beso de su hijo, cerró los ojos y le abrazó con una ternura que nunca imaginó ver en un hombre.

—Te amo, hijo —declaró Edmundo acariciando la espalda de Alfonso y aspirando su aroma—. Te amo.

Paulina no lo quería reconocer, pero su instinto le decía que Alfonso, muy pronto, dejaría su casa.

Sin duda, Edmundo era su papá.

CAPÍTULO 22

$\mathcal{L}$os hijos y los padres de Paulina habían llegado a casa a eso de las seis de la tarde y Alfonso estaba jugando con ellos. Edmundo consideró que era hora de sentarse a conversar con la madrina de su hijo sobre sus planes.

Sobre el futuro.

Estaban Camila, Edmundo y Paulina sentados en los sillones de la sala de estar. No era una casa grande y era fácil para Edmundo conjeturar que el espacio no sobraba y que, probablemente, Alfonso compartía la cama con alguno de los hijos de Paulina o con ella misma. Estaban justos y apretados, y él no quería ni imaginar cómo sería la cosa cuando los niños crecieran.

—Quiero llevar a Cauquenes a Alfonso el próximo fin de semana. Me gustaría que mi familia conozca a mi hijo —sentenció Edmundo firme, pero con amabilidad.

—Pero es Semana Santa. Alfonso está ilusionado con buscar huevitos con mis hijos —rebatió Paulina a la defensiva. Ella no iba a permitir que se llevaran a Alfonso tantos días, lejos de todo lo que conoce—. Cauquenes está a dos horas de acá. Es mucho.

—¿Hay algún inconveniente en que nos acompañes con tus hijos a Cauquenes a pasar ese fin de semana? Así Alfonso se sentirá más cómodo. No quiero que el cambio sea brusco para él —replicó Edmundo ante la velada negativa de Paulina. Hasta cierto punto, la comprendía, pero él ya estaba decidido, iría a Cauquenes con su hijo, con Paulina o sin ella. Cumplía con dar opciones para que ella eligiera qué era lo mejor para Alfonso.

—El día domingo teníamos planeado visitar a Florencia después de la recolección de huevitos —continuó ella poniendo trabas y peros—. No podemos faltar.

—Entonces, ese plan no será modificado, la idea será ir a visitar a Florencia el viernes temprano, y luego viajar. Podemos volver el domingo a mediodía, llegaríamos a eso de las dos y media de la tarde, por lo que podríamos ir directo a la clínica a visitar a Florencia y celebrar con ella también —resolvió Edmundo intentando sepultar los argumentos de Paulina, a él no le importaban los tiempos de viajes, o quienes irían, nada. Estaba centrado en su objetivo y no iba a ceder un milímetro.

—No lo sé… será agotador para todos. Pero sobre todo para Alfonso, es muy chiquito y…

—Paulina, ¿qué quieres que haga? —interrumpió, cansado de las excusas—. Él es mi hijo, tiene una familia. Familia que le ha negado Florencia por su egoísmo, pasándome a llevar sin asco, y créeme que trato de entenderla, pero me cuesta un montón aceptar que me usó como un simple donante, porque sabía perfectamente que yo no iba a acepar aquello de meterla, concebir y olvidarme del crío.

—Estoy velando por lo que considero que es mejor para Alfonso.

—Y ahora yo también. Mi hijo tiene familia, abuelo, tíos, una prima, me tiene a mí, tiene a Camila —manifestó firme Edmundo, y cuando dijo eso, Camila le apretó leve la mano, y ese simple gesto a Edmundo le llenó el corazón—, y de verdad lamento que todos estemos envueltos en una situación como esta. No sabes cómo hubiera querido enterarme de que iba a ser padre en el momento que Florencia se dio cuenta, no ahora que está a punto de morir. Tu apoyo es importante en todo esto, para que estos cambios no le afecten a mi hijo. Pero lo más importante, necesito que entiendas que yo no lo voy a dejar, ni que estoy haciendo el numerito de reconocer al niño para luego solo pagar una pensión. Quiero a mi hijo conmigo, yo soy su padre y yo lo voy a criar. Y no sabes lo agradecido que estoy por todo lo que has hecho por él… no voy a tener vida para ello. Pero quiero y debo hacerme cargo de Alfonso.

¿Qué hacer? Paulina a pesar de ver y escuchar a Edmundo tan convencido, todavía tenía dudas. Sus miedos eran más grandes que el sentido común.

—Bueno, ahí veremos. —Paulina evitó dar una respuesta certera. Todo dependía de las acciones de Edmundo de ahí a la Semana Santa.

—El lunes iré a reconocer a Alfonso al registro civil. Ya hablé de ello con Florencia.

Paulina sabía lo que eso significaba, lo encontraba injusto. Edmundo simplemente tenía que ir al registro civil con los datos y decir que el niño era su hijo y listo, papá legal y automático. Pero ella, para tener la tutela legal, le pedían un montón de requisitos para asegurar el bienestar del niño; faltaba poco para que le pidieran un certificado por respirar.

Era injusto, sí. Pero ella no se lo haría fácil. Edmundo tendría que luchar por Alfonso y esforzarse al máximo, tal como lo hacía ella todos los días. Edmundo solo se ganaría su respeto si era capaz de soportar el ritmo de vida del niño, porque no iba a permitir que fuera al revés.

Solo era cuestión de tiempo, si al cabo de unos meses Edmundo no resistía, Alfonso sería de ella. No importaba si se tenía que esforzar más, pero al menos estaría con ella recibiendo amor, que era lo principal.

Pero si ocurría lo contrario, su corazón se rompería. Pero su consuelo iba a ser que Alfonso iba a estar con su papá, un hombre que lo iba a amar y proteger con su vida.

Paulina tenía el corazón dividido, y tomó una decisión.

Nadie la iba a acusar de que no lo intentó y que dio todas las opciones para que Edmundo cumpliera su rol.

—Está bien, ¿tienes todo lo necesario para ello? —preguntó Paulina con doble sentido, tanto por los datos que solicitan en el registro civil, como por plantearle el desafío a Edmundo.

—Claro que sí —respondió él recogiendo el guante—. No lo dudes.

*****

El camino de vuelta para ambos se llevó a cabo en un cómodo silencio, andaban de la mano, a paso relajado. Edmundo estaba más tranquilo, ya no tenía esa desesperación que le enquistaba el corazón, había hablado con Florencia, había visto a su hijo, y sin embargo, su alma todavía no hallaba paz. La lluvia había cesado, y el aire puro y frío les hacía dibujar densas volutas de vapor con cada exhalación. La noche se había hecho presente, pero las nubes cubrían las estrellas, haciendo que el ambiente se tornara lóbrego y pesado.

—Paulina será un hueso duro de roer —declaró Edmundo convencido. Necesitaba externalizar sus pensamientos, dejarlos salir, encontrar alivio de alguna forma.

—Muy duro —concordó Camila—, pero la comprendo, no es fácil tampoco la situación para ella. Vive con sus padres, tres hijos, en una casa pequeña, y así y todo, se hizo cargo de Alfonso. Lo ama, tiene un gran corazón. Solo quiere asegurarse de que tus intenciones son verdaderas.

—¡Pero lo son! ¿Cómo se lo hago entender?

—Con hechos, cariño. A una mujer se le demuestran las cosas con hechos, no con promesas. Alfonso tiene una rutina muy ajetreada y debemos encajar en ello de algún modo, que nos vean todos los días trabajando duro para ganarnos la confianza y el cariño de Alfonso. Que nos sienta como su familia.

—Yo quiero a mi hijo conmigo. Yo soy su familia —manifestó firme—, tú y yo lo somos —rectificó. Camila era importante para él, su hogar, su todo.

—Lo sé, amor. Yo también quiero lo mismo, pero eso se da con el tiempo. Tienes que ser paciente, adecuar tus horarios, tu espacio, tus rutinas… Yo también puedo hacer lo mismo, te apoyaré en todo lo que necesites. Haremos que funcione —afirmó con determinación.

Camila sintió un leve tirón en su brazo, Edmundo se había detenido en seco. Ella miró para atrás un tanto sorprendida por esa acción tan repentina. Edmundo atrajo a Camila entre sus brazos, y sin más la besó, suave y delicadamente, adorando sus labios fríos, llenándolos de calidez.

—Te amo, Camila… Por tantas, tantas cosas. ¿Te das cuenta de lo que has dicho, de lo que haces?

—Creo que sí, pero no sé a qué te refieres con esto.

—Otro tipo de mujer se mantendría al margen, me daría solo apoyo moral, no arriesgaría su corazón a encariñarse con Alfonso. Tú, mi bella, no solo te entregas a mí, me estás ofreciendo entregarte a mi hijo, sin peros ni condiciones, dándomelo todo generosamente, sin pensar que lo nuestro pueda ser temporal, sin garantías de nada. Y eso solo me hace amarte más.

—¿Y qué saco con dar a medias? Si doy a medias, recibiré lo mismo. Yo te amo, somos amigos, compañeros, pareja. ¿Qué clase de mujer sería yo, si no amara a tu hijo, si no te apoyara en el momento más importante de tu vida? Yo por muy poco tiempo fui mamá, pero fue suficiente para saber lo que significa un hijo, y estoy orgullosa de ti por cómo has hecho las cosas por el simple hecho de amar al tuyo. Aunque sea difícil de creer, estoy contenta de ser parte de esto, de que me consideres y me incluyas en todos tus planes.

—No sería de otra forma, tú eres la mujer de mi vida. Eres la única que he amado de verdad, y quiero pasar cada día y noche de mi vida contigo… —De pronto, Edmundo se quedó callado y de la nada empezó a reír a carcajadas, y Camila lo observaba pasmada, por el súbito cambio de humor de él—. Ese idiota tenía razón… ¡Es verdad!

—¿De qué hablas? No entiendo nada —interrogó confundida, pero con una sonrisa, las carcajadas de él eran contagiosas.

—Estoy sufriendo la «maldición de los Cortés» —afirmó Edmundo riendo, sintiendo incredulidad, mezclada con felicidad.

—¿Maldición?

—Pregúntale a mi hermano cuando lo veas.

—¿Y me vas a dejar con la duda?

—No me atrevo a decirte de qué se trata.

—¿Pero es bueno o es malo? ¡Ay, Edmundo! ¡No puedes hacerme esto!

—Sí, puedo… —Dejó de reír, pero la sonrisa no abandonaba su boca. Estrechó más el abrazo y miró a Camila a los ojos—. Vente a vivir conmigo.

—Pero, pero… —Camila balbuceó, estaba anonadada, pero a la vez sintió pánico—. Edmundo, no.

—¿Por qué no? Si casi vivimos juntos ya. —Para él era lógico y práctico. ¿Para qué darle más vueltas? Estaba decidido.

—¿Dónde voy a meter todas mis cosas? —Fue el primer obstáculo que ella halló para impedir que vivieran juntos. Era una respuesta absurda lo sabía, pero tenía que analizar todo lo que sentía en ese momento, hasta a ella le parecía ridículo sentir miedo.

—Tienes razón, necesitamos más espacio… Tengo dos opciones, arrendemos un departamento más grande, o podemos vivir en la casa que me heredó mi mamá —propuso seguro, pensando en que tal vez volver a la casa que era de su madre ya no sería doloroso si lo hacía con Camila.

Camila estaba sin habla, con los ojos abiertos de par en par. Intentaba razonar ante esa propuesta, hallar respuestas a su propia reacción. Él tenía razón, prácticamente vivían juntos, pero verbalizar, puntualizar, exponer el tema a viva voz ya era otra cosa más tangible. Le traían, inexorablemente, recuerdos no muy agradables de su experiencia anterior de convivencia. Camila sabía muy bien que Andrés y Edmundo eran un universo de diferencia, pero ese miedo estaba ahí, escondido, sedicioso, sembrando dudas, acallando la voz de su instinto y su corazón.

—Cásate conmigo. Sé mi esposa —propuso. Fue lo que él pensó que era lo que quería ella y a él no le importaba el estado civil, si tenía que casarse con ella, lo haría quinientas veces solo por vivir con ella bajo el mismo techo. Y si lo pensaba mejor, le gustaba más esa idea, era más… definitiva.

Camila abrió todavía más la boca y los ojos. Era demasiado, ese hombre no tenía compasión, se sentía dividida, una parte de ella gritaba «¡sí!» y la otra susurraba con malicia «no lo hagas».

—¡Edmundo, frena el caballo! ¡Dame un respiro, hombre, por favor! Esperemos un tiempo, déjame pensarlo un poco. Me estas pidiendo dar un paso colosal —pidió Camila casi con desesperación, su corazón latía frenético, no sabía qué hacer, se sentía mal consigo misma por dudar tanto.

—Me amas, yo te amo, es fácil decidir —decretó Edmundo resuelto, pero su ímpetu empezó a mermar al ver la vehemente negativa de su mujer. No entendía su reacción, ¿acaso, no era suficiente con lo que tenían?

—Pero no es fácil para mí, Edmundo. Te amo, no sabes cuánto, pero me pillaste volando bajo, déjame procesar todo. Estás sensible y emotivo con el tema de Alfonso, y lo intenso de lo nuestro. Te lo suplico, amor, dame un tiempo, por favor —pidió de corazón Camila, quería estar segura, quería sentir que estaba haciendo lo correcto. La propuesta de Edmundo había sido tan impulsiva, tan visceral, y después de tantos acontecimientos, necesitaba poner todo en su lugar. El amor, el miedo, iniciar una nueva vida, la posibilidad de formar una familia…

—Está bien —claudicó Edmundo, suspirando, con el corazón latiendo veloz. Estaba decepcionado, pero debía reconocer que Camila, en parte, tenía razón—. Esperaré lo que sea necesario —aseguró convencido—. No importa cuánto. Yo no me iré a ninguna parte.

Camila esbozó una sonrisa. Por un instante pensó que Edmundo intentaría convencerla a toda costa, pero había olvidado que él era un hombre dominante solo en el sentido sexual. Para el resto, era centrado, maduro, flexible, y no la presionaría para que ella accediera a darle un «sí». Edmundo no era del estilo de obligar o dar algún ultimátum para lograr un objetivo.

Él era paciente, perseverante.

El corazón de Camila sabía que su respuesta no era un no a la proposición de matrimonio de Edmundo. Pero necesitaba estar absolutamente segura, necesitaba una señal que le dijera que esta vez no estaba equivocada.

—Gracias, cariño. Eres el mejor.

—Lo sé, ya caerás en mis redes.

Continuaron caminando, abrazados. Edmundo besó la coronilla de Camila, ella lo amaba, de eso estaba seguro.

—Te amo, bella.

—Yo también, cariño.

Siguieron avanzando, el silencio se instalaba de nuevo entre ellos. Edmundo recordó de pronto que antes de conocer a Camila, los silencios no existían, gracias a la música y las canciones que ella interpretaba.

—Hace tiempo que no te escucho cantar —expresó sus pensamientos en voz alta.

—Sí, no sé por qué —afirmó ella, no se había dado cuenta, pero tenía una respuesta—. Supongo que es porque ya no estoy sola y no tengo la necesidad de rellenar el vacío con música.

—Echo de menos tu voz. Me gustaba escucharte cuando cantabas.

—Eras un vecino harto fisgón.

—Las paredes son delgadas, ya lo sabes.

—Demasiado para mi gusto… —Rio divertida, pero al cabo de unos segundos, inspiró profundo, iba a darle en el gusto—. Enséñame… —empezó ella a cantar la primera canción que atravesó su memoria—. Enséñame… A ser feliz, como lo eres tú… A dar amor, como me lo das tú… A perdonar como perdonas tú… Sin recordar el daño nunca más, nunca más.

Edmundo sonrió, ¿era posible sentir más amor por esa mujer? Sin duda, sí. Esa canción era parte de los recuerdos de su niñez, cuando su mamá ponía la radio y escuchaba canciones románticas mientras aseaba la casa de los patrones o hacía el almuerzo. Esa era de Emmanuel, le gustaba mucho. Ahora más, porque decía tanto sobre ellos dos.

—Esa me la sé… —afirmó contento, ya no dolía tanto recordar a su mamá. La felicidad que experimentaba en ese momento era mayor que la tristeza—. Enséñame… Enséñame… —Edmundo se unió al canto de Camila, sorprendiéndola, la voz de él contrastaba con la de ella y lo hacía muy bien. Y ambos siguieron cantando—. A consolar, como consuelas tú… A confiar, como confías tú… A repartir sonrisas, como tú… Sin esperar a cambio, nada más, nada más.

—Aquí viene la mejor parte —dijo Camila riendo, cantar a dúo era algo que no lo hacía desde que cantaba en las calles de esa misma ciudad cuatro años atrás.

—¡Tengo mucho que aprender de ti, amor! —cantaron los dos más fuerte. No les importaba que la gente los mirara, era extraño ver a una pareja cantando a pito de nada—. ¡Tengo mucho que aprender de ti, amor!... Tu dulzura y fortaleza, tu manera de entregarte, tu tesón por conquistarme cada día...

Siguieron cantando, avanzando, acortando el camino, estrechando sus lazos. Edmundo sabía que solo era cuestión de tiempo que Camila le diera el sí. Mientras tanto, iba a poner en práctica el consejo de Emmanuel, con tesón iba a conquistarla cada día...

CAPÍTULO 23

—Hola, Paulina —saludó Camila un tanto agitada. Había llegado al filo de la hora para ir a buscar a Alfonso al jardín infantil—. Calculé mal el tiempo, lo siento. Edmundo viene en camino, se quedó un poco más tarde en el trabajo negociando sus nuevos horarios de trabajo. Ojalá le haya ido bien.

El rostro de Paulina no indicó nada, pero interiormente estaba sorprendida. ¿De verdad, Edmundo iba a ajustarse a la vida de Alfonso y no al revés?

—No te preocupes. Hoy era mi día libre en el trabajo —tranquilizó Paulina esbozando una sonrisa, haciendo como que ignoraba la explicación de Camila—, Alfonsito todavía no sale de su jornada.

—Menos mal —apostilló, sonriendo.

—Mientras que llega Edmundo, vamos a hablar con la directora del establecimiento para ponerla al día, respecto a Alfonso y ustedes —propuso Paulina con un tono de voz monocorde.

—Súper.

Ambas mujeres entraron al jardín infantil para reunirse con la directora de la institución, quien estaba en conocimiento de la enfermedad de la madre del hijo de Edmundo. De hecho, ese era el motivo por el cual el niño había ingresado al jardín infantil.

Florencia trabajaba de forma independiente, por lo que ella criaba y cuidaba de su hijo. Al enfermar, Paulina se hizo cargo, pero no podía llevar a cabo la misma rutina que Alfonso tenía con su madre. El niño llevaba por lo menos tres meses asistiendo al establecimiento y estaba relativamente adaptado al sistema. Al principio le costó a Alfonso asimilar el cambio; no trabajaba en clases y no jugaba con los demás niños, se aislaba. Ahora, al menos, dibujaba, prestaba atención y compartía sus juguetes con una compañerita. Pero la mayoría del tiempo, Alfonso jugaba en soledad con su bolsa de dinosaurios, y los problemas llegaban cuando los niños querían jugar con él y tocaban a sus animales prehistóricos.

A Camila se le rompía el corazón al enterarse de los pormenores de la vida de Alfonso, eran demasiados cambios, demasiado bruscos como para que un niño de tres años reaccionara bien. De estar 24/7 con su madre, su día ahora se fragmentaba, idas y venidas, estar con mucha gente, con desconocidos. Asistir a un jardín infantil, no era lo mejor para él, pero de momento, Paulina no tenía otra alternativa. Todo dependía de cómo resultara el tema de los nuevos horarios de Edmundo. Y si había problemas, Camila estaba dispuesta a reducir sus horas de trabajo o buscar otro empleo que le permitiera cuidar a Alfonso, porque el esfuerzo y el sacrificio no debían venir solo de Edmundo, era de todos los que amaban al pequeño.

—Todos estamos pendientes de Alfonso y entendemos su situación —afirmó la directora—. Pero estamos muy contentos de que el padre ahora tome cartas en el asunto.

—Sí, él hará todo lo que está en sus manos, incluso yo, que soy su pareja. Estamos muy involucrados por lograr el bienestar de Alfonsito. —aseguró Camila. En ese momento, su móvil vibró—. Disculpe. —Miró la pantalla y era una llamada de Edmundo, deslizó su dedo y aceptó el llamado—. Cariño… Sí, estamos con la directora, ven para acá… yo también. —Cortó el llamado y dirigió su atención a ambas mujeres—. Ya llegó.

En ese momento, golpeaban la puerta, la directora autorizó la entrada y Edmundo ingresaba a la sala con una sonrisa amable.

—Perdón el retraso —se excusó—. No volverá a pasar.

—No se preocupe, su pareja nos puso al tanto —aseveró la directora.

—Excelente. Traje la documentación de Alfonso, hoy lo he reconocido y ahora su apellido paterno es Cortés para que regularicen su situación. —Sacó de su mochila una carpeta que contenía el certificado de nacimiento del niño y se lo entregó a la directora.

—Muy bien —respondió ella, recibiendo el documento—. Pondremos todo en orden. Entonces, asumo que en caso de emergencia, ustedes también serán los contactos —inquirió tomando nota.

—Así es, la señorita Camila Corrales o yo. También vendremos a buscar a Alfonso todos los días para aligerar la carga de Paulina.

—¿Entonces, usted autoriza a que cualquiera de ellos retire al niño en la tarde? —inquirió la directora a Paulina.

—Sí, están autorizados por mí y por Florencia —respondió Paulina. Esa misma mañana, durante la visita a su amiga, le había relatado todo lo sucedido el día sábado y el día domingo.

Edmundo se había aparecido nuevamente en su casa para visitar a Alfonso junto con Camila, y como el tiempo estaba mejor, lo sacaron a pasear una hora, trayéndolo de vuelta puntual según lo acordado. Grande fue la sorpresa de Paulina cuando Florencia le contó que ellos habían llevado a Alfonso a la clínica, al enterarse de que ella no había podido llevarlo por estar muy ocupada, dedicándole tiempo a sus hijos, ayudándoles a resolver sus deberes escolares.

—Entonces, no hay problema. Notificaré a la tía[15] Matilde de la situación —resolvió la directora.

—Muchas gracias, señorita —agradeció Edmundo. Ya quería ver a su hijo, darle un abrazo. Ya conversaría con Camila de lo tratado en la reunión con la directora.

—No hay de qué… —asintió con una sonrisa—. Bueno, creo que es todo. Cualquier cosa, ya saben dónde está mi oficina.

—Gracias por todo —dijo Camila, levantándose al mismo tiempo que Paulina.

Todos salieron de la oficina rumbo a la sala donde estaba Alfonso, esperando a que lo fueran a buscar. Edmundo caminaba rápido llevando a Camila de la mano y Paulina encabezaba el grupo. Llegaron a la sala que tenía una cuncuna amarilla pegada en la puerta donde decía «Tía Matilde», y entraron.

Había varios niños esperando a sus padres, Edmundo divisó de inmediato a su hijo que estaba de pie en una esquina de la sala listo para salir, cargando su pequeña mochila y su inseparable bolsa de dinosaurios. Sus ojitos eran tristes, muy diferentes a cómo los había visto en casa de Paulina. A Edmundo y a Camila no les pasó inadvertida esa mirada, ni tampoco cuando esos mismos ojitos se iluminaron al ver a su tía Paulina, a su papá y a la princesa Cami.

Alfonso corrió a abrazar las piernas de su tía primero que le acarició la cabeza, luego, abrazó las piernas de Edmundo, quien lo tomó en brazos, haciendo reír, y después se inclinó hacia Camila para abrazarla. Alfonso se sentía contento, nunca pensó que su papá iría a buscarlo. Estaba empezando a acostumbrarse a él, a su voz, a su olor, a la forma en que él lo abrazaba. También le gustaba la princesa Cami, aunque ella le dijo que no era una, pero él estaba seguro de que lo era, le cantaba canciones bonitas y siempre sonreía, y le hacía cariño a él, y a su papá, nunca lo soltaba de la mano.

---

15 *Tía: En chile a las educadoras de párvulos se les llama de esa manera.*

A Alfonso no le gustaba mucho el jardín infantil, pero entendía que debía estar ahí, su mamita estaba enfermita y la tía Paulina no tenía tanto tiempo como mamá. Intentaba portarse bien, de verdad que lo hacía, pero los demás niños tocaban sus juguetes y a él no le gustaba que lo hicieran si él no quería. Solo tenía una amiguita llamada Sofía que siempre le preguntaba si podía jugar con él, y le pedía prestado uno de los dinosaurios. Ella era educada, decía por favor y daba las gracias. Los otros niños eran groseros, siempre empujando y quitando cosas, no le gustaba.

El pequeño, a pesar de tener solo tres años, tenía las cosas bastante claras y no le gustaba que se no hicieran las cosas que, según él, consideraba correctas.

Digno hijo de su padre.

Todos juntos salieron del jardín infantil, rumbo a la casa de Paulina, y esa sería la nueva rutina de todos.

*****

Uno a uno, fueron pasando los días de esa semana. Para poder ir a buscar a su hijo y visitar a Florencia, Edmundo renunció a las clases que realizaba en la tarde, recomendando a un colega de confianza, y ya pensando que, en el futuro, tal vez debería tomar más trabajos *freelance* para suplir la merma de su presupuesto por hacer menos horas de trabajo. De momento, hacía lo que podía con el tiempo que tenía, conocer a Alfonso en esas pocas horas que estaba con él, y en las visitas que le hacía a Florencia para hablar sobre su hijo y conocerlo más a través de los ojos de su madre. Para Edmundo era importantísimo, porque sabía que la vida se le iba a ella y nada parecía que lo iba a impedir.

Para Camila la situación era un poco más fácil de manejar. Acompañar a Edmundo a buscar a Alfonso no implicaba cambios en sus horarios. En lo que sí influía, era en su tiempo que destinaba para el trabajo que llevaba a casa. Pero era solo cosa de costumbre. Y todo valía la pena, Alfonso se robaba su corazón cada vez que le decía «*pincesa* Cami» y la abrazaba. Camila ya no se tomaba la molestia de explicarle que no era una princesa, el pequeño ya se daría cuenta de que era solo una mujer común y corriente que cada día más amaba a ese pequeño que era idéntico a su padre.

Todos los días, Paulina esperaba que alguno de los dos empezara a dar excusas para no ir, pero no. Todos los días los dos llegaban un poco antes que su madre para ir a buscar a Alfonso, y luego los acompañaban hasta su casa. Siempre llevaban algo para acompañar la once que tomaban con el pequeño y la familia de Paulina. Camila y Edmundo ayudaban a Alfonso con sus deberes del jardín, y se iban a eso de las nueve de la noche, cuando el pobre niño caía rendido por sí solo entre los brazos de su padre.

Florencia cada vez estaba más débil, y para Paulina y Alfonso era más difícil sobrellevar las visitas de manera estoica. La mamá del pequeño apenas podía dar sonrisas débiles, lágrimas a punto de salir, susurros de amor para su hijo e infinitos agradecimientos para su amiga que estaba dando todo por su pequeño. Florencia era consciente de que la situación familiar de Paulina estaba empezando a dañarse a causa de la presencia de Alfonso, lo notaba en lo que su amiga dejaba entrever en sus conversaciones y en sus ojos. Los hijos de Paulina necesitaban a su madre al cien porciento, pero con la irrupción de Alfonso en sus vidas, era difícil para los niños comprender la falta de su madre, y el apoyo de sus abuelos no daba abasto, por lo que Paulina dedicaba tiempo y esfuerzos extra para poder dar lo mejor de sí para todos. Pero no era suficiente.

Día tras día, Paulina sentía que debía elegir, y no deseaba hacerlo, pero la realidad se le imponía con la presencia de Edmundo y su inseparable Camila, que no eran solo mimos y cariños para Alfonso, si el niño osaba dar un berrinche por cualquier cosa, se mostraban firmes estableciendo límites, y a la vez intentando hacerlo con mucha delicadeza. Cosa que a ella misma le estaba costando horrores con sus propios hijos, cuya relación empezaba a resentirse.

Paulina no quería aceptar que Edmundo se estaba convirtiendo en eso que todos necesitaban —en lo que su querido Alfonso necesitaba—, y más aún, cuando llegara lo inevitable. Ni siquiera quería decirlo en voz alta, le daba miedo el peso de la realidad. En cambio, se intentaba convencer a sí misma de que el jueguecito de la familia feliz pronto acabaría y que, con el paso de los días, todo volvería a la normalidad.

Pero la realidad era otra, por su parte, Edmundo estaba poniendo toda su energía y voluntad en hacer que todo funcionara. A él le costaba un mundo irse y separarse todas las noches de Alfonso, por dentro, solo tenía las locas ganas de llevárselo a casa. Pero debía ser realista, tenía que habilitar espacio para su hijo y su departamento no era suficiente. Debía irse pronto de ahí, y volver a la casa de su madre, era lo más práctico y económico para él. Y una vez asentado en ese lugar, pasaría luego a una fase de transición, para ir acostumbrando a su hijo a su nueva vida, en su nuevo hogar. Porque ese era el plan, llevarse a su hijo a vivir con él, y nadie le haría cambiar de opinión. Nadie.

Lo único que le impedía tomar sus cosas e irse era Camila. Edmundo no había vuelto a insistir en el tema del matrimonio. Pero cada noche que pasaba con ella, no hacía más que reafirmar el amor que sentía por esa petiza que se le había metido en lo más profundo de su alma. ¿Cómo podía quitarle el miedo a decir que sí? Porque estaba seguro de que lo que le impedía a su mujer dar el paso, no era él, ni la fuerza del amor que sentían, ni cuan compatibles eran. Era el miedo. A perder todo lo que tenían, a que se desmoronara, a que el matrimonio los cambiara o descubrir que toda esa maravilla de encontrar a ese compañero de vida era un espejismo.

Edmundo necesitaba quitarle el miedo a Camila, necesitaba dominar ese demonio que carcomía la real voluntad de su mujer. Tal vez lo que necesitaba —lo que ambos necesitaban— era una última prueba que les demostrara que esa confianza, esa entrega que iba más allá de todo, verdaderamente existía y que era más fuerte que todo lo demás.

Edmundo se decía que, tal vez, necesitaba un poco de aire, oxigenar la situación, y de paso, buscar consejo. El viaje a Cauquenes a visitar a la familia, sin duda sería mucho más que recoger huevos de pascua. Iba a presentar a su hijo, sin más, y repetir lo que él mismo hizo hace siete meses. Entrar por la puerta de la casa de su padre a buscar sus raíces.

—¿En qué piensas, cariño? —interrogó Camila a Edmundo sacándolo de ese trance meditabundo. Estaban los dos en la cama del dormitorio del departamento de él. Camila, prácticamente, ya no pisaba el suyo, salvo para sacar una muda de ropa.

—En el viaje a Cauquenes —respondió él parpadeando y centrando su atención en ella. Qué linda era su petiza. Siempre calefaccionaba bien el dormitorio para tenerla desnuda y accesible, y lógicamente, para que no pasara frío—, en Alfonso, mi familia, entre otras cosas.

—¿Estás nervioso? —le preguntó Camila intentando indagar qué lo traía tan ido, tan lejano.

—Más que nervios es un poco de ansiedad. Quiero ver la reacción de mi familia —contestó relajado, ya no le costaba exteriorizar sus sentimientos con ella. Era más fácil ser abierto y directo, al menos, la mayoría de las veces.

—¿Crees que se enojarán mucho porque no les has contado nada?

—Creo que, tal vez, se molestarán —dijo girándose hacia ella, y apoyó su mano en la cabeza, y con la otra empezó a dibujar círculos sobre el vientre de Camila, distrayéndose con su piel, pero sin perder el tema de conversación—, pero sé que me entenderán. Ha sido una situación especial, necesitaba poner las cosas en su lugar.

—¿Y eso es lo que te tiene así? —interpeló, mirando cómo el deslizaba su dedo sobre su piel, erizándola.

—¿Así cómo? —replicó un tanto confundido.

—Como si estuvieras en cualquier parte menos aquí.

—No. De hecho, estoy precisamente aquí… mi cabeza y mi corazón… Estaba pensando varias cosas, pero principalmente pensaba en cómo te convenzo para que aceptes casarte conmigo.

—Edmundo, yo…

—Lo sé, lo sé… necesitas tiempo —Intentó esbozar una sonrisa, pero la punzada de decepción no se lo permitió—. ¿Te cuento una historia?

—¿Una historia? —Camila levantó las cejas ante el abrupto cambio de tema—. ¿De qué se trata?

—Sobre «la maldición de los Cortés».

—¿Así que me dirás al fin de qué se trata todo ese asunto? —interrogó con un tono un tanto socarrón. Casi se había rendido con sacarle la información a Edmundo y estaba resignada a que Damián o el padre de ellos le contara.

—Así es, pero primero, debo admitir que cuando me la contó mi papá pensé que era una tontera de viejujas del campo. Pero bueno, últimamente me he convencido de que es absolutamente cierto —aseguró Edmundo con una certeza que sorprendió a Camila. De verdad creía en la maldición.

—¿En serio?

—En serio.

—Ya *po'h*, suéltalo —exigió Camila con firmeza, la curiosidad la estaba matando. ¿Sería algo muy malo?

—Para empezar, maldición, maldición no es. Los hombres de la familia le dicen así porque al principio nosotros no creemos en ello. Pero al final tenemos que aceptar que esa «maldición» sí existe. Pocas familias tienen noción de sus raíces, pero los Cortés son especiales, les gusta el recordar las cosas, los hechos importantes, no olvidar a los antepasados. —Fue la introducción al relato que hizo Edmundo, Camila lo escuchaba con atención, encontrando muy romántico todo, casi como sacado de una novela. Ella con suerte sabía quiénes habían sido sus abuelos, más allá de eso, no sabía nada de sus antepasados. Sentía un poquito de envidia que la familia de Edmundo se encargara de recordar a cada uno de los que formaron a ese linaje de hombres tan especiales—. «La maldición» es transmitida de padres a hijos desde hace generaciones y ha llegado hasta ahora intacta —continuó él ajeno a los pensamientos de su petiza—. Los Cortés, sobre todo los hombres, la mayor parte de su existencia sufren de una muy mala suerte en el amor, siempre ha sido así... Buscan, buscan, buscan, sin encontrar a esa compañera que los llene, que los complemente, que los ame y los aguanten tal como son y, finalmente, cuando los cansa esa búsqueda infructuosa, la mujer que está destinada para estar toda la vida con ellos, los encuentra, trastocándolo todo, transformando sus vidas, convirtiéndolos en mejores hombres... Y nace una necesidad casi primaria y corpórea de mantener a esa mujer ligada a su vida, para siempre. Todo esto pasa en cuestión de días.

»Ningún Cortés ha tenido un noviazgo largo, el record lo tiene mi tatarabuelo que se demoró una semana en tener una esposa a la que amó por cuarenta años... Mi papá, al igual que Damián, fueron los más lentos, tardaron solo un mes en proponer matrimonio y a los siguientes treinta días ya estaban casados. Las mujeres de ahora son más difíciles de convencer... —relató, haciendo una mueca divertida que a Camila le hizo reír.

—Los tiempos cambian, nosotras somos más independientes y no necesitamos a un hombre que nos mantenga, o que seamos casi un objeto decorativo frente a la sociedad, como lo era hace cincuenta años.

—Es cierto, la mayoría de ustedes necesitan otras cosas mucho más importantes que el dinero o el estatus... y las exigen, y no quieren menos... —«Y eso me hace admirarte más», pensó Edmundo, acariciando el cabello de Camila—. Yo no creía en esos cuentos de vieja, incluso estaba seguro de que eso no me iba a pasar, porque nunca fui un Cortés criado dentro de todo ese... ¿Cómo decirlo?... Ese misticismo con el amor... Bueno, eso fue hasta que te conocí, me encontraste cuando yo mismo estaba tratando de hacerlo. Me has enseñado a apreciar lo sublime, que es tu entrega, a darte lo mejor de mí... y yo ya no concibo vivir una vida sin ti, y no sé cómo demostrarte que no cambiaré, que te amo… que necesito estar contigo, escuchar tu voz cuando cantas, consolar tu llanto, hacerte feliz, que me ames, que ames a mi hijo… porque ya no soy solo Edmundo, soy Edmundo y tengo un pequeño llamado Alfonso y quiero que seas nuestra princesa para toda la vida… Quiero que seas mi esposa, quiero cuidarte, protegerte, amarte...

Edmundo se quedó en silencio, sentía que no tenía más palabras. Empezó a reprenderse mentalmente por haber perdido el control e intentar forzar una respuesta por parte de Camila. Todo lo que había dicho había salido de su corazón como una cascada que no podía contener hasta que ese torrente de emociones se sosegó.

—¿Y tú crees que con todas esas palabras bonitas me vas a convencer? —interpeló Camila con un tono de voz calmo y sereno. Él la miró y descubrió una sonrisa que adornaba los labios suaves de su amada, la cual lo tranquilizó. No era literal la pregunta, era retórica.

—Estoy haciendo mi mejor intento —contestó, sonriendo con un poco de timidez.

—¿Sabes, mi querido Edmundo? Empecé a pensar mejor esto del matrimonio cuando dijiste «yo ya no concibo mi vida sin ti», después empezaste a decir cosas que nunca jamás en mi vida pensé que me dirían en tan solo unos minutos. Cualquier mujer mataría por escuchar lo que me has propuesto.

—¿Y resultó?

—Pues, me parece que no tendré que matar a nadie.

Edmundo parpadeó con los dichos de Camila, estaba confundido, ¿era un sí o un no?

—Me voy a casar contigo, señor Cortés —confirmó, dándole un casto beso en los labios a su amado amo y señor.

Y en ese momento Camila se dio cuenta de que esa sonrisa de niño que Edmundo le daba, era suficiente prueba para saber que eso que ellos vivían era verdadero. No era un sueño, era la realidad que a veces era cruel y dura, pero que le estaba dando la oportunidad de probar lo dulce y bella que podía ser.

La vida podía volver a golpearla nuevamente, miles de veces más, pero sabía que él, su amigo, su compañero, estaría a su lado siempre, y que mientras estuvieran juntos, tomados de la mano, todo podía ser posible.

Incluso, ser un matrimonio feliz.

CAPÍTULO 24

«Mía».

Fue lo primero que pensó Edmundo al escuchar las palabras de Camila. ¡Sí! Al fin sería suya ante la ley. A su lado feminista y progresista le parecía una aberración que pensara en tales términos sobre Camila. Ella era una mujer independiente que se podía valer por sí misma —y vaya que sí podía—, pero con tan solo la idea de que ella aceptara unir su vida con la de él, ante todo el mundo, hacía que bajara varios peldaños en la escala evolutiva y se transformara en todo un Cromañón que reclamaba, marcaba y poseía a su mujer.

«Su mujer». Ahora sí se sentía con propiedad de decirlo. Firmar el contrato de matrimonio solo sería un formalismo. Ella en su corazón lo había aceptado, ahora sería suya para toda la vida. Y él… absoluta e incondicionalmente suyo.

—Vámonos de acá, vivamos en mi casa, hagamos nuestro hogar… Cuando volvamos de Cauquenes —decretó Edmundo decidido.

—Lo que tú quieras, mi vida es tuya.

—Y tú posees la mía, bella… Aquí, en estas cuatro paredes, yo controlo todo, pero tú tienes todo el poder, sobre mí, sobre mi vida. —Se cernió sobre ella y la besó brusco, enrojeciendo sus labios, invadiendo su boca sin piedad—. Esta vez seré duro, quiero que lo soportes todo, bella mía —advirtió y demandó entrando de lleno en su rol de dominante. Su voz era grave, cruda y solo destilaba deseo.

Desde la aparición de Alfonso en sus vidas, sus sesiones, que si bien eran intensas y siempre dirigidas por Edmundo, faltaba eso del ritual, de tomarse el tiempo y convertirse por un rato en el señor Cortés y su bella sumisa.

Camila al escuchar ese tono de voz tan especial se sumió en su papel, se dejó llevar como siempre. Su mente solo se vació y no había nada más que Edmundo y la anticipación del placer que le iba a entregar.

—Te voy a atar... Tus manos sobre la cabeza, una a cada lado. —Camila obedeció en silencio. No hablaba, solo se entregaba a las demandas de su señor.

Edmundo se levantó de la cama y buscó en el cajón de la mesa de noche dos sogas prolijamente enrolladas, listas para ser usadas, eran las mismas que habían comprado hace ya una eternidad.

Ató las muñecas de Camila, teniendo cuidado de que no quedara demasiado prieto. Estaba temblando de excitación. Se detuvo un momento para retomar el gobierno de sus instintos y continuó. Pasó el extremo de la soga con la que ataba la muñeca derecha, por el ojo de un cáncamo atornillado a cada lado del cabecero de madera de la cama, sin tensar demasiado para no restringir del todo a su mujer, quería sentirla cómo tironeaba las cuerdas, desesperada por estallar. Repitió la misma acción con la muñeca izquierda, dejando a Camila indefensa, vulnerable, dispuesta a hacer su voluntad.

—Te ves hermosa... Ábreme bien esas piernas. Quiero ver lo que es mío —exigió con suavidad, observando con veneración su obra—. Hoy no habrá barreras entre los dos. Te llenaré. Pero primero... Vamos a ver qué tan receptiva estás.

En el mismo cajón donde estaban las cuerdas, había un juguete vibrador, pero no era una simple bala, tenía la apariencia de un inocente micrófono, pero de silicona con un cabezal de unos siete centímetros de diámetro. Edmundo lo encendió y las potentes y rítmicas vibraciones se extendían hasta su mano.

Sonrió lobuno, perverso.

—Este lo quería usar hace tiempo —explicó, mostrándole el juguete a Camila—. Lo compré pensando en ti. —Ajustó la velocidad del juguete llegando a una que era de un toque largo y dos cortos—. Voy a probar esta. No te muevas o te castigaré.

Edmundo se situó entre sus piernas. Camila podía sentir el calor de los testículos de él presionando levemente su sexo, y esa erección rígida y caliente que descansaba sobre su pubis.

Tan cerca y tan lejos.

Empezó estimulando los pezones de Camila que ya estaban duros como si fueran piedras. El primer contacto la hizo sisear. Apenas había sido un toque, pero sentía que el estremecimiento llegaba directo a su licuado núcleo. Sus caderas se elevaron involuntariamente buscando alivio.

—¡Quieta he dicho! —mordió el pezón torturado lo suficiente para provocar una punzada de dolor hasta hacerle dar un gritito. Y luego lamió—. Mucho mejor.

Prosiguió con su tortura en el otro pezón que reclamaba su atención, erguido, dispuesto a ser sometido al sensual martirio. Esta vez, Camila se quedó quieta, se mordía los labios recibiendo todo lo que él le daba. Alternaba vibraciones, lamidas, mordidas y chupadas en sus pezones, alrededor de ellos. Edmundo hambriento intentaba comerse toda la carne de Camila, humedeciendo su piel, sensibilizándola al máximo.

Edmundo deslizó el juguete entre los pechos de Camila, descendiendo lentamente sobre su vientre, repartiendo vibraciones que despertaban los sentidos de ella, haciéndola consciente de su horrible necesidad de ser tocada, apretada, marcada. El cabezal siguió su camino hasta el sexo de ella, pero evadiendo a propósito su clítoris. Camila sintió el juguete en sus labios mayores estimulándola con desesperante lentitud. Edmundo abrió sus sedosos y resbaladizos pliegues con sus dedos y puso directo el cabezal del vibrador en la entrada de su licuado centro. Empezó presionar la carne, imitando el ritmo de la vibración del juguete, embadurnándolo con la esencia de ella, tentándola, martirizándola de deseo.

Camila tiró de sus cuerdas, aferrándose a ellas para no moverse, debía aguantar, no moverse. Pero el muy condenado se lo hacía difícil con ese maldito artilugio. Su respiración se volvió superficial, necesitaba tanto, tanto, que la tocaran ahí, en ese punto donde estallaba.

—Mmmmm, eres tan obediente, mi bella Camila… ¿Necesitas esto? —Hizo resbalar el cabezal directo hacia el clítoris de ella, haciéndola dar un chillido por el contacto—. ¿Te gusta? —Presionó sobre ese capullo con el juguete enviándola directamente a un paso del orgasmo—. ¡¿Te gusta?! —Volvió a estimular su centro con el juguete, haciéndola retroceder un poco en esa escalada al placer.

—¡Sí, me gusta!

—¡Sí, qué! —Torturó nuevamente su clítoris con las vibraciones.

—¡Sí, señor!

Sin avisar, sin delicadezas, Edmundo la penetró hasta el fondo, arrancándole un quejido. Se quedó dentro de ella unos segundos, disfrutando esa oleada que lo envolvía, y tiró lejos el juguete.

Se retiró hasta solo dejar el glande dentro de ella y volvió a embestir. Duro. Ella gimió.

—Por favor... Edmundo... lo necesito —gimió Camila al borde de la locura—... moverme. Ahora.

—Debes aguantar, Cami —exigió dulce, retirándose por completo del sedoso interior de ella—. Déjame jugar un poco más.

La besó, invadiendo su boca, exigiéndole su lengua. Camila se entregó devolviendo todo. Adoraba cómo Edmundo la besaba, como si le hiciera el amor con la boca.

Edmundo recorrió con su lengua el cuello, los pechos, el vientre, chupó el monte de venus, mordió los labios mayores.

Lamió todo el sexo de Camila. Dios, era adicto al aroma y el sabor femenino de su mujer. Edmundo tentaba, estimulaba, desesperaba a Camila quien gemía, tiraba de las cuerdas, sollozaba de placer, jadeaba por su liberación que nunca llegaba.

—Señor... por favor. Dámelo todo, no soporto más. Quiero acabar.

—Entonces, hazlo, mi bella. Porque será rápido —accedió Edmundo. Era el momento, él también deseaba vaciarse en ella.

Camila se aferró a sus cuerdas nuevamente al sentir el peso de él sobre ella, al mismo tiempo que la empezaba a embestir brutalmente, y se permitió ir al encuentro de Edmundo con sus caderas. Abrió más las piernas para tenerlo todo. ¡Oh, eso sí era la gloria! Duro, exigente, tal como ella lo necesitaba.

Edmundo entraba y salía como animal sintiendo cómo el interior de Camila lo apretaba, volviéndolo loco. Resoplaba y jadeaba conteniéndose para no morir. Todo era una orgía de sensaciones, el cálido y aterciopelado centro, recibiéndolo todo, los gemidos y chillidos de su mujer, combinados con el sonido húmedo y lúbrico de la penetración, los tirones de las cuerdas, y el aroma a sexo que inundaba el ambiente. Era el jodido paraíso.

Y para ella también lo era, cada estocada la empujaba más y más. Era insoportablemente erótica la restricción que le obligaba a forzar su cuerpo para alcanzar el orgasmo. Tensaba todo lo que podía su interior intentando retener a Edmundo, y esa misma acción la llenaba de placer y excitación. Quería más y apretaba más, su vientre se contraía al mismo tiempo que su sexo.

Embestida, tensión, retirada.

Embestida, tensión, retirada.

Embestida, tensión...

Y llegó, bestial, turbador, violento.

—¡Edmundo! ¡Más, más, más! —fue la única exigencia de Camila, y en solo eso, él obedecía.

Se enterró en ella al ritmo que el cuerpo de su mujer le demandaba, haciéndola gritar su nombre con cada penetración, catapultándola al éxtasis, brillante, blanco, cegador, arrastrando a su hombre al placer, lanzando un grave quejido mientras se drenaba dentro de ella, vaciándose, llenándola de él. Declarando que Camila era sólo de él, de nadie más, que nunca ningún hombre estaría dentro de ella. Solo él y nadie más que él.

Se quedaron quietos al mismo tiempo, absorbiendo las sensaciones, sumidos en la bruma sexual que los envolvía. Camila se difuminaba entre esa paz y quietud que él siempre le regalaba con cada orgasmo y Edmundo sentía que no le podía pedir nada más a la vida. Era total y absolutamente feliz.

Se sentía completo.

Se sentía amado.

Sentía que era él.

Minutos pasaron hasta que los vestigios del éxtasis vivido se disiparon. Edmundo en contra de sus propios deseos, se separó de Camila, haciendo que ella gimiera presa del vacío que sentía. Disfrutaba estar unida a él después del placer.

—Debo desatarte. Lo haré con cuidado, quédate quieta y mantén la posición de tus brazos hasta que haya desatado todo. Cuando te autorice, intenta moverlos de a poco para que sientas alivio —indicó Edmundo, serio—. ¿Te sientes bien? ¿Estás conmigo?

—En perfectas condiciones, señor —respondió risueña—. Estoy contigo siempre.

Desató las cuerdas que inmovilizaban a su bella petiza con delicadeza. Tenía marcas propias de las ataduras, pero se recuperaría pronto.

—Listo, puedes moverte... eso... despacio —Sonrió y acarició el rostro de Camila con apenas el toque de la yema de sus dedos—. Lo has hecho perfecto, bella. Iré a buscar una toalla.

Camila entornó los ojos como señal de que no había problema y Edmundo fue al baño a buscar una toalla y la humedeció con agua caliente para asear a su mujer. Siempre hacía lo mismo, era parte del ritual.

Cuando volvió, ella estaba casi dormida, sus ojos apenas eran un par de rendijas que brillaban por la luz de la lámpara. Se arrodilló sobre la cama, al lado de ella y le abrió las piernas para limpiar con parsimonia los restos de su unión. Camila suspiró con el contacto tibio de la toalla, le encantaban esos detalles, que le hacían sentirse querida, importante. Cada instante con Edmundo era atesorado por ella.

Edmundo terminó con el aseo de ella y luego se limpió él mismo de manera eficiente. Tiró la toalla a la canasta de ropa sucia y se acostó al lado de su amada Camila, quien se acurrucó de inmediato en su pecho.

—Gracias, Edmundo… Te amo, mi señor Cortés —susurró Camila con la voz preñada de sueño.

—Yo también, mi bella petiza. —La besó con ternura en los labios y cubrió a ambos con las gruesas capas de mantas que tenía su cama.

—Nos vamos a casar —afirmó, todavía flotando en esa nube de endorfinas que la emborrachaban. Sí, estaba literalmente ebria de felicidad—. No quiero hacerlo por la iglesia. Solo el civil y una pequeña fiesta con la familia.

—Será como tú lo desees, mi vida —aseguró feliz Edmundo, la sonrisa nadie podía borrársela de la cara.

—Quiero que sea luego… para no romper la maldición —pidió Camila con su voz traposa y luego dio una risita.

—Intentaremos que sea pronto —aseveró con tono paternal. Camila parecía una niña a la cual le habían comprado el mejor juguete del mundo.

—Síííííí… mañana.

Edmundo rio a carcajadas

—No se puede mañana —refutó todavía riendo. A Camila le encantaba sentir como retumbaba la risa de él en su pecho.

—¿Por qué? —interrogó con inocencia.

—Porque es feriado y viajaremos a Cauquenes —explicó lo obvio, pero con toda la avalancha de emociones, al parecer, ella se había olvidado del tiempo y espacio.

—Ah, de veras. Qué mal… —rezongó, haciendo un pucherito de niña mimada.

—¿Y ahora por qué te urge casarte? —preguntó de vuelta con curiosidad. Después de la resistencia de casi una semana, pensaba que también se iba a tomar su tiempo para fijar una fecha.

—Porque quiero y porque te adoro.

Edmundo volvió a reír a carcajadas. A veces no entendía las reacciones de Camila, pero eso no le importaba, ella lo sorprendía con pequeñas cosas todos los días. Él también la adoraba.

—Mañana si no se caen de culo con Alfonso, lo harán cuando les digamos que nos vamos a casar.

—Va a ser divertido verle las caras. —Bostezó casi como las princesas, suave y delicado. Casi podría decirse que fue un gesto elegante y con clase. Cerró los ojos por completo y se acurrucó más, enredando sus piernas entre las de Edmundo.

—Sin duda. Ya, a dormir, petiza. —Bostezó largo y sonoro. El bajón que sentía después de sus sesiones siempre lo mandaba derechito a la lona. Solo le faltaba apagar la luz y era hombre muerto.

—Buenas noches, cariño.

—Descansa, bella.

Edmundo estiró su brazo sobre la mesa de noche hasta alcanzar el interruptor de la lámpara. La oscuridad se hizo presente, y al cabo de unos segundos, solo se escuchaba el sonido regular y sosegado de sus respiraciones.

Se avecinaba un fin de semana que iba a ser de todo, menos tranquilo.

CAPÍTULO 25

—No, mamá. ¡No quiero ir a Cauquenes, quiero estar con mis abuelos! —negó con terquedad el hijo mayor de Paulina.

—Pero, Martín, no podemos, tengo que estar con Alfonso. No puedo dejar que se lo lleven por tantos días. Ayúdame con tus hermanos, Edmundo está por llegar.

—Mamá, él es su papá... tú no eres la mamá de Alfonso. Ninguno de nosotros quiere pasar el fin de semana con gente que no conocemos —insistió el niño que ya estaba cerca de la adolescencia.

—¡Tú vas donde yo voy! —Paulina decretó inflexible.

—¡No iré! ¡Quiero quedarme aquí!

Portazo.

Culpa, miedo, angustia... lágrimas.

Paulina se apoyó contra la pared, cerrando los ojos, deslizó su espalda lentamente hasta quedar sentada en el suelo.

Estaba cansada.

—Hija...

—Mamá, ahora no, por favor. —Hizo un gesto de rechazo con la mano y se masajeó la cabeza.

—¿Y entonces, cuando, ah? —La madre de Paulina se agachó hasta hacer contacto visual con ella—. Hija, mira lo que estás haciendo. Todos queremos a Alfonso, pero debes aceptar que estás dejando de lado a tus propios hijos, y Martín ya se está resintiendo... Está en una edad complicada, acuérdate de cómo eras a los trece. Dieguito y Guille todavía hacen lo que tú dices, pero ya sienten tu falta. A Martín no se le pueden delegar tus deberes todo el tiempo para que puedas ocuparte de un niño que, siendo duros, no es tu hijo, ni es su hermano.

—¿Y qué hago entonces?

—Dale una verdadera oportunidad a Edmundo y a Camila. Ellos con suerte, han salido una vez a solas con el niño y fueron a visitar a Florencia. El resto, siempre ha sido con uno de nosotros presente aquí, o cuando vamos a buscar a Alfonso al jardín... ¿Quieres pasar el fin de semana largo haciendo sentir miserable a tu hijo mayor, tratar de vigilar a Edmundo y a Camila, y a la vez, de estar pendiente de los más chicos? Hija, esto se está saliendo de control.

—Pero, ¿y si le pasa algo? —interpeló Paulina intentando aferrarse con obstinación. Pero era inútil, sabía que tenía que empezar a ceder, y su madre tenía toda la razón, aunque no quisiera reconocerlo.

—A los niños siempre les puede pasar cualquier cosa. Da igual si estás o no. Entiende que Alfonso va a estar con su papá, va a conocer a su familia. Martín tiene razón en estar enojado... y tarde o temprano va a empezar a desquitar sus frustraciones con Alfonso o con sus hermanos. Está en una edad en la que te necesita más que nunca, sobre todo ahora que Luis ya no viene a verlos.

—No me recuerdes a ese infeliz mentiroso.

—Lo siento, pero es así la cosa, ya desde hace meses que eres mamá y papá. Y lamento decirte que debes hacerte cargo de esto. Me duele verte así, pero estás sacrificando tu familia por el hijo de tu amiga, pero que también tiene su propia familia. Alfonso no está solo como imaginabas al principio. Es tiempo que vayas poniendo en su lugar las cosas.

Paulina sollozaba, su madre no se metía en sus decisiones y solo intervenía cuando era necesario. Al parecer, ya había cruzado una línea que no debía traspasar y se sintió minúscula y a la deriva.

—Hija mía. —La mamá de Paulina la abrazó y le acarició sus cabellos como cuando era pequeña—. No conozco mucho a Edmundo y a Camila, pero lo que sí puedo decirte, es que ellos quieren a Alfonso. Son buenas personas, te respetan y están agradecidos por lo has hecho. Nunca dejarás de ver a tu ahijado, tú no lo permitirás. Pero debes hacer lo correcto, y a veces, lo correcto no es precisamente lo que uno quiere.

Paulina se aferró a ese abrazo que no sabía que necesitaba tanto y decidió.

Tenía que hacer lo correcto.

*****

—¡Mami! —saludó el pequeño Alfonso a Florencia. Edmundo lo ayudó a subirse con cuidado a la cama y el chiquito pudo abrazarla.

—Hijito, mi niño precioso, ¡viniste! —celebró como siempre Florencia. Cada vez que la visitaba Alfonso hacía un esfuerzo para mostrarse vigorosa, pero últimamente aquello se estaba volviendo una tarea titánica.

Miró a Edmundo y a Camila y los saludó con una sonrisa, pero faltaba Paulina. Eso la extrañó mucho, hasta donde sabía, Paulina iría a Cauquenes junto con sus hijos.

—¿Y Paulina? —preguntó de inmediato.

—Ella se quedará aquí en Concepción —explicó Edmundo con tranquilidad—. Sus hijos querían estar con sus abuelos y no deseaban viajar, por lo que desistió en acompañarnos.

—Ah, entiendo. Supongo que eso no es problema para ustedes.

—No, ninguno —aseguró Edmundo—. Creo que podremos hacernos cargo este fin de semana de Alfonsito. No te preocupes. Las mantendremos informadas a ti y a Paulina para que estén tranquilas.

—Está bien. —Esbozó una sonrisa de agradecimiento—. Gracias a los dos.

—Es un placer —aseguró Camila—. Es imposible no querer a Alfonso. ¿Hay alguna cosa importante que debamos saber antes de llevarlo de viaje? ¿Se marea en el bus? ¿Duerme? ¿Se pone inquieto? —interrogó para saber si había algo de qué preocuparse para estar preparada.

—Nunca salimos de viaje en realidad. Así que se lanzarán a la aventura nomás —respondió Florencia—. Espero que no tengan problemas.

—Da igual, es parte de este trabajo —replicó Edmundo de buen humor, guiñándole un ojo a Florencia, y abrazó por el hombro a su Camila—. Estaremos a la altura —prometió con convicción.

—¿Así que vas con papá a conocer a tu tata Agustín y los caballos? —preguntó Florencia a su hijo, con un tono animado de voz. A Edmundo le parecía casi milagroso el cambio que sufría Florencia cuando estaba con Alfonso, porque cuando el niño no estaba, se mostraba marchita y sin vida.

—Ajá —asintió el pequeño—. Y *pincesa* Cami —agregó apuntando a Camila con su dedito índice.

—¿Princesa? —interrogó intrigada—. ¿En serio es una?

—Sí… shhhhhh es *sequeto* —dijo bajito solo para su mamá.

—¿Es un secreto? Nadie debe saber —Florencia le siguió la corriente al pequeño y miró a Camila que se encogía de hombros.

—Alfonso está empeñado en eso —justificó Camila.

—Es muy porfiado este pequeño, cuando se le pone algo entre ceja y ceja —aseveró Florencia, besando la frente de Alfonso.

—Sí, ya me he topado con personas así. Estoy acostumbrada —bromeó, mirando con descaro a Edmundo, acusándolo tácitamente.

—Toma, mamita. *Degalo.* —Alfonso sacó de su bolsa de juguetes uno de sus dinosaurios y un huevito de chocolate.

—¿Un regalo? ¿Son para mí?

—Ajá.

—Gracias, eres muy lindo.

La visita se extendió por cinco minutos más, en los que Florencia disfrutó de su hijo, que cada día crecía más. Admiraba la capacidad de adaptación de su pequeño ante todos los cambios vividos en los últimos meses. Pero lo que más le sorprendía, era el apego que estaba desarrollando por su padre.

Ya no tenía dudas, no fue una equivocación decirle la verdad a Edmundo, había sido lo mejor. Su amiga Paulina estaba sufriendo las consecuencias de su silencio y estaba arrastrándola a una situación que nunca debió vivir. ¿Pero cómo iba a saber todo eso? El único consuelo que tenía era que Edmundo era mucho más que lo que ella esperaba y que, gracias a ello, su amiga podía enmendar sus propios errores sin que Alfonso sufriera daños colaterales.

Florencia en soledad, abrió el colorido envoltorio de su huevito de chocolate y miró el dinosaurio de su hijo con una sonrisa triste. Sabía que su estómago no toleraba mucho las comidas, pero de todos modos se dio un gusto, se comió un pedacito de la golosina y le supo a que todo estaba en su lugar.

*****

El viaje transcurrió sin mayores problemas para Edmundo y Camila. Alfonso se quedó dormido en el regazo de ella cuando el bus solo llevaba quince minutos de recorrido. Ahora que Camila había aceptado casarse con Edmundo, se permitía vivir y disfrutar de todos los momentos que pasaba con Alfonso. Estaba empezando a emerger con fuerza ese instinto que intentaba mantener a raya en presencia de Paulina y Florencia, pero ahora, que estaba a solas con Edmundo y Alfonso, lo dejaba fluir libre en su corazón. Con el hijo de su señor Cortés estaba empezando a vivir lo que nunca pudo. Ser mamá.

218

Sentía que de algún modo la vida le estaba compensando su pérdida, al tener la oportunidad de criar junto a Edmundo a ese pequeño trocito de él. No le importaba compartir ese rol junto a otras dos mujeres, porque eso solo significaba que Alfonso solo tendría más amor. Era extraño, no sentía miedo respecto al niño, ya no tenía miedo a nada. Solo iba a aceptar todo tal como viniera. Así como su porotito, Alfonso llegó sin avisar, pero la gran diferencia era que él se iba a quedar para siempre.

—Falta poco —anunció Edmundo a Camila—. Vire a la derecha y siga hasta el fondo —solicitó al taxista que los llevaba al fundo.

Habían llegado al tramo final del viaje y Edmundo estaba nervioso, pero más allá de eso, era inmensamente feliz, y solo deseaba compartir el momento más importante de su vida con su familia.

Cuando el automóvil se detuvo frente al gran portón de madera, Edmundo pagó el importe de la carrera, y ayudó a bajar del taxi a Camila, que traía en brazos al pequeño, que estaba entusiasmado con todo lo que observaba. Nunca había visto árboles tan altos y el cielo se veía inmenso.

Edmundo sacó los bolsos de viaje del maletero del taxi y en seguida tocó el botón del citófono. Nunca usaba las llaves que tenía para entrar, prefería anunciar que estaba ahí. Tal vez, con el tiempo se sentiría con la suficiente seguridad de solo abrir el gran portón.

—Buenas tardes —resonó una voz masculina por medio del parlante—. ¿A quién busca?

—Hola, Abelardo. Soy Edmundo.

—¡Hola, muchacho! Le aviso a tu viejo que llegaste… ¿Qué no se supone que Agustín te dio las llaves? —inquirió curioso.

—Es la costumbre —justificó.

El sonido eléctrico de la cerradura sonó y la puerta se entreabrió. Edmundo la empujó y entró primero, y la afirmó para que Camila entrara con Alfonso sin problema. Los tres se quedaron quietos observando la imponente casona que era un ejemplo de la clásica casa de campo; de una sola planta, contaba con innumerables ventanas con marco de madera, tejado estilo colonial y murallas de color blanco.

Estaba rodeada de un amplio jardín lleno de rosales que la madre de Damián cultivaba y que Agustín mantenía con sus propias manos, y más allá, a unos cincuenta metros, se divisaban algunos caballos y unas pocas personas que iban de aquí para allá inmersos en sus labores. Algunos colaboradores, como solía decir Agustín a sus trabajadores más cercanos, vivían en el mismo terreno y eran los que se ocupaban de las labores en las cuales era imprescindible estar en todo momento. A través de los años, Agustín Cortés había logrado un balance entre lo que eran las costumbres antiguas y las nuevas formas de ser justo con las personas que trabajaban poniendo todo de sí.

Agustín era lejos de ser un patrón abusador de las leyes laborales e intentaba siempre hacer más llevadera la vida en el campo, que solía ser mucho más dura que en la ciudad.

—Muy linda la casita, ¿no? —ironizó Camila, nunca había visitado una casa tan grande. Podía albergar a tres familias enteras sin problemas—. Y yo que imaginaba una cosa más austera.

—La casa data del 1900 según papá. Antiguamente las familias eran más numerosas, ahora no se necesita tanto espacio.

—Seguramente tu papá quiere llenar de nietos este lugar.

—No pudo llenarlo con sus propios críos, pero todavía estamos a tiempo. —levantó sus cejas, socarrón—. No me molestaría para nada tener dos o tres más.

—¡Tres! ¡Sí que eres optimista!

—Si te vieras la cara, mujer. Es una mezcla de terror y felicidad. Eso lo veremos en el camino. —Le guiñó el ojo de una manera que le derritió la ropa interior y la instó a avanzar—. Ahí viene mi papá, prepárate.

A unos veinte metros de distancia, se veía a un sonriente Agustín que los saludaba con la mano, pero al instante su expresión cambió al ver al pequeño que cargaba Camila. Él sabía que Edmundo iba con su novia, pero lo que no sabía era que la novia tenía un hijo. Cosa que a él no le importaba en lo absoluto, lo que le llamaba la atención era que Edmundo no le había comentado nada acerca de ello. Daba lo mismo, volvió a sonreír, mientras más, mejor.

—¡Bienvenidos! —saludó Agustín contento—. Hasta que te dignaste a venir, mocoso ingrato —reprendió con cariño a su hijo y le dio un gran abrazo de oso.

Camila sonreía, la última vez que había visto al papá de Edmundo había sido a la pasada y no había notado el increíble parecido que tenían ambos hombres. Estaba segura que su futuro esposo iba a envejecer de una manera muy atractiva. Como un buen vino tinto.

Ambos hombres se separaron de ese abrazo lleno de cariño y, su ahora suegro, le dirigió toda su atención.

—Buenas tardes, señorita —saludó a Camila con una aprobadora sonrisa; sin duda su hijo tenía un gusto exquisito cuando se trataba de mujeres—. Espero que lo pase muy bien en esta casa, le advierto que cuando empiezan las bromas, nadie se salva.

—Ya tuvimos una probada en la casa de Damián en Santiago —afirmó Camila con simpatía.

—Entonces, no me preocupo de herir susceptibilidades —bromeó Agustín contento.

Finalmente, él concentró su mirada en el guapo niño que traía ella en brazos y que contemplaba todo a su alrededor con curiosidad. Claramente no se parecía a ella.

—¿Y este pequeño mozalbete es? —interrogó acariciando el cabello rizado del niño que, al sentir el contacto, lo miró fijo con sus ojitos castaños.

—Tu nieto. Se llama Alfonso Marcial Cortés Álvarez —informó de un solo y certero golpe Edmundo.

Los ojos desorbitados de Agustín se desviaron a Edmundo con incredulidad, y en seguida, al niño que se aferró al cuello de Camila, para luego, volver a mirar a su hijo ya sin tanta incredulidad.

—Pues sí, ya veo que es tu hijo —aseveró sin dudar—. Se parece mucho a mí, y a ti. —Lanzó una carcajada de felicidad—. Esta vez no me fui de culo. Ya sabía que ese silencio tuyo traía cola. Me vas a tener que explicar con pelos y señales, mocoso.

—Te lo contaré todo, papá. ¿Ya llegó Damián?

—Sí, la tropa llegó anoche. Tomaron un avión para llegar más rápido y aprovechar todo el fin de semana.

—¡Qué bueno! —exclamó contento Edmundo.

—Pasen, pasen. Están en su casa.

CAPÍTULO 26

—¡Al fin llegaron! ¡Estamos cagados de hambre! —exclamó Damián a modo de saludo a su hermano—. El papá no quería empezar el almuerzo sin ustedes. ¿Cómo estás, hombre? —preguntó, dándole un abrazo a Edmundo.

—Muy bien —respondió con una sonrisa—. ¡Hola, cuñadita! —saludó a Haidée con un beso en la mejilla.

—Hola, cuñadito…

—Hola, señora Mercedes —saludó también con un beso a la madre de Haidée.

—Hola, *mijo*. ¿Qué se hizo? Se ve más guapo que la última vez que lo vi —halagó con un tinte de coquetería. Mercedes no se cortaba un pelo para decir si encontraba a un hombre guapo, aunque para ella, Edmundo era un niño al que le tenía mucho cariño. En el fondo, los hermanos Cortés eran como los hijos que nunca tuvo, ya que solo pudo concebir a su hija Haidée.

—Ah, es que la gente feliz es más guapa —respondió, guiñándole un ojo—. Usted también se ve más jovial que antes, qué se hizo.

—La tranquilidad de ver a mi hija feliz y realizada pues, *mijo*.

—Ese es el secreto de la belleza y la juventud —expresó Edmundo rodeándola por el hombro con cariño

—Así veo cómo el secreto funciona en todos —comentó socarrona Haidée mirando de soslayo a su amiga Camila que traía… ¿un niño?

—¡Tío *Mundo*! —gritó Julieta, su sobrina que entró corriendo de quien sabe dónde.

—¡Hoooola, chiquilina! ¿Cómo estás? —preguntó Edmundo tomándola en brazos y dándole un besito en la nariz.

—*Miem* —respondió sonriendo, rascándose la nariz, la barba del tío le picaba.

—Mira, traje a tu primo para que juegues.

—¡¿Primo?! —exclamaron al mismo tiempo su hermano, su cuñada y la madre de ella. Estaban impactados.

—Con razón andabas tan callado... —comentó Damián comprendiendo el mutismo de las últimas semanas de su hermano—. ¡Pero preséntalo, hombre! —espetó impaciente por los detalles.

Camila le entregó a Alfonso a Edmundo, mirándolos con devoción y orgullo por cómo era la familia; nada de recriminaciones ni comentarios de mal gusto. Solo acogían al nuevo integrante con los brazos abiertos, las preguntas vendrían después.

—Familia, este precioso niño es Alfonso Cortés, mi hijo... —presentó Edmundo a su pequeño, tomó de la cintura a Camila—. Y esta señorita que ya conocen, es mi futura esposa.

—¡Lo sabía! —exclamó Haidée con una sonrisa de sorpresa y alegría—. ¡Felicidades a los dos! —congratuló a ambos con un abrazo—. Quiero detalles —susurró a su amiga al oído.

—¿Todos?

—Hasta el más sórdido.

—No te conocía esa faceta morbosa —replicó Camila un tanto extrañada; indudablemente su amiga había cambiado mucho, pero para mejor. En todo caso, necesitaba conversar con alguien respecto a lo que vivía con Edmundo, los mensajes de texto nunca iban a reemplazar una conversación larga y tendida.

—Pues, me he dado cuenta de que sí lo soy. —Haidée rio a carcajadas.

—¡Ya, chicos, a comer! —interrumpió Agustín, exclamando con un vozarrón de mando que solo Damián conocía—. ¡A lavarse las manos rapidito! —decretó orgulloso de tener a toda la familia reunida en su hogar, al fin.

Estaba feliz, no podía pedirle más a la vida.

*****

—Increíble... —susurró Agustín cuando Camila y Edmundo terminaron de relatarle todo lo sucedido respecto a la sorpresiva paternidad de su hijo mayor.

—¿Pero no tiene cura la enfermedad de Florencia? —preguntó Haidée todavía sin poder creer que una mujer tan joven pudiera enfermar de una manera tan fulminante.

—Se le han hecho diversos tratamientos, según cada diagnóstico que se le ha dado, pero ninguno ha sido acertado del todo. Ha sido imposible de dar con la real enfermedad, los síntomas se camuflaron unos con otros como si sufriera de otras cosas. Lamentablemente, el doctor nos ha dicho a Paulina y a mí que ya es demasiado tarde para seguir intentando encontrar un diagnóstico definitivo. El organismo de Florencia está demasiado deteriorado por todo lo que ha tenido que soportar a causa de los mismos tratamientos en conjunto con la rara enfermedad —explicó Edmundo apesadumbrado. Cada día que pasaba, Florencia solo empeoraba, se le notaba en los ojos, solo tenía fuerzas para sonreírle a su hijo. Edmundo tragó un poco de saliva para deshacer el nudo de su garganta y se la aclaró—. Todos los días me levanto pensando en que cualquier minuto me van a llamar de la clínica para avisarme que sucedió lo peor.

—Pobre muchacha, qué lástima —lamentó Agustín.

—No sé qué voy a hacer el día que tenga que decirle a mi hijo que su madre ya no está con nosotros. —Miró de reojo a Alfonso que jugaba con Julieta, ambos pequeños hicieron buenas migas de inmediato—. No sé cómo decírselo a un niño que solo sabe que su madre está enferma, pero no dimensiona la gravedad.

—Bueno, no hay un manual para este tipo de situaciones, pero ten por seguro que tendrás el apoyo de todos nosotros en lo que necesites —aseguró Mercedes—. Tienes que estar pendiente de Alfonsito ante cada cambio, y ser su roca, porque los niños se dan cuenta de todo, no son como pajaritos que no notan las cosas.

—Yo opino que ya es hora de que te hagas cargo de tu hijo y que viva contigo de manera definitiva —sentenció Agustín—. Sé que ha pasado poco tiempo, pero no puedes criar a cuentagotas y a punta de visitas, y si tienen planes de casarse y todo lo demás, tendrán que tomar decisiones importantes respecto al cuidado del niño. Alfonsito estaba habituado a tener alguien exclusivo antes de la enfermedad de Florencia y, según lo que cuentan, el jardín infantil no está siendo lo mejor para él. Tíldenme de anticuado, pero creo que para el proceso que se avecina, lo mejor será que Camila le dedique el mayor tiempo posible, porque mal que mal tú también serás su madre y habrá que reforzar la imagen que ha perdido… y no estoy hablando de que reemplaces a Florencia, sino que a que tenga una figura materna constante y presente para él. Yo los puedo apoyar por el lado económico para que estén tranquilos.

Edmundo y Camila se quedaron pensativos, no era sencillo todo lo que se les venía encima, y tampoco lo habían visto desde la perspectiva que Agustín les daba. Sí, había que decidir, y debían procurar, ante todo, el bienestar de Alfonso y hacerle más llevadero el duelo, porque tarde o temprano, tendrían que lidiar con ello, y era un misterio la reacción que iba a tener el pequeño cuando recibiera la noticia.

—Ya, no pongan esas caras —animó Damián—. No pueden hacer nada ahora. Papá, démosle un *tour* por el lugar a todos para que conozcan el criadero y así nos despejamos —propuso relajado—. Edmundo tiene que recuperar tiempo también.

—Tienes tus momentos de genialidad, hijo —bromeó Agustín, levantándose de su asiento—. Vamos, es un bonito día para montar.

*****

—Al fin solas. Ya, cuéntamelo todo, Cami.

—¿Todo? —interpeló un tanto nerviosa, ¿todo, todo, todo?

—Todo… —Haidée sonrió ladina—. Ya *po'h*, cuando te propuso «matricidio».

—Ah, eso —respondió casi con alivio—. Hace una semana, pero le dije que no.

—Pero si Edmundo acaba de decir que eres su futura esposa —replicó Haidée un tanto desconcertada.

—Recién ayer le dije que sí.

—¡Lo torturaste una semana! —Rio a carcajadas—. Me compadezco de su pobre alma de macho recio alfa dominante.

Camila sonrió. Sí, debía reconocer que el pobre Edmundo no lo pasó tan bien esperando un sí.

—Oye, amiga… —dijo Camila cuando dejó de reír. Miró hacia el frente y divisó a Agustín que paseaba con sus nietos junto con Mercedes admirando cómo Edmundo montaba a caballo al lado de Damián. Camila suspiró, sintiendo que ciertas partes de su cuerpo se estremecían, ¡qué imponente se veía su hombre guiando un animal tan enorme! Se quedó prendada, embebiéndose de esa imagen por unos segundos, y luego prestó atención a Haidée—. ¿Te puedo hacer una pregunta íntima?

—¿En serio? —Miró a su amiga extrañada, ¿qué cosa íntima querría saber Camila? Se preguntó para sus adentros Haidée—. Supongo que puedes hacérmela.

—Mira, sé que puede sonar un poco loco lo que te voy a contar… —Inspiró profundo, qué raro, se sentía nerviosa—. Edmundo y yo… hacemos… practicamos sado… Bueno, estamos empezando, no somos expertos ni hacemos cosas con mucha parafernalia…

—Ah, eso. Ya lo sabía —contestó con naturalidad, sin dar señal de sorpresa.

—¿Cómo? ¿Quién te lo dijo? —interrogó desconcertada.

—Bueno, no quiero que te enojes, pero Damián me lo contó, él no suele ocultarme cosas, siempre me dice lo que le pasa… —Haidée se interrumpió en su justificación al ver que Camila no emitía ningún comentario, estaba boquiabierta—. El asunto es que Edmundo descubrió ese mundo porque encontró por casualidad en nuestro dormitorio un libro de técnicas y…

—Ah, ya sé a qué libro te refieres —interrumpió Camila intuyendo para qué lado iba el relato—. Edmundo no me había detallado el cómo empezó su gusto por la dominación. Ahora me queda más clara la película.

—Damián y yo suponemos lo mismo, que ahí comenzó todo para él. Le ha pedido consejo a Damián, que lleva más tiempo practicando esto conmigo y…

—¿Ustedes también? —volvió a interrumpir Camila asombrada, ¿Haidée y Damián? ¡Increíble!

—No íbamos a tener ese libro como lectura para que nos diera sueño, ¿no crees? —Rio un poco nerviosa, no sabía si había metido la pata o no—. A nosotros también nos gusta un poco más fuertecito que al resto de los mortales —aseguró ladina.

Se hizo el silencio entre ellas, más no fue incómodo, ambas dirigieron sus miradas hacia esos hombres que eran todo su mundo y que amaban con el cuerpo y con el alma.

—¿Será de familia? —se preguntó Camila, más para sí misma que para Haidée.

—Ni idea, ni siquiera quiero imaginar si don Agustín es de los mismos. —Haidée hizo una mueca graciosa e hizo reír a Camila—. Lo que sí sé es que a pesar de haber sido criados por separado, Edmundo y Damián se parecen en muchas cosas.

—Ya sabemos en qué —puntualizó Camila con un tono guasón y alzando sus cejas.

—Ahora dime, y sé muy honesta. ¿De verdad te gusta esto, o es solo para seguirle la corriente a Edmundo? —preguntó Haidée con una inusitada seriedad, era importante saber cuáles eran las motivaciones de Camila para practicar aquello que desde el exterior se veía violento y sórdido, pero con la persona adecuada, se trataba de una relación donde primaba la confianza y el respeto.

—Desde hace un par de años me ha llamado la atención el tema, cuando empecé a leer novelas eróticas. Me pregunté muchas veces que tan real era todo eso, me informé, intenté hacer contacto con la comunidad virtual acá (que fue bastante decepcionante), pero aparte de eso, nunca pasó del plano de las fantasías. Y ahora que he probado, creo que, básicamente, me gané la lotería —argumentó Camila con la misma seriedad.

—Maravilloso, no sería bueno si hicieras esto solo por complacer a tu pareja, debe ser algo recíproco, en que ambos disfruten y entiendan realmente todo esto —expresó Haidée contenta por su amiga—. ¿Te has dado cuenta? Ahora solo quedan quince hombres decentes en este país. Nos hemos agarrado a dos y no los soltaremos ni en un millón de años.

Ambas rieron a carcajadas.

—Tienes razón... Siempre la has tenido, Haidée. ¿Y a ti? Nunca imaginé que a ti te iba «lo fuertecito».

—Ni yo lo sabía. Damián fue el que se sacó la lotería conmigo, y fue muy inteligente, me introdujo en esto de una manera muy sutil. Fue muy seductor, y afortunadamente, me quedó gustando. Hay personas que lo prueban y les da lo mismo, a mí no. Ya no puedo estar sin una sesión de vez en cuando.

—Es una especie de adicción —concluyó Camila.

—Y una muy buena si se delinean bien los límites —concordó Haidée, dándole un empujoncito con el hombro a su amiga.

—Lógicamente… ¿Por eso cambiaste tanto?

—Creo que siempre fui así, solo que, cuando estaba casada con Gabriel las cosas eran diferentes, él de a poco estaba matando a la mujer que era, me salvé por muy poco de que amargara toda mi existencia… No lo pasé bien. Damián fue muy perseverante conmigo, porque no se lo hice fácil al principio.

—Los hombres pueden sacar lo peor de uno, nos pueden hundir hasta lo más profundo… y también pueden hacer todo lo contrario. Es increíble la diferencia que marca un hombre que es maduro y sensato, que sabe lo que quiere y que se conoce a sí mismo, en relación con otro que es inseguro, inmaduro y egoísta.

—No saben cuánto poder tienen ellos sobre nosotras, y a la vez, nosotras tampoco lo sabemos hasta que hallamos a la persona adecuada que nos cuida, nos ama, nos protege, nos hacen sentir hermosas y apreciadas. Un hombre que está verdaderamente enamorado es capaz de todo.

—¿Por qué será que tenemos que pasar por tanto pastel para encontrar al indicado?

—Así es la vida, es parte del aprendizaje, todas las personas que pasan por nuestras vidas nos enseñan, algunas lecciones son más duras que otras, pero todo suma. De lo contrario, no podríamos notar la diferencia. Si no has sufrido lo indecible, no sabes apreciar la felicidad de las cosas triviales; si no has llorado, no atesorarás esos pequeños momentos de alegría... —razonó Haidée con sabiduría—. He aprendido tanto, lo que estoy viviendo los últimos meses ha sido como despertar de un sueño largo...

—Sí, un largo sueño.

—Bueno, ¿y que me querías preguntar?

—Creo que en realidad necesitaba un consejo. Y ahora qué sé que tienes experiencia, me es más fácil plantearlo... Edmundo evita jugar con el dolor erótico. No me ha dicho nada, pero noto que lo evade a propósito.

—Tal vez lo hace porque es consciente de tu historial respecto a los golpes, amiga. Es probable que él no quiera provocarte miedo en medio de una sesión si te da una nalgada fuerte y eso te gatille algún recuerdo desagradable. Solo intenta protegerte y no causarte ningún daño, ni siquiera emocional.

—Pero yo quiero probar, el contexto es diferente, Edmundo es amable y cuidadoso, siempre se preocupa de mí. No me he atrevido a planteárselo, y han pasado tantas cosas estos últimos días que no he hallado el momento adecuado.

—Si estás segura de que puedes manejar la situación como para probar, entonces pídeselo.

—¿Así nomás?

—Así nomás... sé creativa. Creo que no te costará nada.

*****

Alfonso corría con todas sus fuerzas sobre el pasto más verde que jamás había visto en su vida. Sus piernas se alzaban veloces para que Julieta no lo alcanzara, él quería ser el más rápido. A lo lejos, escuchaba al tata Agustín que gritaba «¡No se alejen demasiado!». Pero no le importaba, la meta era llegar hasta ese árbol enorme antes que su prima. Sentía las mejillas acaloradas, le encantaba jugar de esa manera. Su papá y su tío que los vigilaban desde lejos, se veían enormes arriba de los caballos.

Le gustaba mucho toda la gente que estaba conociendo, todos le sonreían y le hacían cariño y decían que se parecía mucho a su papá, pero él no lo creía así, no era tan grande, ni tenía la cara peluda. De todos modos, no le importaba, estaba divirtiéndose mucho en ese lugar tan grande y lleno de caballos. Se preguntaba si el conejo de pascua sabría que él estaba ahí y no en casa de tía Paulina, también esperaba que le llevara huevitos a su mamá, se había puesto contenta con el regalo que le había dejado. Tal vez el dinosaurio le hacía sentir mejor…

Sintió un poco de pena, su mamá estaba flaquita, casi pudo sentir sus huesitos cuando él la abrazó.

—¡Alfonso, *code dápido!* —gritó Julieta sacándolo de sus pensamientos—. ¡Papá, me va a *comed!*

Alfonso se giró y vio a su tío Damián que daba pasos de gigante y perseguía a su prima que chillaba y reía nerviosa. ¿En qué momento se había bajado del caballo?

Sintió algo de susto y corrió más rápido para escapar. Escuchó que Julieta lanzaba un chillido mezclado con risas, y se volvió a girar. Su prima estaba de espalda en el césped y el papá de ella estaba con su cabeza enterrada en su barriguita. ¡Su tío se estaba comiendo a su prima!

No lo iba a permitir.

Corrió en dirección a su tío y se tiró encima de su espalda para liberar a Julieta. No sabía si iba a ganar la pelea, pero la iba a defender.

—¡*Pada*, papito, *pod favod!* —gritaba Julieta entre risas.

—¿Ves que era fácil? Solo tenías que decir las palabras mágicas —dijo el tío Damián dejando de comerse a su prima—. Siento un mosquito en mi espalda —bromeó, levantándose de pronto, pero sin dejarlo caer—. Ah, eres tú. Te voy a comer a ti también.

Alfonso no supo cómo, pero su tío empezó a hacerle cosquillas en la barriga igual que a su prima y ella le gritaba:

—¡Di «*pada*, papito, *pod favod*»! ¡Di «*pada*, papito, *pod favod*»!

—No, Julieta, Alfonso tiene que decir, «para, tío, por favor» —corrigió con la voz agitada, y luego continuó con las cosquillas—. ¡Te comeré!

Alfonso no podía parar de reír. En realidad, el tío solo jugaba, no se lo iba a comer de verdad. Le dieron ganas de hacer pipí de tanta risa.

—¡Di «*pada*, tío, *pod favod*»! —exclamaba una y otra vez Julieta que saltaba alrededor de ellos.

—¡*Pada*, tío, *pod favod*»! —gritó Alfonso respirando fatigado y su tío se detuvo en el acto—. Me hago pipí.

—Ahí en el árbol —indicó su tío apuntando uno que estaba a unos diez metros.

—*Quedo id* al baño —insistió Alfonso, no le gustaba mucho hacer al aire libre.

—No alcanzas a ir. Ve ahí, detrás del árbol, nadie te verá —aseguró su tío.

Las ganas eran más grandes que su aguante, y con cierto recelo fue donde le indicaron. No había notado que Julieta lo había seguido y sin más se bajó el pantalón hasta las rodillas y empezó a hacer lo suyo.

—*Tenes pilula* —aseveró ella observando con un poco de curiosidad—. Papá *tene* una *gaaande*. Mamá *tene chofi* como yo. ¿Tu papá *tene pilula*?

Alfonso se encogió de hombros, en realidad suponía que sí, papá era como un niño, pero grande… Pero lo otro no lo conocía.

—¿Qué es una *chofi*? —preguntó mientras terminaba de acomodarse la ropa.

Julieta se bajó el pantalón y le mostró que no tenía *pilula*. Ahhhh, ¿a las niñas le cortan la *pilula* o no la tienen? Alfonso se agachó para ver más de cerca y se dio cuenta que solo era diferente. Julieta se agachó e hizo pipí. Con razón mamá lo hacía sentada, pero lo había olvidado.

¡Increíble!

—¡Hija! ¡Avisa, mujer, que querías hacer pipí también! —manifestó un tanto nervioso Damián, llegando al lado de los dos—. Adiós, pañuelo. —Resignado sacó de su bolsillo trasero un trozo de género y se lo dio a su hija—. Sécate con esto, Julietita.

Alfonso observaba todo con interés, ahora era más notable la diferencia entre los niños y las niñas, pero más allá de eso, eran iguales, él hacía pipí de pie, su prima sentada.

No era la gran cosa.

Siguieron jugando toda la tarde, luego se incorporó a los juegos su papá, tía Haidée y la princesa Cami…

Alfonso se preguntaba si podía tener más de una mamá, ya tenía más de una tía, reflexionó, por lo que le parecía razonable que no era extraño tener otra mamá. Le gustaba cuando la princesa le hacía cariño y lo tomaba en brazos, no era tan alta como papá, pero le gustaba sentir su calor. Era diferente a su mamita en muchas cosas, pero a la vez las encontraba parecidas. Le iba a preguntar más rato a su papá si la princesa Cami se iba a quedar para siempre con él.

Su tía Paulina y mamá creían que él no se daba cuenta, cuando conversaban, pero sabía que algo muy malo pasaba con mamita, que no mejoraba... y que no se iba a levantar más.

—¡Te pillé! —exclamó la princesa Cami, abrazándolo fuerte y dándole un beso en la cara. Alfonso también la abrazó y apoyó su cabeza en su hombro. Ahhhhh qué rico era sentir su calor.

Esta tarde, iba a quedar grabado a fuego en la memoria de Alfonso. Nunca olvidaría que el primer día que visitó la casa del tata Agustín, ese sería, uno de los días más felices de toda su vida.

CAPÍTULO 27

—¡Aquí hay uno, Julieta! —exclamó Damián alzando un huevo de chocolate que estaba escondido en un cuenco de la cocina.

—Toma otro, hijo. —Edmundo le entregó un conejito de chocolate a Alfonso.

—Estos dos lo pasan mejor que los niños —bromeó Haidée mientras buscaba infructuosamente el tesoro de cacao que había dejado el conejo de pascua.

—Se hacen los locos nomás, pero estos viejotes están compitiendo para ver quien junta más chocolate —coincidió Camila—. Don Agustín, ¿ya sacamos todos los huevitos que escondió «el conejito»?

—Hay más en el patio —respondió con suficiencia.

—¡¿En el patio?! —exclamaron ambas amigas al mismo tiempo.

Llevaban algo más de una hora registrando cada habitación de la casa, Camila y Haidée ya pensaban que habían terminado. Mercedes solo reía al ver la escena, comiéndose unos chocolates que había encontrado por su cuenta.

—¿Cuantas bandejas de chocolate compraste, Agustín? —preguntó bajito Mercedes a su amigo—. Les va a dar un coma diabético a estos diablillos.

—Ay, no me preguntes sandeces, mujer. Es solo una vez al año. No les hará daño un poco de azúcar.

—Menos mal que es solo una vez al año, quedarías en la ruina si fuera más seguido —expresó socarrona Mercedes—. ¡Me dijeron que en el patio hay más! —azuzó al cuarteto de buscadores de huevitos perdidos.

—¡Vamos al patio! —exclamó Damián—. ¡Corre, Julieta, vamos!

—¡Hijo, al patio! ¡Hay más! —indicó Edmundo contento y entusiasmado.

—¡Huevitos! —gritaron ambos niños al mismo tiempo, tanto por la emoción, como por el azúcar que ya corría alegre y activo por sus venas.

Todos estaban pasándola bien, las risas provocadas al ver a «cuatro niños» disfrutando de la búsqueda más dulce del año. Edmundo estaba casi eufórico, Alfonso lo conectaba con el niño que fue alguna vez y que también esperaba con ansia la visita del conejo.

El celular de Edmundo sonó en el bolsillo de Camila, ella lo estaba guardando por él, ¿el motivo?, ya se le había caído tres veces al suelo y ya estaba convirtiéndose en un estorbo para él.

Miró la pantalla y era un número desconocido, Camila no titubeó ni un segundo, y a pesar de sentir un escalofrío que le recorrió toda la espalda, contestó.

—Aló —saludó Camila a su interlocutor.

—Aló, buenos días. Soy el doctor Emilio Vargas de la Clínica Universitaria, este número aparece como contacto principal de la señorita Florencia Álvarez. Necesito comunicarme con el señor Edmundo Cortés —solicitó una voz grave y ceremoniosa del otro lado de la línea.

A Camila se le heló la sangre, sentía que el calor de sus mejillas la abandonaba en una fracción de segundo. Se concentró en dar una respuesta coherente y empezar a moverse.

—Sí, este número pertenece a él. Deme un segundo lo voy a buscar. No me corte, por favor —respondió con una voz átona que le pareció extraña, incluso para sí misma.

Ella no se dio cuenta de cómo todos la observaban pendientes del repentino cambio en su expresión, ni tampoco Camila notó que ellos se movían cautos tras de ella.

Camila salió hacia el patio donde estaban los hermanos Cortés y sus hijos, riendo y buscando huevitos por todas partes. Divisó a Edmundo en un rincón junto a Alfonso.

No quiso llamarlo alzando la voz, apresuró el paso y se acercó a él con cautela. Edmundo al notar su presencia, sonrió, pero esa sonrisa se esfumó al ver el rostro lívido de Camila.

—Te llaman de la clínica, el doctor Emilio Vargas —informó ella apenas con un hilo de voz para no llamar la atención de Alfonso que buscaba con afán entre los arbustos. Le entregó el móvil a Edmundo como si el aparato quemara.

—Acompaña a Alfonso, bella —pidió con voz monocorde. Camila asintió, se acercó al pequeño y se agachó para ayudarle en su búsqueda—. Buenos días, Emilio —saludó al doctor que trataba a Florencia.

—Buenos días, ¿hablo con Edmundo Cortés?

—Con él.

Un efímero silencio se hizo presente, duró lo suficiente para densificar el aire que entraba por los pulmones de Edmundo.

—Lamento informar que la señorita Florencia falleció hace media hora. Llamamos a Paulina, pero no contesta su teléfono.

Tantas veces se preguntó Edmundo qué sentiría al enterarse de que Florencia había fallecido. La respuesta en ese tiempo pasado había sido la tristeza y el miedo, ahora podía decir con toda certeza, que esa tristeza y ese miedo eran mucho más grandes de lo que había imaginado.

Pero no debía perder el control. Debía ser la roca de su hijo… enfrentarse a la realidad. A la nueva realidad que cambiaba como las siluetas de las nubes con el viento.

Cerró sus ojos y luego los abrió con lentitud.

—¿Cómo sucedió? —interrogó Edmundo, sintiendo que la pena por su hijo le comía el corazón.

—Tuvo un paro cardiorrespiratorio… —El doctor dejó pasar unos segundos, odiaba esta parte de su profesión, hacer como que no le afectaba el pesar de los demás—. Lo siento muchísimo y lamento mucho su pérdida, Florencia fue una luchadora incansable —Suspiró largo y continuó—: Pero se deben iniciar los trámites legales que corresponden.

—Voy para allá, intentaré comunicarme con Paulina, mientras tanto… Llegaré en unas horas a la clínica. Gracias, doctor.

—No hay de qué, acá los van a guiar con parte del procedimiento.

—Gracias de nuevo… adiós.

—Adiós.

Edmundo cortó el llamado. Miró a su hijo que estaba en su mundo junto a Camila. ¿Por dónde tenía que empezar? No quería darle la cruel noticia a su hijo todavía, no deseaba arruinar este dulce recuerdo. Necesitaba tranquilizarse, y a la vez, empezar a ponerse en marcha para definir los qué, cómo, cuándo y dónde respecto lo que había dispuesto Florencia.

Solo había una persona que podía saber.

Paulina.

Edmundo sintió que alguien le tocaba el hombro, y por un segundo se desconectó de esa vorágine de sentimientos, se dio media vuelta. Era su padre.

No eran necesarias las palabras, incluso Haidée y Mercedes que los observaban con los ojos enrojecidos, sabían lo que sucedía.

Agustín abrazó a su hijo mayor, aquel que solo conocía desde hacía solo unos meses y que, sin embargo, no importaba, lo comprendía a un nivel que solo un verdadero padre es capaz de hacer, lo entendía con el corazón.

—No estás solo, hijo. Todos te apoyaremos en esto, en lo que sea necesario —aseguró, sintiendo como su hijo tragaba sus lágrimas—. No tengas miedo, estaré contigo en todo momento... nunca más tendrás que pasar por eso solo.

—Gracias, papá... Debo volver a Concepción, ahora.

—Lo sé. —Se separó de aquel abrazo, y empezó a caminar en dirección a la casona familiar—, déjame disponer de algunas cosas y partimos en la camioneta...

—Papá... —interrumpió Edmundo y Agustín detuvo en el acto sus pasos, dio media vuelta, volviendo al lado de su hijo, mirándolo intrigado—. ¿Cómo lo hago? —preguntó con una expresión de angustia y tristeza en su rostro, y que se reflejaba en su voz. Agustín no necesitaba saber a qué se refería su hijo con esa pregunta, su sabiduría le daba todas las respuestas.

—Alfonso es un Cortés, hijo... —respondió, tomándole el hombro con su gran mano y le dio un leve apretón—. Solo dile la verdad con palabras que él entienda. No le endulces el oído diciéndole que mamá se fue al cielo, o que está durmiendo para siempre... No subestimes la inteligencia, ni la capacidad de comprensión de él... No te preocupes, él te guiará. Obsérvalo y te dará respuestas.

*****

A Edmundo ya le había tocado vivir situaciones complicadas con su familia, que le había demostrado que cuando los Cortés se unían, no había poder en la tierra que los hiciera cambiar de opinión respecto a las decisiones que tomaban en pos de apoyar a un miembro. Edmundo sabía que era inútil pedirle a su familia que no se molestaran en acompañarlo en todo lo relacionado al fallecimiento de Florencia y, sin embargo, agradecía que fueran así, decididos, tercos y que no negaban ni en sueños el apoyo, aunque él no lo pidiera.

Así fue como llegaron todos a Concepción a las dos de la tarde. Edmundo llamaba cada cierto rato a Paulina, pero no contestaba el teléfono, estaba apagado y solo salía el buzón de voz, cosa extraña, ya que ella, al menos, devolvía una llamada cuando la perdía y eso le preocupaba de sobremanera.

La familia en pleno se acomodó en los departamentos de Camila y Edmundo, y se decidió que mientras ellos cuidaban a Alfonso, Edmundo se dedicara exclusivamente a ver los trámites que podía hacer para empezar la dura tarea de darle velorio y sepultura a Florencia.

Del tiempo que Edmundo la conoció, solo sabía que era atea y nunca habían tocado el tema de la muerte en sus conversaciones, como para saber qué cosa le hubiera gustado a la madre de su hijo para su último adiós.

Edmundo no tenía respuestas, solo tenía la esperanza de que Paulina sí se las diera.

Así que lo primero que hizo, una vez que llegaron a Concepción, fue ir a la casa de Paulina y ver por qué rayos no contestaba el teléfono.

Golpeó la puerta de la casa que le estaba siendo familiar y esperó. Al cabo de unos segundos, abrió la puerta la madre de Paulina y lo saludó afectuosamente, haciéndolo pasar. En ese instante, ella supo que algo pasaba, ya que no lo acompañaba su inseparable Camila, ni Alfonso.

La mujer rogó para sus adentros que las cosas no se salieran de control, porque la situación ya estaba tensa en la casa de Paulina.

—Hola, *mijo*. Llamo *altiro*[16] a Paulina.

—Muchas gracias, señora Francisca, la he estado llamando toda la mañana.

—¿En serio?

—Sí… es importante, por eso vine.

La señora Francisca se internó en uno de los dormitorios y llamó a su hija. A Edmundo le llamó la atención que no hubiera indicios de los hijos de ella pululando por la sala de estar. Raro.

Paulina salió al encuentro de Edmundo y tenía los ojos enrojecidos, al parecer la situación era más que tensa.

---

16 *Altiro: de inmediato*

—Hola, Edmundo —saludó apenas con un hilo de voz. Él respondió al saludo esbozando una sonrisa y se inclinó a besar su mejilla—. ¿Y Alfonso?

—Está con mi familia en mi departamento, él está bien, no te preocupes.

—¿Por qué no lo trajiste?

—De momento, es lo mejor, me llamaron de la clínica. He estado tratando de llamarte desde hace horas.

—Lo siento, tuve un percance con el equipo, se rompió.

—Eso explica mucho. —Edmundo se quedó mudo por unos segundos sin saber cómo decirlo, no quería ni imaginar cómo lo haría con su hijo—... Paulina, lo lamento mucho, pero... —Inspiró profundo, necesitaba coraje para decir—: Florencia falleció esta mañana.

El rostro de Paulina por unos segundos no evidenciaba ninguna emoción. No obstante, a medida que ella se convencía de que de verdad estaba pasando lo que más temió por tantos meses, sus rasgos se empezaron a contraer en una muda mueca de dolor y rompió en un llanto desgarrador que a Edmundo lo dejó indefenso.

Se acercó con lentitud a la madrina de su hijo y la abrazó para intentar contenerla en su pena. No sabía qué otra cosa hacer.

Paulina lloraba sin consuelo y no solo por el fallecimiento de su mejor amiga, sino por todo lo que estaba pasando en su vida en menos de veinticuatro horas. Todo era un caos.

Con mucho pesar había decidido dejar ir a Alfonso con su padre, en cuanto Florencia falleciera, pero no contaba con que sería tan rápido; tampoco contaba con la inesperada visita del padre de sus hijos en plan de reconstruir la familia después de haberla destruido hace un año; no contaba con que sus hijos saltarían felices por ver a su padre después de haberse ausentado por cuatro meses y salir con él a pasear, dejándola sola; no contaba con el arranque de celos que carcomió a su ex pareja al notar los innumerables llamados de un tal «Emilio» y un tal «Edmundo».

La vida de Paulina se estaba descarrilando y no sabía cómo detener la locomotora que estaba avanzando a todo vapor. Estaba sumida en el vértigo de no saber qué hacer con el regreso de Luis a su vida, apenas estaba empezando a arreglar su relación con sus hijos, dejar ir a Alfonso, la muerte de su amiga... Se sentía perdida.

—¡¿Así que este debe ser el famoso Emilio... o Edmundo?! —interrogó con sorna Luis al ver a aquel hombre que abrazaba a su mujer.

Edmundo, sin romper el contacto con Paulina, lo miró desafiante. No le importaba quién era ese imbécil, era obvio que era algo de Paulina, se notaba por el parecido que tenía el hijo mayor de ella con ese sujeto. La mente de Edmundo elucubró al instante la escenita de celos, y la asoció a los ojos enrojecidos con los que se encontró al llegar al hogar de la amiga de Florencia.

—¿Estás bien? —susurró a Paulina, mirándola a los ojos, ella negó con la cabeza—. ¿Quién es él? —preguntó en el mismo tono de intimidad.

—Luis, mi ex pareja —murmuró—. Viene con la idea de que me arrojaré a sus brazos porque me pidió perdón.

—Es un imbécil, ahora se está pasando una muy buena película, ¿no? —Paulina rio sin ganas y asintió—. Voy a hablar con él. Dame un segundo.

Edmundo se separó de Paulina y se dirigió al ex de ella, mirándolo fijo. Llegó a su lado y ahí estaban los tres hijos de él, a los cuales saludó con afecto, ignorando al hombre de forma premeditada.

Luis estaba que echaba humo por las orejas y fulminaba con los ojos a Edmundo, pero aparte eso y de su pregunta venenosa, no hizo nada más.

—Buenas tardes, Luis —saludó Edmundo con amabilidad, conteniendo sus ganas de zamarrear a ese imbécil. El hombre no respondió—. Soy el padre de Alfonso, el hijo de Florencia que Paulina ha estado cuidando todos estos meses. —Nada, el silencio altanero seguía—. Le pido encarecidamente que corte con su actitud infantil y sus celos que están totalmente fuera de lugar. —El rostro del hombre empezó a tornarse rojo de ira y sus fosas nasales empezaron a dilatarse, escupiendo aire caliente—. Estamos de duelo. Florencia acaba de fallecer, y usted viene e interviene como un niño amurrado mis intentos de comunicarme con la única persona en la que confiaba la madre de mi hijo, y por ende, yo. Así que le exijo que colabore y deje de hacer el papel de idiota, porque necesito, a pesar de toda la pena, a Paulina entera, y usted solo le está haciendo un daño tremendo. Sea hombre, madure, y hágase cargo de sus hijos mientras ella me ayuda a cumplir con la última voluntad de Florencia, mientras mi futura esposa cuida de mi hijo en mi casa.

Luis se quedó en silencio ante toda esa perorata que le propinó Edmundo sin piedad. Ahora sí que había metido la pata hasta el fondo, Paulina sí decía la verdad. Ahora no tendría que solo arrastrarse por el fango para que le dieran una oportunidad, sino de además de ello, debería caminar sobre brasas ardientes. Pero no ahora. Estaba indeciso, si quedarse con sus hijos y hacer lo que ese hombre le decía o retirarse. Su orgullo le gritaba «¡vete!», y el poco sentido común que tenía le decía «quédate con tus hijos y no sigas cagándola».

Edmundo se dio media vuelta y retornó al lado de Paulina, que estaba pasmada ante la escena, y en el fondo le agradecía a Edmundo por intervenir. Luis solo se hacía el machito frente a ella, pero cuando había otro hombre que no caía en su juego quedaba desarmado.

—Paulina, ¿sabes si Florencia tenía algo preparado para este día, te dio alguna instrucción?

—Sí, dijo que no quería velorio en iglesias ni ninguna ceremonia religiosa. Solo deseaba que la despidieran las personas que la conocimos, tampoco deseaba que su hijo la viera muerta —explicó con los ojos anegados en lágrimas—. Contrató un servicio de biournas fúnebres, para que sus cenizas fueran abono para la semilla de un árbol. Solo hay que contactarlos para que ellos se hagan cargo del papeleo.

—¿Tienes los contratos del servicio? —interrogó con congoja, Florencia incluso tuvo el valor de planificar su propio funeral, hasta el último minuto ella hizo su voluntad. Y él la iba a respetar.

—Sí, los tengo… perdón. —Paulina nuevamente se quebró, su mente pasaba de un estado autómata, que respondía con eficiencia, y luego, casi sin darse cuenta, la pena la sobrepasaba y no se sentía capaz de nada, salvo llorar—. También tengo la… ropa que ella quería para este… día… —continuó entre gimoteos que le ahogaban la voz.

Edmundo nuevamente acogió a Paulina entre sus brazos. Ella lloraba sin poder controlar sus gemidos, sus hijos estaban asustados, no sabían si acercarse o no. Luis estaba parado sin tener idea de qué hacer, Francisca, la madre de Paulina era mudo testigo, y Edmundo tuvo que sacar su lado frío y calculador para no dejar que el caos lo arrastrara consigo.

—Señora Fran, busque algo para calmar a Paulina, no está bien. Dele un relajante muscular o algún calmante para que duerma —demandó para imponer algo de orden a toda la situación—.

Paulina, necesito que me entregues los documentos del servicio fúnebre. Yo me hago cargo, no te preocupes de nada, Alfonso está en buenas manos, te lo prometo… Pero alguien debe hacer algo y tú no puedes ahora.

Paulina entre sollozos asintió, Edmundo tenía razón y ella no tenía ganas, ni corazón para llevarle la contra o hacer algo que, en definitiva, no se sentía capaz de llevar a cabo.

—Martín… trae una carpeta azul que está en el último cajón de mi closet. Ahí también está la ropa de Florencia —ordenó Paulina con un tono de voz ido y entrecortado, observó a sus otros hijos fugazmente que le devolvían la mirada con temor, y luego siguió llorando.

Estaba en una crisis, Paulina sentía que todo el mundo se le venía encima. Se sentía destruida.

El muchacho obedeció en el acto y dos minutos después, Edmundo tenía los documentos en sus manos. Dio un suspiro hondo. Su día iba a ser largo.

Muy triste y largo.

CAPÍTULO 28

$\mathscr{L}$os dedos de Edmundo se deslizaron por la reluciente, suave y fría madera del ataúd de Florencia. Parecía que al fin descansaba, su rostro reflejaba una inquietante paz, se veía demasiado descansada, demasiado serena, tan ajena a los que había dejado en esta tierra. Edmundo sabía perfectamente que ella adoraba a su hijo, e hizo lo indecible para concebirlo, pero también estaba cansada, su cuerpo lo había esforzado al máximo por poder estar todo el tiempo posible junto a su amado Alfonso.

Edmundo encontraba tan injusto todo, perfectamente pudo haber conocido a su hijo antes, pudo haber apoyado a Florencia, pudieron haber sucedido tantas otras cosas, pero no le fue permitido, y ya no podía lamentarlo, no podía. Pero cada vez que veía a la madre de su hijo confinada en un cajón, volvían los lamentos y recriminaciones. Sus vidas pudieron ser muy diferentes.

Y ya no había nada que hacer.

Sin duda, Florencia había pensado en todo, ella luchó por permanecer con vida hasta el último momento, pero también sabía que, tarde o temprano, esa lucha sería inútil.

Así se lo confirmó el doctor Emilio, cuando le relató que Florencia había solicitado una orden de no reanimación, en caso de que le volviera a dar un paro cardíaco. Estaba resignada a su suerte y ya no deseaba que la reanimaran una tercera vez. De todas formas, decía el doctor, no iba a resistirlo en caso de que lo hubieran hecho.

Florencia también había dispuesto de un servicio funerario en el cual la cremarían. No quería despedidas dolorosas, ni que la olvidaran en un cementerio para que las flores se marchitaran, le parecía demasiado desolador. Ella no tenía más familia aparte de Alfonso, solo contaba con unos cuantos amigos que seguramente asistirían a su funeral, y deseaba que sus cenizas se convirtieran en el alimento para una nueva vida. Edmundo de inmediato supo donde dejar la urna con los restos de Florencia, pero eso lo haría después, con su hijo y Camila, solo ellos tres.

En el silencio de la habitación solo estaba él y ella, como varias veces estuvieron durante la semana. Edmundo en un afán por conocer a su hijo a través de los ojos de Florencia, y ella, en cierto modo, por expiar su culpa por haberle ocultado a un buen hombre que era el padre de su maravilloso hijo. Y ahora, era la última vez que ellos se encontraban; era la íntima despedida que le iba a dar a esa mujer que, aunque tardó, le había dado el regalo más valioso que tenía en ese momento.

—Gracias, Florencia, por confiarme a tu hijo... aunque yo no hubiera sido tu primera alternativa... —Tragó el nudo de su garganta, tenía que decir en voz alta todo lo que sentía, con la idea de que ella lo escuchara—. Te vuelvo a prometer que él será lo más importante, que le daré todo lo que pueda, que lo criaré e intentaré hacer de él un buen hombre... —Dos goterones corrieron por sus mejillas, no le importó sentir el sabor salado en sus labios y continuó—: Prometo que él no te olvidará y que cada año haré lo que me has pedido. No sabes cuánto amo a Alfonso. Tenías razón, es un niño increíble... Hiciste un gran trabajo con él al dedicarte a darle una vida llena de amor... intentaremos seguir tu senda junto con Camila, darle ese mismo amor y tiempo, más que cosas materiales. Que sea más importante para él un abrazo, que el juguete de moda. Intentaremos hacer lo que tú hubieras hecho... Te juro... —Se quedó unos segundos en silencio intentando sacar la voz que le quebraba y que no salía de su garganta. Limpió sus lágrimas, pero éstas volvían fluir. Inspiró profundo, el pecho le dolía horrores, pero se obligó a continuar—... Te juro que donde quiera que estés, no te vas a arrepentir por contarme la verdad... Gracias, Florencia... gracias... Todo lo que hiciste no será en vano... te lo prometo.

Se quedó unos minutos más en un silencioso sollozo, intentando recuperar la fuerza, el ímpetu para seguir adelante, todavía faltaba lo peor. Besó la fría frente de Florencia que finalmente descansaba tranquila y en paz.

—Gracias...

Edmundo abandonó la habitación con pesar. En unos minutos la iría a buscar el personal de la funeraria para hacer cumplir su última voluntad.

*****

Edmundo entró en su departamento a las ocho de la noche, toda la familia estaba reunida ahí. Los adultos conversaban y los niños jugaban, tan inocentes, tan ignorantes de lo dura que era la vida.

El ánimo de Edmundo estaba por el suelo, Camila al notar su presencia fue a recibirlo con un abrazo apretado, ahora él era el que estaba siendo contenido. Necesitaba sacar fuerza de flaqueza. El calor de su petiza pronto le fue llenando el corazón, la besó con dulzura y dolor. No había palabras, estaban de más, ella lo comprendía y sabía que su día había sido duro. Edmundo la había mantenido informada de cada paso que daba, y ella a la distancia lo reconfortaba, pero él no había vuelto a hablar con ella desde que se despidió de Florencia.

Alfonso se acercó corriendo a las piernas de su papá, lo había extrañado mucho, le gustaba tanto estar con él y con la princesa, y también le gustaba mucho la familia, todo el rato le decían que eran una gran familia, que todos lo querían y que nunca lo iban a abandonar. Eso le gustaba a Alfonso. Se preguntaba si tendría que volver al jardín infantil, o a la casa de la tía Paulina, él la quería mucho, mucho, mucho, pero no se sentía a gusto en la casa de ella, como si de algún modo fuera una carga, le gustaba más visitarla un rato, como lo hacía antes con mamita… a ella también la extrañaba… Ahhhh, le gustaría decirle tantas cosas a papá, pero sentía que no podía decir todo lo que quería, no encontraba las palabras.

¿Se enojaría si le dijera que quería estar siempre con él?

Edmundo acarició la cabeza de su hijo y lo tomó en brazos, lo hacía cada vez que podía, por todo ese tiempo que nunca pudo sostenerlo de esa manera. Los últimos meses de su vida sentía que tenía tanto tiempo que recuperar, con su familia, con Camila, con su hijo. Sentía que debía vivir para siempre, y así y todo, le faltarían años para compensar lo perdido.

Lo besó, le sonrió feliz, porque solo con verlo le colmaba el alma y le aquietaba la pena. Los demás solo observaban, ya habría un momento para conversar.

Edmundo decidió que tenía que enfrentar lo peor en ese momento, no debía aplazarlo más.

—Hola, hijo. ¿Lo pasaste bien hoy? —preguntó Edmundo intentando ser natural. El niño asintió con la cabeza, un tanto distraído por estar observando una cicatriz que tenía su papá entre las cejas—. Tengo que conversar algo importante contigo. ¿Me acompañas, Cami, por favor? —invitó Edmundo a su mujer que ya intuía lo que iba a suceder. Todos los miembros de la familia contemplaban en silencio sabiendo también lo que se venía.

Se sentaron en el sofá de la sala de estar, Alfonso estaba sobre el regazo de su papá, y notó que la princesa Cami les había tomado la mano a ambos.

—Hijo, tú sabes que mamita está, muy, muy enferma, ¿cierto?

—Ajá, está *flaquita*.

—Sí, hijo, mucho… y está tan flaquita y enferma que su cuerpito se debilitó mucho, mucho, mucho y dejó de funcionar… —Inspiró hondo, el mentón le tembló y sus ojos se humedecieron—. Mamita murió hace un ratito.

Alfonso intentó procesar la explicación de su papá… si el cuerpo no funciona…

—¿Ya no *despida*?

—No, hijito, no respira. Todo su cuerpito dejó de funcionar, mamá murió… No volverá a abrir sus ojitos —insistió Edmundo para intentar hacer que su hijo pudiera comprender. Camila le sostenía la mano, y eso era lo único él que necesitaba para mantener el control.

—¿Me *podté* mal? —preguntó Alfonso pensando que el cuerpo de mamá había dejado de funcionar porque no siempre se portaba bien con tía Paulina; a lo mejor, por eso mamita ya no respiraba ni abría sus ojos.

—No, hijo, no… —Edmundo se quebró, intentó retener las lágrimas, pero le fue imposible—. Eres el mejor hijo del mundo, pero el cuerpo de mamita estaba muy enfermo y débil, tú no tienes la culpa de nada, mi niño bello.

—¿No *idemos* más a la *quínica*? —preguntó Alfonso con inocencia—. ¿No *vedé* a mami? —Esa idea lo puso muy, muy triste, y empezó a llorar. Él quería ver a su mamita… todos los días, como antes… A lo mejor, mamá ya no respira porque quiso tener otra mamá más…

—Lo siento, hijito, ya no podremos ver a mamita —Edmundo lo abrazó y Camila que también lloraba en silencio, los abrazó a los dos—. Lo siento, hijo… mamita estaba muy, muy enfermita. Nada de lo que tú hayas dicho, hecho o pensado ha sido la causa de que ella no haya sanado —repitió sollozando, sin miedo a mostrar su tristeza a su hijo; estaba bien sentirse así, no tenía nada de malo, porque él y Camila estaban con él, siempre.

Alfonso lloraba, escuchando atento a su papá, tenía razón, hacía mucho que mamita ya no estaba sanita, estaba flaquita, y apenas sonreía, lo miraba con penita. No quería que mamita estuviera cansadita y triste.

—¿Mamá ya no está cansadita y *tiste*? —preguntó entre sollozos el pequeño a Edmundo.

—No, hijo, ella ya no siente ni pena ni cansancio.

Eso le alivió un poco la tristeza a Alfonso, si el cuerpo de mamita ya no funcionaba, ya no se sentiría así, eso era bueno.

Toda la familia estaba conmovida con ese doloroso momento que presenciaban, todos lloraban por el sufrimiento de Alfonso, Edmundo y Camila, que debían seguir pasando pruebas y etapas, ahora como familia.

Alfonso no estaba solo.

—¿Tengo que *id* donde tía Paulina? —preguntó de pronto Alfonso, tenía miedo, no quería volver.

—No, hijo. Te quedarás conmigo y con Camila, los hijos viven con sus padres —respondió Edmundo con seguridad, pero con el temor de que el pequeño quisiera volver con Paulina.

—¿*Pada sempre*? —interrogó el pequeño con esperanza.

—Para siempre, hijito.

—*Quedo estad pada sempre* contigo, papá —afirmó Alfonso—. ¿No estás *enfedmito*?

—Yo también quiero que estés para siempre conmigo, hijo… —respondió feliz por la declaración de Alfonso—. Y no, no estoy enfermo, estoy muy sano… solo estoy triste porque tu mamá murió, pero nada más.

—¿La *pincesa* Cami también está sanita? —preguntó con temor; a lo mejor solo los hombres no enfermaban…

—Estoy bien, hijo —respondió Camila entre lágrimas—. No estoy enfermita, solo tengo pena, porque tú estás triste. Te quiero mucho y también quiero estar contigo siempre, mi niño hermoso.

—¿Dónde está mamita? —inquirió Alfonso un tanto confundido.

—¿El cuerpo de mamita? —preguntó de vuelta Edmundo, intentando comprender la extraña pregunta de su hijo.

—Ajá.

—El cuerpo de mamita, que ya no funciona, lo enviaremos a un lugar donde lo convertirán en polvo.

—¿En polvo? —interrogó con curiosidad y sorpresa.

—Sí, lo convertirán en polvo, con un poco de fuego... a ese polvo le pondremos una semilla y ayudará para que crezca un árbol... ese será el árbol de mamita. Lo plantaremos en la nueva casa que tendremos —explicó Edmundo intentando ser claro—. Tardará un poco en crecer, pero lo cuidaremos mucho.

Era casi mágico lo que le decía papá, convertirían a mamá en polvo y crecería un árbol gracias a ella. Podría ver el árbol de mamita todos los días. Esa idea lo confortaba un poco más y lo tranquilizaba.

Estaba triste por no poder ver nunca más a mamita... pero a la vez estaba contento porque viviría con su papá y la princesa, era raro sentir esas dos cosas al mismo tiempo.

Edmundo y Camila seguían abrazando a Alfonso con amor hasta que él se quedó dormido. Lo peor para Edmundo ya había pasado. Las siguientes semanas iban a ser intensas y llenas de cambios.

*****

—Conocí a Florencia cuando ella estaba embarazada de Alfonso y estaba empezando recién su negocio de florería. —Empezó a relatar Paulina en la ceremonia funeraria de Florencia. En el amplio y acogedor salón del crematorio de Cementerio General de Concepción, solo había un par de personas más, aparte de la familia de Edmundo y la suya—. Nos convertimos en las mejores amigas en muy poco tiempo, y todavía recuerdo su cara de horror cuando le dije que quería ser la madrina de su hijo. Era una persona muy fiel a su forma de ver la vida, no creía en Dios ni nada por el estilo... A Alfonso no lo bautizamos bajo ninguna religión, hicimos un ritual especial, solo nosotras dos y eso fue más significativo que cualquier otra cosa más tradicional... y tal como lo estamos haciendo ahora, esta despedida no la olvidaré jamás. Nunca quise que llegara este día, mi amiga se fue... Nadie sabe qué pasa cuando uno deja de existir... mi único consuelo es que ella ya no está sintiendo dolor, ni angustia... dejó a su hijo en muy buenas manos... —Miró a Edmundo con gratitud y cariño—. Gracias, Edmundo... por todo. Sé que harán un buen trabajo con Camila, y no piensen por un segundo que dejaré de visitarlos o de que no vayan a mi casa —aseguró con una sonrisa triste. Alfonso no estaba presente en la ceremonia, habían cumplido lo que Florencia pidió, y se encontraba bajo el cuidado de Camila—. Florencia… donde quieras que estés… te quiero mucho, amiga… siempre…

En silencio volvió a su lugar y el maestro de ceremonias invitó a que alguien más le dedicara palabras a Florencia, Edmundo sintió que debía decir algo más… él ya le había dicho todo a Florencia en la intimidad, pero ahora era diferente, necesitaba estar en paz. Desplegó una carta que había escrito la noche anterior, después de haberle contado la verdad a su hijo.

—Siempre fuiste un misterio para mí, Florencia, en muchos ámbitos. Lo que más me gustó de ti, siempre fue tu franqueza, y esa fuerza y pasión con que hacías las cosas. Cuando nos conocimos tú tenías planes de independizarte y poner un pequeño negocio… ahora sé que era una florería. Cuando me enteré de la existencia de Alfonso, por instantes te odié, por negarme ser su padre desde el primer momento. Ya no es así, lo sabes, me va a faltar vida para agradecer las lecciones que me has dado en tan solo unos días. Me has enseñado lo pequeño y frágiles que somos, y que solo contamos con el ahora… y ahora estoy aprendiendo a ser padre de un niño increíble… Alfonso es el testimonio de tu paso por esta vida, tu legado… No te olvidaremos… Gracias, por todo.

Se bajó del estrado, nadie más habló.

Y siendo el mediodía de un 17 de abril, el cuerpo de Florencia se transformó en cenizas, que no se las llevaría el viento, sino que permanecerían cerca de su hijo y, de algún modo, ella también lo vería crecer.

*****

—*Pincesa* Cami…

—Dime, mi niño…

—¿Y papá?

—Fue a convertir en polvo el cuerpito de mamita. Mañana mismo la tendremos en casa —respondió Camila con naturalidad, siempre con la verdad, pero intentando ser clara y simple.

El pequeño se quedó unos segundos en silencio mientras veían unas caricaturas. A Camila le picó la nariz y estornudó como si fuera una gatita.

—¿Estás *enfedmita*? —preguntó Alfonso con inocencia y temor.

—No, hijito. Estoy bien, solo me picó la nariz… —Camila estaba atenta a cada palabra de Alfonso e intentaba interpretar su estado de ánimo. Con todo lo que estaban atravesando ninguna palabra o pregunta de él era banal. Había muerto su madre por una enfermedad, por lo que ella reflexionó que probablemente el niño tuviera temor a que cualquier enfermedad llevara a la muerte—. ¿Tú estás enfermito? —preguntó para intentar ver más allá.

Alfonso negó con la cabeza y sorbió su nariz. Camila lo miró atenta, y no estaba llorando, descartó los moquitos por llanto y preocupada tocó su frente. Un poco de temperatura. Ella ya tenía experiencia en detectar las gripes y resfríos con sus alumnos que a veces llegaban un poco enfermos a clases. Mientras el niño no empezara con tos, todo estaba bajo control.

—¿Te sientes bien, hijo?... ¿te duele algo? —Nuevamente el pequeño negó con terquedad. Camila comprendió que Alfonso no solo temía que los demás enfermaran, sino que él también. Tan pequeño y ya estaba tomando conciencia de que también podía morir—. Alfonsito, te voy a contar algo... Tú y yo somos parecidos, yo tampoco tengo mamá. —El niño le prestó atención con lo que le decía Camila, ella sonreía, pero sus ojos estaban húmedos—. Ella también enfermó, y su cuerpo dejó de funcionar hace un tiempo... La echo mucho de menos, y a veces me pongo triste cuando me acuerdo de ella... El asunto es que todas las personas enfermamos, pero hay enfermedades que se curan. ¿Tus compañeros del jardín a veces enferman, ¿cierto? —Alfonso asintió, recordó que Sofi faltó varios días por estar enfermita, pero luego volvió—. Y luego se recuperan y vuelven a estar sanitos. —El pequeño volvió a asentir—. ¿Ves? No es tan malo, todos podemos enfermar... y ahora parece que estás resfriado. ¿Te parece si vamos a la farmacia a comprar remedios? Yo te voy a cuidar y en unos días sanarás, te lo prometo.

A pesar de ser pleno otoño, era un día soleado, Camila abrigó a Alfonso lo suficiente para que el cambio de temperatura no fuera brusco al salir. Ella también hizo lo mismo, tomó las llaves, dinero y salieron a caminar de la mano.

En esos mismos instantes ya debían estar en el funeral de Florencia, el cielo estaba despejado, la brisa fresca y tibia les besó las mejillas. Camila lo sintió como una señal.

—Gracias, Florencia... lo cuidaré y lo amaré como si fuera mi porotito... te lo prometo —susurró, apretando la mano de Alfonso que caminaba dando saltitos—. Te quiero mucho, Alfonso...

—Te *quedo* mucho, Cami...

CAPÍTULO 29

La familia de Edmundo volvió a Santiago la mañana del día martes, pero Agustín decidió quedarse unos días más para cuidar a Alfonso, mientras Camila y Edmundo trabajaban. Ya habían determinado que el niño no volvería al jardín infantil, era casi un crimen hacerlo y también optaron por aceptar la ayuda económica de don Agustín para que Camila dejara de trabajar y se hiciera cargo de Alfonso. Pero ella no quería dejar el trabajo botado sin más, tenía que hacer las cosas bien y con algo de tiempo para que la reemplazaran.

A Agustín no le incomodaba dejar por una temporada el criadero, contaba con Abelardo que, ya en una ocasión, lo había reemplazado en sus labores sin problemas, y de todas formas, Concepción estaba a solo dos horas de Cauquenes, en caso de que fuera necesaria su presencia. Él sentía que también tenía que aprovechar el tiempo para disfrutar y conocer a su nuevo nieto... ¿Quién lo diría? Él, Agustín Cortés, en menos de tres meses ya tenía dos nietos, una que estaba cerca de cumplir tres años, y otro que ya estaba en el punto medio entre los tres y los cuatro. Para él era una especie de revancha que le había dado la vida. Si no pudo disfrutar de gran parte de la vida de Edmundo, bien podía disfrutar la de su nieto. El chico era un Cortés por donde se le mirara, había heredado los rasgos físicos que la mayoría de los hombres de su familia compartían, y también tenía similitudes con Damián; muchos de sus gestos ya los había visto en él.

—Tata, ¿y papá? —preguntó de pronto Alfonso, sin dejar de mirar la televisión.

—Fue a trabajar y después pasa a buscar la cajita donde está el cuerpecito de mamá —explicó Agustín con naturalidad. A los niños cuando se les dice la verdad, se toman todo con una facilidad que pasmaba.

—¿Y *pincesa* Cami? —siguió con su interrogatorio. Le extrañaba que esa mañana hubiera amanecido solo. Los últimos días había estado durmiendo en cama de papá junto la princesa, y él dormía en medio de los dos.

—Está trabajando, pero vuelve a la tarde. No te preocupes —respondió intuyendo el porqué de tanta pregunta.

La atención de Alfonso volvió a estar totalmente centrada en la pantalla, rio con las trastadas que Tom le hacía a Jerry y viceversa, nunca había visto esos «monitos» y le hacían mucha gracia. El tata no encontraba el canal que veía siempre y encontró otro donde daban «los que veía tu tío cuando era chico».

Agustín estaba encantado con su nieto, de pronto volvía al pasado, y echó de menos a su difunta esposa. «Cómo hubieras gozado con tus nietos, negrita», se decía con nostalgia. Inspiró hondo, era mejor disfrutar el ahora.

Alfonso se dio media vuelta y miró fijo a su tata... Se parecía a su papá, incluso en la voz, ellos sí se parecían... pero era más viejito. Le gustaba estar con él también.

—¿Y tía Paulina? —preguntó, la echaba de menos. De pronto se había acordado de ella, e incluso de sus hijos.

—Está trabajando, vendrá a verte hoy —aseguró Agustín. Edmundo le había avisado que ella pasaría un rato al departamento para dejar las pertenencias del pequeño.

—Ah. —Fue toda la respuesta de él. Sí, la extrañaba... lo que no extrañaba era el jardín infantil. Para nada... Bueno, tal vez un poquito a Sofía.

Alfonso empezó a sorber su nariz, tenía un leve resfriado que molestaba por el romadizo. Solo había que cuidarlo con lo básico, amor, una temperatura templada, y algo de paracetamol.

—A ver, mi niño. Vamos a limpiar esos moquitos. —Tomó un pañuelo desechable que había en la mesa—. Eso, muy bien. Échalo todo afuera para que te sanes pronto.

—¿Mi *cuedpo* no *dejadá* de *funcionad*? —preguntó con esa inocencia que desarmaba. Alfonso tenía temores totalmente fundados, y cada cierto rato, insistía en hacer preguntas relacionadas con la muerte, y su temor a seguir perdiendo seres queridos, incluso su propia vida. Era normal que se sintiera así y, afortunadamente, ahora tenía una familia completa que lo contenía y le daba seguridad...

—No, Alfonsito. Tu cuerpo estará muy bien, es una enfermedad chiquita la que tienes. En un par de días estarás sanito —aseguró Agustín con el corazón encogido. Con esas preguntas que hacía el pequeño, sentía que, en realidad, solo con el tiempo Alfonso podría sanar, no del resfriado, sino del vacío inmenso que le dejó la pérdida de su mamá.

*****

—¡Llegué! —Saludó Edmundo cuando entró a su departamento. Eran las cinco de la tarde—. Hola, papá... ¡Hoooola, hijo! —exclamó cuando vio que Alfonso corría a su encuentro, y como siempre, le abrazó las piernas y esperó a que su papá lo alzara en brazos, cosa que él hizo en el acto—. ¿Cómo estás, campeón? —interrogó mientras lo miraba casi con incredulidad de que al fin su hijo estaba viviendo en su hogar.

—Bien —respondió el pequeño, dándole un abrazo.

—Mira quién vino a verte. —Tras él entró Paulina, que sonrió al ver a Alfonso

—¡Tía! —exclamó el niño contento, arrojándose a los brazos de Paulina.

—¡Mi niño!

Ambos se abrazaron con fuerza, Paulina lo necesitaba, necesitaba sentir aquel calorcillo que emanaba el cuerpo de Alfonso, y saber que todo estaba bien. Eso alivió un poco su pena, la esperada, pero repentina muerte de su amiga le había afectado más de lo que ella suponía. Quería ver al pequeño que tanto amor le infundía.

Ahora estaba más tranquila respecto a ello. Pero lamentablemente, había otras cosas que la tenían al borde de la cordura. Definitivamente, fue lo mejor dejar a Alfonso al cuidado de su padre. Era lo más sano para todos.

—Estás más grande, hijo —halagó con cariño, acariciándole el cabello—. ¿Te has portado bien?

—Ajá —contestó el pequeño, asintiendo con la cabeza, y luego se limpió la nariz con la manga de su *sweater*, dejándola con un rastro de moco.

—Te resfriaste, qué mal —dijo Paulina haciendo un puchero exagerado. Con el tiempo otoñal era natural que el niño se resfriara en algún momento.

—Estoy *enfedmito*.

—Pero te recuperarás pronto, no te preocupes. El papá, Camila, y el tata te cuidarán.

—Sí.

Paulina y Alfonso se sentaron en el sofá de la sala de estar, el niño estaba sobre las piernas de ella, y le intentaba hablar con coherencia sobre los caballos que tenía el tata en la casa grandota del campo.

Mientras eso sucedía, Edmundo fue al dormitorio a dejar la maleta con las pertenencias de su hijo, mentalizándose en tener que cancelar el contrato de arriendo del departamento, e irse a la casa de su madre para tener más espacio... y algo de privacidad. Echaba de menos a Camila, solo habían pasado unos días sin tocarla y se había tornado un verdadero suplicio. Era contradictorio, adoraba dormir con su hijo, pero detestaba no poder hacerle el amor a su mujer.

No podían estar en la misma cama.

Edmundo resopló con resignación, pronto tendría que encontrar un momento para poder entrar en Camila y embestirla hasta vaciarse por completo en ella.

Sacudió su cabeza para sacarse sus libidinosos pensamientos que ya estaban tensando una parte muy específica de su anatomía. Volvió a la sala de estar, le dio un beso en la mejilla a su padre como saludo, y se sentó a su lado.

Agustín observaba a Paulina con atención, pero de manera discreta. Entre ella y su nieto había una linda relación, si ella amaba así a Alfonso, quizás cómo amaba a sus propios hijos. Eso le provocó un sentimiento de respeto y admiración a pesar de todas las trabas que puso al principio. Pero él la entendía, era natural esa reacción en una mujer como ella.

En ese instante, la puerta principal se abrió, la atención de Alfonso se centró en ella, a la expectativa. Era Camila que entraba con cara de cansancio. Alfonso sin más se bajó del regazo de Paulina y se fue corriendo hacia Camila para abrazarla. La madrina de Alfonso fue testigo de cómo le cambiaba el rostro a aquella menuda mujer casi de forma milagrosa. No era un gesto premeditado, era espontáneo, natural, que le recordó de inmediato a Florencia cuando recibía las visitas de ese mismo niño. Los ojos de Paulina de pronto se humedecieron, y se recriminó por ser tan dura con Edmundo y Camila. Ahora se daba cuenta de que sus aprensiones y miedos eran infundados.

—¡Ma...! —Alfonso se quedó por una milésima de segundo en silencio—. ¡Cami! —se corrigió al instante, a veces le daban ganas de decirle mami, pero todavía no se atrevía.

—Hola, hijito —saludó Camila con una sonrisa radiante. Su día en el colegio había sido complicado. Estaba cansada por el ajetreo de las actividades que le había tocado atender, y bancarse la cara de acritud de la directora, como si se hubiera tragado un ramo de ortigas cada vez que ella le dirigía la palabra y, sobre todo, después de haber presentado su renuncia.

Eso lo hizo con mucho placer.

Llegar a casa y encontrarse con ese recibimiento por parte de Alfonso… su hijo era suficiente para borrar lo malo del día y dejarlo atrás de la puerta de su hogar. Cada día que pasaba, el pequeño le iba robando más pensamientos. Ella, ahora, podía reconocer que se había enamorado de él en cuanto vio su fotografía por primera vez.

Recibir ese amor incondicional e inocente por parte de él, era algo que pensó que tal vez tardaría más experimentar. Nunca imaginó que sería mamá de una manera tan repentina, porque así se sentía, que era la mamá de Alfonso. Con Edmundo se permitía entregarse en cuerpo y alma, no podía ser menos con su hijo. Cuando se trataba de amor, Camila no era mezquina.

Abrazó a Alfonso e inhaló su aroma, acarició su cabello y le besó la mejilla. El niño se dejaba querer, y a la vez entregaba amor sin condiciones… tal como su padre.

Tomó al niño en brazos, dejando su cartera tirada y su abrigo en el suelo, no le importaba, porque su prioridad era su niño y no el orden, ya recogería todo después. Se dirigió a la sala de estar donde estaban todos y los saludó a cada uno con afecto, cuando llegó el turno de saludar a su señor Cortés, lo besó intentando frenar su pasión, tanto para no escandalizar a las visitas, como para conservar cierta distancia con Edmundo.

También extrañaba sentirlo en su interior, amándola, dominándola, llevándola al cielo y estallar como una bengala. Pero dadas las circunstancias, debía contenerse y esperar… Total, tenían toda la vida por delante. De todas formas, Camila sabía que Edmundo ya se las ingeniaría… Y eso era lo que más le gustaba de ese hombre dominante, que él tenía la iniciativa, ella ya no tenía que dirigir, ni esperar en vano que un hombre se comportara como tal… Toda su vida adulta estuvo al mando de la relación sexual; ella decidía con quien se acostaba, cuando era suficiente de sexo, qué prácticas llevar a cabo, cuanto duraba la relación… Ella todo lo controlaba, y ahora, sentía que no tener ese control la liberaba, porque se lo había dado a un hombre que sabía administrarlo con maestría, a pesar de ser principiante, y es que Edmundo era un dominante nato, había nacido para ello y, afortunadamente para ella, era todo suyo.

Sí, todo, todo suyo.

*****

Estaban todos tomando once, y ya con más tranquilidad, Camila y Edmundo pusieron al día a Paulina respecto a los días que pasaron en Cauquenes con Alfonso, y de las decisiones que habían tomado para criar al niño y hacerle más llevadero el duelo.

Paulina se sorprendió por la valiente opción de Camila de renunciar a su trabajo, solo por darle a Alfonso la misma calidad de vida y de crianza que le estaba dando Florencia. Cualquier mujer la piensa una, dos, tres, mil veces antes de dejar una carrera profesional e independencia económica. A ella le encantaría poder tener la libertad y el apoyo de todos para tomar una decisión así, para estar más cerca de sus hijos. A veces, sentía que no valía la pena partirse el lomo trabajando, si apenas veía a sus hijos, y los criaba su madre. Nunca pudo dejar de trabajar de manera definitiva... Luis siempre ponía peros... Ahora los entendía. Imbécil.

Pero sus hijos amaban tanto a Luis y le perdonaban su ausencia... Querían ser de nuevo una familia feliz. Luis no dejaba de insistir en que lo perdonara y le diera una nueva oportunidad.

Estaba confundida.

—Paulina... Paulina —llamó Edmundo. De pronto, el rostro de ella daba a entender que estaba en cualquier parte, menos en el departamento—. ¿Estás bien?

—¿Qué? —replicó desconcertada, no sabía de qué hablaba Edmundo.

—De pronto te fuiste de la conversación... ¿Sucede algo malo?, ¿hay algo que consideres que podemos hacer mejor respecto a Alfonso? —interrogó intentando dilucidar qué tenía a Paulina a kilómetros de distancia.

En ese momento, Paulina extrañó más que nunca a Florencia, negó con su cabeza. Sus problemas ya no se relacionaban con Alfonso, y aprobaba cada cosa que hacían Edmundo y Camila. Necesitaba contar con alguien, desahogarse, saber qué hacer, sentía que estaba hundida hasta el cuello en arenas movedizas y que cualquier movimiento la hundía más y más.

—Pau... puedes contarnos —dijo Camila tomándole la mano—. Eres la madrina de Alfonso, la mejor amiga de Florencia, nos afecta si tú no estás bien, porque te queremos... de verdad —expresó con sinceridad.

Dos goterones se deslizaron por las mejillas de Paulina, no podía más...

—Mi ex pareja quiere volver conmigo.

—¿Luis? ¿Él es el padre de tus hijos, no? —interrogó Edmundo recordando la escena de estúpidos celos que presenció.

Paulina asintió.

—Tuvimos una relación de trece años, llevábamos unos seis meses cuando quedé embarazada de Martín y decidimos vivir juntos, así llegaron Guille y Diego… Los años. —Comenzó a resumir lo que había sido su historia con ese hombre, ¡qué no daría por olvidar!—. Hace un año me enteré que en realidad él estaba casado y que vivía con su esposa, pero no tenía hijos con ella. Su trabajo le permitía poder mantener su doble vida… solo una torpeza de su parte lo delató. Lo eché de la casa que arrendábamos, tuve que volver a la casa de mi mamá porque no me alcanzaba para mantener sola la economía familiar. Así que fuimos a mediación por la pensión alimenticia de los niños… Eso lo cumplió religiosamente hasta hace cuatro meses. —Paulina empezó a reír, casi al borde de la histeria—. Volvió el domingo pasado pidiendo perdón, diciendo que ahora era libre, su esposa había fallecido solo hace cinco meses… Y mis hijos me presionan para que lo acepte, ellos están tan contentos con su papá. El domingo se quedó con ellos mientras estuve dopada, ayer los visitó… Mientras estuvo conmigo fue un buen papá, eso lo puedo reconocer, pero como pareja... Tener al papá cerca es suficiente para mis hijos, verlo, abrazarlo…

—¿Y tú? —interrogó Camila—. ¿Lo amas todavía?

Paulina se quedó en silencio, estuvo tan bloqueada por el impacto del retorno de Luis y la reacción de sus hijos, que no se detuvo a pensar si todavía lo amaba. La respuesta vino sola.

—No… Creo que dejé de hacerlo en cuanto me enteré de todo. No lo puedo perdonar, me dejó hecha bolsa, y la actitud de él era como si lo que él había hecho, no había sido tan terrible.

—Entonces, no hay más que pensar, decir o decidir —decretó Edmundo—. La respuesta es simple, no puedes volver con él, ni intentarlo otra vez. No se puede confiar en alguien que le falló a su esposa legal, a ti, a sus hijos. ¿Podrías confiar en él de manera absoluta, sin peros?

Paulina negó con la cabeza. No, no podía confiar, ni en un millón de años.

—Paulina, usted es una mujer valiosa —aseveró Agustín interviniendo en la conversación, él solo observaba, y llegó a la conclusión que ese amor que Paulina sentía por sus hijos, también podría hacerle cometer el peor error de su vida—. Sus hijos puede que se enojen con su decisión, pero con el tiempo la entenderán. Aquí tiene que ser egoísta, la que va a vivir y acostarse con Luis es usted. La familia es lo más poderoso que tiene el ser humano, su familia son sus hijos. Luis deshonró ese tesoro, ¿qué diablos hizo esos meses en los que desapareció y no se hizo cargo de mantenerlos?

—Dijo que estuvo trabajando y juntando dinero para comprar una casa más grande para que vivamos juntos —respondió, pero casi no podía creerle. Encontraba que era una excusa absurda.

—Eso, *mija*, se llama chantaje —declaró Agustín—. Luis está jugando chueco, está usando a sus hijos como armas, y eso no habla bien de él. ¿Se imagina durmiendo con él en la misma cama?

A Paulina le dio un escalofrío, solo sentía rechazo.

—Ni Dios lo quiera, don Agustín —respondió sin dudar.

—Entonces, no caiga en su juego. Hable con sus hijos, dígales lo que siente, que seguirán siendo una familia, pero que no pueden vivir juntos, porque falta más lo importante, y eso es el amor, *mija*. No se puede vivir así, te terminarás marchitando —aconsejó con sabiduría. No era la primera vez que veía a una mujer cometer un error de esa magnitud, solo por conservar «la familia». Al final, todos terminaban peor, y todo por lo que luchaban por proteger, terminaba destruyéndose.

—Pau, nosotros no tendremos vida para agradecerte lo que has hecho por Alfonso y Florencia, eres una mujer que merece lo mejor. Nosotros siempre te apoyaremos, porque ya eres parte de nuestras vidas, ¿cómo no nos va a importar si estás bien o no? —manifestó Camila con sinceridad—. Siempre tendrás una mano amiga en este hogar. No te preocupes, pero si yo fuera tú, seguiría el consejo de don Agustín. Piensa en ti primero. Sé egoísta.

Era increíble lo liberador que era hablar y soltar todo lo que le oprimía el corazón… Paulina sentía que al fin podía respirar. La decisión era mucho más simple, porque era su vida la que ponía en juego. Al fin y al cabo, el amor de sus hijos lo iba a tener siempre, los hijos perdonan todo, incluso el haber tomado una decisión basada en un sano egoísmo.

—No volveré con él.

CAPÍTULO 30

—¿*L*es gusta la casa? —interrogó Edmundo a Alfonso y a Camila. Estaban frente a la fachada de la casa que compartió con su madre hasta que ella falleció. Era de dos plantas, pero sencilla y de construcción sólida, no tenía antejardín, ni tampoco alguna reja que cercara la propiedad de las casas que colindaban con ella a cada lado.

A Edmundo le parecía que había pasado un siglo desde que la dejó. Nunca quiso arrendarla, algo dentro de él le impedía hacer eso.

—Está muy linda —comentó Camila observando el lugar—. Mira, Alfonso, ¿está linda, cierto? —le preguntó al pequeño que traía en brazos. El pequeño asintió, sabía que era un día especial, porque cuando despertó, estaba con papá y la princesa Cami junto a él.

Ya era sábado, habían pasado seis días desde el fallecimiento de Florencia. Edmundo y Camila empezaron el proceso de cancelar sus contratos de arriendo y, según los planes de ambos, podrían estar instalados en la casa a finales de ese mes de abril que nunca olvidarían.

Ese día estaban con varias misiones especiales, ver los arreglos que deberían hacerle a la casa, determinar cómo fusionar sus pertenencias; las que existían en aquel lugar, y las que cada uno poseía. Tres hogares iban a converger en uno solo, por lo que debían decidir qué vender, qué regalar, y qué desechar.

La otra misión, no menos importante, era dejar en tierra las cenizas de Florencia. El lugar que tenía Edmundo en mente, era en un extremo del patio, donde le llegaban los rayos del sol de la mañana. Era perfecto para que germinara la semilla de cerezo.

—En esa parte, estaba el almacén —indicó Edmundo apuntando hacia una cortina metálica que tenía un rayado hecho por algunos «artistas» no tan anónimos. Y más arriba se podía ver el letrero un tanto ajado que decía «Almacén Donde Aurorita»—. No se ve muy bien de momento, pero la idea es cerrar con ladrillos para luego habilitar un par de habitaciones nuevas para que sirva de oficina para mí y de biblioteca para ti. —Los labios de Camila se curvaron de inmediato en una dichosa sonrisa—. Bueno, entremos para que veamos—. Abrió la puerta principal con su juego de llaves, y al ingresar Edmundo quedó atónito. El interior de la casa estaba limpio, y olía a recién pintado.

—Parece que se me adelantaron. Agustín Cortés no es de los que pide permiso para dar una sorpresa —conjeturó atando cabos respecto al comportamiento sospechoso de su padre durante la semana—. Y creo que no es la primera vez que ese pequeñín visita esta casa, ¿ya habías venido aquí con el tata? —preguntó a su hijo con una sonrisa.

—Es un *sequeto*... shhhhh —susurró Alfonso llevándose el dedo índice a los labios.

—Veo que puedes guardarlos muy bien —aseguró socarrón—. Bueno, no habrá mucho que hacer, podríamos venir a vivir mañana mismo si quisiéramos —determinó. Miró a su hijo que acurrucaba su cara en el cuello de Camila y ella apoyaba levemente su cabeza sobre la del pequeño en un gesto protector. A Edmundo le enternecía tanto presenciar aquellos gestos, su petiza cambiaba tanto cuando estaba con Alfonso, ese instinto era natural en ella... amar era natural en ella.

Si le hubieran dicho a Edmundo hace mes y medio que esa mujer que no le quitaba los ojos de encima en el matrimonio de su hermano sería la mujer de su vida, se habría meado de la risa...

Y si le hubieran dicho a Camila hace mes y medio que se enamoraría del hombre «uno en un millón», y que sería de nuevo mamá, pues habría enviado al manicomio al que se le hubiera ocurrido decir tamaña tontera.

Pero así era la vida, a veces dulce, otras, amarga. Un día ríes, al otro, lloras. Camila y Edmundo antes de conocerse solo se mantenían estáticos en sus existencias, casi conformes con sus destinos, y sin embargo, anhelaban amar y ser amados, tal como eran, mostrándose sin velos, sin ocultar nada para agradar o protegerse, y simplemente confiar el uno en el otro.

Eran ellos mismos.

—¿Vamos a ver el resto de la casa? —propuso Edmundo contento.

Recorrieron la casa, las habitaciones estaban como nuevas. Al fallecer la madre de Edmundo, él regaló muchas cosas, y otras las desechó. De los objetos personales de ella, solo se quedó con una caja de recuerdos.

La parte que era el local comercial, estaba limpio y despejado. Edmundo pensó que mientras se acomodaban podía servir de bodega para las pertenencias que sobrasen. Después de ello, haría su pequeño proyecto de «hágalo usted mismo».

Alfonso correteaba por todos lados, gritando «¡hola!» para escuchar el eco que se hacía en todas partes, y cuando eso sucedía, reía jocoso por lo divertido que era el juego.

—La casa está como nueva —manifestó Camila, estaba emocionada, feliz de poder hacer planes sin ese miedo a que se desvaneciera, a que toda la responsabilidad de realizarlos recayera en sus hombros. Edmundo y ella eran un equipo—. ¿Dónde están los dormitorios? —preguntó ladina.

Edmundo esbozó esa sonrisa lobuna, que ponía en evidencia la falta de contacto entre ellos. Si bien Agustín se alojaba en el departamento de Camila, Alfonso no quería dormir en otra parte que no fuera con papá y la princesa.

—¡Papá!, ¡papá!, ¡Ma!... ¡Cami! —exclamó Alfonso desde la segunda planta, acelerado como si hubiera encontrado un tesoro. Sus gritos los sacó de cuajo de ese brevísimo interludio.

—Justamente, están en el segundo piso —indicó—. Las damas primero.

Ambos subieron la escalera, en la dirección de donde se escuchaba el llamado del pequeño. Edmundo se recreó con el balanceo de las caderas de Camila, y no se contuvo de acariciar ese tentador trasero, provocando las risitas de su mujer.

Al llegar, se encontraron con Alfonso saltando arriba de una cama lista para ser usada y una habitación hecha especialmente para un niño. Un guardarropa, cajas para juguetes, todo decorado con llamativos dinosaurios de colores. La sorpresa fue para todos.

—Este será tu dormitorio, ¿te gusta? —anunció Edmundo feliz con solo ver el entusiasmo de su hijo.

—¡Síííííí! —exclamaba emocionado—. ¡Me gusta, me gusta, me gusta, me gusta! —repetía sin cesar saltando.

—Está muy lindo tu dormitorio, Alfonso. Es especial para ti.

—¡*Tene* muchos *dinosaudios*! —El pequeño estaba hiperventilado de la emoción. Deseaba cambiarse de casa ya.

—Mi papá pensó en todo —afirmó Edmundo, abrazando a Camila por la cintura.

—No por nada estuvo casado tantos años con la mamá de Damián, sabe cómo son las cosas y lograr persuadir a un niño de abandonar la cama de sus padres.

Edmundo hizo un mohín, era raro pensar en su papá como un hombre con «necesidades especiales», para él era su papá y punto.

—Sin duda que sabe mucho, el viejo zorro, esta habitación era el lugar donde mi mamá hacia costura y tejía. Me hizo ropa hasta que ya no pudo por su enfermedad —rememoró con cierta melancolía, pero una sonrisa de gratitud emergía de sus labios.

—Tenía muy buen gusto, y era muy talentosa. Con razón todo te sienta bien, si te han hecho ropa a la medida.

—Sí, me mimó mucho. No me acostumbro a comprar ropa, siento que me incomoda.

—Tendrás que conformarte nomás, yo solo tengo talento para el canto y los instrumentos musicales. Por más que intentó mi mamá a enseñarme a tejer, no hubo caso. Soy manca cuando se trata de hacer manualidades.

—Ni tan manca, hay cosas que se te dan bastante bien con las manos. Podría decir que eres un prodigio en ciertas artes manuales.

Camila rio un tanto azorada por el velado halago de su hombre, pero bueno, sí, tenía razón. Era cosa de escuchar los jadeos y gemidos de Edmundo cuando ella usaba sus manos... o su boca.

—El dormitorio principal está por acá —indicó Edmundo saliendo del dormitorio de Alfonso, dejando al pequeño disfrutando de su nuevo espacio—. Para nuestra fortuna, está del otro lado del pasillo, así que no habrá testigos auditivos de nuestras incursiones. —Alzó las cejas con picardía y la invitó a entrar en la espaciosa habitación. Camila entró con una sonrisa en sus labios. Necesitaba tanto sentir a Edmundo, por un segundo pensó que un rapidito no tendría nada de malo. Lo malo era que hacía un frío de los mil demonios y estaba abrigada como oso—. Es una casa antigua, las paredes y puertas son gruesas y sólidas... Mejor para nosotros. —continuó Edmundo. Cerró la puerta y Camila solo oyó un clic—. Bájate los pantalones... y deja libre una pierna, no necesitas quitarte todo —ordenó cambiando su tono de voz. Si Camila lo necesitaba, él la necesitaba el doble—. Ahora. No tenemos mucho tiempo.

Esa voz, Camila con tan solo oírla sabía lo que vendría. Un placer cegador... y esta vez sería rápido e intenso. Obedeció con prestancia, y solo liberó una pernera arrastrando consigo la primera capa y la ropa interior.

Edmundo besó a Camila abriéndose paso con su lengua, bestial, ansioso, violento. Apegó todo su cuerpo al de ella y tomó sus pechos con rudeza por sobre la ropa. Ella se aferró al cuello de Edmundo, dejándose hacer, disfrutando esa sensación de premura y primigenio deseo.

Sin más ceremonias, él desabrochó sus pantalones y bajó el cierre para liberar su erección lo justo y necesario. Sentía un dolor punzante, ese que llevaba varios días por no sentir el cálido interior de su mujer y marcarla con su semilla.

—Date la vuelta. Pega tus manos a la pared y ábreme esas piernas —decretó sin suavidad, ni dulzura. Camila se giró y puso las palmas de las manos en la fría pared. Su corazón latía desbocado, la excitaba esa voz de mando, que le decía exactamente lo que quería, y ella no temía, porque era un juego, en el que ambos ganaban—. Te amo, bella —susurró con crudeza tanteando entre sus pliegues, comprobando si estaba preparada. Oh, sí que lo estaba. Camila sintió la caliente punta roma y carnosa del miembro de Edmundo en la entrada de su centro—. No sabes cuánto… —La tomó de sus caderas y la penetró de una vez, se quedó ahí unos segundos sintiendo como ella lo envolvía en ese calor que adoraba—. Te voy a llenar, entera… —Se retiró y volvió a entrar en ella, tomando un ritmo continuo, constante, profundo—. Entera, entera… entera…

Abandonó sus caderas y unió sus manos con las de ellas mientras la seguía embistiendo, dejándola sin habla, encendiéndola, desesperándola, torturándola, Edmundo apoyó su frente en la nuca de ella, provocándole escalofríos en la espalda con el resuello tibio de su respiración. Camila intentaba atraparlo en su interior, encontrar ese punto dulce de placer, pero no lo hallaba, y no obstante, disfrutaba esa posesión casi animal. Él estaba disfrutando de ella, le estaba dando placer a él, y de pronto, a Camila no le importó si Edmundo tenía un orgasmo dejándola atrás, porque sabía que él la iba a compensar.

En algún momento en el futuro… tal vez no tan inmediato.

—Me encanta tenerte así, pequeña diablilla… ¿Pero sabes que me encanta más?... —Empujó dentro de ella más fuerte—. Contesta.

—No… —respondió Camila con un hilo de voz, ¡cómo estaba disfrutando de ese momento!

—No, ¿qué? —Edmundo se retiró, castigándola por no decir «señor», le encantaba ese juego. A veces se preguntaba si ella lo olvidaba o lo hacía a propósito.

—Ay... No, señor... —respondió casi con un sollozo, sintiendo esa separación directo en su vientre, dejándolo desierto.

—Date la vuelta —exigió agitado, y maravillado por la entrega de esa mujer... su mujer. La amaba con todo su ser, por ella era capaz de todo y más.

Camila hizo lo que Edmundo le pidió, lo miró a los ojos, cuánto deseo habían en esos iris castaños, cuánto amor irradiaba esas facciones que tanto amaba.

—Impúlsate, bella, móntame —indicó Edmundo alzando a Camila, quien rodeó con sus piernas la estrecha cintura de él. Se mordió el labio, él no lo sabía, pero esa fantasía de ser penetrada contra la pared era la número uno y jamás realizada.

La imaginación y la pericia nunca fue el fuerte de sus anteriores parejas.

Edmundo ancló fuerte sus manos en sus nalgas y la volvió a invadir, y Camila empezó a moverse junto con él. Al fin encontraba ese roce exquisito, lo necesitaba tanto, tanto, que ya con tres embestidas ya estaba al borde de la locura, lista para dejarse arrastrar por el deleite.

—Lo que más me encanta... —Acometió—. En todo el puto mundo... —Se retiró—. Es que me des... —Acometió—. Esos orgasmos. —Se retiró—. Dame lo que es mío, mujer —demandó. Sin dejar de penetrar, ni perder el ritmo, sintiendo los espasmos previos de la liberación de su futura esposa.

Cómo adoraba Camila que él la azuzara de esa forma, exigiéndole aquello que solo le pertenecía a ella, y que por arte de magia, a Camila la empujaba a perderse en el placer. Regalándoselo a él.

—Dámelo, Camila. Dámelo todo —conminó susurrando con voz grave, acelerando solo un poco más sus estocadas.

Y ella se lo dio, todo, sin reservas, dejándose llevar por el éxtasis que se derramaba como un torrente que se propagaba caliente en todo su cuerpo. Camila ahogó sus gemidos en medio de esas oleadas de placer, y eso fue suficiente para Edmundo, que ya no se contuvo más y dejó que el clímax se drenara furioso —y con un punto de dolor— de su cuerpo, junto con ella, al mismo tiempo, siempre unidos, dejándolos saciados y felices.

—Te amo... Señor... Cortés —susurró Camila respirando rápido, y apenas podía seguir sujetándose del cuello de Edmundo.

—Yo también, bella. —La besó con dulzura.

Camila suspiró, era inmensamente dichosa, porque al fin, por primera vez en su vida, sentía que pertenecía a un hogar. Edmundo, Alfonso, en esa casa... todo estaba en su sitio.

Pero tenía una espinita clavada.

—Edmundo...

—Dime, petiza.

—Quiero jugar más fuerte. ¿Podemos?

—¿Más fuerte? ¿Qué cosas tienes en mente?

—Dolor erótico... apenas lo has intentado conmigo.

Un breve silencio se cernió entre ellos. Edmundo se dio cuenta que estaba siendo en extremo cuidadoso respecto a ello y no consideró la opinión de ella. Debía enmendar ese error.

—Lo haremos cuando nos cambiemos de casa, ¿vale? —Camila asintió contenta, su amiga tenía razón, solo tenía que pedirlo... no alcanzó a aplicar la creatividad—. Iremos de a poco eso sí. Tú sabes que debo ir con cuidado, eres mi prioridad.

—Lo sé, cariño... Sé que lo harás bien. Lo quiero todo contigo...

—¡Papá!... ¡Cami! —Fue el llamado que rompió la burbuja en la que estaban encerrados, pero no podían quejarse. Al menos, habían podido satisfacer —en parte— ese deseo que los estaba quemando por dentro desde hacía demasiados días.

—¡Estamos acá, hijo! —exclamó Edmundo para que Alfonso no se asustara de estar solo por cinco minutos—. ¡Ya vamos!

—¡Ya! —respondió el pequeño ignorante de todo lo que sucedía del otro lado de la puerta.

Las paredes y la puerta estaban pasando la prueba de fuego.

Sin perder más tiempo, y sin importar los remilgos de la higiene, se acomodaron la ropa, y salieron de la habitación como si nada. Es más, era casi un fetiche sentir el aroma del sexo que sentían en sus cuerpos y que era imperceptible para los demás.

—Oficialmente hemos bautizado ese antro del pecado —bromeó Camila con una sonrisa ladina en los labios.

—Con fuegos artificiales y todo —siguió con el doble sentido Edmundo, nada como un buen orgasmo para subir el ánimo y el humor.

*****

—Aquí, hijo. Ahora puedes poner a mamita aquí —señaló Edmundo a Alfonso que sujetaba la urna que contenía las cenizas de Florencia. Habían cavado un hoyo en la tierra, prepararon el lugar donde crecería el cerezo con abono, tierra de hoja y mucho amor.

Esa elección de semilla fue muy acertada, era un árbol que representaba lo femenino y la fertilidad, daba preciosas y efímeras flores en primavera y daba sus deliciosos frutos en el verano.

Con la ayuda de Camila, Alfonso depositó el ánfora con cuidado. El pequeño sentía que estaban haciendo algo muy parecido a la magia. Sabía que nunca más volvería ver a su mamá y a veces la echaba de menos y sentía pena porque ya no estaba con él. Pero también sabía que su cuerpo iba a alimentar una semilla, y que luego, un árbol crecería, y crecería, y crecería. Ojalá eso sucediera pronto, ya quería ver el árbol de mamita.

Edmundo cubrió la urna con tierra libre de piedras mezclada con la tierra de hoja y luego la apisonó para que no quedara tan suelta y se socavara con la lluvia. Quería asegurarse de que todo resultara, ya quería ver la sonrisa de Alfonso cuando germinara el cerezo.

Luego Alfonso humedeció la tierra con una pequeña regadera que le había regalado Camila para que él ayudara a crecer el árbol de mamá.

—Eso, muy bien, hijo —guio con suavidad Camila a Alfonso—. Ya, suficiente con esa agüita. Hay que ser pacientes y en unos días más volveremos a regar. La tierra no debe estar ni muy mojada ni muy seca, ¿ya?

—Ya...

Edmundo observaba en silencio a su mujer y a su hijo, los amaba con el alma. A veces pensaba que todo era un sueño, y le daba miedo despertar y encontrarse solo abrazado a una almohada. Si era un sueño, era mejor no despertar jamás.

—Alfonsito, te quiero pedir algo en frente del árbol de mamita... —dijo Camila, agachándose a la altura de él. El niño la miró con atención directo a los ojos—. Yo te amo mucho, mi niño. Me gusta estar contigo y cuidarte... Y quiero pedirte ser tu mamá... ¿puedo ser tu mamá? —propuso Camila nerviosa, ella se daba cuenta cuando Alfonso se confundía y varias veces estaba a punto de llamarle mamá. Pero él no se animaba, por cosas que ella no comprendía, supuso que lo mejor era pedírselo para que su pequeño se sintiera cómodo.

Alfonso estaba un poco confuso, ¿por qué la princesa le pedía ser su mamá, si se portaba muy parecido a mamita? Para él era lógico que Camila fuera su otra mamá, y tenía ganas de llamarla de esa manera, pero no sabía si a ella le gustaría y a él se le olvidaba preguntar, a veces había cosas más divertidas. Ahora era un buen momento, antes de que se olvidara de nuevo.

—¿Puedo *decidte* mamá, Cami? —interrogó Alfonso con seriedad, era importante para él también.

—Por supuesto, mi niño —respondió con una sonrisa amplia y feliz—. Puedes decirme como quieras, hijo.

—Mamá… te *quedo* mucho —dijo Alfonso, le gustaba decirle «te quiero mucho» a Cami, ella se lo decía todo el tiempo y se sentían bien todos los cariños que ella le daba.

—Te amo, hijo… —Camila abrazó a Alfonso con lágrimas en los ojos, lágrimas de felicidad, de sueños alcanzados… de escuchar por primera vez la palabra «mamá» saliendo de la boca de su hijo.

Ahora, después de un camino largo, lleno de espinas, era mamá de verdad.

Ambos tenían el privilegio de elegirse.

CAPÍTULO 31

Lluvia. Paulina disfrutaba de la lluvia, mientras más torrencial, mejor. Estar en casa, calientita, tranquila. Era la tarde de su día libre, de a poco se acostumbraba a no tener que hacerse cargo de Alfonso. Todo volvía a la normalidad.

Bueno, casi.

Extrañaba a Florencia, sus conversaciones, sus consejos. Sonrió con melancolía. Nunca hubiera imaginado que los Cortés la iban a acoger como un miembro más de la familia. Porque así la hacían sentir, que pertenecía a esa especie de clan que contrastaba tanto con su propia familia, un poco distantes, con un papá siempre ocupado de trabajar y que al llegar a casa solo comía y luego a la cama, con una mamá maravillosa, pero a veces demasiado pasiva. Los amaba con el alma, pero a esas alturas de su vida ya aceptaba sus fallos y sus aciertos. No podía quejarse, después de todo, la apoyaron sin condiciones cuando tuvo que volver con el rabo entre las patas, luego de su separación con Luis.

Luis.

Paulina se masajeó la frente; durante toda esa semana él se había dejado caer, afortunadamente para ella, justo en el horario que trabajaba, por lo que no se lo topó en esos días. No obstante, sus hijos sí lo vieron, y ella notaba el cambio en ellos. Más felices, más comunicativos con ella, más cariñosos.

Ahora que Luis era oficialmente viudo —Paulina lo había comprobado sacando un certificado de defunción de la legitima esposa de él—, tenía todo el tiempo del mundo para visitar a sus hijos, pues ya no tenía que cumplir con su mujer. Pero, a pesar de ello, Paulina todavía no se explicaba qué le había sucedido a Luis en esos cuatro meses de ausencia para justificarla. Y tampoco le interesaba.

Ese día domingo, Luis fue a buscar a sus hijos temprano para ir al centro comercial. Paulina no se opuso a esa salida, pero a lo que sí se negó con vehemencia fue a acompañarlos. No quería dar ninguna señal que les diera esperanza a sus hijos de que ella quería volver con su papá.

Paulina ya había tomado el valor para conversar con sus hijos, y lo hizo desde el corazón, con lágrimas en los ojos, pidiéndoles que no la obligaran a hacer algo que ella no quería. Ella los adoraba como nada en el mundo, pero no iba a volver con su papá, porque simplemente ya no lo amaba. A veces, las cosas no podían ser como antes, y tampoco era tan terrible tener padres separados. Mientras ellos amaran a sus hijos, no debían haber problemas. Martín, el mayor, fue capaz de darse cuenta de que con la actitud que tenían, estaban haciendo sufrir a mamá, ella era infeliz, y él también lloró. No sabía hasta qué punto habían presionado a Paulina por lograr ser lo que ellos, como hijos, tanto extrañaban. Los menores al ver cómo su mamá y su hermano mayor se abrazaban, comprendieron, en parte, lo que pasaba y dejaron de insistir en hacer que mamá volviera con papá.

Después de esa conversación, mamá volvió a sonreír como antes.

Paulina suspiró, estaba sentada al lado de la salamandra tomándose un té y leyendo un libro —al fin—. Sus padres estaban acostados viendo la televisión en su dormitorio, y eso le otorgaba al lugar un apacible silencio que ella estaba disfrutando como nunca.

Se arrellanó en el sillón, pasó la página y siguió leyendo con voracidad el libro que le prestó Camila. Paulina rio, sí que tenía libros esa petiza, como para regalarle uno a cada mujer en Concepción.

No supo cuánto rato pasó, pero de pronto golpearon la puerta y las voces de sus hijos le indicaron que su momento de paz y quietud se había terminado. Abrió la puerta, y los niños entraron en tropel con sus chaquetas apenas mojadas por la lluvia. Eso le extrañó un poco a Paulina, miró de soslayo hacia la calle, y Luis, mientras se enfilaba a la entrada de la casa, estaba accionando a distancia la alarma de un auto que en apariencia estaba nuevecito de paquete. No le importó, saludó a sus hijos con un beso en la cara, y luego esbozó una sonrisa como saludo para el padre de sus hijos, evadiendo con maestría cualquier contacto físico.

—¿Puedo conversar contigo? —consultó Luis vacilante, intentando otra estrategia para convencer a Paulina. Él todavía la amaba, pero había sido tan cobarde, tan estúpido. Quería su hogar de vuelta.

—Sí, claro… —aceptó con seguridad, estaba decidida. Sabía que era el momento de poner las cosas en claro con Luis—. Hijos, vayan a saludar al abuelo y a la mami, están en la pieza —instó a los pequeños e hizo contacto visual con Martín de manera cómplice para que los mantuviera entretenidos. Martín comprendió de inmediato. Era una conversación privada.

—Guille, Dieguito, vamos a ver a la mami y al abuelo —apremió Martín a sus hermanos apelando a la jerarquía que le otorgaba la edad. Los niños fueron corriendo, dejando a solas a sus padres.

—Bien, tú dirás. —Paulina invitó a Luis a sentarse en el sofá, ella lo hizo en el sillón y estableció distancia.

—¿Lo has pensado? —interrogó Luis sin rodeos, pero con ansia.

—Pensar qué —respondió ella desentendiéndose del asunto a propósito. Necesitaba que él fuera claro y explícito.

—Tú, yo, los niños, volver a intentarlo —aclaró dejando las cartas sobre la mesa.

—No tuve que pensarlo, Luis. Mi respuesta es y será no. Fin de la historia, ¿algo más? —Fue la respuesta de Paulina, esa que tantas veces reprodujo en su cabeza, pero ahora se sentía malditamente bien decirla. Era liberador.

—Pero, Paulina… Todavía te amo, eres la única… yo…

—Paulina nada, Luis —interrumpió esa declaración de amor, que tal vez hubiera aceptado sin reparos hace un año atrás. Pero ahora, era tarde, tarde para los dos—. Mira, te voy a dejar las cosas en claro por primera y última vez, y espero no tener esta conversación de nuevo —advirtió serena, segura de sí misma, como no lo estaba desde hacía tanto tiempo. Volvía a ser ella—. Yo no te amo, y no volveré a amarte. No confío en ti como hombre, y dada tu actitud los últimos cuatro meses, apenas confío en ti como padre de mis hijos. No me interesa qué mierda hiciste ese tiempo que desapareciste, pero quiero dejarte en claro que esa *huevada*, no me la vuelves a hacer. ¿Quieres ver a tus hijos? Perfecto, visítalos cuando se te pare el culo, y yo no me opondré. ¿Quieres compartir con ellos los fines de semanas, vacaciones? Anda, llévalos, que ellos estarán felices por pasar tiempo contigo, porque te aman, porque te adoran.

—Eso lo sé… no sabes lo que sucedió… —intervino Luis esa retahíla de declaraciones que iban echando por tierra cada uno de sus anhelos. Cada palabra era un puñal que le atravesaba el corazón y el orgullo—. Debes dejar que te explique…

—No he terminado, Luis, y no me interrumpas —amonestó severa. Luis no reconocía a Paulina, estaba cambiada, algo le pasaba—. Ya te dije, no me interesan tus explicaciones. En esta vida, en solo una cosa te voy a dar mérito, mientras estuvimos juntos, y hasta hace poco, fuiste un padre ejemplar. Pero no te voy a permitir que andes desapareciendo de la vida de mis hijos cada vez que se te frunza el orto, porque mis hijos —subrayó con ímpetu—, son sagrados y deberían ser lo mismo para ti. Es más, ni siquiera te voy a exigir la pensión alimenticia que, por cierto, es tu obligación, Pero lo que sí voy a exigir es que no abandones a tus hijos de nuevo, porque sí lo haces, vas a conocer a la perra infeliz que te va a poner una demanda para no dejar que papito vea a sus hijitos, cuando él imbécil se acuerda una vez al año. ¿Estamos?

—Pero Paulina eso… todo tiene una explicación —insistió en justificarse. Sí, tenía una buena razón. Pero ya era tarde para darla. Sabía que había sido un grandísimo error. Para Luis, sus hijos también eran sagrados.

—Te dije que no me interesa, Luis. Lo que hagas con tu vida me tiene sin cuidado, mientras no me toques a mis hijos. No me interesa si tienes trabajo, o si tienes una nueva pareja, no me interesa si te ganaste la lotería o si estás pobre como una rata. Lo único que me importa es que cumplas tu rol, como hombre… Como un verdadero hombre. Y si no te gustan mis términos, la puerta es bien ancha y no vuelvas más. No estoy sola, tengo a mis padres, tengo amigos. Me las apañaré si tú olvidas que tienes tres hijos que te aman. ¿Te quedó clara mi respuesta? Te estoy diciendo no a ser tu pareja de nuevo, pero sí a que sigas siendo el padre de mis hijos, ¿notas la diferencia? —interpeló con una cuota de sarcasmo que no pudo evitar. Qué alivio le daba al alma al decir todo lo que sentía, todo lo que pensaba. Ahora era libre—. Ah, y no se te ocurra hacerme otra escena de nuevo como la que hiciste el domingo pasado, porque te juro que te corto las pelotas. Mi vida es mía, hace un año que dejó de ser tuya —declaró, dejando que cayera un silencio sepulcral entre ellos. Solo las voces apagadas de sus hijos se escuchaban y no convertían ese silencio en algo insoportable.

Luis se levantó del sofá, con el alma en el suelo, por completo derrotado. Paulina ya no era la que había conocido, había cambiado, pero eso no le importaba, él todavía la amaba, de manera egoísta, narcisista, casi rayando lo enfermizo, era la única forma que él conocía. Sin embargo, aceptó su derrota, el amor había muerto en ella, y ni siquiera naciendo de nuevo volverían a estar juntos.

La había perdido por cosas tan estúpidas y banales. Ahora lo sabía, debió ser valiente, decidido, menos egoísta, ser más maduro… En fin, era tarde, y él era el único culpable, nadie más.

—¡Hijos, el papá ya se va! —anunció Paulina para que los niños se despidieran de él.

Los niños corrieron a abrazarlo y a besarlo en una ruidosa despedida. Luis los abrazó, devolviendo todo ese amor, y se despidió, prometiendo volver al día siguiente.

Al día siguiente… él volvió.

*****

Las raíces del árbol de Florencia, crecían con pereza, siete días habían pasado desde que recibió esa tierra fértil y esa agua milagrosa que le hizo despertar. Con lentitud extendía sus dedos enterrándose de a poco, había alimento un poco más abajo. Lo haría lento, nada lo apuraba.

*****

Camila nunca se había cambiado de casa, esta era la primera vez en su vida. Cuando vivió con sus padres, siempre fue en el mismo lugar, con los mismos vecinos. Luego, cuando llegó a Concepción, construyó el suyo a base de sangre, sudor y lágrimas. Siempre vivió en ese departamento tan cargado de recuerdos, de soledad, y a pesar de todo ello, le tenía un cariño especial. En ese lugar había crecido, había madurado, se había terminado de formar la mujer que era.

Así que, para ella, vivir el cambio de casa era algo nuevo. Un prodigioso caos de cajas, maletas, muebles desmontados, gente yendo de aquí, para allá, Alfonso revoloteando eufórico por todas partes diciendo con una increíble seguridad «¿te ayudo, mamá?», «¿llevo esta caja, papá?», «tata, no levante eso, es pesado»… Camila adoraba a su pequeño.

Llenar el camión, mirar atrás, decir adiós.

Crecer… otra vez.

Abrir la puerta, olor a nuevo, nueva vida, un nuevo comienzo. Entrar los muebles, armarlos, desembalar las cajas, poner todo en su lugar, distribuir pertenencias, improvisar un almuerzo en familia, recibir la primera visita de Paulina junto con sus hijos para ayudar. Risas, juegos infantiles... Alfonso mostrando el lugar donde el árbol de mamita estaba durmiendo, esperando la primavera para crecer.

El abrazo de su Edmundo, que la detuvo de sus tareas para que se quedaran observando quietos por un segundo cómo todo el mundo les ayudaba para construir su nuevo hogar. Para él era, en parte, volver a las raíces que se asentaron en esa casa durante su vida adulta, y a la vez, era empezar de «tres», de cero no, porque tenía un hijo, una mujer y una casa. Tres era un número perfecto para comenzar otra etapa de su vida.

Era feliz, Edmundo era infinitamente feliz y estaba orgulloso de todo lo que estaba logrando, de ese amor que tenía con Camila y que se volvía más sólido, y que le confirmaba cada día que no era un sueño, ni algo efímero.

—Te amo, mi petiza —dijo Edmundo, mirándola a los ojos—. No es lo más romántico, ni lo más ideal... pero nunca hemos sido así —declaró, esculcándose un bolsillo—. Pero quiero que uses este anillo de compromiso. —Ante una boquiabierta Camila presentó una cajita de terciopelo marrón. La abrió y era una sencilla alianza de oro blanco con diminutas notas musicales grabadas en toda la banda, y en el centro, las iniciales de C y E entrelazadas.

Camila emocionada hasta las lágrimas, extendió su dedo anular derecho para que Edmundo le pusiera el anillo más hermoso del mundo, lleno de sencillez, pero que reflejaba todo lo que amaba en la vida.

—No puse la inicial de Alfonso, tal vez no alcancen las iniciales de nuestros futuros hijos en la alianza —bromeó Edmundo—, pero para compensarlo... —Volvió a esculcar otro bolsillo y sacó otra cajita marrón, la cual abrió, y sacó una cadena de oro con dos colgantes, una pluma y la letra A.

—Edmundo, es perfecta. No debiste, es demasiado.

—Nunca es demasiado cuando se trata de ti, bella. Date vuelta, te la pondré. —Como siempre, ella acató la orden, tomó su cabello para despejar su cuello y Edmundo lo rodeó con la cadena—. Inicialmente solo sería la letra A, pero luego vi en la joyería esa pluma y me acordé de ti... Digamos que le tengo un cariño especial a ese objeto —explicó con picardía. Besó su cuello, en ese exquisito ángulo donde se unía a su hombro, y aspiró su aroma—. Te prometo que mañana te daré lo que me pediste... Hoy pondremos la cabeza en la almohada...

—Y moriremos sin remedio, señor Cortés. A estas alturas de la tarde ya estoy molida.

—Esto de ser un hombre común y corriente, y no ser uno con súper poderes sexuales como los protagonistas de tus libros... hasta envidio a esos tipos, no se les baja nunca la erección... —Rio divertido—. Pero ya sabes, lo que prometo...

—Lo cumples, cariño... lo sé.

—Ya, ve a ordenar la casa, mujer. —Le dio una sonora nalgada a Camila que la hizo dar un respingo por lo inesperado de su acción, y se alejó rápido para ayudar a su papá que estaba complicado con una caja.

—¡Eso dolió! —rezongó con una sonrisa en los labios y sobándose el trasero—. Bueno eso es mentira —murmuró y dio una risita ladina—. Esto promete.

El celular de ella empezó a sonar, interrumpiendo sus lujuriosos pensamientos. Miro la pantalla y sonrió, era su queridísima amiga-cuñada Haidée.

—¡Hola, amiga! —saludó Camila con la felicidad irradiando en su voz.

—¡Hola, Cami! ¿Cómo estás?, ¿cómo va el cambio de casa?, ¿cómo está Alfonso?, ¿el señor Edmundo se porta bien?

—Una pregunta a la vez, Haidée... —Se carcajeó por la avalancha de interrogantes que le lanzaba su amiga—. A ver, estoy súper bien, el cambio de casa me tiene agotada, pero feliz. Todo ha resultado súper bien... Mmmmmmm, ah sí, Alfonso está muy bien, ya salió de su resfriado, y el señor Cortés se porta muy, muy mal... cuando podemos —resumió jocosa—. ¿Y cómo van las cosas por la capital?

—De ensueño, como siempre. Cami, te llamaba para invitarlos al cumpleaños de Julieta el próximo fin de semana, queremos hacer una fiesta familiar y vendrán unos compañeros de trabajo con sus hijos. Lo pasaremos bien.

Camila empezó a hacer memoria y recordar si Edmundo tenía algo que hacer, usualmente nunca tenía compromisos importantes, salvo estar con su familia. Así que decidió, sin consultar.

—Súper, entonces de allá somos —resolvió sin darle más vueltas al asunto—. Los viernes Edmundo sale temprano, así que podremos tomar un bus y...

—Ni le menciones los buses a don Agustín. No soporta que sus nietos viajen demasiado rato en «esos trastos inseguros», como dice él. Así que los obligará a tomar un avión, no te preocupes, es así... Y mejor para nosotros, porque así podremos hacer un asado cuando lleguen.

—Tienes todo fríamente calculado.

—A veces puedo ser una mujer muy fría y desalmada cuando se trata de organizar reuniones familiares.

—Me convenciste con el «Hola» —parafraseó Camila la famosa cita de la película Jerry Maguire, subiendo una nota más aguda en su tono de voz.

—Así soy yo, muy persuasiva —respondió con suficiencia Haidée.

Camila rio, últimamente solo reía.

—Ya, amiga. Guardemos conversación para la otra semana. Alfonso hace rato que no se escucha, debe estar haciendo una travesura. Últimamente tiene una fascinación a jugar con agua, encerrado en el baño.

—Vete, vete, cuando no los escuchas es terrible.

—Ni lo digas. Cuídate mucho, saludos a mi cuñadito y a Julietita... ah, y a tu mamá.

—¡Adiosito!

—¡*Byeeeee*!

Camila cortó, era cierto. De pronto todo era demasiado silencioso, ni siquiera se escuchaban las voces de los hijos de Paulina.

—¡Miren la tremenda cagada que se mandaron! ¡Partieron todos a bañarse! —bramó Paulina desde el patio—. ¡Cami, estos chiquillos están con barro hasta en el pelo! —acusó entrando a la casa, apenas aguantando la risa, pero intentando poner cara de mala para sus hijos y su ahijado.

—Ay, no, con lo que le encanta bañarse a Alfonso. —Con un suspiro se lamentó Camila, pero en el fondo, su corazón latía vigoroso lleno de felicidad.

La vida no podía ser más bella.

CAPÍTULO 32

A Camila la despertó el sonido de la alarma de Edmundo. Todo el cuerpo le dolía, las mudanzas eran agotadoras y, tal como ambos auguraron, apenas pusieron la cabeza en la almohada, quedaron noqueados haciendo una cucharita.

—Odio los lunes —rezongó remolona tanteando hacia la mesita de luz para apagar el horroroso sonido—. ¿Dónde está?

El sonido cesó.

—Odio los lunes —rezongó Edmundo, sentándose en la cama, a la vez que se restregaba la cara con ambas manos—. Buenos días, bella. —Le dio un beso rápido, y se levantó—. Al mal paso darle prisa.

Camila admiraba esa determinación por parte de Edmundo, ella prefería poner tres alarmas y resignarse a levantarse con la tercera. Pero algo no le cuadraba, su alarma no había sonado.

Y en ese instante se acordó.

Ya no tenía que ir al colegio a trabajar. Había renunciado hacía dos semanas a su puesto de profesora, y ese era su primer día como mamá y dueña de casa. Se sintió rara, desde que tenía memoria se levantaba tempranísimo los lunes; primero fue por cursar sus estudios en la enseñanza básica, media y universitaria. Luego vino la práctica laboral en la que apenas le pagaban. Incluso en esa época en la cual vivió el día a día con Andrés, no se permitió levantarse tarde un lunes, pues debían abandonar la habitación de motel en el horario convenido y no pagar la multa. Todos los lunes de su vida —a excepción de las vacaciones— Camila se levantó al alba, y ahora, podía dormir un rato más.

Alguna ventaja debía tener ser dueña de casa y mamá, si era el trabajo más exigente del mundo. Pero sabía con absoluta certeza que le iba a reportar mayores satisfacciones en muchos niveles, que un trabajo tradicional no otorga.

Educar a su hijo, verlo crecer, criarlo, jugar con él, alimentarlo, darle un hogar, amor. Honrar el regalo que le había dado la vida, a través de una mujer, que lamentablemente no podría disfrutar lo mismo que ella. Era mamá tanto por ella como por Florencia.

277

Se quedó en la cama y se acurrucó calientita, escuchando los sonidos del agua de la ducha que apenas se percibían, pero con el silencio de la madrugada eran claros para ella. Edmundo se preparaba para otro día de trabajo. Camila cerró los ojos y se volvió a dormir.

*****

—Bella —susurró Edmundo—. Me voy al trabajo.

Camila se desperezó un instante y con los ojos cargados de sueño le sonrió.

—Ya, cariño, que te vaya bien. Cuídate mucho.

—Lo haré. Pasaré a pedir hora para el matrimonio al registro civil al mediodía —anunció—. Necesito tu carnet de identidad.

—¿Solo eso? —Edmundo asintió—. Está en mi billetera, dentro mi cartera.

—¿Dónde está tu cartera? —preguntó. Entre todo el caos del cambio de casa, Edmundo ya no sabía dónde estaban las cosas.

—En el closet.

—Gracias... Paulina y papá serán los testigos, ¿te parece?

—Claro, me parece súper bien —afirmó. De hecho, eran los únicos que podían oficiar ese rol.

—Bien, gracias. ¿En un mes?

—Lo antes posible —apremió; no le interesaba nada más, podría apañarse con una celebración sencilla.

—Lo intentaré… Descansa, mi petiza. Nos vemos en la tarde. Te amo. —Edmundo la besó con suavidad y ella respondió del mismo modo.

—Yo también te amo —respondió con la voz pegoteada de sueño—. Eres el mejor, mi bombón relleno de manjar.

Edmundo rio por el inesperado sobrenombre.

—Intento serlo. Nos vemos, adiós.

—Adiós.

Edmundo abandonó el dormitorio, mirando una vez más a su mujer y sintió que todo estaba en su lugar. Su vida había tomado un rumbo que solo lo hacía feliz.

Se sentía completo.

*****

—¿Qué haces, mamá? —interrogó Alfonso con curiosidad. Los ojos de ella se movían de un modo raro con eso que tenía en las manos.

—Estoy leyendo un libro, solo un ratito —respondió Camila, centrando su atención en su hijo—. Leo una historia de amor —explicó.

Alfonso se sentó al lado de ella a mirar el libro, ahora recordaba que en el jardín infantil había varios, pero eran diferentes a los de mamá. Esos tenían dibujos y unas... ¿cómo se llamaban? ¿Litro? ¿Lelas? ¡Letras! ¡Eso!

—¿Cómo se dice? —preguntó el niño apuntando el texto del libro.

—¿Quieres que te lo lea? —replicó Camila un poquitín nerviosa, era justo una escena subida de tono.

—Ajá —afirmó el pequeño con mucho interés.

Camila tosió para aclararse la garganta, «piensa rápido, piensa rápido, piensa rápido» se decía mentalmente con desesperación.

—Acá dice, «la gran serpiente se metió suave hasta llegar al fondo de la caverna, buscando a su amor» —mintió con descaro disfrazando el contenido del párrafo—. ¿Quieres aprender a leer y saber lo que dicen los libros? —propuso intentado distraer a su hijo, por un lado, y para enseñarle a leer, por otro, dado el interés que mostraba el pequeño. Esa oportunidad no la iba a desperdiciar.

—Ya —contestó, asintiendo con energía.

—Bueno, primero vamos a buscar unas cositas para que aprendamos a leer, ¿vale?

—Vale.

Definitivamente, Camila tendría que comprar más libros, no para ella, sino unos más acordes para los inocentes ojos de Alfonso.

*****

—«Y Lalo, el loro, nunca más estuvo triste. Su amigo, Miguelucho, el águila, se quedó para siempre, compartiendo la casa, la amistad y las verduras del gran huerto. Fin» —leyó Edmundo en voz alta, con un tono de voz calmado y grave, íntimo.

«¿Son ideas mías o este libro es una historia velada de una pareja homosexual? Dudo que el loro y el águila sean solo "amigos"», pensó Edmundo un tanto jocoso. «Los tiempos cambian, supongo que esto es bueno, enseñar sobre la diversidad de las personas. No quiero que Alfonso sea un hombre prejuicioso», reflexionó, aprobando el mensaje del cuento, fuera así o no.

Alfonso se había quedado dormido cuando Edmundo apenas leía la página dos. El pequeño había insistido tanto en que papá le leyera el libro que le compró mamá para aprender a leer, que él simple y llanamente no pudo negarse. Era imposible con la cara que ponía Alfonso para lograr sus objetivos. Era como el gato con botas, elevado a la décima potencia y multiplicado por mil.

Edmundo acarició la cabeza de su hijo, le besó la frente, y salió de la habitación apagando la tenue luz.

—Buenas noches, mi niño.

No podía creerlo, apenas llevaban un día y Camila ya le estaba enseñando a leer. Al paso que iba, probablemente el chico terminaría sus estudios a los diez años, pensaba Edmundo divertido.

Se dirigió a su dormitorio, y al entrar, notó que la temperatura de la habitación estaba unos buenos grados más elevados que afuera. Y había una muy buena razón para ello.

Camila estaba desnuda, de rodillas sobre la cama, con las palmas sobre sus muslos, los cuales estaban ligeramente separados, esperándolo, en una postura de total sumisión. Al lado de ella, había una caja grande, simple y estilizada, de madera color caoba y con una cerradura. Camila quería sorprenderlo.

Y lo logró.

¿Se podía amar más a una mujer? Para Edmundo, la respuesta era sí. Verla de esa manera le hizo amarla todavía más. Su entrega y sumisión era absoluta, confiaba en él a cabalidad, ella lo amaba de manera incondicional. Le regalaba su voluntad por unos instantes para que él la poseyera y la dominara hasta hacerla estallar.

Se acercó con lentitud a la cama y se puso delante de Camila y notó que, entre los muslos de ella, había una llave, la que, probablemente, abría la caja de madera.

Camila no levantaba la vista, apenas le veía las piernas a Edmundo. Sentía que la excitación le lamía la piel, y al respirar, podía sentir su propio aroma femenino invadiendo sus fosas nasales.

—Tus palabras de seguridad, bella. Dímelas —ordenó Edmundo firme, sin alzar la voz. Si bien las habían acordado con anterioridad, era rara la vez que le pedía usarlas. Quería sentirse seguro, no quería dañarla, ni siquiera por accidente.

—«Niebla» y «lluvia», mi señor —respondió segura.

—Muy bien, ¿estás lista?

—Como nunca antes, Edmundo.

—La caja de madera. ¿Ahí está todo?

—Sí, señor.

—La llave. —Extendió la mano derecha. Camila la tomó con ambas manos y se la entregó sobre la palma, sin levantar la vista. Edmundo al mismo tiempo que tomaba la llave, atrapó los dedos de su mujer, y ella se quedó quieta, esperando la próxima acción de él.

Con movimientos fluidos y seguros, Edmundo le giró con delicadeza las manos, exponiendo sus femeninas palmas. Besó cada una, reverenciando y honrando ese regalo.

—Vuelve a tu postura, bella. —Camila obedeció volviendo a poner sus manos sobre sus muslos.

Edmundo abrió la caja, ahí estaban las plumas, las cuerdas, el vibrador, un *plug* anal, un par de dildos de cristal con diferentes formas, unas bolas chinas, lubricante, preservativos y unas pinzas para ropa.

Un arsenal básico.

—¿Has practicado sexo anal antes? —interrogó Edmundo con curiosidad tomando el *plug* y lo estudió de cerca. Sabía que ella estaba dispuesta, pero no sabía si había vivido la experiencia.

—Lo intenté una vez. Fue un fiasco, pero no ha mermado mis ganas de intentarlo contigo, Edmundo. Sé que tú lo harás bien —contestó con la verdad. Él confiaba en ella y no era celoso de su pasado, porque él tenía lo que todos los demás nunca estuvieron cerca de tener. Su amor.

—¿Por qué fue un fiasco? —preguntó para saber qué tan terrible había sido la experiencia y poder tomar medidas para no repetir los errores del pasado.

—Porque el pastel apenas y pudo penetrar con el glande, y en tres segundos eyaculó.

—O sea que, básicamente, no alcanzó a meterla completa… ¡Qué imbécil! —Rio de manera floja—. Entonces, seré el primero, pero no solo te meteré esto, preciosa. —Se tocó su erección sobre el pantalón—. Hay que prepararte muy bien primero. Date la vuelta y ofréceme ese culo perfecto.

Camila sonrió, Edmundo pudo notarlo, incluso si ella no lo miraba directo. Se dio vuelta y se expuso impúdica ante él, ofrendando su cuerpo. Él acarició la suave piel del trasero, erizándola con el contacto, siguió con su recorrido hasta llegar al empapado sexo de ella. Edmundo se lamió los labios, pero no se iba a desviar de su objetivo. No esta vez, primero le daría lo que ella había pedido.

Con un condimento extra.

Embadurnó con lubricante entre las tersas nalgas de Camila, acariciando, provocando, tanteando, hasta llegar a ese apretado anillo muscular, y empujó con su dedo pulgar.

—Relájate, bella. Déjame entrar… Así, ábrete, no te tenses…, lo haces perfecto —aseguró complacido cuando pudo introducir su dedo—. No te muevas —demandó más severo.

Empleó más lubricante y jugó con ella por unos segundos, dilatándola, relajándola, incitando a su mujer a que abrazara todas esas placenteras sensaciones que él, su hombre, le otorgaba.

Camila estaba con los ojos cerrados, disfrutando del contacto prohibido. Edmundo era cuidadoso, como siempre, y solo le brindaba experiencias increíbles, ninguna quedaba en el olvido. Todas la marcaban.

Edmundo retiró su dedo al notar que Camila ya estaba lista para recibir el frío *plug* de acero. Lo embadurnó en lubricante y puso la punta en el ano de ella, y lentamente, empezó a introducir y a retirar el juguete de a poco, cada vez entrando más en ella. Camila siseaba, estaba inmersa en una marejada de sensaciones. Se aferraba a la tela del cubrecama intentando no moverse, y ahogó un grito de deleite al sentir que, de pronto, el juguete ya estaba todo dentro de ella.

Edmundo lo sacó entero, y la volvió a penetrar. Camila gimió gustosa.

—¿Te gusta demasiado, eh? Te va a gustar más mi pene cuando te llene por completo —anunció perverso y le dio una fuerte nalgada en el lado izquierdo, que la hizo moverse hacia adelante y apretar el *plug* en su interior. Camila no la vio venir—. Del uno al diez, ¿qué tanto dolió? —interrogó firme Edmundo mientras le prodigaba caricias para atenuar ese agudo ardor inicial.

El calor se propagó por la piel de Camila como una ola espesa, haciendo que ese dolor inicial remitiera y diera paso a algo más que ella no lograba identificar, pero sentía que era casi mágico. Necesitaba sentir más, porque en realidad, el dolor no existía. Al menos, no en la forma que conoció, hasta que se escapó del puño de hierro opresor de su padre.

Edmundo solo buscaba darle el más crudo placer, jugando con esa delgada línea, pero sin propasarse.

—Tres, mi señor —respondió segura.

—Muy bien.

Otra nalgada, ahora en el lado derecho, esa tampoco la esperó Camila, Edmundo no le daba tregua. Nuevamente esa sensación de calor que apagaba el dolor, la mano cariñosa de Edmundo, administraba de forma ecuánime ambas sensaciones antagónicas.

Dolor y placer, placer y dolor.

Edmundo se tomó su tiempo, con movimientos ascendentes propinaba el azote, sintiendo el picor en sus manos que empezaban a arder como la rojiza piel del trasero de ella. Sus manos calientes de inmediato dispensaban alivio, tanto para ella, como para él. Camila lo guiaba, le indicaba que iba por buen camino, con sus gritos ahogados, conjuntados con sus jadeos, con la humedad de su sexo que ya empezaba a impregnarse en los muslos de ella.

Camila solo quería más. Estaba horriblemente excitada y vacía, necesitaba estar llena de todas partes y saciar esa hambre que la carcomía y estallar como nunca en su vida. Necesitaba a su hombre entre sus piernas, dentro de su boca, en sus manos, metido profundo en su trasero, ¡En todas partes! ¡En todas!

—¿Más, bella? ¿Más fuerte?

—Oh, sí, señor. Dámelo todo —aseguró Camila casi con un tono gutural.

Edmundo empezó a dar azotes que iban aumentando en intensidad, por arriba, por encima, por los lados de su trasero. Y luego, esas caricias que la elevaban a un plano superior. Por más que fuera intenso, el dolor remitía tan rápido que Camila no podía denominarlo como tal, era un todo.

De súbito, un escalofrío le recorrió la espalda. Esa sensación ya la había percibido antes sobre su piel. Eran las plumas que vagaban por su cuerpo, suaves, livianas, apenas tocaban su piel, pero al momento de sentirlas sobre su trasero, gimió, estaba tan encendida, tan sensible, que esa suavidad se tornó en un gozoso suplicio.

Las plumas siguieron su recorrido por sus piernas, su vientre, sus pechos. Edmundo sí que se entretuvo torturando con suavidad esos pezones inhiestos.

—¿Pasa algo, bella? —interrogó Edmundo esbozando una sonrisa. Lamió una nalga dejando una estela de fría humedad—. Dime qué quieres. —Repitió lo mismo en la otra, y luego, empezó a jugar con sus dedos entre los pliegues de centro femenino de su mujer, impregnándose de su esencia, llenando el aire con ese exquisito aroma a sexo.

—A ti —respondió, rogando.

—Me tienes, siempre —aseveró siendo muy literal.

—Dentro de mí —especificó Camila al borde de la desesperación.

—Sí que me tendrás. Quédate quieta.

Edmundo se desnudó, las manos le ardían, los músculos de su cuerpo estaban duros y tensos, pero más duro y tenso estaba su miembro que ya no daba más esperando a que lo liberaran de su confinamiento. La tortura era para ambos, desde que la vio sobre la cama solo quiso penetrarla hasta vaciarse, pero ella merecía algo mucho mejor que eso. Merecía que la adorara, que la venerara.

Tomó de las caderas a Camila hacia él y sin más la penetró. ¡Qué caliente y mojada estaba! Su mujer chilló por la invasión que tanto anhelaba. Se sentía deliciosamente colmada, Edmundo la embestía y el *plug* parecía hacerse más pequeño en su interior, por lo que su hombre lo presionó para mantenerlo en su lugar, mientras la penetraba con frenesí, y saciar por unos instantes ese martirio de no sentirla.

—Dios, no lo soportaré —masculló retirándose y siseando para conservar por unos segundos más ese orgasmo que empezaba a apoderarse de sus entrañas—. Necesito que acabes ya. Hazme espacio en la cama, bella, me vas a montar.

Edmundo sacó de la caja uno de los dildos de cristal y se lo entregó a Camila, para luego sentarse sobre la cama, apoyado en el cabecero.

—Ahora, dame ese precioso culo, bella. Móntame de rodillas pero mirando hacia los pies de la cama y espera a que te guie.

—Sí, señor.

Camila hizo todo lo que él le ordenó. Edmundo tenía una vista privilegiada del lugar que iba a penetrar. Sacó el *plug* y lo dejó a un lado, y volvió a lubricarla esparciendo el frío gel en el ano y en el miembro de él. Camila se mordió el labio de puro gozo. Siseaba por la anticipación.

—Voy a entrar, bella, siénteme. —Poco a poco, él entró en ese estrecho, pero relajado agujero, fue más fácil de lo que imaginó. Camila le ayudaba bajando con lentitud, sintiéndose al fin llena.

—Esto es maravilloso, señor.

—No te imaginas cómo se ve todo desde acá… Usa ese dildo para ti. Fóllame, sácamelo todo, hasta la última gota.

Camila no necesitó más indicaciones, se alzó un poco sobre sus rodillas y se empaló con el juguete.

—¡Oh, Dios! —gimió lasciva—. Te amo, mi amo —sollozó mientras empezaba a moverse y a acariciar su clítoris resbaloso, mientras Edmundo apenas se movía para absorber la cabalgada furiosa de su mujer—. ¡No lo soporto! ¡Es demasiado!

Pero esas palabras carecían de sentido, con abandono ella se movía, perdida, imaginando que Edmundo estaba penetrándola en ambos lados, llenándola por completo de placer y carne, todo, solo para ella.

Edmundo se incorporó un poco más para tomar los pechos de Camila y pellizcar con ligereza sus pezones, no podía estar demasiado tiempo pasivo, su mujer lo estaba exprimiendo, arrancándole el deleite a pedazos con cada movimiento de sus caderas.

—Te siento, Cami. Dámelo —embistió más profundo—. ¡Es mío! —exigió.

—¡Ahhhhhhh! —gritó presa del clímax, era demasiado. Edmundo le tapó la boca, y drenó su simiente sin más, dejándose llevar por ella al mismo tiempo. Camila se dio el lujo de gritar más fuerte sabiendo que él amortiguaba el sonido, pudiendo expresar de esa manera aquel placer que jamás había sentido.

Sus cuerpos se tensaron en ese éxtasis que los destrozó y que hizo estallar cada átomo de su ser. Edmundo sentía que ese placer no terminaba nunca, no fue todo de una vez, le pareció que eyaculó mil veces más; mientras que Camila dejó de tocarse, porque ya estaba hipersensible y cualquier roce la quemaba. Se deshizo del juguete que usó, al sentir que él la apresaba entre sus brazos como si se le fuera la vida en ello; respirando agitado, igual que ella; saciado, igual que ella; enamorado hasta la médula, igual que ella.

—Te amo, Camila. Soy infinitamente feliz contigo. Eres mi mejor amiga, la que más adoro, con la que quiero envejecer —declaró con pasión sin querer soltarla, sin querer separarse.

—Yo también te amo. Gracias por estar en mi vida y darme solo alegrías —sollozó y una lágrima de felicidad se deslizó por su mejilla—. Gracias por dejarme ser la mamá de Alfonso, soy feliz, muy, muy feliz.

Esa noche, Camila la iba a recordar por el resto de sus días. Esa fue la primera noche en que sintió a plenitud, todo lo que ella deseaba experimentar, dolor, placer, euforia, amor, dicha, entrega. Era la vida bien vivida en un instante.

CAPÍTULO 33

—Cumpleaños feliz… feliz, feliz… te deseamos a ti… ¡a ti, a ti!… Feliz cumpleaños, Julietita… Que los cumplas feliz… ¡feliz, feliz! —coreaban desafinados, pero contentos todos los invitados a la pequeña celebración; estaban los Cortés en pleno y algunos amigos de Damián y Haidée.

—Apaga la vela, hija —animó Damián que la sostenía en brazos, y Haidée los miraba embelesada mientras sostenía el pastel de crema chantilly con todos los colores del arcoíris.

La pequeña sopló fuerte apagando la llama. Todos contentos aplaudieron y vitorearon a la festejada, la cual sin esperar más instrucciones, le dio una gran mordida al pastel y su cara quedó pegoteada de crema. Damián la limpió, la besó y luego dejó que saliera corriendo al patio para seguir jugando con su primo y otros niños.

Agustín Cortés estaba en un lugar un tanto apartado, observando complacido el resultado de lo que sembró durante su vida. Pero sabía que no debía dejarse estar, por eso mismo había decretado meses atrás que la familia se reuniera una vez al mes y, por azares de la vida, siempre había un motivo para estar juntos; la alegría de celebrar una unión, la tristeza de perder repentinamente a seres queridos, y ahora, el celebrar un año más de vida de esa pequeñita que lo tenía ya medio baboso. Su familia estaba más bien cargada hacia la testosterona, y eran pocas las mujeres —aparte de las esposas— que conformaban parte de ese clan. La última vez que hubo una Cortés fue —según dicen— por la década del cuarenta, pero que desafortunadamente falleció siendo una niña.

Los Cortés fueron mermando en número con el paso del tiempo, y —aparte de los nietos— solo quedaban cuatro; Agustín, sus hijos y un primo que no había heredado nada de eso que los caracterizaba tanto, honor, entrega, fidelidad, honestidad, pasión por la vida. «El innombrable», era la antítesis de esa casta de varones. Por ese motivo y otros más, no era considerado de la familia. Desafortunadamente era el padre biológico de Julieta, pero eso nunca fue impedimento para Damián para darle su apellido y tomar el rol de padre, él adoraba a su hija, y nada más importaba.

—¿Te ayudó a repartir los platos? —preguntó Camila a su amiga que ya estaba partiendo el pastel.

—Ya, gracias, amiga —aceptó con una sonrisa—. No imagino hacer un cumpleaños más apoteósico, voy a caer muerta a la noche —rezongó con un tono jocoso de voz—. Imagino esos con castillos inflables y cientos de niños azucarados corriendo por toda la casa y se me agota el cerebro.

—Nunca fuiste buena para el escándalo, de todos modos —aseveró Camila entregando los platos a algunos invitados que estaban conversando.

—No, me gusta la calma... Dale este trozo grande a Jesu, la chiquita que está embarazada, por favor. Anda antojada —solicitó Haidée a Camila que ya volvía por más porciones de pastel.

—Vale... Uy, está que revienta, ¿está esperando solo uno?

—Una —corrigió, riendo divertida—. Le falta poquito por nacer, y va a salir grande como su papá.

—¿El que parece lapa al lado de ella? —interrogó de un modo íntimo—. Ellos fueron los testigos para tu matrimonio, ¿cierto?

—Así es. Leonardo, él es mi jefe y el de Damián en la oficina... Pero también es un muy buen amigo —susurró en un tono de infidencia—. Pobrecito, ya ni duerme el condenado. Damián es su secretario, y me ha contado que lo ha pillado varias veces roncando encima de su escritorio.

—Ohhhh, qué tierno. Volverá a dormir algo más cuando nazca su hija.

—Creo que será peor...

Camila rio a carcajadas y les fue a dejar pastel a la pareja en cuestión, quienes le sonrieron con amabilidad.

—¿Te imaginas a Damián si tú te embarazas? —preguntó Camila a su amiga al cabo de unos segundos.

—Siendo cómo es, probablemente sabrá más de embarazos que yo. Mejor no quiero ni imaginar... Y prepárate porque mi cuñadito va por las mismas, va a ser insoportable.

—No me preocupa eso, mejor que me mime un montón. Pero todavía falta para eso, estamos recién con Alfonsito. Debemos tomarnos las cosas con calma, al menos en eso.

Haidée sonrió, entendía la respuesta de Camila. Su amiga tuvo tantas carencias afectivas durante toda su existencia, que era lógico que disfrutara de toda la atención, mimos y preocupación de su futuro esposo. En su opinión, Camila solo merecía amor por el resto de sus días.

—La calma no existe en el vocabulario de estos hombres, amiga. Todo es intenso.

—Sí… tal vez tienes razón.

Camila siguió repartiendo pastel pensando en qué momento había tenido un segundo de «calma». Desde que había conocido a Edmundo, su universo se había transformado en algo para lo cual nunca estuvo preparada. Sí, anhelaba ser feliz y amada, pero nunca lo imaginó del modo en que sucedieron las cosas en casi dos meses. Su vida, tal como decía Haidée, era intensa, incluso en las cosas simples vividas en la última semana; aprendiendo a ser mamá, a conocer a su hijo en la intimidad. No era una dueña de casa típica, no tenía todo de punta en blanco. Pero eso, Edmundo no se lo recriminaba, la había conocido desordenada, caótica, y sabía que ella nunca cambiaría, como ella sabía que él no cambiaría esa forma que tenía de ser. Para cualquier otra mujer, podría incomodar tanta «posesión» en muchos ámbitos de su vida. No era de un mal modo, ella podía hacer y deshacer. Edmundo no le impedía nada, pero solo quería saber qué hacía, asegurarse de que no le faltara nada en todo orden de cosas, estaba con ella a sol y a sombra, pero le daba su espacio. Podían estar horas en la misma casa haciendo sus propios asuntos y luego convergían en la mesa cuando comían o en el dormitorio donde conversaban y él le hacía el amor, de todas las formas posibles. Siempre, cuando se trataba de ella, Edmundo se tomaba su tiempo y le hacía sentir que era amada.

Ojalá su mamá hubiera sabido lo que es eso, pensó de repente con melancolía. A veces, Camila recordaba a su madre, a veces echaba de menos sus llamadas telefónicas y sus encuentros a escondidas. Y ahora que se encontraba en Santiago, Aída volvía con frecuencia a sus pensamientos. Imaginaba que ella estaría contenta de ver que su hija era feliz. Toda madre quiere eso para sus hijos, Aída no era la excepción. Pero durante toda su vida no supo otra cosa que aceptar y someterse a la voluntad de un hombre, que nunca debió llevar el título de esposo y padre.

Camila maldijo, odiaba recordar a su padre, pero poco podía hacer para olvidar veintitrés años viviendo bajo su techo.

—¿Pasó algo, Cami? —indagó de pronto Edmundo acercándose con suavidad a su lado. Hacía un rato había visto a su mujer riendo mientras repartía pastel, pero de un momento a otro, su sonrisa se apagó y salió al patio con el rostro serio.

—Nada... No te preocupes, cariño. Ya se me va a pasar, no quiero arruinarte la tarde.

—Bella, me preocupo igual. Cuéntame —insistió.

—Me bajó la melancolía, me acordé de mi mamá, y luego la pena y la rabia al acordarme de mi padre —confesó, sintiendo que estaba demasiado sensible, incluso tenía ganas de llorar.

—La ciudad suele traer recuerdos, Cami. Estamos aquí construyendo nuevos. Sé perfectamente que es inevitable que vuelvan a tu memoria, pero con el tiempo todo pasará y se curaran esas heridas. Te lo aseguro.

—Gracias, Edmundo. Tú sí que saber decir las cosas precisas. —Lo besó con dulzura, sintiéndose un poco mejor. Sin duda, las penas compartidas eran menos duras—. ¿Me puedes traer un vaso de agua?

—¿No quieres algo un poquitín más fuerte? —preguntó con un doble sentido premeditado.

—¿Algo como qué? —replicó Camila, sin comprender el juego de palabras, estaba distraída.

—No sé, tal vez pisco sour... para ahogar las penas, digo yo —propuso socarrón, alzando la ceja. Definitivamente, ella no había captado la idea.

—Ridículo, solo agua. Dejemos el alcohol para otro día, prefiero evitar caer en excesos y tener resaca. Ya sabes cómo se pone el niño los fines de semana.

—No es hermoso tener el hachazo partiéndote la cabeza y que te despierten a las ocho de la mañana. Tienes razón, agua para la señorita.

Edmundo la dejó a solas por unos instantes. El buen humor retornó de a poco a su alma y suspiró.

Su móvil empezó a sonar, era extraño, estando en el mismo lugar compartiendo con su familia. No había razón para que la llamaran.

Miró la pantalla, un número desconocido. Camila puso en blanco sus ojos, aunque sabía que quien llamaba era algún joven ofreciéndole un préstamo de una conocida tarjeta de crédito; siempre contestaba. La curiosidad siempre era mayor.

Nunca se sabía.

Deslizó su dedo sobre la pantalla y aceptó la llamada entrante.

—¿Aló? —contestó Camila.

—Buenas tardes, ¿hablo con Camila Corrales? —interrogó una voz femenina con claro nerviosismo.

—Con ella —respondió con voz átona.

—Gracias a Dios… Camila, mi nombre es Catalina Zamora, soy amiga de tu hermana Rut.

Camila entornó fuerte sus ojos. Todo era como un maldito *déjà vu*.

—¿Qué le pasó a Rut? —inquirió elevando su tono de voz.

—No lo sé… Su padre… —respondió vacilante y con la voz quebrada—. Es complicado de explicar por teléfono, necesito que vengas lo más rápido posible a Santiago…

—¿¡Que le pasa a Rut!? Explícame, ahora —exigió mientras que todo su cuerpo era recorrido por la fría caricia del mal augurio.

—Jacobo descubrió que es mi pareja… Ella y yo…

—¿Rut es lesbiana? ¡Maldición! —blasfemó imaginando la reacción del pastor ante semejante descubrimiento. Si a ella la golpeó hasta dejarla inconsciente solo por hacer el amor con un hombre, con su hermana sería mil veces peor. En el mundo de Jacobo, una lesbiana era un ser más horrendo que una puta fornicadora como ella.

—No tiene nada de malo… —justificó Catalina a la defensiva, harta de que todo el mundo le rechazara su ayuda, ni siquiera carabineros podía intervenir. Jacobo era un ser astuto.

—Eso lo sé… Esto es terrible… a ver, ¿cuéntame qué pasó?…

*****

«Querido diario:

»Hay una niña nueva en el colegio. Llegó hace un par de semanas, está en el curso de la sala de al lado en el 8º B. Es muy linda, la niña más hermosa que he visto en mi vida. No sé por qué, pero no me gusta cuando mis compañeros la atosigan con sus regalos y la molestan cuando ella se enoja.

»Es raro, cuando estoy cerca de ella, me pongo nerviosa cuando quiero hablarle.

»Voy a rezar para no me vuelva a pasar. El Señor me ayudará.»

—¿Por qué rompes lo que escribes en tu diario, Rut?

—Me salió fea la letra. No seas metiche, Camila —mintió.

*****

«*Querido diario:*

»*El hermano Isaac me dijo que le gustaba y me pidió que saliéramos al cine. Él no me gusta, no me gusta nadie en realidad. Estoy bien así, no me interesa tener novios ni pololear, ¿por qué la gente no entiende que aunque tenga quince no me llama la atención una relación?*

»*Le mentí, le dije que no podía, pero justo se apareció mi papá y le dijo que sí podía, que me daba permiso… Dios me castiga por mentir y no pude negarme. Me va a venir a buscar el sábado a las cuatro y tengo que estar en casa a las seis. Así lo decidió papá.*

»*No quiero ir.*»

*****

«*Querido diario:*

»*Él me besó, no sentí nada. Todas las niñas andan detrás de él, lo reconozco, es muy atractivo, pero no me gusta. Le pedí que fuéramos amigos. Señor, mi Dios, perdóname, he mentido de nuevo, le dije que me gustaba otra persona, que no podía ser infiel a mis sentimientos. Me dijo que esperaría.*

»*Llegamos un poco tarde. Querido diario, te juro que es verdad, pero el colectivo nunca pasaba. Papá levantó mi falda y me olió ahí para saber si había fornicado. Me sentí sucia, le dije que solo vimos una película y me pegó.*

»*Me castigó por contestarle, porque no me encontró olor a pecado.*

»*Siempre le pega a mi hermana, no quiero que me pegue, pero Camila es tan rebelde, no entiende que después él le pega a mamá por su culpa. Es fácil y sencillo, si no lo hacemos enojar, no nos pegará.*»

*****

«*Querido diario:*

»*Isaac está pololeando con otra niña. Menos mal. Nunca pudimos ser amigos. Preferí alejarme, así evito que mi papá vuelva a acusarme de cosas que no he hecho.*

»*El otro día los vi besándose, me fijé en su novia. Señor, perdóname, haz que se borre de mi cabeza esa mujer. Me pone nerviosa verla besar.*»

*****

«*Querido diario:*

»*Llegó una vecina nueva al barrio, se llama Catalina, tiene veinticinco, igual que yo, y vive al lado de nuestra casa. Es muy linda y simpática. El otro día, cuando estaba regando el jardín nos pusimos a conversar mucho rato, y me invitó al cine a ver una película el fin de semana. Ella trabaja en una peluquería, me dijo que fuera cuando quisiera, por si quería cortarme el cabello o teñirlo.*

»*No puedo hacer eso, a mi papá no le gustaría que yo hiciera eso. Pero sí acepté ir al cine, les pedí permiso a mi mamá y a mi papá, y me dejaron ir.*

»*Estoy muy contenta.*»

*****

«*Querido diario:*

»*Algo extraño me pasa cuando estoy con Catalina. Me hace sentir feliz, quiero estar siempre con ella, conversando o viendo películas. La invité a ir a la iglesia, pero ella se negó, no profesa ninguna religión, pero sí cree en Dios. Me sentí mal por un momento, pero se me pasó. Catalina es buena.*

»*Es mejor que mi papá no me vea demasiado con ella, dice que una mujer soltera que vive sola no es buena influencia. Por eso cuando voy a la casa de Catalina, lo hago cuando él no está. Así no tengo que mentir.*

»*De todos modos, igual me siento culpable, pero a la vez, no puedo dejar de verla.*»

*****

«*Querido diario:*

»*Catalina me tomó la mano, cuando cruzamos la calle el otro día, y no me la soltó en toda la tarde. Me gustó tanto. ¿Por qué me siento así, como feliz cuando ella me abraza, o cuando me besa la mejilla al saludarme o al despedirse?*

»*Nunca me había sentido así. Jamás, con nadie.*

»*Señor, perdóname, estoy pecando… la amo, quiero estar con ella para siempre. ¿De verdad me odias por sentir esto? No lo puedo controlar, no puedo… Perdóname, señor.*

»*¿Por qué me castigas así? No puedo decirle que la amo, ella me va rechazar, es pecado, soy un ser inmundo.*

»*Ayúdame a ser fuerte, mata esto que siento, Señor… te lo suplico.*»

—Fue hermoso, me hiciste mujer, Andrés. Te amo. —Rut escuchó susurrar a Camila. Estaba entrando a la habitación que compartían—. ¿Mañana? Sí, donde siempre... ¡Rut! No sabía que estabas aquí —dijo con la cara transformada por el miedo y los nervios.

—¿De dónde sacaste ese celular? Papá los tiene prohibidos para nosotras.

—Me lo compré con el dinero que reuní trabajando en mi práctica laboral. Soy mayor de edad, Rut, puedo hacer lo que se me venga en gana.

—No puedes.

—Sí, puedo hacer lo que quiera. Es mi vida, mi trabajo, mi esfuerzo. Él me podrá pegar todo lo que quiera, pero ya llegará el día que me largue de esta casa... Rut, entiende, esto no tiene por qué ser así.

—Lo dices porque te dejó ir a la universidad —atacó con sorna y resentimiento—. A mí no, no tengo ningún talento útil como tú —escupió con dolor, las palabras de su padre, que a esas alturas Rut se las creía—. ¿Y así le pagas?

—Yo no le debo nada, mis estudios me los financié con becas. Sabes bien que nuestro padre me dejó estudiar porque él no tenía que gastar un peso y porque le servía. Somos objetos para él...

—¡Cállate! ¡Vete!

*****

«*Querido diario:*

»*No es justo, ¿por qué el Señor me sigue castigando? Camila siempre ha sido una mala hija, rebelde, desafiante. No debemos hacer enojar a nuestro padre y ella insiste en ser así.*

»*Ella lo tiene todo, puede amar a ese hombre, lo hace a escondidas. Incluso, ya tuvieron relaciones sexuales, es obvio, es fácil deducirlo por lo que escuché por accidente.*

»*¿Por qué me hiciste así, Señor? No puedo amar a Catalina, no puedo estar con ella como quiero, no puedo controlar mis sentimientos. Ayúdame a sacar esos pensamientos de mi cabeza. Arranca esto de mi corazón.*

»*Te lo suplico, escúchame, Señor*»

*****

«*Querido diario:*

»*He cometido un gran error, el peor de mi vida. Delaté a mi hermana, fue horroroso. En cuanto salieron esas palabras de mi boca me arrepentí. Papá le pegó tanto, tanto, tanto. Ella no se movía. Casi la mata.*

»*Me paralicé, no me pude mover para ayudarla un poco, estaba temblando. Mamá se puso en el medio cuando ya fue demasiado. Nuestro padre le pegó a mi mamita hasta que se cansó. Mis pies estaban pegados al suelo.*

»*Perdóname, Señor, me estoy convirtiendo en un ser humano horrible, no basta con que sea así, una mujer sucia. Ahora soy codiciosa, envidiosa, celosa… ¡Me odio!*

»*Perdóname, Camila, perdóname, hermana.*»

*****

«*Querido diario:*

»*Camila se escapó de la casa. Me despertaron sus quejidos cuando se movía. Me quedé quieta, vi que se llevó su celular, y una mochila que preparó a la rápida. No dije nada, me hice la dormida.*

»*Estos últimos días no me he atrevido a dirigirle la palabra, tengo tanta vergüenza de lo que hice… de lo que soy, del monstruo horrendo en el que me he convertido.*

»*Cuando mamá descubrió que Camila se había ido, lloró mucho. Papá enfureció, le gritó a mamá que todo era su culpa, que había criado a una puta, la abofeteó. Sé que no es su culpa… ni siquiera de Camila…*

»*Por primera vez en mi vida me pude mover, y me interpuse para que no siguiera.*

»*Mi padre no siguió, gracias por detenerlo, Señor.*

»*Espero que mi hermana esté bien, lo siento tanto, Camila.*

»*Ella es fuerte, sé que podrá arreglárselas. Ahora es libre.*»

*****

«*Querido diario:*

»*Hoy me encontré con Catalina. Hacía un par de meses que no la veía. No he dejado de sentir esto por ella. Me preguntó por qué tenía cara de pena y le conté lo que hice.*

»*Me abrazó, me dijo que no era del todo mi culpa, me dijo que mi padre no es un hombre bueno, que nos trata mal, que escucha cuando nos pega y se tapa los oídos, y siente impotencia cuando eso pasa. Me dijo que* no me preocupara, que Camila iba a estar mejor en cualquier lugar en vez de la casa de mi padre.

»Tiene razón… pero yo no soy valiente como para hacer lo que ella hizo.

»También me dijo que podía contar con ella, que tenía que denunciar a mi padre por violencia intrafamiliar. Pero tengo tanto miedo, si mi padre se va preso ¿de qué vamos a vivir? Mamá y yo no sabemos hacer nada, solo las labores de la iglesia. ¿Quién nos va a dar trabajo? No tenemos estudios, mamá solo llegó hasta quinto básico, y con suerte, yo terminé la enseñanza media. Mis hermanos mayores no nos ayudarán, siempre están de parte de él y piensan como él, si lo denuncio, ellos tomarán represalias. Lo sé.

»Estamos atrapadas.

»Catalina me abrazó toda la tarde, hasta que me cansé de llorar. Me hizo sentir bien, al menos la tengo como amiga.

»Con eso me conformo, Señor,

»Gracias, Señor.»

*****

«Querido diario:

»Es increíble, pensé que era imposible, que moriría sintiendo esto sin poder decirlo… ¡Catalina me ama!

»Estaba saliendo al patio a regar las plantas, y vi a Catalina por sobre el muro que divide nuestras casas. Me preguntó si estaba sola, y le dije que sí. Me invitó a ver una película. Me gusta hacer eso con ella, mi padre solo ve material religioso que ahora me parece aburrido.

»Pero esta vez no le tomé demasiada atención a la película. Catalina estaba muy cerca de mí, su brazo rozaba el mío, me gusta mucho su calor. Apoyé mi cabeza en su hombro para sentirla un poco más y, de pronto, ella le puso pausa a la película, pensé que se había enojado. Me asusté, me dieron ganas de llorar. Ella estaba seria.

»Me confesó que no soportaba más, que intentó olvidarme, pero que debía decírmelo a riesgo de que la rechazara… me dijo: Te amo, me enamoré de ti.

»Sentí una felicidad tan infinita, como nunca antes en mi vida. ¡Ella me ama! Le confesé, le dije en voz alta, al fin, que también la amaba… que no me importaba seguir pecando si ella me amaba… No me dejó seguir hablando y me besó.

»Fue tan diferente a ese beso que me dio Isaac. Ella me hizo sentir escalofríos en todo mi cuerpo, mi corazón latía rápido. Soy feliz, inmensamente feliz. La amo, la amo, ¡la amo!

»No me importa nada más.»

*****

«Querido diario:

»Esta es la última vez que te escribo. Cuando termine de hacerlo, te quemaré. No puedo permitir que mi padre nos descubra. Mi mamita murió, la enterramos ayer. La echo mucho de menos, pero no importa, sé que está feliz en el cielo al lado de nuestro Señor. Ella fue la mejor mamá, a pesar de todo. También vi a mi hermana, se ve tan bien, tiene una pareja, un hombre que la defiende y no le pega. ¡Ese hombre le dijo maricón a mi padre por golpearnos! Nunca nadie le había dicho algo así a él. ¡Y él no fue capaz de responder! Parece que es verdad lo que ese hombre le dijo, que solo se hace el valiente con los más débiles. Si hubiera sido mujer, le habría pegado.

»Cuando le avisé a Camila que mamá estaba mal, me puse tan nerviosa de escucharla. Justo en ese momento vi a papá a lo lejos y tuve que cortar rápido porque estaba usando el teléfono de Catalina. Menos mal que mi hermana no se enojó conmigo y vino apenas pudo para ver a mamita una última vez.

»Me conformo con al menos saber que ella está verdaderamente bien, Sé que nunca me perdonará por lo que hice. Pero eso no importa, está lejos de todo esto, y tal vez, algún día, yo pueda hacer lo mismo que ella. Catalina me está enseñando su oficio para que puedan contratarme en el salón donde trabaja, y si todo sale bien… nos iremos de aquí.

»Fuiste bueno, querido diario, tú sabes todos mis secretos.

»Gracias.»

CAPÍTULO 34

—¡Sucia ramera impura! —Jacobo propinó un correazo golpeando con la hebilla la espalda encorvada de su hija—. ¡La espada del Señor caerá sobre ti y esa mujer que te corrompió! —vociferó, volviendo a golpear con esa voz rota por tanto predicar a puro grito la palabra de Dios—. ¡El Señor te purificará con su palabra y lavará la inmundicia de tu espíritu y de tu carne! —Azotó nuevamente, sin piedad. Rut no decía nada, no lloraba, no gritaba, solo estaba ovillada, desnuda en el suelo de cemento que le laceraba la piel, rogando al cielo, al Señor, que se la llevara, que le quitara la vida rápido. No quería más dolor, no quería sufrir más.

Solo quería ser libre.

Jacobo dejó de golpearla, estaba cansado y respirando agitado, con el pecho adolorido. Cerró de un golpe la puerta del cuarto de herramientas y le puso candado.

El silencio inquietante, de súbito, fue interrumpido por golpes en la puerta de su casa. Alguien llamaba con toques enérgicos. El pastor, impasible, volvió a ponerse el cinturón y abrió.

—Buenas tardes, señor. Soy el teniente Sergio Campos de la comisaría de san Bernardo. Nos llegó una denuncia anónima de violencia intrafamiliar —anunció el uniformado con un tono de voz monocorde. Estaba acompañado por otros dos oficiales y una patrulla que destellaba cegadores haces de luz de color verde.

—Aquí no ha pasado nada, teniente Campos. Debe ser un error —mintió Jacobo. No se sentía culpable por pecar, estaba haciendo algo más importante en nombre del Señor, y su falta sería perdonada.

—¿Podemos entrar a corroborar? —consultó el teniente para asegurarse. Desde su posición todo se veía tranquilo, no había señal de lucha o desorden… y tampoco una víctima.

—Por supuesto. —Jacobo abrió la puerta e invitó a los carabineros a entrar, quienes observaron e inspeccionaron en algunas habitaciones y no encontraron nada. Todo estaba en sepulcral silencio.

Al no haber pruebas de delito flagrante, no se podía hacer mucho más.

—Disculpe las molestias ocasionadas, que tenga buenas tardes, señor.

—No se preocupe, tal vez fue alguna broma de mal gusto. La juventud de hoy en día no conoce el respeto.

Jacobo cerró la puerta de su casa y se dirigió al patio. Desenrolló la manguera que se usaba para regar las plantas que cultivaba su difunta esposa. El aire estaba helado, el cielo empezaba a mostrar sus primeras estrellas al anochecer. Abrió el candado del cuarto de herramientas y Rut seguía encogida en el suelo, estaba con la vista perdida, mirando la nada. Jacobo dio el agua que manaba gélida, y la mojó de pies a cabeza, le dio de manguerazos con furia renovada, y no le importó empaparse en el intertanto.

Rut no se movía, Jacobo dejó de golpear, no era estimulante si no gritaba, si no rogaba a Dios, si no luchaba por buscar un lugar donde esconderse, si no suplicaba para que se detuviera. Los golpes recibidos en silencio, lo asustaban un poco.

Tal vez el espíritu de su hija había abandonado su cuerpo para recibir el castigo del Señor.

A principios de mayo, en Santiago, el tiempo es impredecible, pero sí había algo seguro, las noches eran heladas. El cuerpo de Rut no se movía.

—Ahora sentirás el dedo frío del Señor purificándote, hija mía. Señor, todopoderoso, elevo a ti mi plegaria, salva a mi hija del impío pecado, sánala con tu amor infinito. Dale la sabiduría y la cordura para aceptar en su corazón tu palabra, Señor —oró en voz alta, como siempre lo hacía. Los vecinos siempre lo ignoraban. Para los que no pertenecían a su rebaño, Jacobo era un simple fanático religioso deschavetado—. Haz que el demonio abandone su cuerpo y su mente, ilumínala con tu palabra, Señor. Que vuelva a ser una costilla digna de un hombre. Gloria a Dios... Gloria a Dios… ¡Gloria a Dios!

La única vecina que no ignoró esas desquiciadas plegarias fue Catalina, pero la denuncia que hizo a carabineros no resultó como esperaba. Si tenía algo de suerte, tal vez podría contactar a la hermana de Rut para que le ayudara.

No podía entrar por sus propios medios a la casa del pastor. En el muro que separaba las propiedades por el patio, había un cerco eléctrico instalado unos meses antes. Y tampoco podía entrar por la puerta principal para enfrentar a ese hombre perturbado. Por una parte, aunque lo intentara, Jacobo no le abriría la puerta si ella montaba un escándalo; y por otra, simplemente no se atrevía, estaba en una desventaja física insalvable, y ya había sentido el peso de sus golpes cuando, horas atrás, las sorprendió besándose en la sala de estar de su casa. Jacobo había llegado mucho antes de lo habitual y presenció esa depravada escena.

Había sido una torpeza por parte de ellas. El pastor le dio un golpe tan fuerte a Catalina que la dejó atontada y desorientada, la tomó del cabello y la arrastró por toda la casa hasta echarla a la calle.

Catalina solo pudo escuchar los gritos y súplicas de Rut y esos incesantes golpes que le destrozaba el alma escuchar. De nada sirvió gritar o pedir ayuda a los vecinos, era como si no existiera. Nadie se metía con ese lunático; si ningún miembro de su familia denunciaba, pues poco y nada se podía hacer. El pastor había eliminado la empatía y solidaridad en el barrio. La difunta esposa de él era tildada como la pobre estúpida por aguantar que le pegaran a ella y a sus hijas. Preferían ser los morbosos espectadores del nuevo escándalo protagonizado por él. Nunca se sabía cuándo iba terminar en tragedia.

*****

Camila sintió escalofríos cuando escuchó el rápido relato de Catalina, y tal como sucedió hace un tiempo atrás, sintió que el cuerpo le temblaba y que las rodillas cedían. Todos en la fiesta se preocuparon por ella cuando, de pronto, la vieron arrodillada en el suelo y con el rostro demudado.

—¡Camila! —Edmundo fue raudo a su lado. ¿Qué diablos estaba pasando? Su mujer estaba atendiendo un llamado telefónico, y su cara evidenciaba que estaba pasando algo terrible.

Camila se aferró a uno de los brazos de Edmundo pidiendo sin palabras que le ayudara a levantarse, mientras seguía escuchando en silencio el relato de Catalina de lo que había sucedido hace un par de horas atrás.

—Catalina, ¿no sabes si ese hombre sacó a Rut de la casa? —inquirió Camila intentando ordenar un poco su cabeza. Necesitaba saber cómo actuar

—No, pero tengo miedo. ¡No se escucha nada! Todo está callado, demasiado callado…. Espera… —Catalina enmudeció y extraños sonidos ambientales se escuchaban del otro lado de la línea.

—¿Catalina? ¡¿Qué está pasando!? —interrogó Camila intranquila. Había que intentar hacer algo. No, debía hacer algo.

Silencio. Nada. Ninguna respuesta.

—¡Catalina!

—Los hermanos de Rut están llamado a la puerta de Jacobo. ¡Camila, ven rápido! ¡No sé qué va a pasar! ¡De ese hombre puedo esperar cualquier cosa!

—Catalina, escúchame bien… Yo voy para allá ahora, necesito que hagas algo si ves que ellos sacan a Rut o si escuchas cualquier cosa. ¡Cualquier cosa! ¿Estamos? Impide que saquen a Rut de la casa… —ordenó. Si su hermana salía, era posible que nunca más tuviera noticias de ella.

De Jacobo Corrales podía esperar lo indecible.

—Vale… Por favor, ven pronto —aceptó Catalina hecha un manojo de nervios.

Camila cortó el llamado y miró a Edmundo con determinación.

—Necesito ir a buscar a mi hermana… necesito que me acompañes. Creo que puede pasar lo peor.

—No entiendo nada, Cami. ¿Qué mierda pasa?

—En el camino te cuento…

*****

—No está muerta, papá… Hiciste lo correcto —aseveró Pedro, el hijo mayor de Jacobo.

—Una noche en el cuarto le mostrará el camino —concordó Pablo, el segundo hijo—. Así podrá reflexionar sobre lo que ha hecho.

—Ella necesita saber lo que es estar con un hombre. Hay que hacerla mujer —propuso José, el tercer hijo—. La carne se quita con carne.

—¿Estas proponiendo que uno de nuestros hermanos de confianza le muestre el verdadero camino? —interrogó Jacobo para confirmar lo que José intentaba exponer.

—Eso de que le gustan las mujeres es algo que se aprende, volverá a ser una mujer digna en cuanto sepa lo que es un hombre de verdad —explicó como si fuera algo natural la violación para rectificar una orientación sexual.

—No debemos perder tiempo, padre. Rut debe aprender ahora. Mírala, no ha conocido varón, tiene treinta años, no está casada, no tiene hijos. Y ahora sale con que le gustan las mujeres. Los golpes no funcionan, debemos hacer algo definitivo —sentenció Pedro, dándole la razón a José.

—A quien sugieren ustedes.

—El hermano Abraham, sin duda. Hablaré con él —contestó Pablo—. Si están de acuerdo, puedo pedir su ayuda.

Todos asintieron.

—Iré a buscarlo, entonces.

—Que así sea… —sentenció Jacobo.

Pablo salió en busca de Abraham para que enderezara a su hermana. Caminando rápido se internó en las laberínticas calles de la población.

Todo sería solucionado de forma definitiva.

*****

—¡Acelera, Leonardo! —apremió Damián autoritario. Él intentaba mantener el control, pero la situación lo sacaba de sus casillas, no soportaba a los abusadores.

—No puedo ir a cien por hora en esta zona, Damián —rezongó el aludido, intentando manejar lo más rápido posible dentro de los límites permitidos. No iba a ser gracioso que carabineros los detuviera y los retrasara multándolos por exceso de velocidad.

—¡Ahí, en esa esquina dobla a la izquierda y sigue derecho! —indicó Camila que estaba sentada al lado de Edmundo que se mantenía en silencio, pensando en todas las posibilidades.

—Por favor, tranquilidad, ya llegaremos. Solo concéntrate en el camino, *mijo* —llamó al orden Agustín con un tono sereno.

En ese automóvil iban los Cortés, Camila y Leonardo, amigo de Damián, que era uno de los invitados en la fiesta de cumpleaños, y sin dudar, ofreció llevarlos en vez de que llamaran un taxi. Cuando Camila empezaba a salir de la casa con Edmundo, los demás integrantes de la familia no les permitieron ir solos a ese lugar, preferían equilibrar las fuerzas, ante el escenario de la presencia de los hermanos de Camila en esa nefasta casa.

Camila volvió a recibir un llamado a su celular, el cual contestó sin dilación.

—Catalina, ¿qué pasa?

—Uno de los hermanos de ustedes salió. Parece que es Pablo, pero lo hizo solo. Los demás están dentro.

—Ok, a nosotros nos falta poco para llegar. No salgas de tu casa a menos que intenten sacar a Rut, ¿vale?

—Vale.

*****

—Tu hermano se ha tardado demasiado —comentó Jacobo dirigiéndose a Pedro, estaba perdiendo la paciencia y el ímpetu. La espera le provocaba una especie de resaca emocional, como cuando su furia remitía y solo escuchaba los sollozos de su esposa después de recibir su castigo. La culpa, sabía cómo se sentía, pero se la guardaba muy bien, porque su orgullo y su ego no le permitían mostrar ninguna debilidad.

—No te preocupes. Abraham vive un poco lejos, unos quince minutos a pie. Pero es confiable, ya lo hemos hecho antes, ¿recuerdas, al hijo del hermano Claudio? Se volvió bien machito cuando le demostraron cómo era recibir el fornicio de un hombre.

—Tienes razón… —convino Jacobo.

Toc, toc, toc…

—Ahí llegó —El hijo mayor de Jacobo fue a abrir la puerta sin apuro, los demás hombres se quedaron sentados en sus lugares, a la expectativas—. Hola, hermano Abraham, bendiciones…

—Gloria a Dios, hermano.

El hombre entró con propiedad a la casa, secundado por Pablo.

—Gracias por venir, hermano —agradeció Jacobo—. Por acá, hagamos esto rápido.

Los cuatro hombres ingresaron al jardín. Ya era de noche, y el termómetro fácil podía marcar ocho grados Celsius. Jacobo abrió la puerta del cuarto de herramientas, Rut no se movía, su cuerpo estaba frío.

Más frío que hace cuarenta minutos.

—¿Están seguros de que está viva? —interrogó nervioso Abraham.

José le tomó los signos vitales a Rut durante largos segundos…

—Está viva, pero demasiado fría. Llevémosla adentro.

Pedro ayudó a Pablo a tomar en brazos a su hermana que estaba volviendo en sí. El frío le calaba los huesos y el calor de ese pecho masculino no le reconfortaba. Miró de soslayo a su alrededor. Había hombres, al cabo de unos segundos los reconoció; eran sus hermanos, su padre… Abraham. ¿Qué hacía él ahí? No entendía el porqué de su presencia, era un miembro de la iglesia, no se perdía un solo día de culto. Su mente empezó a trabajar rápido. Había escuchado historias, rumores sobre él… pero nunca las creyó posibles.

Hasta Ahora.

—Suéltame… —susurró. Pedro la ignoró—. Suéltame… —volvió a pedir, elevando un poco más su voz—. ¡Suéltame! —exclamó con más fuerza intentando zafarse, pero el agarre de su hermano mayor se tornó férreo, como dos tenazas enterrándose en su piel.

—¡¡Suéltame!! ¡¡¡Suéltame!!! —Empezó a chillar hasta rasgar su voz. Su cuerpo cobró más vida, no le importaba estar desnuda y rodeada por ellos, no le importaba nada más que su vida, su cuerpo, su voluntad. Iba a luchar hasta morir si era necesario.

Rut se retorció, pateó, gritó hasta que Pedro perdió el equilibrio y trastabilló, pero impertérrito, continuó su camino, la agarró de las muñecas y la llevó a su habitación. Los demás lo seguían serios, impasibles, observando cómo forzaban a Rut para que se acostara en la cama.

—Pablo, ayuda a tu hermano a sujetar a tu hermana —ordenó Jacobo—, José, ayúdame con sus piernas. Ábrelas.

Rut luchó. Sí que lo hizo, como una guerrera. Pero cuatro hombres adultos eran demasiado para ese cuerpo menudo, cansado y golpeado.

Abraham sacó un pañuelo de su bolsillo y antes de meterlo en la boca de Rut la abofeteó para que ella no lo mordiera. Fue rápido y certero, Rut sintió la boca floja y el sabor metálico de su propia sangre. Apenas podía respirar.

El sujeto, sin más ceremonias, se abrió el cinturón y se bajó el cierre con eficiencia, Abraham era un enfermo fanático, el poder que le estaban otorgando en ese momento era un golpe adrenalínico. Lo excitaba enderezar a esas almas corruptas, y ahora, si la dejaba preñada, mejor todavía.

Bajó lo necesario sus pantalones y dejó libre su pene listo y erguido para la invasión. Iba a ser difícil entrar, pero luego ella se iba a mojar e iba a disfrutar. Siempre era así.

Rut cerró los ojos con fuerza, no quería así, no con un hombre, así no, así no… así no… ¡¡Así no!! ¡¡Dios!!

¿¿¿¡¡¡Dónde estás, Dios!!!???

—¡Hazlo, en el nombre del Señor! —ordenó Jacobo.

Abraham se inclinó sobre ella y guio su erección, esa carne estaba tierna y caliente... y al parecer, apretada.

*****

Leonardo detuvo el motor del automóvil, y apenas el silencio reinó, se escucharon los gritos de una mujer.

—¡No! ¡Rut! —gritó Camila desesperada.

En el acto, todos bajaron. La puerta estaba cerrada. Edmundo y Damián se posicionaron para derribar la puerta. Pero Camila los detuvo.

—¡Esperen! Mamá siempre guardaba una copia de la llave de la puerta, bajo el macetero —aseguró Camila inclinando uno grande con premura—. Gracias, mamita —dijo mirando al cielo con la preciada pieza metálica.

Abrió la puerta de la casa con eficiencia, y todos entraron raudos, sin saber a ciencia cierta a dónde ir.

—¡Hazlo, en el nombre del Señor! —Escucharon todos, la voz provenía de una habitación que estaba al fondo de la casa.

Todos se dirigieron corriendo, liderados por Camila en esa dirección.

—¡¡¡¡Suelten a mi hermana, hijos de perra!!!! —vociferó Camila, entrando en la habitación y lanzándose con furia sobre la espalda de ese hombre que estaba sobre su hermana y a punto de violarla. En una fracción de segundo lo montó sobre la espalda e hizo una llave para inmovilizar la cabeza. No era la primera vez que ella lo hacía, recordó con claridad las instrucciones del profesor de defensa personal, hechas un año atrás, y le dio innumerables codazos en la nuca a ese malnacido para que dejara a su hermana en paz.

Esas clases eran el secreto más preciado de Camila, ningún hombre debía saber que ella podía defenderse, el factor sorpresa era imprescindible. La única persona que tuvo el poder de hacerle olvidar esas lecciones fue su padre, hace un mes atrás.

Pedro, Pablo, José y Jacobo, quienes sujetaban a Rut, por un segundo no sabían qué pasaba, el caos, la sorpresa y el desconcierto era mayor. Pero Jacobo reaccionó mucho más rápido y e intentó sujetar a Camila del cuello, soltando una de las piernas de Rut.

—¡¿Qué haces aquí, maldita puta?! —increpó incrédulo y furioso ante la inesperada presencia de Camila. ¿Dé donde mierda había aparecido esa pecadora del fornicio?

Jacobo no alcanzó a tocar a su hija menor, no supo qué fue lo que lo golpeó. No se dio cuenta cómo cuatro hombres entraron al mismo tiempo que Camila, y tampoco pudo reaccionar cuando recibió de nuevo el potente derechazo de Edmundo que lo dejó en el suelo más que atontado.

—Te dije que nunca más tocarías a Camila, *hueón* maricón. Te dije que te iba a devolver todas tus palizas, cerdo asqueroso —siseó Edmundo, dándole una patada en el abdomen que le quitó todo el aire de sus pulmones—. ¿¡Te gusta!? ¡¡Esto es lo que sintió Camila!! —Dio otro puntapié que le quebró dos costillas y que lo hizo retorcerse de dolor—. ¡¡Esto es lo que sintió tu mujer millones de veces!! —Dio otro más fuerte, con más furia—. ¡¡¡Esto es lo que sintió Rut!!! —Otra patada más y Edmundo le escupió la cara con ira, conteniendo sus ganas de matar a ese hombre a golpes.

No era la idea.

Jacobo quedó tirado en el suelo sin poder respirar, la sangre manaba espesa de su nariz y de su boca, y miraba con estupor cómo sus hijos eran golpeados por esos desconocidos, que se parecían físicamente a su agresor. Sus hijos intentaban defenderse, pero al cabo de una breve lucha eran reducidos a manojos sangrantes ovillados en el suelo, igual que él. Todos fueron golpeados hasta perder el conocimiento. No hubo gritos, no hubo insultos, esos hombres en un silencio mortal estaban haciendo justicia con sus manos, saldando —en parte— esa deuda de sangre de generaciones de mujeres abusadas. Jacobo y sus hijos solo sabían dar buenos golpes cuando su oponente era una mujer o un niño. Pero ante hombres que los igualaban, no había mucho que hacer.

Un grito desgarrador y masculino le hizo mirar hacia el otro lado de la habitación. Era Abraham, que tenía su brazo derecho torcido en una dirección contraria a la natural. Otro hombre, uno que parecía ser el más débil de los cuatro, lo había reducido en una maniobra que los demás apenas pudieron ver. Al cabo de tres segundos, Abraham estaba en el suelo, con los pantalones abajo, también inconsciente.

Jacobo sintió otro golpe más en la cabeza y todo se fue a negro.

—¡Rut! ¡¡Rut!! —Camila abrazaba a su hermana con fuerza e intentando cubrir su desnudez con su cuerpo, sus lágrimas, tibias y saladas, surcaban su rostro hasta caer sobre la piel de Rut—. ¿Estás bien? Háblame, por favor… Yo te voy a ayudar, te lo prometo, te lo juro por mamá… Nos iremos de aquí…

Camila sintió que Rut, vacilante, le tomaba su mano y se la apretaba con debilidad.

—Camila... perdóname —susurró Rut—. Perdóname, por favor, no debí decirle nada a él... yo...

—No hay nada que perdonar, Rut —interrumpió Camila comprendiendo al instante las palabras de su hermana, había pasado tanto tiempo, y ahora entendía tantas cosas—. Eso es pasado... Perdóname a mí por no entenderte, por ser terca y egoísta. Yo soy la que tiene que pedir perdón, no tú... no tú... —rogó Camila sintiendo de corazón, ella también había hecho mal, pero era el momento justo para resarcir errores—. Vámonos, por favor, te lo suplico. Deja esta casa.

—¿Catalina? ¿Dónde está? —preguntó Rut preocupada, no sabía cómo estaba su pareja. La última vez que la había visto fue cuando intentaba detener a su padre mientras la echaba a patadas de la casa. Jacobo era fuerte, pudo con las dos.

—Estoy aquí, mi flor hermosa —intervino Catalina, acercándose a Rut con cautela. Entró a la casa en cuanto todo estuvo bajo control. Sonrió para sus adentros cuando vio cómo Edmundo noqueaba a Jacobo—. ¿Estás bien? —preguntó con la voz quebrada al notar el terrible estado de su hermosa Rut, sus labios hinchados por las bofetadas, marcas en su espalda, piernas, brazos, todo su cuerpo. Acarició con suavidad ese bello rostro que ni las lágrimas ni los golpes opacaban.

Rut asintió y se abalanzó hacia los brazos de Catalina rompiendo ambas en un llanto desgarrador, tenían tanto miedo de perderse una a otra, tanta impotencia de no poder hacer nada. Habían perdido la esperanza en las personas, apenas tenían una gota de fe en poder sobrevivir.

—Bella, tenemos que actuar rápido. No tenemos tiempo. Tenemos que sacar a Rut de aquí —indicó Edmundo. Y así, como los actos abominables cometidos durante años por Jacobo habían quedado impunes, esa venganza también quedaría de la misma manera, sin castigo—. Nos vamos... Catalina, lo siento, pero si quieres venir, tienes que estar dispuesta a irte con lo que tienes puesto. No puedes estar en este lugar cuando estos imbéciles recobren el sentido, ni tampoco puedes volver a tu casa... por lo menos por una larga temporada.

Catalina no dudó. Otra oportunidad para hacer su vida con Rut no iba a tener.

—Nos vamos —afirmó solemne—. Rut, flor hermosa… vámonos, levántate, pequeña. —Rut asintió, se limpió las lágrimas y se irguió aguantando el dolor que sentía en todo el cuerpo. Camila la cubrió con una frazada.

—Permíteme. —Edmundo tomó en brazos a Rut, se le partía el alma ver cómo ella intentaba mantenerse digna y sin quejarse, como si fuera pecado sentir dolor—. Vámonos —ordenó a los demás que observaban en silencio y se aseguraban de mantener a esos hombres inconscientes.

Rut nuevamente estaba en los brazos de un hombre en menos de una hora, pero el calor de él era diferente, era indudablemente, confortable y protector. Se sentía segura.

Edmundo no le daba miedo, a pesar de verlo golpear como si fuera peor que un animal a su padre.

Los Cortés —y compañía— no eran de naturaleza violenta, eran disciplinados, y ejercían el control en toda situación, pero, hacían excepciones. Y rescatar a una mujer indefensa, y a merced de cinco hombres, era una muy buena excepción. Valió la pena cada golpe que propinaron, cada diente que soltaron y cada hueso que quebraron. Una probada de su propia medicina era algo que todas esas bestias necesitaban vivir en carne propia, una vez en la vida, al menos. Edmundo sabía que hombres como ellos no cambiaban, pero se sentía condenadamente bien hacer algo. Hacer justicia.

—Ustedes vayan con Leonardo —decretó Agustín, a sabiendas que no todos alcanzaban en el automóvil—. Damián y yo tomaremos un taxi.

Edmundo asintió.

En medio de la noche, sin testigos —por lo menos ninguno de los vecinos pretendía defender al pastor—, y al igual que su hermana, Rut abandonaba su hogar; al igual que su hermana hace cuatro años atrás, se fue por amor y con lo puesto. Con el único deseo de rehacer su vida, lejos del martirio y la opresión de ese hombre que ya no merecía ser llamado padre.

Pero el destino de Rut iba a ser muy diferente al de Camila, no iba a vivir una triste historia de amor, una decepción y una ruptura.

Iba a ser todo lo contrario.

CAPÍTULO 35

$\mathscr{E}$l trayecto de vuelta fue en silencio, Rut dormía en paz, apoyada en Catalina y aferrada a la mano de Camila. Edmundo iba de copiloto y miraba de soslayo cada cierto rato a su mujer. Si hubieran llegado un minuto tarde...

Estaba sorprendido de Camila, impresionado de la frialdad y precisión de sus golpes, que no eran mera casualidad, se movió casi de la misma forma que Leonardo. Ningún movimiento era desperdiciado y cada uno tenía un objetivo. Tampoco le pasó desapercibida esa media sonrisa que dio el amigo de Damián cuando redujo a Abraham. Por un segundo, creyó que lo estaba disfrutando.

Sin darse cuenta, ya estaban frente a la fachada de la casa de Damián. Edmundo estaba tan sumido en sus pensamientos que no notó el paso del tiempo.

Camila guio a Catalina y a Rut al interior de la casa de su cuñado. Edmundo y Leonardo se quedaron en la retaguardia, mirando en todas direcciones con cierta paranoia. Pero nada pasó. Unos minutos después, llegaba Damián junto con Agustín en un taxi, que se detuvo veinte metros más atrás.

Edmundo los saludó con un gesto agradeciendo la ayuda, las palabras estaban de más. Definitivamente la historia habría sido otra si hubiera ido solo con Camila.

—Edmundo, espera un momento. —Leonardo lo llamó con cierto tono de secretismo. Su padre y su hermano entraban a la casa—. Mira, tengo este contacto. —Le entregó una tarjeta de color blanco con motivos étnicos mapuches[17]. Edmundo leyó «Ainelen Westermeier, Directora, Fundo Millaray»—. Llámala, esto queda en Cauquenes, cerca del fundo de tu viejo. No hay que ser demasiado inteligente para deducir de qué se trataba la real situación en la que estaba envuelta la hermana de Camila. El asunto es que este lugar es una comunidad de acogida para mujeres víctimas de violencia. Les darán ayuda integral para que puedan rehacer sus vidas. Diles que vas de parte mía.

_____

17 *Mapuche: Pueblo indígena originario de Chile.*

—¿Estás hablando en serio? —Edmundo interpeló un tanto desconfiado. Estaba desconcertado, parecía información sacada de una película.

—No me mires así, existen lugares de ese tipo, no dependen del estado y es sin fines de lucro… Se especializan, sobre todo, en casos extremos como el de tu cuñada. De verdad, no es *hueveo*[18] —declaró serio.

—Llamaré. —«No pierdo nada con intentarlo», pensó convencido en que no debía dejar pasar ninguna oportunidad que le presentaba la vida.

—No pierdes nada con intentarlo —aconsejó Leonardo casi adivinando sus pensamientos.

Edmundo sonrió, Leonardo era un tipo especial, le caía bien, su hermano tenía un gran amigo.

—Sácame de una duda… ¿Cómo lo hiciste? —interrogó de pronto Edmundo con profunda curiosidad.

—¿Qué cosa? —replicó Leonardo confundido.

—Noquear al imbécil en tres segundos y dejarle el brazo bueno para nada.

—Ahhhh, cinturón negro de karate. Solo lo uso en caso de emergencia… Creo que esta es la primera vez que tengo una emergencia real. —Se encogió de hombros—. Al menos, sé que todos estos años de práctica no han sido en vano. Esos sujetos deberían agradecer al cielo que no fue mi hermana a patearles el culo, ella se los hubiera cargado a todos —comentó riendo a carcajadas.

—Ahora entiendo. Eso explica mucho. —Y no solo lo hábil que era Leonardo, sino también Camila, ahora le cuadraba mejor la situación. Tal vez su mujer tenía conocimientos en defensa personal y no lo había comentado.

No le extrañaba, la mejor estrategia era la sorpresa. Nadie puede imaginar que una mujer menuda puede dejarte maltrecho con golpes bien dados.

—Tu señora tiene un codazo de temer, era como ver un combate de la UFC[19], más te vale no hincharle los ovarios —advirtió Leonardo socarrón.

—Ni en sueños. Vamos, entremos, hace demasiado frío.

Ambos hombres se internaron en la casa. Lo peor ya había pasado.

---

18 *Hueveo: dependiendo del contexto, significa bromear, importunar, fastidiar, hacer o decir cosas estúpidas, perder el tiempo*
19 *UFC: Ultimate Fighting Championship, empresa de artes marciales mixtas*

*****

Durante los días que se sucedieron, fueron varias primeras veces para Rut, un baño de tina, sentirse tranquila y segura cuando estaba rodeada de hombres con aspecto un tanto amenazante, pero que en cuanto hablaban, eran solo miel. También era la primera vez que sentía paz, a pesar de la incertidumbre de no tener un lugar donde caerse muerta, pero eso no le importaba, era libre, estaba con Catalina, había hecho las paces con su hermana, y esperaba reconstruir esa relación que estuvo tantos años rota.

Rut se sentía extraña, en muy poco tiempo tuvo demasiadas primeras veces. Muchas de ellas cotidianas para cualquier mujer, pero para ella era extraordinario. Un par de pantalones eran algo de otro mundo, nunca antes los había usado. Haidée y ella tenían la misma talla, por lo que pudo regalar algo de ropa para que tuviera con qué vestirse para partir junto con su Catalina a la casa de Camila.

—Te ves muy linda, Rut —alabó Camila mirando el reflejo de ambas en el espejo. No le importaban las magulladuras de su hermana, el tiempo, de a poco, las estaba borrando.

—Se siente extraño usar pantalones. Pero me gusta, no siento frío en las piernas —aseguró esbozando una sonrisa

—Treinta años usando falda en invierno es algo que nunca más echarás de meno. Te lo aseguro.

Rut sonrió, pero en sus ojos todavía quedaba amargura. Por unos segundos, ambas hermanas se quedaron en silencio.

—¿Qué haremos, Cami? —preguntó Rut con incertidumbre, ¿así se sintió su hermana cuando escapó?, ¿perdida?

—Eso lo estamos resolviendo, vamos de a poco —afirmó Camila, con esperanza, con cariño.

—Odio sentirme un estorbo aquí en tu casa…

—¡Pero no lo eres! —interrumpió Camila vehemente—. Nunca digas eso, nunca, nunca más.

—Lo siento. Es que me siento inútil, no tengo nada, nada… —exteriorizó sus sentimientos, estaba aprendiendo a hacerlo sin temor. Camila le estaba enseñando a decir lo que pensaba.

—Rut… ¿qué puedo hacer por ti? En serio, dime…

—Quiero olvidar, quiero trabajar, quiero ser alguien y quitarme de la cabeza que soy rara, que no soy normal… ¿acaso, puedes hacer eso por mí? —interpeló pesimista sabiendo que su hermana no podía ayudarla de esa manera, porque no dependía de ella.

—No, por supuesto que no, pero y si te digo que conozco unas personas que pueden ayudarte, ¿te atreverías? —preguntó esperando una respuesta positiva. De verdad, necesitaba que su hermana pusiera todo de su parte.

—Sí, quiero avanzar… —respondió Rut con seguridad.

—Entonces, ya lo tienes todo. Mira… Hay un lugar en Cauquenes, donde puedes estar una temporada con Catalina. Ahí te podrán dar ayuda sicológica, enseñar un oficio, e incluso puedes estudiar. Te ayudan a partir de cero para que puedas levantarte con mejor pie —contó animada—... Jacobo nos hizo mucho daño, Rut. Lamentablemente es muy difícil hacer esto sola, se necesita un buen impulso. Lo único que te piden es la voluntad de querer avanzar —explicó Camila. Le había costado tomar la decisión de proponerle a su hermana ir a ese lugar. No quería que Rut lo malinterpretara todo.

—¿No te da mala espina? Suena como una especie de secta —argumentó incrédula.

—Rut, no es nada de eso… Ayer cuando salí con Edmundo y Alfonso, en realidad, fuimos a ver ese lugar, se llama fundo Millaray. Hablamos con la directora del proyecto y su esposo sobre ti, sobre lo que pasó… Recorrimos las tierras, nos mostraron las instalaciones, son varias casas independientes. Queríamos asegurarnos de que todo fuera real, que nos diera confianza. Está al lado del criadero de caballos de don Agustín.

—¿En serio? ¡Qué bueno! Me cae bien ese señor.

—Es un dulce, se hace querer en dos segundos… —concordó con una sonrisa—. Bueno, el asunto es que si lo deseas, puedes vivir con Catalina en ese lugar y empezar de cero… Ahí nada se regala, todos colaboran con lo que se pueda. Es un proyecto muy lindo, una oportunidad que muy pocas tienen en realidad… ¿Quieres ir a verlo para estar segura? —propuso más entusiasmada al notar que la esperanza brotaba en los ojos de Rut.

—Si tú confías en ellos, entonces lo haré —aseguró con convicción—. De verdad, sé que tú me quieres, pero necesito también algo de independencia, ya es tiempo de crecer.

Camila abrazó a su hermana, estaba contenta, no hallaba la hora de verla surgir y ser la mujer que siempre debió ser. En ella no perdía la fe.

*****

«*Querido diario:*

»*Llevo un mes, aquí, en el fundo Millaray. Camila tenía razón, este es un lugar especial, es casi un paraíso. Siento que me estoy recuperando de a poco, nunca antes había dormido tanto y tan bien… Junto a Catalina todo ha sido maravilloso, ella es tan paciente conmigo, va de a poco, es constante. Estoy con ayuda sicológica, Camila también asiste a algunas sesiones, me estoy preparando para mi primera vez con mi Catita… Jacobo —nunca más le diré padre— me hizo mucho daño y, a pesar de que adoro a Catalina, me cuesta asumir de verdad mi sexualidad, pero voy avanzando, sin duda. Camila tenía razón… siempre la tuvo. Pero tengo fe, ese hombre no me alcanzó a destruir del todo. Gracias a todos los que me quieren, estoy construyéndome de nuevo, no quiero decepcionarlos, no quiero decepcionarme a mí misma.*

»*Estoy aprendiendo tantas cosas, del mundo, de mí… ¡Estoy estudiando para la prueba de selección universitaria! Quiero ir a la universidad. De momento estoy pensando qué carrera cursar, todavía tengo algo de tiempo para decidir.*

»*Catalina se ha adaptado muy bien al fundo, no es fácil para ella estar alejada de la ciudad, lo sé. Ella es una mujer que no puede estar quieta, y ahora se autoproclamó la peluquera del fundo. Ya que no había quien cortara el cabello en muchos kilómetros a la redonda, todos estaban pelucones y necesitaban un buen corte, desde David, el esposo de Ainelen, hasta las vecinas de la casita que hay al lado de la nuestra. También Ainelen compró el equipamiento necesario e instaló una pequeña peluquería para que Catalina fuera la peluquera oficial del fundo. Fue muy lindo verle la cara de sorpresa, y más sorprendida estuvo cuando le pedí que me hiciera un corte de cabello bonito y que me lo tinturara.*

»*Nunca antes había sido tan feliz. Me siento mujer, siento que valgo, me siento como una persona que puede ser un aporte. No siento ninguna nostalgia por mi antigua vida, solo a mamá… Mamita… Espero que ella esté contenta por mí en el cielo. Estoy segura que si ella hubiera sabido la verdad, no me habría juzgado.*

»*Mañana se casa Camila, estoy contenta por ella y por Edmundo. Él es un buen hombre, me parece increíble todo el amor que demuestra cuando la mira, como si fuera un milagro.*

»*Camila viene a visitarnos siempre una vez a la semana junto a Alfonsito, y a veces viene también con mi cuñado. Adoro al pequeño. Camila es diferente a los que suponía que eran mis hermanos, ellos tenían sus familias aparte y apenas me consideraban. En cambio, mi hermana me deja mimarlo, hacerle cariño, como si fuera mi propio hijo… Amo a mi so-brino, es un pequeño caramelito, y es tan vivaracho.*

»Sé que me he alargado mucho… Me hacía falta escribirte, no me atrevía a hacerlo, tú has sido un regalo de mi hermana, ella nunca olvidó que escribía diarios de vida. Me confesó que nunca intentó leerlos, porque que en esa casa eran pocas cosas las que nos pertenecían de verdad, a ella solo le pertenecía su voz y su talento, y yo solo te poseía a ti, eras lo único mío… y ahora has vuelto.

»Más adelante te contaré más, por el momento solo sé que soy feliz, muy, muy feliz.»

*****

—Eres muy diestro guiando esta cosa. Me siento como si estuviera en un libro de Stephanie Laurens… —manifestó Camila maravillada, mientras la calesa traqueteaba por el camino de tierra. El viento tibio acariciaba sus mejillas, el sol estaba oculto entre las nubes, se anunciaba lluvia para la noche.

Pero eso no importaba.

—¿Quién? —interrogó Edmundo con curiosidad.

—Olvídalo. Todavía no la lees —respondió haciendo un gesto con su mano, restándole importancia al asunto.

—¿Escribe sobre sado? —insistió Edmundo esbozando una sonrisa. No podía negarlo, a veces leía a escondidas de su mujer para tener ideas frescas.

—No, nada de eso. Romance histórico ambientado en la regencia, o la era victoriana… Duques, condes, damas de alta sociedad, vestidos fastuosos, sexo a escondidas, pasión desmedida.

—Ah. —Fue todo lo que comentó Edmundo, pensando que tal vez tendría que echar un ojo a los títulos de ese género,

—Ohhhhh, ¡mira qué lindo! —exclamó Camila maravillada, divisando a lo lejos el patio de la casa de don Agustín. Todo estaba decorado con flores y cintas en tonos pastel, una gran mesa para almorzar en familia—. Todo se ve precioso. Tu papá no entiende cuando uno le dice «una ceremonia sencilla». Al parecer, es un concepto desconocido para él —satirizó con una sonrisa en los labios.

—Se está desquitando con nosotros. Damián apenas le dio unas semanas para colaborar algo en su matrimonio —respondió saludando con la mano a los invitados que los esperaban ansiosos para empezar con el almuerzo, cuyo menú era un buen asado de carne de vacuno hecho a las brasas de carbón espino, ensalada a la chilena, leche asada como postre, todo acompañado por un exquisito vino tinto carmenere.

—Damián estaba muy apurado por echarle el lazo a mi amiga. Debes sentirte orgulloso, estableciste una marca nueva para los Cortés —aseveró Camila guasona.

—¿Y cuál sería esa? —interrogó extrañado.

—Eres el más lento de todos. Nos tardamos dos meses en casarnos.

—Probablemente, pero no me quita el sueño. Eres mía desde hace rato, esto es solo un formalismo… Aunque entiendo a los antiguos Cortés por apurarse tanto en aquellos tiempos.

—¿Ah sí? Ilumíname.

—En esa época no se concebía el sexo prematrimonial. Al menos así era la norma. Así que el matrimonio solo era una excusa para poder follar tranquilos dentro de un marco social aceptable —explicó, pensando en el inhumano dolor testicular que hubiera tenido si hubiera vivido en otros tiempos.

—Qué bien que naciste en esta época, puedes follar tranquilo sin las odiosas normas sociales… ¿Y por qué me pediste matrimonio, entonces?

—Porque me di cuenta de que el matrimonio tiene ese gustito de ser para siempre. Tienes mi anillo, todo el mundo sabe que eres mía.

—Muy civilizado ese pensamiento de tu parte… —expresó con cierto tono de burla—. ¿Sabes que existe una ley de divorcio desde el año 2004?

—Eso no está en mis planes ni ahora ni nunca, petiza insurrecta… En todo caso, no lo puedes negar, también te gusta mi lado troglodita y salvaje —contraatacó con suficiencia.

—Claramente, y lo disfruto mucho, señor Cortés. Pero ¿sabes qué? Tú también eres mío y todo el mundo lo sabe. También llevas mi anillo.

—Eso, mi estimada señora, se llama igualdad. Te amo, mi bella petiza —declaró, dándole un rápido beso a su mujer, admirando lo hermosa que se veía enfundada en su traje tradicional de huasa[20] de campo; un vaporoso vestido de color blanco y vibrantes flores rojas que parecía que bailaban con cada movimiento de

---

20 *Huasa (o): habitante del campo, mestizo de sangre española e indígena, que es diestro en las tareas rurales y en montar a caballo; es uno de los personajes típicos de la cultura popular chilena. También se le denomina de esa forma a una persona de modales rústicos, sin educación*

ella y que acentuaba cada curva de su cuerpo. Sus hombros eran cubiertos por una mantilla hecha a crochet por su hermana Rut —ella sí tenía talento para las manualidades—. Su apariencia era completada por el ramo de rosas blancas y por un bello peinado que le hizo Catalina. Su cabello castaño claro era una cascada de rizos con diminutas flores rojas y blancas.

—Te amo, mi señor bombón relleno de manjar —respondió, también embelesada con lo gallardo e imponente que se veía su hombre en ese traje de huaso; zapatos de cuero negro con taco bajo y ancho para calzar las espuelas, pantalón negro ajustado que marcaba sus fuertes muslos. Las pantorrillas eran protegidas por fundas corraleras de cuero. Una camisa blanca se apegaba a su pecho como segunda piel, chaqueta negra, manta azul con franjas rojas, y un sombrero de paño color negro, completaba el atuendo.

Riendo por ese sobrenombre que siempre le causaba gracia, Edmundo detuvo la calesa y ayudó a Camila a bajar donde todos los esperaban. Su ceremonia de matrimonio civil se realizó en la pequeña capilla que existía en el criadero, y que se encontraba a unos quinientos metros de la casona familiar. Don Agustín la conservaba porque comprendía que sus colaboradores necesitaban tener un lugar donde profesar su fe. Así que a veces era capilla católica, evangélica, hasta budista y, en este caso, civil, por lo que no tenía símbolos de ninguna religión. Era la única norma impuesta que todos respetaban.

La tradición para la boda de un Cortés era: ceremonia en la capilla, paseo de los recién casados por el fundo, en una calesa guiada por el novio, y luego fiesta en la casa. Básicamente, un tradicional matrimonio huaso. ¿Y cuál era la diferencia, entonces? Bueno, el paseo en calesa les daba tiempo suficiente para un «rapidito» para los recién casados —y en el caso de ellos, uno no tan rapidito—, en un precioso claro que se encontraba en los límites de la propiedad. Y a pesar de que estaban a mediados de junio, *ad portas* del invierno, tuvieron la suerte de contar con una jornada ideal tanto para la ceremonia como para el sexo al aire libre.

Cuando al fin se reunieron con los invitados, todos bromearon por la extensa duración del paseo. Edmundo mostraba una sonrisa orgullosa y Camila una inusitada timidez, pero no por las bromas, sino por lo que hicieron. La fusta era una muy interesante arma de tortura y de infinitas posibilidades. Una que volvería a probar, sin duda alguna. El recuerdo, aún fresco en la memoria, volvía una y otra vez…

Tenía las manos apoyadas sobre el tronco del añoso árbol. Era enorme. Estaba inclinada, la falda del vestido la tenía toda arriba y dejaba al descubierto sus piernas y su trasero, que se alzaba orgulloso.

—Me has estado torturando todo el santo día, señora Corrales —amonestó Edmundo, sonriendo a espaldas de Camila—. Fue una osadía de tu parte confesar que estabas sin ropa interior bajo ese precioso vestido. —Blandió la fusta y se dio un golpecito amenazante en la palma de la mano, tanto por jugar, como por saber qué tan intenso era el dolor propinado por aquel oportuno objeto. Picaba con intensidad el contacto en un solo punto. Debía ser cuidadoso—. ¿Quieres probar como besa el cuero sobre tu piel?

—Sí, señor —respondió Camila llena de anticipación. Su centro palpitaba, podía sentir la necesidad construyéndose en sus entrañas.

—Debo calentarte primero, bella —advirtió—. Sostén esto con las dos manos —ordenó, entregándole la fusta a Camila—. No la sueltes ni cambies tu postura.

Edmundo se acercó al cuerpo de Camila, ancló sus manos a sus caderas y se restregó en ella, moviendo su pelvis con acometidas lentas y sensuales, como si estuviera haciendo un baile erótico solo para ella.

Camila podía sentir ese bulto duro acariciando su trasero, tentándola, excitándola. Las manos de Edmundo vagaron hasta llegar a su sexo.

Húmedo, resbaladizo.

—Te calientas tanto, y yo no te hecho nada aún. —Enterró un dedo en el interior de su mujer, y luego lo retiró provocando la frustración de Camila. Edmundo se chupó el dedo, saboreando la esencia de ella—. Perversa.

Camila no lo vio venir, el azote firme en una de sus nalgas, ardor, calor, alivio. Todo a la vez.

Edmundo ya sabía qué tan intenso podía jugar con Camila, y ella cada vez le pedía más. Y así lo hizo.

Prosiguió con el castigo —si es que podía denominarse así a esa forma poco convencional de proporcionar placer—, azotes firmes, ascendentes, propinados con la cuota justa de delicadeza. El dolor, no era dolor, era diferente, inefable. Solo bastaba con dejarse arrastrar por el placer que venía después.

—Estás lista —decretó Edmundo, observando su obra. Nalgas rojizas, ardiendo, sensibles. El centro de Camila manaba su libido en hilos finos que llegaban a sus muslos.

Edmundo se lamió los labios, moría por libar ese néctar. Pero era otra su prioridad en ese momento.

—Dame la fusta, bella —ordenó. A Camila se le contrajo todo su interior ante la expectativa de recibir lo que ansiaba.

Camila, sin mirar, se incorporó, alzó la fusta y Edmundo la tomó.

—Vuelve a poner tus manos en el tronco.

—¿En este tronco? —interrogó Camila con falsa inocencia, haciendo que su culo entrara en contacto con la erección de su esposo—. Está muy duro, señor Cortés.

—Te gusta jugar con fuego —dio una nalgada bien fuerte, haciendo que Camila se aferrara nuevamente al árbol, a la vez que ahogaba un grito.

Edmundo acarició el trasero de su mujer con suavidad con el extremo de la fusta... y se retiró.

¡Zas!

Agudo, en un punto preciso. Perfecto, en la piel. La mano gentil proporcionó alivio. Edmundo repitió en la otra nalga.

Alivio.

Golpecitos firmes fueron regados, expandiendo el calor. Azote, caricias. Azote, caricias.

Una y otra vez, cada vez más potente, más placentero.

Camila siseaba, contoneaba sus caderas buscando aquello que le era negado, que él la penetrara, que la llenara por completo. La tortura no eran los golpes de la fusta, era la necesidad de sentir piel con piel a su hombre.

Y Edmundo no era precisamente benevolente.

El cuero inició un recorrido de leves toques, encendiendo más a Camila, paseó por las nalgas, los muslos... entre las piernas.

—¡Ay, Señor! —rogó ella al sentir el extremo de la fusta estimulándola, suave y eróticamente. Resbalando a lo largo de su sexo, embadurnado el cuero, transformándolo en un objeto de oscuro deleite.

—¿Te gusta, bella? —interrogó Edmundo con malicia, liberando su inhiesto miembro sin que ella lo notara. Y en un movimiento fluido, tiró la fusta y la penetró de una sola vez.

—¡Oh, sí, Edmundo! ¡Todo, señor! —exclamó Camila sabiendo que nadie la escuchaba. Estaba a punto de estallar.

Edmundo implacable, incansable, la embestía. Camila estaba tan cerca y tan lejos del orgasmo, y él lo sabía.

—Tócate, bella —ordenó resoplando—. Tócate y dame lo que es mío.

Edmundo atenuó el vigor de sus penetraciones, permitiéndole a Camila conservar el equilibrio. Ella con desesperación acariciaba su clítoris con fervor, sabía a la perfección cómo tocarse, como darse placer así misma.

Lánguido, fogoso, eterno.

Así sintieron aquel orgasmo explosivo y abrumador, Edmundo dando un quejido roto y varonil se enterraba hasta el fondo una vez más, drenando su simiente, enterrando sus dedos en las caderas de su mujer. Y ella alargaba el deleite con maestría, gritando, gimiendo sin parar de moverse. Atrapando el miembro de su hombre, torturándolo con el fuego líquido que manaban su centro, exprimiéndole hasta la última gota, hasta que su cuerpo se tensó en la cúspide, y un segundo después, sus piernas flaquearon, amenazando con desfallecer.

Edmundo la sostuvo, abrazando su cintura, al mismo tiempo que le susurraba dulces palabras de amor al oído, jurándole por su vida que jamás la dejaría de amar, que él le pertenecía; su alma, su cuerpo, su mente y su corazón.

—Estoy a tus pies, mi bella Camila. Lo eres todo para mí...

Camila parpadeó, su corazón se había acelerado recordando esa declaración. Besó a su esposo con ternura, pero el remató con fervor.

—¡Vivan los novios! —vitoreaba Damián silbando fuerte, animando a su hermano y a su cuñada. Él como todos los hombres de la familia, también vestía de huaso, incluso Alfonso, que llevaba el atuendo con orgullo.

Todos los invitados recibieron con alegría al nuevo matrimonio. El ambiente festivo era amenizado por un grupo folclórico que, para deleite de Camila, tocaba cueca, valses y tonadas al son de guitarras, caja, acordeón y arpa.

Camila y Edmundo estaban felices celebrando su boda, junto a su hijo que los tomaba de las manos. Observaban satisfechos lo que habían logrado al unir sus vidas. La familia había crecido, los amigos habían aumentado, pudieron cerrar ciclos dolorosos y sobrellevar juntos pérdidas irreparables.

—Edmundo —susurró Camila de pronto, mirándolo a los ojos—. Alfonso tendrá un hermanito —confesó, apretando la mano de su hijo, guiñándole un ojo.

—Shhhhhh, es *sequeto* —secundó el pequeño que ya sabía de antes la noticia. Camila sabía que su hijo era el mejor del mundo guardando secretos.

Edmundo sonrió lleno de felicidad, esa amplia sonrisa de niño que adoraba Camila demostraba todo lo que sentía. No necesitaba saber cuándo ni cómo sucedió, simplemente acarició el vientre de su mujer a la vez que ella le ponía la mano sobre la de él y Alfonso los imitó.

Nuevamente, la familia crecía.

EPÍLOGO

—Feliz cumpleaños, hijo —saludó Edmundo con una gran sonrisa.

—Feliz cumple, mi niño bello —saludó Camila sosteniendo un pequeño pastel.

—¡Feliz cumple, Fonso! —gritó contenta la pequeña Aída.

Todos los años en la mañana de su cumpleaños era lo mismo, y Alfonso lo esperaba con ansias; su papá, su mamá y su hermana iban hasta su dormitorio a despertarlo con un pastel y regalos.

Alfonso apagó las nueve velas de cumpleaños con un fuerte soplido y su familia aplaudió y lo llenó de besos y abrazos. Pero no era solo eso lo que esperaba el pequeño cuando cumplía años. Siempre tenía un regalo especial, enviado por alguien especial.

—Toma, hijo. —Edmundo le entregó su móvil a su hijo y se reprodujo un video

—¡Feliz cumpleaños, mi niño hermoso! —En la pantalla estaba Florencia, en un video grabado cinco años atrás. De fondo se veía que estaba en la cama de la clínica, y vestía la bata que él aún recordaba cómo era la textura y el aroma—. Hoy cumples nueve años, y estoy muy feliz de que estés rodeado de tu familia, ¿te has portado bien? ¿Has sido un buen hijo? —Alfonso asintió contestándole con emoción a su mamita—. ¡Qué bueno! Tu mamá-princesa-Cami y tu papá deben estar muy orgullosos de ti...

—Muy orgullosa y feliz de que sea mi hijo —contestó Camila al borde de las lágrimas. Todos los años era lo mismo, Edmundo era el único que conocía el contenido del video, durante los últimos días de Florencia estuvo grabando breves, pero emotivos mensajes de saludo hasta que Alfonso cumpliera los veinte.

—Yo también mi niño hermoso, no sabes lo feliz que soy de que estés siendo un buen hijo y hermano, debes estar gigante, ¿ya pasaste a mamá? —Alfonso rio y asintió. Pasaba por un centímetro a Camila, que no era muy alta—. Y apuesto que estás guapo como papá... Edmundo... —En el video se veía que ella desviaba la vista y le hablaba a él cuando grababa—. Muchas gracias, te quiero mucho. —Florencia sonrió, esa sonrisa triste y resignada de saber que no iba a estar en ese momento con su hijo—. Nos vemos el próximo año, hijo mío. Eres lo más preciado que tengo, eres mi orgullo. Sé bueno con tu familia, sé un buen hombre, no trates mal a nadie, sé generoso y no dejes que nadie te pase a llevar. Feliz cumpleaños, mi gran amor, te amo con toda mi alma.

El video terminó. Todos permanecieron en silencio conteniendo las lágrimas, pero era inevitable que algunas cayeran. Eran sentimientos encontrados, la alegría de ver y escuchar a Florencia, como si estuviera viva y presente en ese momento, y tristeza, porque en realidad no era así.

Alfonso era un niño muy maduro e idéntico a su padre en tantos aspectos, pero también había adoptado otros de Camila, que demostraban que no importaba en absoluto que madre e hijo no compartieran un lazo sanguíneo. El amor que se tenían era infinito.

—Ya, a ver que hay aquí. —Alfonso siempre se reponía más rápido que sus padres y empezó a abrir los regalos con una sonrisa.

Recordaba muy poco de Florencia, pero siempre ansiaba ver los videos de saludo, le permitían no olvidar del todo a esa mujer que le dio la vida y que lo amó con el alma. Su mamá siempre iba a tener un lugar muy, muy especial en su corazón. La primavera llegaba y el árbol de mamá nuevamente florecía, Alfonso disfrutaba de esa época del año, siempre lo llenaba de esperanza. No obstante, el amor que sentía por Florencia era un amor diferente al que sentía por Camila, a ella la adoraba y la respetaba, era la mejor mamá del mundo —incluso cuando se enojaba y lo retaba por alguna travesura—, la más linda, la que le enseñaba todo lo que sabía y que le había dado una hermanita, con la que a veces peleaba, no lo negaba, pero la mayoría del tiempo lo pasaba bien con la enana.

Alfonso siempre recibía regalos sencillos para su cumpleaños, pero los apreciaba mucho, porque siempre eran cosas que usaba o necesitaba, pinturas, bufandas, abono o semillas para las plantas de su pequeño huerto. Era un niño que estaba siendo educado por una madre y un padre presente, por lo que no necesitaba demasiado una consola de juegos o tener internet, salvo para estudiar. El campo del tata, su casa, su familia, la escuela, consumían su tiempo. Debía admitir que sus compañeros de curso lo tildaban de raro, y un par de veces intentaron golpearlo. Pero tal como decían sus dos mamás, «no dejes que te pasen a llevar», y así lo hizo un día. No le gustaba mucho la violencia, pero cuando lo colmaron, lo encontraron y nunca más lo molestaron.

Un Cortés solo pega una vez.

—¡Ya, a levantarse que vamos a la casa del tata! —ordenó Edmundo. Todos los cumpleaños se celebraban en Cauquenes, así lo preferían, en el campo, con un buen asado, pasear a caballo, el aire fresco—. Vamos a ver si tu tío te muestra cómo doma al potro del «Endemonia'o»…

La familia de Damián ahora también vivía en Cauquenes en el criadero de caballos. Agustín tuvo un accidente en el cual se quebró su cadera, y su hijo menor se hizo cargo del lugar. Edmundo veía la parte administrativa desde Concepción y todavía daba algunas clases en la Universidad, por lo que pasaba mucho tiempo en casa, y podía criar a sus hijos a la par con Camila quien, de manera esporádica, trabajaba dando clases de música de manera particular o cantaba en algún pub que ofrecía música en vivo. Solo con eso ella era feliz.

Desayunaron de manera frugal, cargaron unos bolsos en el automóvil familiar y tomaron rumbo a Cauquenes. Pero antes debían hacer una parada al salir de Concepción, donde vivían Rut y Catalina.

Ellas lograron salir adelante gracias al apoyo del fundo Millaray. Cuando transcurrió un año de los terribles sucesos que marcaron un antes y un después en la vida de ambas, emigraron con el corazón lleno y las suficientes armas para enfrentar el mundo como personas que podían valerse por sí mismas. Rut finalmente optó por estudiar ingeniería forestal, estaba en su cuarto año de carrera, siendo una alumna sobresaliente. Cuando dio la prueba de selección universitaria, obtuvo un gran puntaje, así que el fundo Millaray becó sus estudios íntegramente; la única condición era no reprobar ningún ramo. Rut lo estaba logrando.

Catalina era su gran apoyo, su relación con los años se afianzó, se volvió sólida como una roca. Al salir del fundo lo hicieron con la suficiente fortaleza para ignorar a quienes las discriminaban por su orientación sexual y aferrarse al amor de quienes las apoyaban sin condición, y ellos eran su familia y sus amigos. Tenía su propio local de peluquería y contaba con gran reputación y clientela. Catalina era una artista en su área y siempre estaba estudiando para ser la mejor.

Camila y Rut solo volvieron a tener noticias de Jacobo dos años atrás, por medio de sus hermanos que las buscaron por todos los medios, solo para poder obtener sus firmas y tomar posesión de los bienes de su padre que había fallecido lenta y dolorosamente a causa de un cáncer de próstata. Ambas hermanas cedieron sus derechos, no les importaba poseer o heredar algo de Jacobo, era dinero sucio, manchado de sangre y dolor. No querían nada de eso para sus vidas.

Cuando llegaron en familia al fundo, se encontraron con que ya había llegado Paulina con sus hijos y su esposo. Ella se había casado unos años atrás y pudo rehacer su vida junto a un hombre que fue lo suficientemente hombre para aceptarla a ella y a sus tres hijos que los amaba como si fueran su sangre. Mantenía una relación cordial con Luis, que nunca dejó de cumplir con su rol. Los hijos de Paulina fueron afortunados, ellos eran un caso especial, tenían dos papás que eran capaces de dar la vida por ellos.

—¡Llegó el festejado! —anunció Agustín saludando a su nieto mayor cuando entraba a la gran casa familiar.

—¡¡Tata!! —saludó Alfonso corriendo y le dio un gran abrazo a su abuelo.

—Mi niño, feliz cumpleaños —Agustín observó a su alrededor, no estaba la revoltosa Aída—, ¿y tu hermana?

—Está mareada, vomitó en el auto... otra vez —contestó Alfonso haciendo un gesto de asco—. Mi mamá es la única que tiene estómago para limpiar ese desastre.

—Tienes razón, tu papá si ve o huele el regalito de tu hermana es capaz de vomitar ahí mismo.

—¡Casi lo hizo! —delató riendo. Su papá era un macho recio alfa dominante, pero lo que nunca pudo dominar en su vida eran los vómitos y pañales con caca. Su vida de padre de una bebita no fue del todo idílica.

Agustín rio a carcajadas, al imaginar ese cuadro tan «encantador». Su nieta se acercaba corriendo y le abrazó las piernas.

—¿Tata, tienes helados? —preguntó la pequeña interesada.

—¿Qué crees, mi princesa? —respondió con una gran sonrisa.

—¡Alfonso! ¡Aída! —gritó Julieta mientras corría para abrazar a sus primos

—¡Julieta! —exclamaron al unísono los aludidos.

Siempre era lo mismo, se saludaban como si hubiera pasado un año, y resultaba que se veían unas tres o cuatro veces al mes—. ¡Miren, vamos al corral, ya puedo montar sola a Endemonia'o! —

invitó eufórica. Endemonia'o era un enorme caballo negro, muy dócil, todo lo contrario a su nombre.

Entusiasmados corrieron a ver cómo su prima montaba el imponente corcel. Camila los observaba contenta, estar en ese lugar solo le daba momentos de felicidad... y a veces de éxtasis.

El claro donde se desviaron en su paseo de recién casados era visitado de vez en cuando por ellos y... según decían los rumores, también por su amiga y su cuñado.

Edmundo llegó al lado de su esposa, su amiga, su amante. Cada vez que había una reunión familiar se quedaba un rato admirando todo el lugar para sentir esa magia que provocaba el amor en todas sus expresiones. Se consideraba un hombre realmente afortunado, y agradecía cada instante que vivía feliz. Todo lo aprovechaba al máximo.

—Ahhhh... me encanta este lugar. —Edmundo inspiró profundo, Camila se aferró a su estrecha cintura y apoyó su cabeza en su pecho—. Me gustaría vivir aquí cuando sea viejo.

—¿Y por qué esperar a que seas viejo? —cuestionó Camila. Ella entendía a Edmundo, a él le costaba volver a Concepción. Con los años el campo se iba arraigando más y más en su corazón.

—Tienes un trabajo, bella. No quiero que dejes de hacer lo que te gusta.

—Puedo hacer clases de música donde sea, incluso en el fundo de al lado podría hacer talleres para ayudar a sanar a través del canto. Puede ser un proyecto muy bonito, es cosa de hablar con Ainelen y David... ya me las apañaré, sé que acá no me voy a aburrir. Siempre hay cosas que hacer... Además, Haidée está a punto de dar a luz, Damián va a necesitar que le echemos una mano, ya que está haciendo clases en la escuela del fundo —aseguró Camila. Ella ya había planificado todo, tenía todas las respuestas.

—¿Sabías que eres la mejor del mundo?

—Mi bombón relleno de manjar, te conozco. Tengo todo fríamente calculado. Hasta podemos trasplantar el árbol de Florencia, todavía es joven, se puede asentar acá —respondió con suficiencia.

—Papá se va a poner muy contento. Cada cierto tiempo me propone que nos vengamos a vivir acá... Lo entiendo al viejo, ¿sabes? Yo también quiero aprovechar siempre mi tiempo con mis hijos, contigo, con mi familia.

—Adoro nuestra familia... —Camila sonrió y besó la mejilla de su esposo—. Oye, Edmundo.

—Dime, petiza.

—La campaña fue corta.

—¿Cómo? —interrogó bastante confundido.

—Vamos a ser cinco —confesó, tocándose instintivamente su cadena con dos letras A y el colgante de plumas—. Quería asegurarme primero, tengo tres meses de embarazo.

Tal como la primera vez, Edmundo sonrió pletórico de felicidad y acarició el vientre de su mujer. Camila no se cansaba de enseñarle que se podía ser más feliz de lo que ya era. Ellos, por lejos, estaban cerca de ser una pareja normal, y no solo por el hecho de ser un tanto perversos en la intimidad. La entrega de ambos iba más allá de lo convencional, eran un equipo, los mejores amigos, siendo generosos, dando amor, comprensión y soporte. Sin miedo, sin avaricia, sin dejar que el pasado marcara sus destinos.

Ellos eran el testimonio tangible de aquello, eran los artífices de su propia felicidad.

FIN

AGRADECIMIENTOS

Nunca serán suficientes las palabras para agradecer a mi familia, a mis hijos, a mi esposo, a mis amigas, a las colegas, a las lectoras (por ahí también hay uno que otro varón). Todos ustedes conforman mi mundo, me inspiran y me animan a seguir en este maravilloso oficio. Ustedes saben quienes son.

Gracias por ser parte de mi vida.

Solo deseo que hayan disfrutado de esta nueva historia que escribí con mucho cariño y pasión por este género que simplemente habla de aquella poderosa fuerza que mueve al mundo; el amor.

Por amor escribo, por amor leo, por amor hago todo en esta vida, espero que puedas sentirlo tú también... Porque el amor, lo es todo.

Hilda Rojas Correa

SOBRE LA AUTORA

Hilda Rojas Correa, es el seudónimo de Pamela Díaz Rivera, nació en julio de 1980, en Santiago de Chile. Es la mayor de tres hermanas, casada con un «hermoso marido, follador y bueno» —según las propias palabras de él—, madre de dos hijos —«la mejor del mundo», según ellos cuando les da golosinas—, dueña de casa semi profesional. Se autodenomina una romántica «sentimentaloide» empedernida.

La primera novela que escribió fue, «Yo, tú, ellos... Nosotros» en el año 2013. Nunca antes había hecho nada igual en su vida, y un día solo se puso a escribir a modo de exorcismo, y el resultado gustó tanto a los demás, que simplemente siguió sin mayores pretensiones.

Recién en el año 2015 se tomó en serio el hermoso oficio de escribir y desde entonces ha publicado: «Libertad» en abril, «Un paso a la vez» en septiembre del mismo año. «Pide un deseo» en enero del 2016, en mayo «Te encontré en el olvido». En enero del 2017 publicó «Ángel, camino a la redención», en julio, «Contigo Aprendí» y en noviembre, «Enséñame». Se espera que en el primer semestre del 2018 publique «Buscando un destino».

Todos los títulos, a excepción del último, también están disponibles en papel directamente con su autora.

Puedes seguirla en:

www.hildarojascorrea.com

@HildaRojasC

@hildarojascorrea

www.facebook.com/hildarojascorrea
«Novelas y algo más - Hilda Rojas Correa»